WALTER ZITZENBACHER

... UNSERN GUTEN KAISER FRANZ

stv

Franz I., Kaiser von Österreich

Gott erhalte Franz den Kaiser,
Unsern guten Kaiser Franz!
Lange lebe Franz der Kaiser
In des Glückes hellstem Glanz!
Ihm erblühen Lorbeer-Reiser
Wo Er geht, zum Ehren-Kranz!
Gott erhalte Franz den Kaiser,
Unsern guten Kaiser Franz!

Laß von Seiner Fahnen Spitzen
Strahlen Sieg und Fruchtbarkeit!
Laß in Seinem Rate sitzen
Weisheit, Klugheit, Redlichkeit:
Und mit Seiner Hoheit Blitzen
Schalten nur Gerechtigkeit!
Gott erhalte Franz den Kaiser,
Unsern guten Kaiser Franz!

Ströme Deiner Gaben Fülle
Über Ihn, Sein Haus und Reich!
Brich der Bosheit Macht; enthülle
Jeden Schelm- und Buben-Streich!
Dein Gesetz sey stets Sein Wille,
Dieser uns Gesetzen gleich!
Gott erhalte Franz den Kaiser,
Unsern guten Kaiser Franz!

Froh erleb' Er Seiner Lande,
Seiner Völker höchsten Flor!
Seh' sie, eins durch Bruder-Bande,
Ragen allen andern vor;
Und vernehme noch am Rande
Später Gruft der Enkel Chor:
Gott erhalte Franz den Kaiser,
Unsern guten Kaiser Franz!

Kaiserhymne, erstmals gesungen am 12. Februar 1797
Text von Lorenz Leopold Haschka, Musik von Joseph Haydn

Lange lebe Franz der Kaiser In des Glückes hellstem Glanz

oder

Lear unter dem Doppeladler

„Die Stäbe müssen glatt und rund sein. Und das Türl braucht einen festen Verschluß. Dann ist so ein Käfig gut zu verwenden."

Der berühmte Rechtsgelehrte Schloißnigg, vor Jahren dazu ausersehen, einen künftigen Kaiser in die Geheimnisse der hohen Jurisprudenz einzuweihen, war von diesem dann als Lehrmeister für die Kunst, schöne Vogelkäfige zu bauen und Möbel mit Lack zu überziehen, entdeckt worden — Fertigkeiten, die den inzwischen tatsächlich zum Kaiser gekrönten Franz aus dem Hause Habsburg-Lothringen offensichtlich mehr interessierten als der Umgang mit den juridischen Paragraphen.

„Nur viel größer müßt' so eine Vogelsteig'n halt sein, lieber Schloißnigg. Das wär' dann richtig!"

„Warum größer, Majestät?"

Franz der Zweite, Kaiser des Heiligen Reiches, legte das Werkzeug weg.

„Damit die niederträchtigen Jakobiner drin eing'sperrt werden könnten, von denen die arme Tant' Marie Antoinette umgebracht worden ist!"

Daß sein ehemaliger Schüler jetzt — zehn Jahre nach dieser schrecklichen Verurteilung in Frankreich — noch immer nicht davon loskam, wunderte den alten Rechtslehrer (den wohl mehr noch seine kunstvollen Tischlereien als seine profunde Rechtsgelehrsamkeit in der Nähe des Monarchen hielten) ganz und gar nicht. Veranlagung und Erziehung, die noch immer vom machiavellistischen Geist der Mediceer bestimmte Atmosphäre der Geburtsstadt Florenz und die Tradition der alten Kaiserstadt Wien hatten in Franz die Überzeugung wachsen lassen, daß weder die Würde noch das Leben eines Herrschers angetastet werden dürfe — so, wie eben auch ein Hausvater, ob er nun gut ist oder schlecht, von allen Angehörigen der Familie, von der Frau, den Kindern, den Neffen, den Schwiegerkindern, den Enkeln, respektiert zu werden hat. Eine solche Ordnung muß sein, und sie ist auch durch Gesetz und Glauben seit Jahrzehnten und Jahrhunderten gefügt — lege et fide, wie der junge Kaiser schon unmittelbar nach seiner Krönung in einem Wahlspruch bekannte.

„So groß kann kein Käfig sein, Majestät", versuchte Schloißnigg seinen Schüler wieder auf die Möglichkeiten zurückzuführen, die von seiner kleinen Werkstatt geboten wurden. Mit diesem Raum hatte sich der gute Kaiser Franz eine Zuflucht in seinem Laxenburger Schloß schaffen wollen, die ihn vor den vielen Unannehmlichkeiten seiner Regierungsgeschäfte und der Politik bewahren sollte; aber seit dem Königsmord in Frankreich und seit der teuflischen Erfindung des Doktor Guillotin, der ein Fallbeil gebaut hatte, weil der Henker sonst mit dem Köpfen nicht mehr nachkommen würde, war selbst in diesen stillen, verschwiegenen Winkel ab und zu die Unruhe eingedrungen, hatte den glänzenden frischen Lack auf den sorgfältig gebastelten Möbelstücken getrübt und die feine Ordnung gestört, nach der sich die Stäbe kunstreich zu Vogelbauern fügen ließen.

„Aber für den Napoleon müßt' doch ein Käfig passen, Schloißnigg. Der ist nicht groß! Nur seine Schandtaten sind's — jetzt wieder die Verhaftung des Duc d'Enghien."

Wie damals, als er dem künftigen Kaiser die Grundsätze des Völkerrechts beizubringen hatte, begann Schloißnigg sofort zu dozieren:

„Diese Festnahme des Bourbonen auf deutschem Territorium stellt allerdings einen schwerwiegenden Übergriff dar, den sich französische Soldaten auf Befehl ihres Ersten Konsuls erlaubt haben, und Eure Majestät waren durchaus berechtigt, allen deutschen Fürsten, ja, ganz Europa voranzugehen und energisch gegen einen solchen Rechtsbruch zu protestieren!"

„Na und — hat's was g'holfen?" Bei dieser resignierten Frage schob der Kaiser seine Unterlippe vor — wie immer, wenn er mißmutig oder gelangweilt war, wenn ihn etwas verdroß. Er nahm ein Tuch und wischte seine Hände ab:

„Ich fahr' jetzt nach Wien, Schloißnigg. Und den Nandl nehm' ich mit."

Während der Kaiser nach dem Thronfolger schickte und sich die Kleider für die Fahrt nach Wien herrichten ließ, fragte ihn seine Gemahlin, ob er denn nicht bis zum Abend in Laxenburg bleiben wolle. Das Wetter sei zwar nicht besonders schön — wie es eben im April ist, nicht wahr? —, aber sie könnten im Salon noch ein wenig musizieren. Sie selbst habe die Baßgeige schon lange nicht mehr in die Hand genommen, jetzt träfe es sich aber günstig, weil auch Schloißnigg in Laxenburg sei, der sich recht gut auf die Bratsche verstehe ...

„Und ich darf wie immer die kleine Geige spielen, was? Das kleinste Hölzl ... Schad', Marie Theres'. Aber ich hab' morgen wieder allgemeine Audienz; da fangt der Tag sehr früh an. Und bevor ich einschlaf', will ich heut' noch zu meinen Büchern, damit ich auf andere Gedanken komm'. Nicht einmal das Basteln mit dem alten Schloißnigg hat mich ein bisserl ablenken können."

Er küßte seiner lebenslustigen Frau flüchtig die Fingerspitzen, ehe er ging. Gewiß: in Neapel, wo sie aufg'wachsen ist, war es lebhafter als hier in seiner komplizierten Monarchie, die jetzt von den Franzosen bedroht wurde, kaum, daß die Türken, gegen die er als Erzherzog noch selber eine Kanone abgebrannt hatte, aufg'hört haben.

Unten, am Wagen, wartete schon der elfjährige Erzherzog Ferdinand — der erste Bub, den die Kaiserin von bisher zehn Nachkommen (und es werden wohl noch einige folgen) ihrem Gemahl geboren hatte; und von den sieben, die noch am Leben waren, nach der ein wenig schüchternen Tochter Marie Luise das zweitälteste seiner Kinder. Brav war er und folgsam, der Nandl, nur noch sehr unbeholfen und ein wenig komisch mit dem übergroßen Kopf auf dem schlanken Körper. Aber vielleicht kann sich das noch auswachsen, und die hinfallende Krankheit, die den Erzherzog plagt, wird wohl auch wegzukurieren sein, die Ärzte geben sich ohnedies alle Mühe.

Freilich, reden wird der Kaiser mit seinem Sohn, der auf der Fahrt nach Wien in der engen Kutsche neben ihm sitzt, nicht viel. Höchstens, daß er vom neuen Vogelkäfig erzählt, den er heute mit dem geschickten Schloißnigg in der Laxenburger Werkstatt gebastelt hat. Dafür interessiert sich der Bub grad noch ein wenig.

Aber in seine Bibliothek wird er ihn bestimmt nicht mitnehmen.

In einem eigenen Trakt, zwei Stockwerke hindurch und anschließend an die kaiserlichen Gemächer, war die umfangreiche Privatbibliothek untergebracht, zu der sehr viele Bücher schon aus Florenz mitgenommen worden waren, als Kaiser Joseph der Zweite seinen Neffen in die Residenzstadt Wien holte, um ihn zu seinem Nachfolger zu erziehen. Bereits als Knabe hat der Erzherzog Franz, wenn er nicht gerade nach Pflanzen suchte, die unter dem blauem Himmel der Toskana sehr üppig gediehen, um die Blumen und Gräser dann sorgfältig zu ordnen und zu bestimmen, Bücher gesammelt — meist Werke über Botanik, weil ihn das Wissen über alles, was aus der Erde wuchs und auf ihr gedieh, besonders interessierte.

In Wien waren dann Bände um Bände dazugekommen. Bücher über Kriegskunst und Politik, über Erdkunde, Geschichte und Rechtswissenschaft — so, wie sie eben einem künftigen Kaiser zustanden. Und jetzt reihten sie sich — Rücken an Rücken — in den drei geräumigen Sälen und vier kleineren Zimmern des unteren Stockwerkes, während darüber, in zwei Sälen und einem Kabinett, die kostbare Kupferstichsammlung aufbewahrt war.

Nur wenige wußten, wie viele Bücher wirklich in den Regalen standen. Der Kaiser natürlich, der sich, wenn ihm Zeit dazu blieb, an diesen zwanzig-, vielleicht bald dreißigtausend Bänden erfreute — und dem von barbarischen Unzufriedenen, die oft nicht mehr als die Nachrichten in den Zeitungen, ihre Geschäftsbücher oder boshafte Pamphlete und Pasquille gelesen hatten, doch so oft Unwissenheit und Weltfremdheit vorgeworfen wurde —, und ganz bestimmt auch der Oberbibliothekar Peter Thomas Young, der so lebhaft über die lateinische Poesie zu sprechen wußte, obwohl er doch als Sohn eines schottischen Edelmannes zur Welt gekommen war, und ihn Kaiser Leopold der Zweite — der für zwei kurze Jahre zwischen seinem Bruder Joseph und seinem Sohn Franz die Krone des Heiligen Reiches trug — vor allem wegen der auffallenden geschäftlichen Talente von Florenz nach Wien mitgenommen hatte.

Der Kaiser Franz wollte sich dann von ihm nicht trennen — so, wie er sich auch von seinem Rechtslehrer Schloißnigg oder seinem alten Erzieher Colloredo nicht trennen wollte —, ernannte ihn zum geheimen Kabinettsekretär und zum Vorsteher der kaiserlichen Privatbibliothek, weil sich kein anderer so wie Young für die kostbarsten Bände dieser Bücherei begeistern konnte: für den auf Pergament gedruckten „Theuerdank“, für die wertvollen und mit herrlichen Miniaturen geschmückten alten Handschriften der Dichtungen Vergils, Juvenals, Ovids, Senecas — Verse, die Young fast alle auswendig, in einem klingenden, ungemein lebendigen Latein vortragen konnte, als hätte er nie in einer anderen Sprache geredet.

Diesmal traf ihn der Kaiser erst im dritten Zimmer, wo er den „Theuerdank“ aufgeschlagen hatte und Zeile für Zeile, Wort für Wort mit einer Liste verglich, die er nach anderen Ausgaben dieses Werkes angelegt hatte.

„Na, sind S' schon dahintergekommen, wie viele Editionen es von diesem Buch gibt?“ fragte Franz seinen Bibliothekar, der den Monarchen — wie schon so oft bei dessen überraschenden Besuchen in der Bibliothek — nicht kommen gehört hatte.

Im feinen, durchgeistigten Gesicht Youngs war keine Verlegenheit darüber zu merken, daß ihn der Kaiser so überrascht hatte. Wer alle Epochen und alle Großen dieser Welt so vertraut und nahe um sich hat — wenn auch nur auf sorgfältig gebundenen Buchseiten beschrieben und gedruckt —, ist auch durch die Großen der eigenen Zeit nicht aus der Fassung zu bringen.

„Das ist nicht leicht, Majestät! Aber eines weiß ich jetzt: Diese Stelle aus der umfangreichen Lebensbeschreibung des Kaisers Maximilian des Ersten stammt bestimmt nicht von ihm selbst, sondern von seinem Geheimschreiber, dem Nürnberger Propst Melchior Pfinzig. Hier ...“ und er zeigte dem Kaiser die Verse, die dieser auf dem alten Pergament nur mühsam den eng gedruckten Buchstaben entnehmen konnte:

Gott will durch unsern kühnen Held
Viel wirken noch in dieser Welt,
Noch viel der Christenheit zu gut,
Drum lebt er in der Engel Hut,
Sonst wär' er längst gelegen tot
In Drangsal, Müh' und Kreuzesnot,
Gott schirm' hinfort den Herren mein,
Denn wir bedürfen alle sein.

„Gut g'meint, aber schlecht 'dichtet", meinte Kaiser Franz in seiner etwas nachlässigen, dabei aber stets noblen und vornehmen Art, über die sich nur noch die hochdeutschen Sprachkünstler und Drechsler witziger Redewendungen lustig machten, die sich in seiner Umgebung langweilten. „Ich glaub', die geistlichen Herrn tun sich ein bisserl schwer, wenn's was für einen Kaiser reimen sollen. Schön ist ja auch die Hymne nicht, die der hochwürdige Herr Lorenz Leopold Haschka auf mich g'schrieben hat — oder?"

Statt einer Antwort rezitierte Peter Thomas Young nur die ersten vier Verse dieser Hymne:

„Gott erhalte Franz den Kaiser,
Unsern guten Kaiser Franz!
Lange lebe Franz der Kaiser
In des Glückes hellstem Glanz!"

Der, dessen langes Leben in des Glückes hellstem Glanz mit diesen Zeilen von Gott erfleht werden sollte, lächelte mitleidig:

„Wenn der Haydn net eine so schöne Melodie dazu komponiert hätt' ..."

Aber dann wurde er plötzlich wieder ernst:

„Eigentlich schön, daß dem Haschka net viel anderes eing'fallen ist als dem Nürnberger Propst Pfinzig. Da hat sich die Welt in dreihundert Jahren halt doch net so sehr verändert — was, Young?"

Und so, als würde sich an dieser Welt auch weiterhin nichts ändern, wächst am nächsten Morgen im kaiserlichen Audienzsaal ein unbeteiligtes, nichtssagendes Beamtengesicht aus dem hohen, goldbetreßten Kragen, während die Finger der rechten Hand eine kratzende Schreibfeder über das Blatt Papier führen, auf dem die Namen und die Dignitäten jedes einzelnen aus der gemischten Gesellschaft vermerkt werden müssen, die an diesem grauen, verregneten Apriltag darauf warten, von ihrem Monarchen empfangen zu werden.

Ihre Namen müssen unbedingt aufgeschrieben werden, um sie von den vielen anderen unterscheiden zu können, die so wie sie hier gewartet haben oder noch warten werden, zweimal wöchentlich (wenn den Kaiser nicht wichtige Geschäfte von Wien fernhalten) von sieben Uhr morgens bis spät in den Nachmittag hinein ihre Sorgen und ihre Wünsche dem Kaiser anvertrauen, der so gut ist, daß sie seine Gutheit in jedem Refrain der Hymne loben.

Nicht nur Wiener sind unter ihnen — Bewohner der Residenzstadt, für die der Weg hierher nicht schwierig war, höchstens unbequem wegen der frühen Stunde —, aus allen Teilen des Reiches sind sie gekommen, einige wenige sogar Untertanen souveräner deutscher Fürsten und dennoch auch Untertanen dieses Kaisers, dem das Heilige Reich anvertraut ist und der halbwegs zwischen den Königen der Königreiche, den Herzogen der Herzogtümer, den Fürsten geistlicher oder weltlicher Fürstentümer, den Reichsgrafen oder den Senaten der freien Reichsstädte einerseits und dem lieben Gott anderseits steht; die meisten jedoch sind aus den habsburgischen Gebieten, von den Vorlanden am Rhein ebenso wie aus den siebenbürgischen Städten an der Grenze der Walachei, aus den böhmischen Garnisonen oder aus den dalmatinischen Häfen, die wie das immer ärmer werdende Venedig vor sieben Jahren, im Frieden von Campo Formido, dem Kaiser zugefallen sind, der dafür die Niederlande und die Lombardei abtreten mußte.

Manche waren wochenlang unterwegs, und doch klebt an ihnen noch der Knoblauchgeruch verlauster Balkandörfer, hat sich in ihren zerfurchten Gesichtern noch die frische Waldluft der steirischen Berge verfangen. Der eine oder die andere wirkt müd', in ihnen steckt noch das Elend der billigen Unterkunft, die sie hier in Wien suchen mußten, weil ihnen die

Mittel für ein besseres Quartier fehlen; dieser oder jener erinnert sich noch an die zuverlässige Behaglichkeit, mit der Wiener Verwandte oder Bekannte den Gast, den sie bei sich aufgenommen und gutherzig verwöhnt hatten, hierher führten und dabei nicht vergaßen, auch wohlgemeinte Ratschläge zu geben; von allen anderen etwas abgesondert warten aber auch einzelne, die sich von ihren Equipagen mit dem festen Entschluß hierher bringen ließen, diese Begegnung mit dem Kaiser zu benützen, um endlich in jenen bevorzugten Kreis aufgenommen zu werden, der nicht mehr auf diese allgemeinen Audienzen angewiesen ist.

Bauern mit wilden Bärten sind gekommen, die ihre schönste Joppe aus der Truhe hervorgekramt haben; alte Soldaten in verblichenen Uniformen, auf denen blecherne Orden auch jene von der Tapferkeit ihres Trägers überzeugen sollen, denen fehlende Arme oder Beine, leere Augenhöhlen oder flammende Narben im Gesicht nicht genug sagen; hoffnungsvolle Beamte mit unscheinbareren Krägen als dem, den der ältere Kollege, der ihre Namen aufschrieb, um den Hals hat; schwarzgekleidete Witwen, die sich bemühen, das kleinste von den drei, vier Kindern, die sie mitgebracht haben, in die vorderste Reihe zu schieben; ungarische Viehzüchter in braunen Samtröcken, die vorne mit gedrehten Schnüren kunstvoll verziert sind, und in Stiefeln aus weichem, schmiegsamem Leder; Waisen, die auf die Verdienste ihres verstorbenen Vaters um das Allerhöchste Erzhaus hinweisen möchten, damit ihnen gnädigst eine standesgemäße Aussteuer bewilligt werde.

Ein bebrillter jüngerer Mann — wahrscheinlich Professor an einem der Gymnasien am Rande der Erblande, in Cilli etwa oder in einer der nordböhmischen Städte, dem es darum geht, in die Hauptstadt versetzt zu werden — ist offensichtlich zum erstenmal hier, denn er betrachtet ehrfurchtsvoll und eingehend den Raum, in dem sie alle warten müssen; er wundert sich vielleicht über die Glätte des Stucks, er weiß noch nicht, daß der gute Kaiser Franz die barocken Ornamente oder den Firlefanz des Rokoko herunterschlagen ließ (und in anderen Zimmern Schönbrunns oder der Hofburg noch herunterschlagen lassen will), weil dieser Prunk seinem schlichten, hausväterlichen Wesen nicht entspricht; und der bebrillte Mann — Professor oder was immer er sein mag — geht zum runden, glatten Kachelofen in der Ecke, der viel niedriger ist als die Öfen, die er in den Schlössern seiner ländlichen Umgebung kennengelernt hat, und den nichts schmückt als ein knospenhaft gestalteter Knauf auf der Abdeckung. Nur die glänzenden, zu großen Gevierten verlegten Parketten des Fußbodens erinnern noch an den einstigen Prunk der kaiserlichen Residenz, und auch die großen Gobelins, die sich neben den ebenfalls geglätteten, weißen Supraporten der Flügeltüren und den hohen Fensternischen fast bis zur Decke des Raumes dehnen: Szenen aus denkwürdigen Schlachten kaiserlicher Vorfahren oder deren Feldherren, aber auch kuriose mythologische Episoden, die sich ein gebildeter Künstler ausgedacht und dem Betrachter zur Enträtselung angeboten hatte.

Weder die zerfetzten Fahnen, stampfenden Pferde, rauchenden Kanonen, die leuchtenden Waffenröcke der österreichischen Offiziere und die malerisch zu Boden purzelnden Feinde auf den Schlachtenbildern noch die aus dem Gerank exotischer Pflanzen leuchtenden Körper halbnackter Götter und Göttinnen auf den mythologischen Darstellungen konnten jedoch eine Gruppe älterer Wiener — die in der Stadt recht bekannt sein mußten, weil sie sogar der sonst so unnahbare Beamte am kleinen Tischchen aus seinem goldbetreßten Kragen heraus namentlich begrüßt hatte — nicht von einem Gespräch abhalten, dessen erregtes Flüstern manchmal auch die kratzende Feder übertönte, die Namen für Namen auf das große Blatt Papier kalligraphierte, wobei der Schreiber erstaunlicherweise nicht einmal einen Sessel benützte, sondern stehend, leicht nach vorne gebeugt und immer wieder aus den Augenwinkeln die wartende Gesellschaft musternd, seine makellosen Haar- und Schattenstriche, seine präzisen I-Punkte und die verschlungenen Schnörkel der Versalien malte.

Die älteren Wiener — Handwerker und Kaufleute, denen ihre Frauen für diese Audienz die besten Hemden herausgesucht und die besten Röcke ausgebürstet hatten — deuteten, wenn einer von ihnen zu laut wurde, mit einer ruckartigen Kopfbewegung auf den beamteten Schreiber, der am zierlichen weißen Tischchen stand, und trotz dessen freundlicher Begrüßung lag etwas Feindseliges in dieser Kopfbewegung; denn wenn er auch zu unbedeutend war, um mit der vereinigten Hofkanzlei zu beraten: er gehörte doch zu diesen kriecherischen Höflingen, die den guten, väterlichen Kaiser Franz seinen Wienern entfremden wollten, als sie ihm vor nicht ganz einem Jahr, am 31. Mai 1803, den Vorschlag vorgetragen hatten, das Wahlrecht bei den gesamten Magistraten aufzuheben und damit zu verhindern, daß sie, die ehrsamen Bürger, den ihnen passenden Bürgermeister aussuchen und in sein Amt einsetzen könnten.

Beinahe wäre dieser Anschlag der Hofkanzlei auch gelungen, den sie ganz perfid und heimtückisch genau zu dem Zeitpunkt eingeleitet hatte, als der über achtzigjährige Wiener Bürgermeister Joseph Georg Hörl nicht mehr so zufriedenstellend amtierte wie in den dreißig vorangegangenen Jahren. Nicht einmal ein halbes Jahr nach dem Vorschlag, am 6. November, hatte der Kaiser an den obersten Kanzler schon ein Kabinettsschreiben gerichtet: „Da der gegenwärtige Stadt-Wiener Bürgermeister Joseph Georg Hörl in seinem Lebensalter schon so weit vorgerückt ist, daß bei ihm jene Tätigkeit, welche zu seinem Amte erforderlich ist, wohl nicht mehr erwartet werden kann, es aber allerdings daran liegt, daß diese Vorsteherstelle von einem nicht nur einsichtsvollen und erfahrenen, sondern auch noch ganz lebhaften und, sozusagen, unermüdeten Mann bekleidet werde, so bin Ich gesinnt, denselben in den Ruhestand zu setzen, und sind Mir zu diesem Dienstplatze, welchen Ich für diesmal selbst zu besetzen gedenke, die hiezu tauglichen Individuen ehestens vorzuschlagen."

Daß daraufhin unter der Hofkamarilla ein Feilschen und Intrigieren anhob, war wohl nicht zu vermeiden; auch nicht, daß der eine oder der andere aus diesem Kreis von Intriganten Unterstützung bei denen suchte, die von dieser Intrige am stärksten betroffen würden — bei den Wienern. So blieb der Inhalt des kaiserlichen Schreibens nicht im Kabinett, und die Bürgerschaft der Hauptstadt begann nun ihrerseits eine sonst nur an den Stammtischen demonstrierte politische Agilität zu entwickeln.

Zwar wurde keiner der Männer, die sich jetzt flüsternd in einer Ecke des Audienzzimmers unterhielten, in den Ausschuß delegiert, der am 2. Dezember beim Kaiser vorsprach, aber sie kannten den Inhalt des Schriftstückes genau, das damals zu überreichen war und das — bei allem Respekt vor dem allerhöchsten Monarchen, versteht sich — an Deutlichkeit nichts zu wünschen übrig ließ: „Haben die Bürger Wiens einst durch ihre Treue und Anhänglichkeit sich des Vertrauens ihres allergnädigsten Landesfürsten würdig gemacht und dadurch das Recht, ihren Bürgermeister zu wählen, erworben, so glauben wir unseren Vorfahren an Bürgertugenden nicht nachzustehen und uns von allen Vorwürfen, durch irgendeine Handlung uns dieses Vorrechtes unwürdig gemacht zu haben, frei erklären zu dürfen. Vielmehr haben wir während Höchstdero glorreichen Regierung vielfältige Gelegenheiten gehabt, Eurer Majestät während des beschwerlichen französischen Krieges überzeugende Beweise unserer Bürgertreue und von unserer Liebe für Ihre geheiligte Person zu geben. Gleich am Anfange des Krieges haben wir den Staat mit beträchtlichen freiwilligen Beiträgen unterstützt, und bei zweimaliger Feindesgefahr, womit die Residenz bedroht war, standen wir einstimmig bereit da, unser Leben und Vermögen für Eure Majestät aufzuopfern. Die Wiener Bürgerschaft hat sich dadurch die allgemeine Achtung hier und im Auslande erworben, und die in dem bürgerlichen Zeughause aufgestellten Denkmäler dieser unvergeßlichen Epoche werden das Andenken dieser erprobten Bürgertugenden der späten Nachkommenschaft überliefern. Wie schmerzlich müßte es uns daher nicht fallen und in welches schiefe Licht würde nicht das der Welt erst jüngst gegebene Beispiel unserer Bürgertreue gesetzt werden, wenn die nämliche Bürgerschaft, welche sich durch ihre Auszeichnungen neuer Rechte nicht unwürdig gemacht hätte, nun eines ihrer ältesten verlieren sollte, welches von Höchstdero Vorfahren unverkürzt erhalten, ja zur Zeit Höchstdero glorreichen Frauen Großmutter weiland Maria Theresia dem alten Herkommen gemäß unter dem größeren Geläute bei St. Stephan feierlich in Ausübung gesetzt wurde."

Mehr konnte nicht gesagt werden, und nicht besser war es zu sagen. Der Hinweis auf die beiden Koalitionskriege, die der Kaiser mit anderen europäischen Monarchen gegen die französischen Republikaner zu führen hatte — der erste begann schon im Jahr 1792, als gerade die Regierung durch diesen zweiten Franz in der Reihe der Kaiser des Heiligen Reiches übernommen war, und dauerte volle fünf Jahre, der zweite, dreijährige, hatte von 1799 bis 1802 Österreich mit Neapel, Rußland und der Türkei vereinigt —; dann der Hinweis auf die Gelder, mit denen Wiens Bürger die Kriegführung unterstützt hatten; und nicht zuletzt der Hinweis auf die gute Landesmutter Maria Theresia, der nun Franz als ebensoguter Landesvater nacheifern wollte: Das alles sollte eigentlich genügen, um den Kaiser sofort auf die Seite der braven Wiener und in Gegensatz zu seiner umständlichen, langweiligen Hofkanzlei zu bringen.

Aber in den vier Monaten seit der Vorsprache des Ausschusses der Wiener Bürgerschaft war weder die eine noch die andere Entscheidung über den neuen Wiener Bürgermeister gefallen. Nur soviel konnte erreicht werden, daß sich der Monarch dem Wunsch der Bürgerschaft nach freier Wahl ihres Vorstehers nicht widersetzte — doch durch Bedingungen über die Wahlfähigkeit und Vorschläge für das Wahlschema, die der Regierungspräsident überreicht hatte, würde der kaiserlichen Entschließung nicht viel mehr als bloß formaler Wert zukommen.

Solange nicht wirklich Ordnung geschaffen und ein neuer Bürgermeister in das Rathaus eingezogen ist, drängen sich mehr und mehr Wiener Bürger, die keinen anderen Zugang zum Kaiser finden können, zu den allgemeinen Audienzen, blicken mißtrauisch nach dem schreibenden Beamten am Tisch und ärgerlich nach den anderen Wartenden, vor allem nach jenen, die vor ihnen auf der Liste vorgemerkt sind und mit ihren kleinen persönlichen Kümmernissen oder finanziellen Nichtigkeiten die Zeit in Anspruch nehmen, die ein angesehener Wiener Handwerker oder Handelsmann nur deshalb opfert, weil es das allgemeine Wohl der Stadt erfordert, daß nur ein Freund und Gönner des eigenen Unternehmens und nicht etwa ein Freund und Gönner der Konkurrenz für die nächsten Jahre in Wien als Bürgermeister amtiere. Bei einem solchen hochpolitischen Gespräch mit dem Landesfürsten wird sich dann wohl auch noch die Gelegenheit ergeben, auf die gegenwärtigen Schwierigkeiten des eigenen Holzgeschäftes, auf die besondere Eignung der schon vom Urgroßvater begründeten und nun erfolgversprechend ausgebauten Schneiderei für größere Armeeaufträge, auf die im ganzen Viertel gelobten Strudel, Kipferl und Krapfen aus der von den Einkäufern des Hofes noch nicht genügend gewürdigten eigenen Bäckerei hinzuweisen.

Kaum daß von den Türmen der nahen Kirchen die siebente

Stunde dieses grauen, verregneten Aprilmorgens eingeläutet worden war — mit jenen vertrauten Intervallen, die von den Zufriedenen noch als Zeichen der Aufmerksamkeit, von den Verärgerten aber schon als Zeichen der Schlamperei bezeichnet werden konnten —, richtete sich der schreibende Beamte steil auf und gab so den Wartenden ein unmißverständliches Zeichen. Nur wenige — und das waren ausschließlich Wiener — blieben jetzt noch gelassen und ruhig; in den anderen aber fieberte schon die Erwartung eines Augenblicks, von dem auch noch ihre Kinder und Enkel erzählen würden.

Sie haben sein Bild schon oft gesehen — in Büchern, auf Transparenten, auf Münzen; sie wußten, sie würden ihn erkennen, auch wenn er ihnen plötzlich irgendwo, an einem belanglosen Ort, begegnete. Aber hier, wo sie sich versammelt hatten, in der Gewißheit, mit ihm sprechen zu können, vermochten sie sich plötzlich nicht mehr vorzustellen, wie er aussieht. Wenn er auf einer Wolke hereingeschwebt wäre, durch den Stuckplafond des Zimmers, und auf halber Höhe angehalten hätte, oder wenn er durch die Wand geschritten wäre, durch die Gobelins mit den Schlachtszenen oder den mythologischen Darstellungen, oder wenn er gar aus dem Boden gewachsen wäre — sie hätten sich nicht darüber gewundert.

Der Kaiser!

Aber es wurden die Flügeltüren aufgerissen — nicht durch eine überirdische Gewalt, sondern durch die routinierte Beflissenheit uniformierter Diener ...

Der Kaiser!

... die sich dann wartend in die holzverkleidete Öffnung stellten, eine Sekunde vielleicht oder auch zwei — aber unerträglich lang für die Wartenden ...

Der Kaiser!

... und dann die beiden weißen Flügel mit den vergoldeten

gekehlten Rahmen um die glatten Füllungen fast geräuschlos wieder schlossen.

Der Kaiser!

Nun stand er im Zimmer, ganz selbstverständlich und gar nicht besonders. Nichts an ihm war auffallend. Die Gestalt, bestenfalls mittelgroß, wirkte durch ihre Hagerkeit stark in die Länge gezogen; auch die strenge, aufrechte Haltung machte den Kaiser größer, als er in Wirklichkeit war.

Streng und hager und aufrecht auch das Gesicht: Steil abfallend die Stirn, nicht etwa gemildert durch eine in die Breite weisende üppige Haarpracht, sondern in ihrer Vertikale noch betont durch die glatten, kurzen, an den Schläfen nach vorn gekämmten Strähnen, die sich fast ohne Übergang in den senkrecht durchfurchten, knochigen Wangen fortsetzten. Aus dem schmalen Oval dieses Gesichtes trat die ebenfalls schmale Nase nicht so deutlich hervor wie bei anderen Habsburgern, der Mund war nicht allzu breit und wurde weniger von den Lippen als von den lebhaften Mundwinkeln bestimmt, denen die ausgeprägten Sprechfalten nicht genügend Spielraum lassen wollten. Das Kinn war etwas kurz, wenn auch stark gewölbt, und spielte in diesem von Stirn, Nase und Wangen beherrschten Antlitz nur eine untergeordnete Rolle. Die großen Pupillen der Augen gaben dem Blick etwas Offenes — oder war es nur die wache Aufmerksamkeit des geschulten Beobachters, die aus ihnen sprach?

Allen, die aus ihrer devoten Haltung aufzuschauen wagten und erstmals das Gesicht ihres Kaisers sahen, kam es bekannt vor und doch wieder nicht, wirklicher als auf den Stichen und Münzen, die es ihnen bisher gezeigt haben, und doch auch wieder unwirklicher.

Nur die mit der Nähe des Monarchen bereits Vertrauten stellten fest, daß er auch an diesem Morgen wieder den weißen Uniformrock trug, dessen rote, breite Umschläge an den Ärmeln und dessen nicht allzu hoher, nur mit einem breiten

Goldband geschmückter Kragen gar nicht auf die hohe Distinktion seines Trägers hinwiesen; so, als wäre es noch der gleiche Rock, in dem sein Onkel weiland Kaiser Joseph der Zweite den Thronerben im Jahr 1787 auf die Inspektionsreise nach Böhmen oder im darauffolgenden Jahr in den Feldzug gegen die Türken mitgenommen hatte. Nur die breite, seidene rotweißrote Schärpe und der Orden vom Goldenen Vlies, der hoch im Halsausschnitt hing und die viel größeren Sterne und Kreuze auf der Brust bedeutungslos machte, bestätigten seine hohe Stellung und seine hohe Abkunft.

Als er nach einem freundlichen, kurzen Gruß an alle dem Beamten am Tisch das Blatt mit den Namen abgenommen hatte und durch die Tür — nicht durch den Plafond, durch die Wände oder durch den Fußboden, was nun auch den Aufgeregtesten unter den Wartenden sehr verwundert hätte — ins Nebenzimmer gegangen war, wo schon ein eifriger Sekretär auf ihn wartete, dachte keiner mehr daran, daß er ihm beim Absingen der Hymne jedesmal ein langes Leben in des Glückes hellstem Glanz gewünscht hatte, sondern nur noch daran, wie dieser hagere Mensch die Zeit und die Kraft finden würde, um aus den vielen Wünschen bärtiger Bauern, alter Soldaten, hoffnungsvoller Beamter, schwarz gekleideter Witwen, ungarischer Viehzüchter, heiratswütiger Waisen, bebrillter Professoren, älterer Wiener ausgerechnet den jeweils eigenen Wunsch in seiner ganzen folgenschweren Bedeutung zu erkennen und zu erfüllen.

Und daß er erfüllt werden könnte — von diesem hageren Menschen im Nebenzimmer —, daran zweifelte keiner, der hierhergekommen war.

Als der erste Name aufgerufen wurde und sich ein alter, halbblinder Soldat, aufgeregter als vor jeder Schlacht mit den türkischen Heiden, durch die nun gar nicht mehr sehr weit geöffnete Tür schob, versuchte jeder rasch einen Blick in das Nebenzimmer zu werfen, als könne er dort das Wunder finden, das sich ihm hier in diesem Zimmer versagt hatte.

Denn es mußte doch etwas Wunderbares sein, wenn dort im Nebenzimmer der Kaiser hinter seinem Schreibtisch saß.

Der Kaiser ...

Es war schon spät am Nachmittag, als sich ein paar Räume weiter in einem Zimmer, dessen barocke Ornamente und Firlefanz aus dem Rokoko ebenfalls entfernt worden waren und an dessen Wänden ebenfalls Gobelins hingen, die eine siegreiche habsburgische Schlacht oder halbnackte antike Götter zeigten, nach und nach die Männer versammelten, deren Berichte und Vorschläge für den Kaiser wichtiger sein müßten als die Wünsche und Klagen der kleinen Leute, die wöchentlich zweimal allgemeine Audienzen zu fast endlosen Ereignissen werden ließen:

Mitglieder der Hofkanzlei, Kriegsräte, Angehörige des Erzhauses, Gesandte fremder Monarchen mußten ihre Namen zwar nicht mehr von einem durch seinen hohen, goldbetreßten Kragen unnahbar gewordenen Beamten in eine Liste eintragen lassen — ihre eigenen Kragen waren viel zu hoch und zu golden, um eine solche Formalität dulden zu können —, aber sie blieben doch sehr oft im unklaren, ob der Monarch nicht doch mehr an die schwarzgekleidete Witwe dachte, die ihren herausgeputzten Sohn bei der allgemeinen Audienz an den Kaiser herangeschubst hatte, als an das hochpolitische Problem, das sie hier vortragen mußten.

Und weil sie von des Glückes höchstem Glanz, in dem der Kaiser nach den Worten der Hymne leben sollte, bei weitem nicht so überzeugt waren wie das Volk, das sich zu den Audienzen drängte; weil ihnen der permanente Umgang mit dem hymnisch Besungenen immer nur Sorgen mit seinen Fehlern brachte, die ihnen zugeschrieben wurden, und keine Freude mit seinen Vorzügen, die ihnen ohnedies niemand zuschreiben würde; weil sie aus geheimen Schriftstücken, aus persönlichen Bemerkungen der Mächtigen, aus bestürzenden Nachrichten längst schon entnehmen konnten, daß hinter den glänzenden Insignien des Heiligen Römischen Kaisers eine machtlose Leere gähnte — kurz: weil sie schon hoch genug standen, um auch die kaiserliche Höhe genau abmessen zu können, spotteten sie auch öfters über seinen Eifer, alles allein und gründlich machen zu wollen, was seine Kinder — wie er, der Sechsunddreißigjährige, das Volk schon seit einiger Zeit nannte — betraf und was diese ihm an Nichtigkeiten bei den Audienzen an das gute, väterliche sechsunddreißigjährige Herz gelegt hatten. Obwohl er sich vom frühen Morgen bis spät in die Nacht kaum von seinem Schreibtisch wegrührte, türmten sich in den Schränken seines Arbeitszimmers die Akten, ganze Faszikel mit Eingaben und Dokumenten, die auf eine kaiserliche Entscheidung warteten, nachdem sich der Kaiser selbst eine solche Entscheidung vorbehalten hatte. Die Minister und Räte lächelten über das schlechte Ergebnis, zu dem so der gute Wille führen mußte, prahlten ganz bewußt mit Orden und goldenen Tressen vor dem schlichten bürgerlichen Gewand, das der Kaiser fast immer trug und das ihm lieber war als Ornat oder weißer Waffenrock mit breiter Schärpe, in die ihn Pflicht zur Repräsentation manchmal doch zwang. Und weil er Ornamente und Firlefanz in seinen Schlössern, in seinen Zimmern herunterschlagen ließ, kultivierten sie in ihren Schlössern, in ihren Stadthäusern die feudalen Arabesken und höfischen Verspieltheiten noch so, als regierte des Kaisers Urgroßvater Karl der Sechste, als hätte es nie die gemüthafte Maria Theresia gegeben und auch nicht den reformfreudigen Joseph, als wären in Frankreich nicht zunächst die Philosophen und Bürger und dann auch noch die plebejischen Jakobiner über den königlichen Hof und die Aristokraten hergefallen, als wären in Paris nicht der König von Frankreich und seine Frau, des Kaisers Tante Marie Antoinette (die, wie man sich hinter vorgehaltener Hand schmunzelnd zuflüsterte, das Leben recht großzügig genossen haben soll) guillotiniert worden.

Sie lächelten wohl auch über den — sei es durch eine unbedachte Bemerkung des sonst so besonnenen Kaisers oder, viel wahrscheinlicher, durch die Indiskretion eines seiner Vertrauten — ruchbar gewordenen Wunsch des Monarchen nach einer guten Fee, die er aus einer der volkstümlichen Komödien und Zauberpossen, die er so gern besuchte, manchmal herbeisehnte, damit ihm die Bürde des Regierens erleichtert würde (was auch ohne Feen und gute Geister möglich wäre, wenn er sich nur vorbehaltlos ihnen, seinen bewährten Ratgebern, anvertraute), und das Lächeln wurde zum Gelächter, wenn sie nur daran dachten, wie überflüssig die Bürde des Regierens für einen ist, der sich mehr auf die Insignien der Macht als auf die tatsächliche Macht verlassen möchte. Auch in dieser Hinsicht verfiel er den Vorstellungen des Volkes — seiner Kinder, deren gewöhnliche Umgangssprache aus seinem kaiserlichen Mund reichlich deplaciert klang —, das sich in seinen Vorstadttheatern einen Kaiser nicht ohne Krone und Zepter, wohl aber ohne Soldaten, volle Kassen und ohne einen ganzen Schwarm bemühter Ratgeber vorstellen ließ.

Einer von ihnen, der in diplomatischer Mission in London war, die englische Sprache verstand und deshalb auch Vorstellungen englischer Theatergesellschaften besuchen konnte, hatte ihnen erzählt, daß es für Franz — wolle er wirklich, wie es in der Hymne heißt, lange und in des Glückes höchstem Glanz leben — nützlicher wäre, statt der Zauberstücke, die ihm ebensogut wie seinen Wienern gefielen, einmal eine Tragödie des hier noch unbekannten, aber in London immer wieder gespielten William Shakespeare anzusehen, in denen es nicht um die überirdische Gerechtigkeit der Geister, sondern um die allzu irdische Ungerechtigkeit der Menschen ginge: Im „König Lear“ etwa habe sich ein Herrscher (allerdings im hohen Alter und nicht so jung wie der gegenwärtige Kaiser des Heiligen Reiches) auch damit begnügen wollen, nur König zu sein, die würdigen Insignien zu behalten und die unwürdige Ausübung der Macht anderen, seinen Kindern, zu überlassen — „Since now we will divest us, both of rule / Interest of territory, cares of state“, was besage, daß sich dieser König Lear der Macht entkleiden wolle, beider Sorgen der Regentschaft, der um die Ländereien und der um die Staatspolitik —, aber er sei ins Unglück geraten, weil sich die Macht eben bitter an jedem räche, der sie verschmähe.

Der Regierungspräsident mußte jetzt wieder an diese Geschichte denken, als er den Doppeladler im Schmuckfeld über der Tür betrachtete, diesen zweiköpfigen Wappenvogel der Habsburger, der auch für die zwei Gesichter des Kaisers Franz gelten könnte — für das strenge, asketische Gesicht des absoluten Monarchen, der es nicht mochte, wenn über seinen Kopf hinweg und ohne sein Wissen auch nur die kleinste Anordnung getroffen wurde; und für das gütige Gesicht des Landesvaters, der dem Volk bei seinen Audienzen mehr versprach, als er halten konnte, auch, wenn sein Leben wirklich so lange dauern würde, wie es in der Hymne gewünscht wird, und wenn es ein Leben in des Glückes hellstem Glanz wäre, in wahrhaft kaiserlichem Glanz — und nicht so, daß diese hinterlistigen Wiener Bürger den Vorschlag der vereinigten Hofkanzlei zu hintertreiben vermochten, weil dem Kaiser an ihrem Beifall offensichtlich mehr lag als an einer nachdrücklichen Bekundung seiner Macht, auf die dieser Lear unter dem Doppeladler mehr und mehr zu verzichten bereit war.

Auch der vornehme Kurier hätte an die Geschichte des unglücklichen Königs aus dem Drama des Engländers William Shakespeare denken müssen, wenn er es überhaupt gekannt hätte und seine ganze Beziehung zum Theater (abgesehen von einer kurzen Liaison mit einer ehrgeizigen Tänzerin) nicht ausschließlich vom Ärger über diesen respektlosen Schiller bestimmt gewesen wäre, über diesen schwindsüchtigen Geschichtsprofessor, den jetzt sogar der königlich preußische Hof umschmeichelte und nach Berlin locken wollte — dieser Hof von Parvenüs, an dessen Spitze ein König stand, dem der Kaiser nicht mehr anordnen konnte, sich ebenfalls energisch an Napoleon Bonaparte zu wenden und zu intervenieren, weil dieser Bürger Erster Konsul den Herzog von Enghien auf deutschem Reichsgebiet verhaften und nach Frankreich schaffen hatte lassen. Er, der vornehme Kurier, hatte sich deshalb eilends von Berlin nach Wien begeben müssen, um über die Einzelheiten dieser preußischen Ablehnung eines kaiserlichen Vorschlages Bericht zu erstatten — nicht dem Kaiser natürlich, sondern den Grafen Cobenzl und Colloredo, die ja eigentlich die Regierungsgeschäfte besorgten, aber weil er nun schon einmal hier war, mußte er auch den Kaiser informieren. Vielleicht konnte sein Bericht den Monarchen dazu bewegen, endlich einmal energischer gegen die deutschen Fürsten aufzutreten, die — ob nun Könige und Herzöge nach dem Erbrecht oder geistliche Potentaten nach dem Wahlrecht — am Feuer, das der korsische Emporkömmling Bonaparte angefacht hatte, zunächst einmal ihre eigene Suppe kochen wollten. Nur ein nachdrücklicher Beweis kaiserlicher Macht konnte diese Fürsten noch einmal zu einer gemeinsamen Aktion zusammenführen, aber wie war diese Macht zu demonstrieren, wenn doch der Kaiser selbst auf ihre Ausübung keinen Wert zu legen schien, ganz so, als wäre der unglückliche König Lear zum Herrscher unter dem Doppeladler geworden?

Als die Türflügel geöffnet wurden — nicht so effektvoll wie die zum Audienzzimmer, sondern behutsam, als wüßten die Diener, wie der Kaiser jedesmal zögerte, ehe er sich unter seine Räte begab —, sahen die versammelten Höflinge und Würdenträger nicht einmal hin. Sie verneigten sich zwar, wie es sich beim Eintritt des Kaisers gehörte, aber das war eine bedeutungslose Geste dieser bedeutenden Herren — die letzten Endes nur die wirkliche Macht respektierten — gegenüber den bedeutungslosen Insignien kaiserlicher Würde.

Franz trug diese Insignien nicht einmal zur Schau, er verzichtete sogar auf jene Andeutungen, die er den vor dem großen Audienzzimmer Wartenden nicht vorenthalten wollte: auf das Goldene Vlies, auf die Sterne und Kreuze der ihm verliehenen Orden, auf die breite seidene Schärpe, die ihr Rot-Weiß-Rot schräg über den weißen Waffenrock zog. Ein schmuckloser Rock, dessen Samtkragen schon ein wenig schäbig zu werden begann, eine schlichte weiße Halsbinde, blasse Beinkleider, die ebensogut über Pantoffeln als über den schwarzen Schnallenschuhen hätten getragen werden können, ließen den Landesvater noch langweiliger wirken, als es der fade, langgezogene Schädel mit der hängenden Unterlippe ohnedies schon tat.

Die Begrüßung der Wartenden war länger, umständlicher als am frühen Morgen im Audienzzimmer, in den belanglosen Wörtern, mit denen der Kaiser jeden einzelnen ansprach, lag mehr Unsicherheit als Wohlwollen. Nicht einmal der unruhig dastehende Kurier aus Berlin brachte ihn aus seinem Gleichmut.

„Sind s' auch schon da? Ich hätt' sie rufen lassen, wenn s' nicht gekommen wär'n!"

Der erste Teil dieser Anrede war weder Feststellung noch Frage, der zweite weder Einladung noch Drohung. Alle, denen der Kammerdiener vom blassen Aussehen des Kaisers an diesem grauen, verregneten Aprilmorgen (das auf eine sorgenvolle, schlaflose Nacht schließen ließ) erzählt hatte — und das waren viele der Anwesenden, denn auch bei einem uninteressanten Kaiser ist der Kammerdiener immer noch interessant genug, um ein vorsichtiges, erkundigendes Gespräch mit ihm zu führen —, waren eigentlich davon überzeugt, daß der Kaiser diesmal die allgemeine Audienz bald beenden und auf eine rasche Unterredung mit dem Kurier drängen würde, war es doch zweifellos die gestern hier bekannt gewordene Haltung des preußischen Königs zum Fall Enghien, die den kaiserlichen Schlaf verdrängt hatte. Aber selbst diese für das Territorium des Deutschen Reiches und für das Ansehen dieses Staates so entscheidende Frage hatte Franz auch heute nicht abhalten können, vor dem erwartungsvollen Volk, seinen aus allen Ländern herangeflatterten Kindern, bis in den späten Nachmittag die ohnmächtigen Insignien seiner kaiserlichen Stellung zu demonstrieren und auf die Demonstration wirklicher Macht zu verzichten.

„Since now we will divest us, both of rule / Interest of territory, cares of state . . ."

Dennoch wunderte es den Herrn Regierungspräsidenten, daß nicht er seine Stellungnahme zur Bestellung des neuen Wiener Bürgermeisters zuerst vortragen durfte, sondern daß vor ihm der Kurier vom preußischen Königshof — den der Kaiser doch soeben noch ganz beiläufig und gleichmütig begrüßt hatte — aufgerufen wurde.

Der Kaiser wollte mit ihm unter vier Augen sprechen, keiner der Minister und Räte, nicht einmal ein Sekretarius hielt sich im nüchternen Arbeitszimmer des Kaisers auf, und das war dem vornehmen Boten des kaiserlichen Gesandten in Berlin ganz recht, denn so konnte er dem Auftrag, den ihm der einflußreiche Graf Cobenzl noch an diesem Mittag gegeben hatte, besser und ungenierter nachkommen: Die drastische Schilderung aller Einzelheiten der Ablehnung des kaiserlichen Vorschlages zu einer gemeinsamen Aktion durch König Friedrich Wilhelm den Dritten von Preußen sollte den Kaiser des Heiligen Römischen Reiches endlich, endlich dazu bewegen, von den einzelnen Souveränen der deutschen Staaten mehr als bloß die nominelle Anerkennung als Ersten unter ihnen zu verlangen. Schon der erste Koalitionskrieg hatte durch das vorzeitige Ausscheiden Preußens — zwei

Jahre vor dem Friedensschluß — den Franzosen ebenso große Vorteile gebracht wie die unerwarteten Siege des jungen Generals Bonaparte in Italien; und im Sommer des Vorjahres hatte Friedrich Wilhelm diesen Napoleon Bonaparte, der sich zum Ersten Konsul Frankreichs aufgeworfen hatte, in einem Schreiben seinen „großen und lieben Freund" genannt, als der preußische Kabinettsrat Lombard nach Brüssel geschickt worden war, um wegen der Besetzung von Ritzebüttel und Cuxhaven durch französische Truppen zu intervenieren.

Und so, wie Lombard nach seiner liebenswürdigen Aufnahme durch den Ersten Konsul in Brüssel von diesem korsischen Emporkömmling derart angetan war, daß er nach seiner Rückkehr einige Tage lang auf der Potsdamer Pfaueninsel dem preußischen König von dem „großen Mann" vorschwärmte, würden sich auch andere deutsche Fürsten unschwer gegen ihren Kaiser — der vielen von ihnen ohnedies schon weniger galt als der König in Berlin — aufbringen lassen, wenn dieser in der nächsten Zeit wieder etwas gegen Frankreich unternehmen müsse (was bei dem Übermaß des Korsen auch ein so gleichmütiger Herrscher wie dieser langschädelige Habsburger nicht vermeiden könne).

Der Kurier dachte an den Auftrag des Grafen Cobenzl, als er vor dem Kaiser stand; und als dieser sofort auf die ihm gestern bekanntgewordene schlafraubende Haltung des Königs von Preußen zu sprechen kam, wurden ihm eine ganze Reihe mehr oder minder verbürgter Bemerkungen und persönlicher Beobachtungen vorgehalten, die keinen Zweifel daran lassen sollten, daß einige der Berliner Ratgeber mit Erfolg bemüht waren, ihren König an den alten Gegensatz mit Österreich statt an den neuen Gegensatz mit Frankreich zu erinnern.

„Das sollten s' aber nicht!"

In dieser banalen, resignierenden Bemerkung des Kaisers konnte ebenso der Kummer über die arme hingerichtete

Tant' Marie Antoinette stecken, deren Tod er den bösen Jakobinern niemals wird nachsehen können, wie der Abscheu über die allem Völkerrecht widersprechende Entführung des Duc d'Enghien, über die sich der preußische König partout nicht entrüsten lassen will.

Diese banale, resignierende Bemerkung gab aber dem Kurier, den Graf Cobenzl sehr eingehend instruiert hatte, die Gelegenheit, alle Schändlichkeit der Berliner Ratgeber (und damit indirekt auch die Schändlichkeit Friedrich Wilhelms des Dritten) zu unterstreichen, indem er noch einmal alle Einzelheiten dieses Völkerrechtsbruches aufzählte — angeblich, um die Meinung Berlins zu den einzelnen Punkten mitzuteilen, in Wirklichkeit aber, um den Kaiser durch eine solche Schilderung zu einem entscheidenden kaiserlichen Machtwort zu veranlassen.

Man entschuldige in Berlin als verzeihlichen Irrtum des Ersten Konsuls von Frankreich, daß dieser den Aufenthalt des entschlossensten und tatkräftigsten aus dem vom französischen Thron vertriebenen Königshaus der Bourbonen, des Herzogs von Enghien, in der grenznahen badischen Stadt Ettenheim als Auftakt eines royalistischen Umtriebes ansah, dessen Ziel einzig die Beseitigung der Revolution von 1789 und ihrer Folgen (damit also auch der Machtstellung Bonapartes) sein könnte — obwohl doch das ganze aufgeschreckte Europa inzwischen überzeugt worden sei, daß nur die Liebe zur Prinzessin Rohan der Grund war, der den Duc d'Enghien nach Ettenheim geführt hatte.

Aber selbst die franzosenfreundlichen Berliner Räte fänden keine Entschuldigung für den Befehl, den Bonaparte in der Nacht des 15. März ausführen ließ: Ein Corps seiner Soldaten setzte über den Rhein, überraschte in Ettenheim den ahnungslosen Bourbonenherzog, nahm ihn — auf badischem Territorium und damit auf dem Boden des Heiligen Römischen Reiches! — gefangen und schaffte ihn auf die Zitadelle von

Straßburg, wo er zunächst einmal drei Tage lang festgehalten wurde. Trotz dieses auch mit bestem Willen unentschuldbaren Völkerrechtsbruches hatte sich Preußen, sicherlich beeinflußt durch den Intriganten Lombard, nicht entschließen können, wenigstens den lahmen Protest einzelner kleinerer deutscher Fürsten zu unterstützen, die damit der Empörung ihrer Völker Rechenschaft tragen wollten, wenn sie sich schon nicht der konsequenten Haltung Seiner Majestät und Dero hervorragendster Minister (dieser lobende Hinweis auf den Grafen Cobenzl war hier leicht anzubringen) anzuschließen und energisch vorzugehen wagten.

Die Haltung Preußens sei aber um so unverständlicher, als man auch in Berlin sehr bald erfuhr, daß der Verletzung des Völkerrechtes sofort ein Bruch der primitivsten Menschenrechte folgte, indem der Erste Konsul bereits die Hinrichtung des armen Herzogs von Enghien beschlossen hatte, ohne sich dessen Argumente überhaupt vortragen zu lassen. Von Straßburg aus war der Verhaftete recht überstürzt nach Paris gebracht worden, wo er am 20. März spät abends ankam, und dann gleich weiter nach Vincennes, wo man ihn zwar nicht im ungewissen, aber doch warten ließ, ehe er einen Tag später vor ein Kriegsgericht gestellt wurde.

Der österreichische Gesandte sei im Allerhöchsten Auftrag ebenso wie die Geschäftsträger anderer deutscher Souveräne beim König von Preußen vorstellig geworden, daß sich dieses Gericht nur nach der Willkür des Konsuls Bonaparte, nicht aber nach den Bestimmungen von Recht und Gesetz zusammengesetzt hatte; trotz allem war Berlin aber nicht zu einem energischen Vorgehen gegen Frankreich zu bewegen.

Es werde sogar gemunkelt, Lombard habe seinem König einreden können, dieser ungeheuerliche Prozeß wäre nur der Sorge um das Wohl des Staates zu verdanken gewesen, die den Ersten Bürger Konsul Tag und Nacht (er brauche, heißt es, täglich nicht mehr als drei Stunden Schlaf) beschäftige.

So habe Preußen die Tatsache hingenommen, daß der auf deutschem Reichsgebiet überfallene und widerrechtlich verschleppte Herzog von Enghien ohne genügende Vorbereitung, ohne Bedenkzeit, ohne die nötige Gelegenheit, sich vorher auszuruhen, vor ein Tribunal gestellt worden war, das nur aus Handlangern Bonapartes bestand, für die es gar keinen anderen Urteilsspruch geben konnte als den ihnen anbefohlenen mörderischen Entschluß ihres Auftraggebers. Daß dem Angeklagten nicht einmal die vor jedem ordentlichen Gericht doch selbstverständliche Unterstützung durch einen Verteidiger gewährt wurde, habe der König in Berlin einfach ignoriert und solcherart bewiesen, daß ihm eine Lektion über Gerechtigkeit nicht schaden könnte (Diese Formulierung hatte Cobenzl ganz bewußt ausgedacht und dem Kurier einstudiert, weil sie an des Kaisers Wahlspruch Justitia Regnorum Fundamentum — „Gerechtigkeit ist das Fundament der Königreiche" — gerade in einer Zeit appellierte, in der die Königreiche ein Fundament nötiger hatten denn je, wie der große Umsturz in Frankreich zur Genüge bewies).

Das Ende dieses allen Gerichtsverfahren hohnsprechenden Prozesses, der am 21. März vom Abend bis um zwei Uhr früh des nächsten Tages gedauert hatte — und also gerade lange genug zurücklag, um die Nachricht davon in die deutschen Länder gelangen und dort, je nach dem Grad der Anhänglichkeit an den Kaiser, sich dessen Aufruf zum Protest mit temperierter Entrüstung oder überhaupt nicht anschließen zu lassen —, dieses Ende also war dann nichts anderes als die schändliche Konsequenz einer schändlichen Entführung und eines schändlichen Gerichtsverfahrens: General Savary, ein knechtischer Parteigänger des Ersten Konsuls, formulierte das Todesurteil; und nach der Verkündigung dieses sogar in einer solchen verlogenen Fassung noch keineswegs glaubwürdigen Anschlages gegen das Leben eines räuberisch Entführten blieben diesem nicht einmal mehr zwei Stunden Zeit, um sich für den Antritt seiner Reise ins Jenseits vorzubereiten: Um vier Uhr früh wurde der Duc d'Enghien im Schloßgraben von Vincennes erschossen.

„Und in Berlin sagens' nix dazu."

Diese Bemerkung war viel zu resigniert, um den Kaiser noch aus seinem Sessel hochzureißen — wozu es bei der leichten, hageren, elastischen Gestalt keiner großen Energie bedurft hätte —, sie leitete nicht ein aufgeregtes Wandern durch das Zimmer ein, von Wand zu Wand, von Fenster zur Tür, wie es Cobenzl erhofft und dem erwartungsvollen Kurier angekündigt hatte, nein: Die schmalen Finger des Kaisers spielten wohl unruhig mit den Papieren, die auf dem Schreibtisch lagen, die Lippen wurden zusammengepreßt, die Falten neben den Mundwinkeln zeichneten sich steiler und tiefer in das langweilige Oval des Gesichtes — aber die Stille im Raum hatte nichts Beängstigendes, Drohendes; sie konnte kein Donnerwetter auslösen wie die knisternde, spannungsgeladene Stille vor einem Gewitter, sie konnte keine Schreie explodieren lassen, daß man diesen Friedrich Wilhelm und die anderen unbotmäßigen deutschen Souveräne zur Raison bringen müsse, wenn nicht mit dem Fundament aus Gerechtigkeit auch die darauf errichteten Königreiche (und wohl auch das Kaiserreich) zusammenstürzen sollten, weil man duldet, daß auf dem Territorium des Heiligen Reiches gemeine ausländische Entführer ihr Unwesen treiben, und weil die Sorge um den eigenen Staat dieses rechtsbrecherische Regime auch im fremden Frankreich nicht zulassen könne.

Since now we will divest us, both of rule / Interest of territory, cares of state . . .

Dieser Lear unter dem Doppeladler, dem vom hymnischen Wunsch bestenfalls noch das lange Leben, aber keineswegs mehr des Glückes hellster Glanz verwirklicht werden konnte, war viel zu bescheiden, viel zu unpathetisch, um die großen

Worte sagen zu müssen, die Shakespeare seinem Theaterkönig in den Mund gelegt hatte. Es genügte, wenn Franz der Zweite, Kaiser des Heiligen Römischen Reiches und als solcher noch immer der mächtigste Fürst Deutschlands, den Kurier mit einem väterlichen Kopfnicken verabschiedete und dann sagte:

„Schicken s' mir den Herrn Regierungspräsidenten herein."

Dieser war natürlich überrascht, daß er nicht länger hatte warten müssen. Seine Vermutung, der Kaiser würde über die Ablehnung Preußens, gegen die Entführung des Herzogs von Enghien zu protestieren, sehr bestürzt sein, schien durch die vertrauliche Schilderung des Kammerdieners von der offensichtlich schlaflosen Nacht bestätigt worden zu sein. Ein Kurier, der direkt aus Berlin gekommen war, dazu die Ermordung des Duc d'Enghien, die überall größte Empörung gegen Frankreich und dessen Ersten Konsul Bonaparte ausgelöst hatte — dieses staatspolitisch so außerordentlich wichtige Problem also im Zusammenhang mit der eiligen Entsendung eines Berichterstatters durch den österreichischen Gesandten am königlich preußischen Hof — die Gedankenkette: Entführung — Ermordung — Empörung — Zurückhaltung Preußens, die geraume Zeit zu ihrer Beurteilung und Entschlüsselung beanspruchen sollte — und nun . . .

Der Regierungspräsident war nicht nur überrascht, sondern auch verwirrt, als er schon so schnell vor seinen Monarchen gerufen wurde. Er hatte sich, während der Kurier die Zeit des Kaisers lange in Anspruch nahm, noch rasch einen überzeugenden Vortrag zur Wahl des neuen Wiener Bürgermeisters zurechtlegen wollen. Die Hofkanzlei hatte ja alle auch nur annähernd in Frage kommenden gesetzlichen Bestimmungen herausgesucht, und an ihm lag es nun, den Kaiser sehr geschickt zur Übereinstimmung mit der wohlfundierten Ansicht seiner Kanzlei zu führen — was nach einer wirklichen

Erregung über Preußens Haltung zur Entführung des Bourbonenprinzen unschwer gelungen wäre, aber so ...

Die routinemäßige Einleitung seines Vortrages war dem verwirrten Regierungspräsidenten gar nicht richtig bewußt geworden, aber sie hatte ausgereicht, um ihn wieder Fassung gewinnen zu lassen und nun in wohlgesetzten Worten darzulegen, daß die vereinigte Hofkanzlei auf eine Vorschrift vom 21. August 1783 hinweise, die ausdrücklich bestimme, daß zum Bürgermeister kein Individuum gewählt werden könne, das nicht von der Regierung und dem Appellationsgericht das Decretum eligibilitatis erhalten habe; und da die zur der für Wien vorzunehmenden Wahl bereits ergangene Allerhöchste Entschließung befehle, daß eine solche Wahl nach den derzeit bestehenden Vorschriften durchzuführen sei — unbeschadet des der Bürgerschaft darin genehmigten Zugeständnisses nach freier Wahl ihres Vorstehers —, gelte es also in erster Linie, die Wahlfähigkeit und das Wahlschema genauestens zu beobachten.

Der Kaiser läutete nach seinem Sekretär. Dem hielt er ein beschriebenes Blatt Papier hin, das er von seinem Schreibtisch genommen hatte:

„Lesen s' das da vor!"

Und der Schreiber, unbeteiligt wie sein kaiserlicher Herr, las mit gleichmütiger Stimme — die nur bei ganz wichtigen Stellen etwas langsamer und lauter wurde — die endgültige Stellungnahme des Monarchen zu dieser schon monatelang dahingeschleppten Bürgermeisterwahl vor:

„Es liegt Mir daran, daß die bei Meiner Haupt- und Residenzstadt vorwaltende Bürgemeisterswahl bald vor sich gehe und auf ein würdiges und taugliches Individuum falle. Die Würdigkeit finde ich in einer guten Moralität und einem unbescholtenen Charakter, die Tauglichkeit aber, zumal bei dem hiesigen städtischen Justizsenate schon eigene Vicebürgermeister angestellt sind, vorzüglich in dem, daß der Auszuwählende genugsame, durch mehrjährige Dienstleistung erprobte Erfahrung, dann die Geistes- und Leibeskräfte habe, um sein Ansehen als Chef der hiesigen Bürgerschaft zu behaupten und besonders um eine gute Leitung und Aufsicht sowohl über den politischen und Justiz-Senat als die übrigen städtischen Ämter mit einem bescheidenen Ernste zu führen. Ich will also keineswegs, daß man Männern, welche zeither etwa bloß im politischen Fache rühmlich gedient haben, und ebenso wenig jenen, die bisher bloß im Justizfache gute Dienste leisteten, wegen des sonst vorgeschriebenen Decretum eligibilitatis oder gar einer Prüfung Anstände mache; immer aber müssen jene, die bloß politische Ämter bekleideten, über die Zurücklegung der juridischen theoretischen Berufsstudien sich ausweisen können. — Diesen Meinen Willen hat die Hofkanzlei der niederösterreichischen Regierung und durch diese dem hiesigen Magistrate unverzüglich zu erkennen zu geben, daß Ich Mich zu den Wahlmännern versehe, daß dieselben bei ihrer diesfälligen Stimmführung ohne Nebenabsicht und ohne Rücksicht auf Empfehlung und andere Zudringlichkeiten bei Vorschlagung der sechs Würdigsten, diese mögen Kompetenten sein oder nicht, bloß das gemeine Wohl hiesiger Stadt vor Augen haben und dadurch Meiner Erwartung entsprechen werden.“

Der Regierungspräsident hätte dem Kaiser, der während der Verlesung geradezu herausfordernd seine Unterlippe hängen ließ — was ihm zu einer entfernten Ähnlichkeit mit seinen erlauchten Ahnen Karl dem Fünften und Rudolf dem Zweiten verhalf — eine solche Entschiedenheit nicht zugetraut. Es war kein Zweifel, daß die Hofkanzlei diese kaiserliche Verordnung unverzüglich weiterleiten und damit die Hoffnungen der höheren Beamtenschaft zunichte machen würde, daß nur einer aus deren einflußreichem, seit weiland Kaiser Joseph dem Zweiten im Staate bestimmenden Kreis der Wiener Bürgerschaft vorangestellt werden könne. So gleichmütig Franz auf die großen weltpolitischen Ereignisse reagierte — auch wenn sie ihm persönlich so nahe gingen wie die Hinrichtung seiner Tante Marie Antoinette, der Königin von Frankreich —, so patriarchalisch autoritär verfuhr er in Angelegenheiten, die seine Landeskinder betrafen; aber dennoch raffte er sich nur selten zu so bestimmten, jede Widerrede ausschließenden Anordnungen auf wie jetzt, wo es um die Wahl des Wiener Bürgermeisters ging. Sollte irgendeiner der bisher kaum beachteten Hofleute oder Ratgeber einen so entscheidenden Einfluß auf den Kaiser gewonnen haben? Denn daß dieser von sich aus eine solche Entschlußkraft aufgebracht haben könnte, kam dem Regierungspräsidenten gar nicht in den Sinn. Der war schon zu lange mit der Gleichgültigkeit des Kaisers allen wirklich weitblickenden, das Unglaubliche dieser Zeit berücksichtigenden Regierungsanträgen gegenüber vertraut, auch mit der Gleichgültigkeit gegenüber der höchsten Würde, die das Abendland zu vergeben hatte und die ihm zugefallen war — der Würde eines Kaisers des Heiligen Römischen Reiches —, um diesem Monarchen einen so energischen Eingriff in die Politik einer großen Stadt wie Wien zuzutrauen. In unbedeutenden Fällen — wenn es galt, vom Unwetter geschädigte Bauern zu unterstützen, den Witwen gefallener Offiziere die Pension zu erhöhen, die Waisen kleiner Beamter irgendwo in den Erblanden mit einer standesgemäßen Aussteuer zu versehen — war die unermüdliche Tatkraft des Kaisers allgemein bekannt, und nur die trotz allen Arbeitseifers unvermeidliche Verschleppung der bei den Audienzen vorgetragenen oder schriftlich eingereichten Ansuchen — die der Kaiser mit unglaublicher Gewissenhaftigkeit fast ausschließlich selbst erledigen wollte — konnte verhindern, daß jedem, den der Landesvater, der lange und in des Glückes höchstem Glanze leben soll, bei einer allgemeinen Audienz Hilfe zugesagt hatte, auch stante pede geholfen wurde. Denn dann wären diese allgemeinen Audienzen noch mehr zu Bettlerversammlungen geworden, als sie es ohnedies schon (und das gleich zweimal in der Woche von sieben Uhr früh bis in den späten Nachmittag hinein) ziemlich unverblümt sind.

Und nun bestimmte der Kaiser in der schwierigen Frage, wie der neue Wiener Bürgermeister zu wählen sei, genau so selbstherrlich und ohne Rücksicht auf seine Ratgeber oder die höhere Beamtenschaft, wie er bisher die Versetzung eines armseligen Lehrerleins aus einem langweiligen Provinznest in eine Landeshauptstadt gehandhabt hatte.

Die Suche nach dem unbekannten Intriganten, dem dieser außergewöhnliche Energieanfall zu verdanken war, würde schon deshalb sehr schnell und mit allen Mitteln einzuleiten sein, weil ein solcher unkontrollierter Einfluß den Kaiser sogar in einer Zeit, in der ihn die ablehnende Haltung Preußens zum Protest gegen die Entführung und Ermordung des Herzogs von Enghien offensichtlich auch nicht mehr gegen die unzuverlässigen deutschen Landesfürsten aufbringen konnte (obwohl ihn die Schändlichkeit Napoleon Bonapartes vermutlich eine schlaflose Nacht bereitet hatte), zum entschlossenen Betreiben einer raschen Wahl des Wiener Bürgermeisters veranlassen konnte.

Als der Kurier aus Berlin soeben vom Kaiser gekommen war — schnell abgefertigt und, seinem Gesichtsausdruck nach zu schließen, enttäuscht über eine nicht genügende Beachtung seiner wichtigen Mitteilungen —, hatten sich die Mitglieder der Hofkanzlei, die Kriegsräte, die Angehörigen des Erzhauses, die Gesandten fremder Monarchen, die gelassen auf ihre Aussprache mit dem Kaiser warteten, vielsagend zugenickt; und mehr als einer von ihnen wird wieder an die Erzählung des Diplomaten, der in London war und die englische Sprache verstand, gedacht haben, an den resignierenden König Lear und seinen Text: Since now we will divest us, both of rule / Interest of territory, cares of state ...

„Woran denken s' denn? Ich mein', es wär' doch alles klar genug — oder?"

Mit dieser ganz und gar nicht klassisch formulierten Frage riß der Kaiser den Regierungspräsidenten aus den bekümmerten Überlegungen, ob dieser Lear unter dem Doppeladler vielleicht doch nicht bereit wäre, seine ganze Macht — wenn schon nicht unter seine Töchter und Schwiegersöhne, so doch unter seine Minister und Räte — zu verteilen.

Als er — und nun hätte er mit einemmal gar nicht mehr genau sagen können, wie — wieder unter den Würdenträgern stand, die vergnügt miteinander plauderten, als gälte es gar nicht, dem Kaiser ein wichtiges Problem vorzutragen, nahm sich der Regierungspräsident nicht die Zeit, auf spaßige Bemerkungen und Zurufe zu reagieren. Er nickte grüßend nach allen Seiten, und ein paar besonders Wohlgemeinte, die ihm ihre Hände grüßend entgegenstreckten, waren ganz erstaunt, daß er sie nicht ergriffen hatte.

Noch unter dem mächtigen Portal, als sein Diener, der am Korridor auf ihn gewartet hatte, schon die Equipage heranwinkte, die der Kutscher dann hastig durch den grauen Aprilregen lenkte, um vor dem Tor abzuspringen und mit geübter Geste den Schlag zu öffnen, war dem hochvermögenden Herrn Regierungspräsidenten nicht eingefallen, wie er den Unbekannten, der Kaiser Franz den Zweiten zu einem so bestimmten Eingreifen in die Wiener Bürgermeisterwahl veranlaßt hatte, ausfindig und unschädlich machen könnte.

Die Equipage näherte sich bereits seinem Amtssitz, als ihm — zuerst unbestimmt, dann aber immer deutlicher — der Gedanke kam, der gute Kaiser Franz könnte diesen ungewöhnlichen Entschluß auch ganz allein und nicht unter dem Einfluß eines unbekannten Ratgebers gefaßt haben.

Aber dieser kuriose Einfall zerfloß ihm bald wieder wie die unscheinbaren Tropfen des Aprilregens auf der beschlagenen Fensterscheibe seiner Equipage . . .

Ihm erblühen Lorbeer-Reiser
Wo Er geht, zum Ehren-Kranz

oder

Ein drittes Erbkaisertum für Europa

Mit der Gelassenheit eines erfahrenen Diplomaten, der Überlegenheit und Ruhe auch an einem Tag wie diesem vorzutäuschen verstand, trat Graf Johann Ludwig Joseph Cobenzl durch das Tor neben dem Brunnen in den Schweizertrakt der Wiener Hofburg. Die Stufen der Säulenstiege, die zu den kaiserlichen Räumen im zweiten Stock emporführte, nahm er nicht hastiger als sonst, aber doch mit einer eleganten Geschmeidigkeit, die nicht erkennen ließ, daß der Staats- und Konferenzminister das erste halbe Jahrhundert seines Lebens bereits hinter sich hatte. Gleichmäßig, beinahe tänzelnd, stieg er Schritt für Schritt höher. Der Weg war ihm vertraut, er mußte nicht an die Stiege denken und nicht auf die Stufen achten, sondern konnte — Stufe für Stufe — noch einmal überlegen, aus seiner Erfahrung und aus den ihm oft beiläufig mitgeteilten Erfahrungen anderer Vergleiche heranziehen, die gegenwärtige verworrene Situation an ihnen wägen und prüfen, obwohl diese doch beispiellos war durch die Konsequenz, mit der Napoleon vorging, und durch sein Tempo, das die taktische Zähigkeit des Wiener Kabinetts vor fast unlösbare Aufgaben stellte.

Durch die Antichambre rechts von der Stiege im zweiten Stock — in dem ebenso wie im gegenüberliegenden linken Vorzimmer die Trabantengarde mehr routiniert als aufmerksam Wache hielt — ging Cobenzl so teilnahmslos, als gelte es, den Korridor seiner eigenen Wohnung zu durchqueren und nicht die Grenze zu überschreiten, hinter der ein Kaiser —

und jetzt wirklich nur noch einer und nicht der einzige — die Insignien seiner Macht vor der sonstigen Machtlosigkeit gerettet hatte. Selbst in Petersburg, wo doch vor allem zur Zeit der großmächtigen und nun doch seligen Katharina solche Vorzimmer die Eintretenden kopflos (nicht nur im bildlichen, sondern im wortwörtlichen Sinn) machen konnten, hatte Cobenzl keinen Respekt vor den mit Uniformierten bedeutungsvoll ausgeschmückten Antichambres bewiesen.

Auch die gezogenen Säbel des Offiziers der deutschen Arcierentruppe und des Rittmeisters der ungarischen adeligen Leibgarde, die vor dem Saal postiert waren, in dem der Kaiser seine gewöhnlichen Audienzen zu geben pflegte, machten auf den Minister keinen Eindruck. Bereitwillig öffnete ihm der Deutsche die große zweiflügelige Türe, auf die er zugegangen war, und er bemerkte diese in Petersburg oder gar in Berlin unvorstellbare Geste eines wachestehenden Offiziers nicht einmal — so sehr waren ihm die Eigenheiten dieser kaiserlichen Räume schon zur Selbstverständlichkeit geworden.

Die Begleitung des Dieners, der im nächsten Zimmer auf ihn wartete, lehnte er mit einer kurzen, kleinen Bewegung seiner Hand ab; und die Antwort auf die Meldung des Sekretärs, der den Namen und die wichtigsten Titel des Grafen Cobenzl durch die nächste Tür leierte, als gelte eine solche Ankündigung nicht dem Kaiser, sondern einem vielbeschäftigten, schmuddeligen Handelsherrn, dessen Kontorist mehr an die Zahlen in seinem Rechnungsbuch als an die wichtigen Geschäfte des anzumeldenden Besuchers dachte, beachtete er gar nicht.

Er wußte, daß sein Monarch diese Anmeldung aufnehmen würde wie einer jener Kaufleute, und daß die leiernde Stimme des Sekretärs, die im Palast der großen Zarin Katharina in Sankt Petersburg bestimmt nicht geduldet worden wäre, in das geheime Audienzkabinett des deutschen Kaisers ebenso paßte wie der an Kragen und Ärmeln schon etwas abgewetzte bürgerliche Rock, den dieser trug.

Außer diesem Rock, seinem hier nun plötzlich sehr klein wirkenden Träger und der leiernden Stimme des Sekretärs schien selbst im bescheidenen Kabinett alles zu aufwendig und zu bedeutungsvoll für den guten Kaiser Franz, auf dessen melancholischem Langschädel sich der Ehrenkranz aus Lorbeerreisern, die der Dichter seiner Hymne für ihn erblühen lassen wollte, recht seltsam ausgenommen hätte. Die mit herrlichem grünen Seidendamast tapezierten Wände, die ebenso drapierten Fenster und mit dem gleichen Stoff bezogenen Möbel, die beiden prachtvollen Porzellanvasen konnten in keine Beziehung zu diesem anspruchslosen Kaiser gebracht werden; nur die vom Wiener Uhrmacher Ignaz Berlinger geschaffene Uhr, die angeblich nur einmal im Monat aufgezogen werden mußte, schien ihrem Besitzer wirklich zu gehören — nicht wegen des kostbaren Gehäuses, sondern wegen des leisen, mahnenden Tickens, das diesem emsigen kaiserlichen Aktenaufarbeiter die Minuten und Stunden ebenso vorzählte wie einem kleinen Advokaten, der seine Klienten nicht warten lassen wollte.

Die müde Geste, mit der Franz auf einen Stuhl wies, hätte nicht verraten können, daß er um fünfzehn Jahre jünger war als sein Besucher; aber ein aufmerksamer Beobachter hätte feststellen können, daß dieser den ersten Schritt zum Sitz schon getan hatte, bevor ihn der Kaiser dazu aufforderte.

Dann saßen sie einander gegenüber.

Der eine erwartungsvoll nach vorn gebeugt, den schmalen Kopf vorsichtig zwischen die Schultern eingezogen; der andere nachlässig zurückgelehnt, die Beine elegant übereinandergeschlagen.

So saßen sie einander gegenüber.

Der eine, dem es gegen den Vorschlag seiner Ratgeber gelungen war, die Wiener ihren Bürgermeister frei wählen zu lassen; der andere, dem es nicht gelungen war, die allgemeine Entrüstung über die Ermordung des Herzogs von Enghien zu einem wirkungsvollen diplomatischen Protest zusammenzufassen.

Der eine, der nicht gemerkt hatte oder nicht merken wollte, daß mit dem Magistratsrat Stephan von Wohlleben am 28. Juni dennoch ein seinen Räten genehmer Wiener Bürgermeister gewählt worden war; der andere, der gemerkt hatte und wohl auch merken wollte, daß den deutschen Fürsten der Habsburger nicht mehr genehm war, den sie vor zwölf Jahren, am 14. Juli 1792, in Frankfurt als zweiten Franz zum römischen Kaiser und damit zum Ersten in ihrem Kreis gewählt hatten.

Der eine, der seine Erblande wie ein guter Hausvater verwalten und als geordneten Besitz seinen Nachfolgern übergeben wollte; der andere, dem unumgänglich notwendig schien, die wertvollste Krone der Christenheit, die des Kaisers von Rom, zum Erbteil werden zu lassen, wenn sie nicht dem Haus Habsburg verloren gehen sollte.

Der eine, jüngere, der um soviel älter wirkte, und der andere, ältere, der um soviel jünger wirkte, saßen einander aber nicht lange gegenüber, ohne von dem zu sprechen, was dem einen Realität war und dem andern Idee.

„Schau'n s', Cobenzl: die Ideen haben nix als Unglück über die Welt gebracht. Ich mag keine Ideen, versteh'n s'? Und die Leut' wollen 's auch nicht. Die wollen ihr Haus bestellen, Feuer im Herd haben und Fleisch im Topf. Und einen Kaiser, zu dem s' kommen können, wenn sie Sorgen haben; nicht aber die Idee von einem Kaiser, der ihnen gar nix bedeutet."

„Majestät, ich muß immer wieder betonen, daß ich die Umwandlung des römischen Kaiserreiches in ein Erbkaisertum für durchaus möglich halte. Wie schon mein Vetter Philipp Cobenzl — den Eure Majestät als Botschafter nach

Paris zu entsenden geruhten — zu Napoleon Bonaparte sagte, ist die deutsche Kaiserwürde seit einem halben Jahrhundert durch freiwillige Wahl vererbt worden und wird wohl auch künftig beim Haus Habsburg bleiben . . ."

„Weil s' net viel mehr ist als ein bloßer Ehrentitel und weder die Macht noch den Einfluß von dem, der sie besitzt, wesentlich vermehren kann — das hat er auch g'sagt, ihr Vetter in Paris."

„Natürlich — denn es galt doch, Napoleon zu beruhigen. Er hat sich zum Erbkaiser der Franzosen aufgeworfen, Majestät, und weiß genau, wieviel ihm die Anerkennung durch den vornehmsten Fürsten Europas bedeutet. Es wäre möglich, ihm für diese Anerkennung die Anerkennung Eurer Majestät als erblichen — und nicht bloß gewählten — deutschen Kaiser abzuringen."

„Nein, nein, Cobenzl, das tut er nicht. Nicht einmal dann, wenn dieser deutsche Erbkaiser gar kein Deutsches Reich zum Regier'n hat, so wie ich jetzt."

„Er würde es tun, Majestät. Obwohl er weiß, daß die Idee eines deutschen Erbkaisertums seine Ansprüche auf die Krone Karls des Großen vereiteln könnte."

„Ich hab' ihnen schon g'sagt, Cobenzl, was ich von Ideen halte."

„Majestät, der neue Kaiser der Franzosen hält offensichtlich sehr viel davon. Soviel, daß er nicht einmal vor einem Bruch des Völkerrechtes zurückschreckte, um den Duc d'Enghien auf deutschem Reichsgebiet verhaften lassen zu können, damit ihm dann in Frankreich der Scheinprozeß als royalistischer Verschwörer gemacht werden konnte. Napoleon brauchte diesen Prozeß und brauchte den Vorwand dieser Verschwörung, weil er die Idee eines französischen Kaisertums — die Idee, Majestät! — nur so vertreten und als einzig mögliches Gegenmittel gegen die angeblichen Umtriebe der Bourbonen, die durch die Revolution von genau demselben Thron vertrieben wurden, auf den sich der General dieser Revolution dann setzen wollte, einem verblendeten Volk empfehlen konnte. Und als es am 16. Mai im französischen Senat zur Abstimmung über diesen Vorschlag kommen sollte, galt die Idee eines Kaisertums den überlegteren Franzosen sogar soviel, daß sich einige von ihnen offen gegen die Übertragung der Kaiserwürde — einer Idee, Majestät! — an den Bürger Ersten Konsul aussprachen, der doch alle Macht besaß und jeden Gegner seiner Idee — also wieder nur einer Idee! — vernichten konnte. Eure Majestät wissen doch, wie ausführlich General Carnot seine Ablehnung im Tribunat begründet hat. Wenn aber schon die Idee eines neuen französischen Kaisertums solchen Wert besitzt — um wieviel größer muß dann der Wert der Idee unseres alten deutschen Kaisertums sein?"

„Ich hab' doch die Wahlkapitulation beschwören müssen, in der es heißt, daß die deutsche Kaiserkrone net erblich g'macht werden darf!"

„Majestät, ich kann die Versicherung geben, daß Freiherr von Fahnenberg in Regensberg mehr und mehr mit der Ansicht durchdringt, das bisherige Wahlprinzip habe sich für die Entwicklung des Deutschen Reiches immer nur als schädlich erwiesen. Daß er mehr und mehr überzeugen kann, nur die faktisch schon bestehende Erblichkeit der Kaiserkrone im Haus Habsburg habe diesem Deutschen Reich das Schicksal Polens erspart, mit einem Mal überhaupt nicht mehr zu existieren. Daß er mehr und mehr darlegen kann, wie die Kosten der Kaiserwürde, die Befolgung der Reichsgesetze und die Vollziehung der reichsgerichtlichen Erkenntnisse durch die Reichsstände, aber auch der Schutz Deutschlands gegen äußere Feinde ein mächtiges Oberhaupt erfordern, das nach wie vor nur vom Haus Habsburg erwartet werden darf. Daß er die Reichsvikare, die als einzige bei der Errichtung einer Erbmonarchie Einbußen erleiden würden, mehr und mehr mit dem Hinweis beruhigen kann, daß sie durch die Vormundschaft über einen minderjährigen Thronfolger entschädigt wären. Und daß er schließlich auch hartnäckige Gegner einer solchen Erbmonarchie damit tröstet, daß auch in diesem Fall das Reich nicht der Willkür des Herrschers überantwortet, sondern daß die volle Aufrechterhaltung der Reichsgesetze bestehen bleiben würde."

„Na und, Cobenzl? Der Fahnenberg muß durchsetzen, überzeugen, darlegen, beruhigen, trösten. Der Napoleon aber schafft an. Darin liegt ein großer Unterschied. Meinen s' nicht auch?"

„Auch Napoleon hat sich verpflichtet, ohne vorherige Zustimmung des französischen Volkes keine neuen Titel anzunehmen!"

„Ja. Das war im März, glaub' ich. Und im Mai war er dann Kaiser der Franzosen. Nur, weil's der Senat dort so beschließen hat müssen. Und jetzt erst stimmt das französische Volk darüber ab, während es gleichzeitig schon den neuen Kaiser feiert. Und worüber stimmen s' ab? Ob die Kaiserwürde erblich in der Familie Bonaparte bleiben soll. Was kann denn bei einer solchen Abstimmung schon herauskommen — jetzt, wo der Napoleon schon seit einem Vierteljahr zum Erbkaiser der Franzosen proklamiert worden ist?"

„Über das Ergebnis kann es natürlich keinen Zweifel geben, Majestät . . ."

„Seh'n s', lieber Cobenzl! Was wird der Napoleon also viel darum geben, damit ich ihn anerkenn'? Preußen hat's doch schon längst getan — die haben in Berlin die Meinung ihres deutschen Kaisers zu dieser wichtigen Frage erst gar nicht abgewartet."

„Aber unsere Verhandlungen in Paris . . ."

„Werden gar nix verhindern, Cobenzl. Sie wissen doch selber, daß wir nur die Russen beruhigen wollen, indem wir uns Zeit lassen. Das ist Politik, Cobenzl — und Politik ist ihre Angelegenheit. Aber daß da in der Hofburg ein Kaiser sitzt, ein richtiger, wie ihn die Leut' wollen — das ist meine Angelegenheit."

„Als erblicher Kaiser des Reiches würden Majestät jedenfalls nicht weniger richtig in der Hofburg sitzen."

„Ja — wenn das Reich noch was Wirkliches wär' und nicht bloß eine Idee."

„Wäre es denn nicht verwirrend, wenn durch eine erbliche Kaiserkrone — die nicht die Krone des Kaisers des Heiligen Römischen Reiches ist — nun die Kaiser in Europa noch zahlreicher würden? Die Tatsache, daß Majestät dann zwei Kaiserkronen auf dem allerhöchsten Haupt vereinigen, könnte ja doch nicht darüber hinwegtäuschen, daß es neben den Erbkaisern von Rußland und Frankreich und einem dritten Erbkaiser auch noch den erwählten römisch-deutschen Kaiser gäbe!"

„Ich weiß, Cobenzl, daß ihr Vetter das alles dem Napoleon auch schon vorg'halten hat. Sie haben ja unserem Botschafter in Paris selbst solche vertraulichen Weisungen zukommen lassen. Aber es hat nix g'holfen. Drum, lieber Cobenzl, red'n wir net mehr über die Idee vom römischen Kaiser, sonden über die Realität vom Kaiser da in Wien."

„Majestät, darüber reden wir doch schon seit Monaten. Genau genommen: seit durch die Proklamierung Napoleons zum Kaiser der Franzosen die Gelegenheit günstig ist, auch dem Haus Habsburg die erbliche Kaiserwürde zu sichern."

„Ist nicht das Haus Habsburg auch das Haus Österreich, Cobenzl? Daß meine Rät' und Minister soviel an meine Familie denken, is schön und gut. Aber ein bisserl müßt' man doch auch an die Leut' denken, Cobenzl. Und wenn das g'schehen wär', hätt' im Juni ihr Vetter in Paris net den Vorschlag machen dürfen, ich sollt' mich zum Empereur d'Hongrie et de Gallicie machen. Was wär' denn ein Kaiser von Ungarn und von Galizien da in der Wiener Hofburg? Doch noch viel fremder als ein erwählter Kaiser des Heiligen Römischen

Reiches! Nein, nein — der Kaiser da hier muß ein österreichischer Kaiser sein!"

„Wenn Majestät nur von den Schwierigkeiten eines solchen Titels zu überzeugen wären! Als Kaiser von Ungarn und Galizien würde Eure Majestät alle Ansprüche von einem beträchtlichen, jedoch vom Reich unabhängigen Teil der Monarchie ableiten können. Gleichzeitig könnten Eure Majestät aber als König von Böhmen Mitglied des Kollegiums der deutschen Kurfürsten, als Erzherzog von Österreich außerdem Mitglied des Fürstenkollegs bleiben. Das sind rechtlich begründete Stellungen . . ."

„Die aber nur begreifen kann, wer jahrelang einschlägige Studien g'macht hat. Habsburg und Österreich — darauf kommt's den Leuten hier an, und auch den anderen Fürsten und den anderen Regierungen. Daß ein Habsburger Kaiser von Galizien ist oder Kaiser statt König von Ungarn, würde gar nix bedeuten, wenn dieser Kaiser dafür verzichten müßt', da — versteh'n s', Cobenzl? — da in diesem Haus und in dieser Stadt und in diesem Land Kaiser zu sein, was er als erwählter römischer Kaiser immerhin noch ist, solang die anderen Kronen als weniger wichtig ang'sehen werden. Erblicher römisch-deutscher Kaiser kann ich aber net werden, wenn sich das Reich so wie jetzt immer mehr auflöst, und will es auch nicht werden, weil ich dann ja überhaupt kein Reich mehr hätt' — also bleibt mir nix anderes übrig, als Erbkaiser von Österreich zu werden, wenn ich mich dem Erbkaiser in Sankt Petersburg und dem neuen Erbkaiser in Paris gleichstellen möcht'!"

„Die Reichsstände müssen jedoch befürchten, daß die Erhebung der erzherzoglich-österreichischen Länder zu einem Erbkaisertum größte Verwirrung in die Reichsverfassung bringt. Und im besonderen: wer könnte dann den König von Preußen abhalten, sein Königtum auch auf Kurbrandenburg auszudehnen?"

„Sagen S', Cobenzl: Kann denn die Reichsverfassung überhaupt noch mehr verwirrt werden? Und kann jemand den König von Preußen tatsächlich daran hindern, sein Land Kurbrandenburg königlich zu machen — jetzt, wo er sich mit dem Napoleon arrangiert hat?"

„Dann, Majestät, wäre wirklich nur noch der Ausweg, den der Konferenzrat Freiherr von Collenbach über meinen Auftrag geprüft und mit diesem ausführlichen Gutachten begründet hat."

Graf Johann Ludwig Joseph Cobenzl hatte die Säulenstiege noch nicht erreicht, als schon ein leises Lächeln seinem gepflegten Diplomatengesicht den bisher so bewußt zur Schau getragenen unbeteiligten Ausdruck nahm. Die beiden Offiziere — der deutsche und der ungarische — mit ihren gezückten Säbeln hatten dieses Lächeln schon bemerkt, das er vor dem Sekretär und dem Diener noch hatte verbergen können. Vor den Wächtern der Trabantengarde zeigte er es dann schon ganz offen und unbekümmert, und jetzt, wo er seinen Fuß über die erste Stufe abwärts setzte, hätte er fast laut aufgelacht, wenn er sich im Verlaufe vieler heikler Gesandtschaften und geheimer Konferenzen nicht daran gewöhnt haben würde, solche menschlichen Anwandlungen sogar vor sich selber zu unterdrücken.

Es war aber auch wirklich kurios, wie hastig der Kaiser nach dem umfangreichen Schriftstück des alten Collenbach gegriffen hatte, das eigentlich nicht wesentlich mehr enthielt als einen Gedankengang, den Franz nun schon — sehr simplifiziert und ganz undiplomatisch — seit Wochen verfolgte:

Die Verwandlung der erzherzoglichen Erblande in ein Erbkaisertum — das dritte in Europa, seit Zar Peter der Große in Rußland vor mehr als hundert Jahren auf sehr eigenwillige Art seinen Cäsaropapismus begründete und seit vor nicht einmal hundert Tagen der korsische Emporkömmling Bonaparte auf noch viel eigenwilligere Art sein französisches Kaiserreich proklamierte.

Daß der erwählte römische Kaiser nun hinter den beiden Erbmonarchen nicht zurückstehen konnte, war ihm ebenso klar wie seinen Ratgebern. Nur dachten sie an ihre Stellung, an ihren Rang in der internationalen Diplomatie, an die geheiligte und so überaus wichtige Reihenfolge bei Empfängen an den auswärtigen Höfen, bei Festlichkeiten, bei Wagenauffahrten — an die sicheren Bereiche der Konvention also, die nicht einmal durch die ungeheuerliche Französische Revolution in Frage gestellt werden konnten. Der Kaiser aber dachte an die Meinung, die das Volk von ihm haben würde, an den holprigen Text der Hymne, die seit Jahren auf ihn gesungen wurde, an die Ehrerbietung der kleinen Leute bei den Audienzen, für die er zweimal wöchentlich seine Zeit verschwendete — an die unsicheren Bereiche der Emotionen also, in denen ein jammerndes Weib mit drei Halbwaisen nach ihrem gefallenen soldatischen Ehegatten einen entscheidenden Umschwung herbeiführen konnte.

Schon nach dem ersten Treppenabsatz lächelte Cobenzl aber nicht mehr über die Verblüffung des Kaisers, als ihm das Gutachten Collenbachs übergeben worden war, sondern über seine Geschicklichkeit, mit der er selbst verstanden hatte, Vorstellungen seiner Diplomatie genau im richtigen Moment mit den Gedankengängen des Kaiser übereinstimmen zu lassen — nicht zu früh, damit nicht etwa sein diplomatisches Spiel mit dem ungeduldigen Napoleon ein vorzeitiges Ende fände, und nicht zu spät, damit nicht etwa ein ungeduldiger Kaiser Franz zu einem so überraschenden und bei ihm ungewöhnlichen Entschluß fände wie kürzlich in der Frage der Wiener Bürgermeisterwahl.

Nun war es also soweit: keinen Tag zu früh und keinen Tag zu spät. Jetzt war Napoleons Ultimatum wirkungslos geworden, daß er am 15. August in Paris einen Diplomatenempfang geben wolle, dem der österreichische Botschafter aber nicht beiwohnen wird; die Abberufung Philipp Cobenzls aus Paris ist deshalb erwünscht — gleichzeitig wird aber Champagny, der französische Botschafter in Wien, nach Paris beordert, um dort das Innenministerium zu übernehmen. Einen Nachfolger für ihn wird Napoleon nur dann bestimmen, wenn Cobenzl aus Wien sofort sein neues Beglaubigungsschreiben erhält, das an den Kaiser der Franzosen adressiert ist und damit die Anerkennung seiner neuen Würde enthält.

Und nun lächelte der Staats- und Konferenzminister, der wieder einige Stufen der Säulenstiege im Schweizertrakt der Wiener Hofburg hinter sich gebracht hatte, plötzlich sogar über den so sehr auf seine Anerkennung erpichten Korsen, weil er sich dessen Ärger über die Zähigkeit des Wiener Kabinetts vorstellen mußte. Auch der große Napoleon spielte nun seine Rolle so wie einer der Darsteller in den belanglosen französischen Theaterstücken, die Graf Johann Ludwig Joseph Cobenzl während seiner sechzehnjährigen Gesandtschaft in Rußland zum Vergnügen der Zarin Katharina für das Sommertheater in Petersburg geschrieben hatte: Der neue Kaiser der Franzosen spielte einen vordergründigen Intriganten, der in Regensburg durch seine Kreaturen alles unternehmen ließ, um die deutschen Fürsten gegen die Absicht eines Erbkaisertums für den von ihnen erwählten Habsburger zu beeinflussen. Der Text, den er sich dafür ausgedacht hatte, war so plump, daß Cobenzl die geistreiche Beherrscherin Rußlands sicherlich enttäuscht haben würde, wenn er auch nur die bedeutungsloseste seiner Personen im Petersburger Sommertheater ähnliches hätte sagen lassen: Napoleon drohte, entscheidend in die deutschen Reichsangelegenheiten einzugreifen, wenn der Wiener Hof dort seine Politik der Nadelstiche gegen Frankreich nicht aufgebe; als Nachbar, als Vertragspartei des Friedens von Lunéville und als Regent Frankreichs, das stets die wahre deutsche Konstitution und die schwachen Fürsten gegen die starken geschützt habe, werde er den Reichstag gegen den Kaiser treiben; dann müßten die weltlichen Fürsten, die sich durch die falsche und kleinliche Wiener Politik gegen Frankreich aufreizen ließen, ein ähnliches Los befürchten, wie es die geistlichen Kurfürsten in Lunéville betroffen habe. In Wien aber, wo — wie er ahnte — neue Verhandlungen Österreichs mit Rußland eingeleitet worden waren, drohte er, einen Präventivkrieg zu führen, bevor noch die Absicht Englands verwirklicht würde, eine neue Koalition gegen Frankreich zu schaffen.

Cobenzl glaubte, über solche Drohungen lächeln zu können, und er hatte gute Gründe dafür. Theatralische Generäle waren vielleicht so einzuschüchtern — ordengeschmückte alte Polterer, die sich in zwei Kriegen von dem bisher unbekannten General Bonaparte hatten verblüffen lassen —, aber doch nicht ein erfahrener Diplomat, der für Österreich nach den beiden verlorenen Kriegen immerhin zwei ehrenvolle Friedensschlüsse gerettet hatte; der erste, den er als bevollmächtigter Minister am 17. Oktober 1797 in Campo Formido unterzeichnet hatte, war ehrenvoll trotz des Verlustes der Lombardei und der Niederlande oder vielleicht sogar gerade deshalb, denn schon im Jahr 1795, ein Jahr vor dem Tod der großen Katharina, hatte er ihr in Petersburg erklärt, wie wohltuend es für Österreich sein müsse, die Niederlande und die Lombardei zu verlieren (und sie, die geistvolle nordische Semiramis, hatte ihn daraufhin beschuldigt, daß er den Staat mit einem Graben vergleiche, der immer größer werde, je mehr Erde man ihm nehme); schließlich hatte er es verstanden, in Campo Formido als Entschädigung für diese abgetretenen Gebiete das schöne Venedig, Teile von Istrien und Dalmatien für Österreich zu gewinnen — und das nach dem unglückselig verspielten Ersten Koalitionskrieg, den der „König von Ungarn und Böhmen“, wie der soeben an die Regierung gelangte Franz der Zweite in der von den französischen Revolutionären erzwungenen Kriegserklärung ihres Königs bezeichnet worden war, fünf Jahre lang mehr oder minder allein gegen die Mörder seiner armen Tante Marie Antoinette und ihres königlichen bourbonischen Gatten geführt hatte. Wie sehr hatten doch die Reichsfürsten schon damals trotz aller Aufforderungen ihres Kaisers gezögert, wie hatten sie sich nach allen Richtungen hin abzusichern versucht, indem sie diesen Feldzug nicht als Reichskrieg ansehen wollten! Und wie lange hatte Preußen, das doch durch den Allianzvertrag mit Österreich dazu verpflichtet war, gewartet, ehe es ein Heer von 50.000 Mann zum Einsatz führte! Hätte nicht der französische General Adam Philipp Graf Custine die ohnedies völlig vernachlässigte Reichsfestung Mainz erobert und anschließend die freie Reichsstadt Frankfurt besetzt, um eine Kontribution von zwei Millionen Livres einzutreiben — wer weiß, ob sich die Reichsfürsten jemals aufgerafft hätten, ihrem Kaiser auch nur diese ohnedies sehr spärlichen Unterstützungen zu gewähren. Ganz ernst hatten sie es ohnedies nie genommen, nicht einmal Preußen, dessen General Möllendorf im Jahr 1794 den Rhein-Feldzug in Gefahr gebracht hatte — wahrscheinlich, weil die Friedensverhandlungen zwischen Paris und Berlin, die im April 1795 mit einem Separatfrieden abgeschlossen wurden, schon damals eingeleitet worden waren. Dennoch hätte weder die Haltung Preußens noch die von Carnot in Frankreich eingeführte allgemeine Wehrpflicht, die levée en masse, die den Soldaten der Koalitionsarmeen immer neue Kämpfer entgegenstellte, noch der Abfall der Niederlande, die sich zur batavischen Republik erklärt hatten, noch der Gegensatz zwischen dem General Clerfayt, den die Wiener im Winter 1795 als Retter Deutschlands begrüßten, und dem Linzer Schifferssohn Franz Maria Freiherr von Thugut, der als Minister alle Trümpfe für sich hatte, zur Niederlage des Kaisers Franz geführt, wenn nicht der junge General Bonaparte aus Italien in die Erblande eingedrungen wäre und Wien bedroht hätte. Der Waffenstillstand von Judenburg, der Präliminarfrieden von Leoben waren den Verhandlungen von Campoformio vorausgegangen, in denen Cobenzl erstmals sein Geschick als Unterhändler unter Beweis stellen konnte.

Im Frieden von Lunéville, den er nach dem Zweiten Koalitionskrieg dann am 9. Februar 1801 gemeinsam mit Napoleons Bruder Joseph Bonaparte unterzeichnete, hatte er sich schon wesentlich leichter getan. Schließlich hatte er die Franzosen während der durch den starrköpfigen Minister Thugut getrübten Verhandlungen zur Militär-Convention von Rastatt (die als Ergänzung der geheimen Artikel von Campoformio gedacht war) und dann bei der Konferenz in Sulz mit dem Exdirecteur François de Neuf-château gut genug kennengelernt, war als österreichischer Außenminister mit den Hintergründen der Wiener Politik vertraut geworden, hatte in Petersburg auf den Zaren Paul, der ansonsten die von seiner Mutter Katharina geschätzten Männer strikt ablehnte, noch stärkeren Einfluß gewinnen können als auf dessen Vorgängerin und so den Beitritt Rußlands zur Zweiten Koalition gegen das republikanische Frankreich erreicht — kurz: Die Franzosen wußten, daß sie den österreichischen Diplomaten, der alles leicht zu nehmen schien, sehr ernst zu nehmen hatten. So brachte dieser zweite Frieden, den Cobenzl für seinen Kaiser abschloß, praktisch keine Gebietsverluste.

Und nun glaubte Napoleon, daß er Cobenzl durch theatralische Drohungen und durch ein unverschämtes Ultimatum ausspielen könne? Gut — am 15. August wird der Vetter in Paris eben nicht als Vertreter des Wiener Hofes beim großen Diplomatenempfang des neuen französischen Kaisers anwesend sein; dafür aber erfolgt in Wien am gleichen Tag die Mitteilung an das diplomatische Corps, daß sich der römische Kaiser entschlossen habe, seine Erblande zu einem erblichen Kaiserreich zu erklären — eine Mitteilung, die nur noch formalen Wert haben kann, da dieser Entschluß schon ein paar Tage vorher öffentlich bekanntgemacht wird —, nachdem der französische Gesandte Champagny eine geheime Deklaration übergibt, in der die Anerkennung des Empereur héréditaire d'Autriche nach der Kaiserproklamation versprochen wird. Eine solche Deklaration ist jedenfalls zu erreichen, wenn Wien dafür an Napoleon die Zusicherung gibt, ihn als Kaiser der Franzosen anzuerkennen. Das geschieht im neuen Beglaubigungsschreiben für Philipp Cobenzl, der dann als Gesandter des österreichischen Kaisers beim französischen Kaiser tätig sein wird, wobei dieses Beglaubigungsschreiben am 16. August auszufertigen ist. Damit wird der in allen Schlachten siegreiche General Bonaparte nun als Kaiser Napoleon das ihm von Cobenzl vorgegebene diplomatische Prinzip des do ut des anerkannt haben: Er gibt, damit ihm gegeben werde.

So elastisch Graf Johann Ludwig Joseph Cobenzl die Säulenstiege hinabgeschritten war: Seine Gedanken waren doch rasch genug, um diese ganze lange Kette von Überlegungen durchzueilen, ehe er den Fuß von der letzten Stufe genommen hatte. Nun konnte sein Lächeln wieder stärker — soweit er es sich selbst zu verstärken gestattete — dem Kaiser Franz gelten, als er sich gegen seine Gewohnheit vor dem Tor noch einmal umdrehte und die prunkvolle Stiege hinaufsah.

Der Monarch würde jetzt — nachdem er nicht mehr durch einen unvorhergesehenen Schritt wie dem seiner vorschnellen Entscheidung über die Wahl des Wiener Bürgermeisters die diplomatischen Aktionen seines geschicktesten Ministers stören konnte — auch bei genauem Studium dem umfangreichen Gutachten des Konferenzrates Collenbach nicht mehr entnehmen können, als der Staatsminister Graf Kolowrat ihm bereits vor einem Monat als geheime Aufforderung hatte zukommen lassen wollen: den Vorschlag, für Österreich die erbliche Kaiserwürde zu schaffen. Nur, daß dieser Vorschlag nun eben nicht von den Ständen kam, denen sich der Kaiser in seiner pedantischen Art sonst womöglich zu sehr verpflichtet gefühlt hätte, sondern daß dieses unvorstellbar komplizierte Gutachten dem persönlichen Wunsch des Kaisers zu entspringen schien und ihn im Glauben bestärkte, er würde als guter Vater seines Volkes verfügen, was doch in Wirklichkeit längst schon andere beschlossen hatten.

Die prunkvolle Säulenstiege empor — zwei Stockwerke höher — überschlagen sich jetzt wohl die scheinbar kühnen Gedanken in einem dafür viel zu langen und engen Schädel, ob dieser denn tatsächlich als erster zum Tragen der erblichen österreichischen Kaiserkrone berufen sei, und ob ihm für diesen Entschluß das Volk einen Ehrenkranz zuerkennen würde, für den nach dem Text der Hymne die Lorbeerreiser erblühen sollen; während am Anfang der Treppe Cobenzl, der mit den Geschicken dieses Kaisers auch die Geschicke Österreichs lenkt, innerhalb einer kurzen, eleganten Wendung zum Ausgang das Lächeln aus seinem Gesicht wegwischt, damit dieses wieder überlegen unbeteiligt wirke, wenn er Schweizertrakt der Hofburg verläßt.

Als hätten sie geahnt, daß an diesem Tag eine wichtige Entscheidung an den Kaiser herangetragen würde, warteten im Sitzzimmer, wo bald das Abendessen aufgetragen werden sollte, mit seiner Gemahlin Maria Theresia auch zwei seiner jüngeren Brüder auf ihn — die beiden, die in den letzten Jahren besonders auf sich aufmerksam machen konnten: Karl und Johann. Sie hatten sich nicht, wie die Kaiserin, in einen der weißen, goldverzierten Stühle gesetzt, sondern sich unter den schmalen, mit einer einzigen Tafel verglasten Fenstern jenes ausgesucht, von dem aus sie sowohl höflich der hohen Schwägerin zugewendet blieben als auch die Tür zur Kammer beobachten konnten, aus der ihr Bruder jeden Augenblick kommen mußte, da auch ein noch so bedeutendes Ereignis kaum die minuziöse, fast kleinliche Pünktlichkeit seines Tagesablaufes verhindern konnte.

Daß die scheinbar zufällige Konstellation dieser hier wartenden drei engsten Familienangehörigen des Kaisers alles andere als zufällig war, hätten wohl nur sie selbst oder die vertrautesten Ratgeber aus dem Staats- und Konferenzministerium bemerken können: Außer Cobenzl noch der Kabinettsminister Franz de Paula Gundaker der Erste, Fürst von Colloredo-Mansfeld, Ritter des Goldenen Vlieses und Vizekanzler eines Reiches, das sich zwar stolz das Heilige Römische nannte, aber fast gar nicht mehr bestand — und dann der niederösterreichische Regierungspräsident Graf Saurau, der seit seiner Tätigkeit in der Polizeihofstelle genügend geheime Informationsquellen kannte, mit deren Hilfe dieses vom Kaiser zur Unterdrückung heimlicher Zusammenkünfte und Zusammenschlüsse gegründete Amt auch ihn überwachen konnte.

Nicht zufällig hatte sich die Kaiserin weit weg von den Fenstern gesetzt, obwohl die schmalen Tafeln aus Fensterglas so genau in die Rahmen eingepaßt und von so eigentümlicher Dichte waren, daß aus dem an einem solchen Sommerabend noch sehr belebten Platz vor dem Schweizertrakt der Hofburg kein Laut in diesen Raum des zweiten Stockwerkes dringen konnte und jeder, der von hier aus dem Hin und Her, dem Sichbegegnen und dem Aneinandervorbeidrängen dort unten zusah, meinen mochte, dieses groteske Ballett aus eiligen Standespersonen, aus dienstfertigen Beamten, aus neugierigen Bürgern, aus livrierten Lakaien und aus zwei- und vierspännigen, mehr oder minder weniger reich verzierten Wagen schwebe lautlos durch die Luft, verspielt und unwirklich; oder — und die das Licht ein wenig brechenden Scheiben verstärkten noch diesen Eindruck — die Menschen und Pferde dort unten am Platz seien Fische in einem Aquarium, sinnlos durcheinanderwirbelnde, die Mäuler aufreißende und zuklappende, mit den Flossen stumpfsinnig rudernde, stumme, mit silbernen und goldenen Schuppen, mit bunten Streifen und Punkten geschmückte Fische, deren Summe wohl eine kuriose Sammlung, aber niemals ein Volk ergeben könne.

Aber weil sie wußte, daß es ein Volk war — ihr Volk —, dessen aufdringlicher Lärm, erregtes Geschnatter, blödes Lacheln, prahlerisches Peitschenknallen, hartes Trappeln und Räderpoltern nur durch die kunstvoll eingeschnittenen Glastafeln von der vornehmen Stille dieses Raumes abgehalten werden konnte, hütete sich Maria Theresia vor den Fenstern. Die Tochter des Königs beider Sizilien wußte mit den Wienern, obwohl sie doch wie ein ingeniöses, mechanisches Spielzeug lautlos vor den Fenstern zu hopsen, hinken, gestikulieren schienen, nicht viel anzufangen. Ihr hingen immer noch Erinnerungen an die bunten, wirbelnden Tänze der schwarzhaarigen Neapolitanerinnen nach, an eine zügellose Tarantella aus ihrer Heimat oder an die melancholischen Lieder der Fischer, die sie durch die Mauern des Palastes und die Bäume des breit und dunkel an diesen gelehnten Parks auch dann noch zu hören glaubte, wenn die Boote weit, weit draußen auf dem Meer trieben. Daneben verblaßten die gezierten Huldigungen, die ihr nun seit fast eineinhalb Jahrzehnten hier in Wien dargebracht wurden oder dargebracht werden mußten, diese wohlberechneten, gewinnsüchtigen Lobsprüche eines Volkes, das für Erhaltenes nur dankte, um noch mehr zu erhalten. Wie lächerlich wirkten neben den Romanzen ihrer Heimat doch die nach der Melodie der Kaiserhymne zu singenden vier Strophen eines Dankliedes, das vierundzwanzig angeblich bedürftige Wiener gesungen hatten, als ihnen vor einem Jahr bei der Eröffnung des Asyls „Zum römischen Kaiser“ im Namen der Kaiserin ein Gratismahl vorgesetzt worden war, damit sie ihre angeblich leeren Mägen einmal füllen könnten und der huldvollen Spenderin mit diesen angeblich selbstverfaßten Versen danken müßten, die dann sogar gedruckt erschienen waren. Daß dabei nur der zweite ihrer Vornamen genannt wurde, um nicht durch dessen Verbindung mit dem ersten zu sehr auf die beim Volk so beliebte Großmutter ihres kaiserlichen Gemahls zu verweisen, war ihr erst aufgefallen, nachdem sie dieses Druckwerk ärgerlich und mißtrauisch durchgelesen hatte und ihr so der Wortlaut eines Liedes bewußt geworden war, das sie beim angeblich dankerfüllten Vortrag weder verstehen konnte noch verstehen wollte.

Da war ihr der Inhalt einer Resolution sofort und wesentlich klarer geworden, die der neuernannte Regierungspräsident Graf Saurau am 20. Februar seinem kaiserlichen Herren vorgetragen hatte und nach deren auf sie bezogene Stellen die Kaiserin gar nicht erst lange forschen mußte, weil es am Wiener Hof — und offensichtlich mehr als an anderen Höfen — genug Gelegenheiten gab, den Betroffenen zu hinterbringen, was ihnen nicht hinterbracht werden sollte; ja, weil es sogar geradezu in der Natur dieser Schranzen und Lakaien, dieser Beamten und Minister, dieser Hofdamen und Zofen zu liegen schien, jedem ihnen zufällig Begegnenden, der sie im Grunde gar nichts anging, von Dingen zu erzählen, die sie nichts angingen:

„Die Einsamkeit, in welcher sich der Hof zwischen den Mauern der Burg vor den Augen des Publikums verschließt, wo bei so viel ahnungsvollen Ereignissen der Anblick des Monarchen die Gutgesinnten aufmuntern und die Bösen im Zaume halten könnte, entfernt alle Gemüter; besonders, da man unter den Regierungen der glorwürdigen Fürsten Maria Theresia und Joseph seinen Landesherren in allen Gelegenheiten zu sehen gewohnt war. Aber die Mauern der Burg sind nicht so dicht, daß nicht alles, was darin vorgeht, dem Publikum bekannt würde. Die geschwätzige Indiskretion des Hofgesindes verbreitet, vergrößert, verunstaltet vielleicht oft die kleinsten Umstände; denn es würde sonst kaum glaublich sein, wie genau man von dem unbedeutendsten Nebenumstande unterrichtet ist. Man erneuert bei dieser Gelegenheit veraltete Anekdoten von den Belustigungen und den Unglücksfällen in Laxenburg; dies verbittert die Wirrköpfe nur noch mehr gegen neuere Ereignisse, welche die allgemeine Empfindung des Publikums empören."

Es war für sie nicht schwer, sich vorzustellen, wie diese Worte Sauraus auf den Kaiser gewirkt haben mußten, dessen trockenes, patriarchalisches Denken ihm ein ganz eigenartiges Bild vom Vater des Volkes, als der er so gerne gelten wollte, konstruiert hatte. Aus vielen Andeutungen ihr gegenüber konnte sie damals entnehmen, daß er die Vorwürfe Sauraus sehr wohl verstanden hatte, und es machte ihr einige Mühe, diesen viel zu jungen und unreifen Vater des Volkes wieder so wie früher zur Teilnahme an den harmlosen Laxenburger Vergnügungen zu bewegen, auf die sie — die Tochter der eigentümlich leichtsinnigen Karoline von Neapel, der noch jene schicksalhafte Begabung nachhing, die seit Maria Stuart so vielen Frauen dieses Hauses das Interesse der Männer und die Ungunst der Politik beschert hatte — gerade in diesem rätselhaften, seit dem strengen Kaiser Joseph immer etwas steifen und sachlichen Wiener Hofleben nicht verzichten konnte: Chinesische Schattenspiele, Feuerwerke, Aufführungen von Burlesken und Singspielen — wobei sie, wie in Philipp Hafners Zauberposse „Megära, die fürchterliche Hexe", sogar selbst „zur Zufriedenheit aller Zuschauer" (was ihr von allen Seiten mehr boshaft als anerkennend bestätigt wurde) mitwirkte.

Aber es war doch wirklich nicht Sache des Volkes — auf das sich Saurau so unverschämt berufen hatte —, darüber zu urteilen, ob Seine Majestät an solchen von der Kaiserin arrangierten Vergnügungen teilnehmen dürfe oder nicht; und es liegt nun einmal nicht im Ermessen der Kinder — noch dazu so ungezogener und mißratener, wie sie Franz anzunehmen geruht hatte, statt sie einfach als Volk zu gebrauchen —, ob der Vater sich solchen Vergnügungen bestenfalls am Abend, nach der mühevollen Erledigung seiner Tagesarbeit, hingeben dürfe und nicht auch während des Tages, wo doch dieser in Laxenburg so angenehm und kurzweilig zugebracht werden kann, weil es Ihre Majestät versteht, Seiner Majestät die langsam schleichenden Stunden durch allerlei Ergötzlichkeiten zu beflügeln: Sie läßt ihn vom Ufer des Teiches aus nach Fischen angeln; lockt ihn zu sich in einen Kahn und läßt sich von ihm, der sehr geschickt zu rudern versteht, über das Wasser führen; oder sie arrangiert gar mit Vertrauten aus dem geheimen Kabinett, die mitgekommen waren, oder mit Vertrauten aus der Dienerschaft im Park ein Spiel — blinde Kuh oder Verstecken —, wobei sie gar nichts daran findet, wenn sich der Kaiser einmal zu lebhaft an eines der hübschen jungen Kammermädchen heranspielt. Schließlich hatte sie ihm ja auch seine Vorliebe für die kokette Tänzerin Vigano nur ein einziges Mal — und da auch nur sehr launig — vorgeworfen, indem sie eine lebensechte Figur der Vielgefeierten im Laxenburger Park aufstellen und mit einem Ziegenkopf versehen ließ.

Nein, die Kaiserin Maria Theresia hatte sich nicht zufällig so weit von den Fenstern gesetzt, durch die sie auf die unzähligen, über den Platz vor dem Schweizertrakt wimmelnden Kinder ihres kaiserlichen Gemahls hinabblicken hätte können, die ihr die Namengleichheit mit der Großmutter Seiner Majestät offensichtlich nicht verzeihen wollten und ihr vorwarfen, sie lenke durch ihre Vergnügen den Kaiser nur deshalb von den Staatsgeschäften ab, um auf diese selbst einen beherrschenden Einfluß nehmen zu können — so, wie es eben die Rolle des guten Kaisers Franz im Verhältnis zu seiner Gemahlin und zum öffentlichen Leben überhaupt in einer für sein Ansehen nicht sehr förderlichen Weise ausdrücke, wenn bei den häuslichen Musikabenden sie die große Baßgeige und er bloß die Violine oder gar die kleine Holzfidel, das sogenannte „hölzerne Gelächter“, spiele. Deshalb verabscheute sie jetzt auch den Blick hinunter auf dieses Volk, das nicht verstehen wollte, wie sein väterlicher Kaiser nur aus Besorgnis das Tun und Lassen aller Kinder durch die Polizeihofstelle insgeheim überwachen lassen mußte, und sie suchte mit den Augen statt des aquariumhaften Gewimmels lieber den feinen Schwung der Muster auf den gewirkten roten Tapeten aus den nun leider verlorengegangenen, kunstsinnigen Niederlanden, suchte die kunstvoll in diese Muster eingearbeiteten Figuren, Basreliefs und Blumengewinde in der Mitte jeder Wand. Nicht zufällig fand sie, wenn sie sich schon nicht in Laxenburg vergnügen konnte, in diesem gewirkten Zierat mehr Freude als in den huldigenden Versen, devoten Bittschriften und untertänigsten Dankadressen, die ihr von einem Volk aufgedrängt wurden, das letzten Endes mit kindlicher Strenge seinem Kaiser Vergnügungen mißgönnte, die er mit aller väterlichen Strenge seinen Kindern immer wieder zugestand.

Nicht zufällig stand Erzherzog Karl so hart an der Fensterscheibe dieses kaiserlichen Sitzzimmers, daß er eher zu den zappelnden und hüpfenden, bei aller Beweglichkeit der Mäuler lautlosen Fischen da unten zu gehören schien als zu seiner hohen Schwägerin hier oben im vornehmen, gegen allen Lärm abgeschirmten Raum.

Er wußte, daß ihn das Volk schätzte, daß es von ihm als dem guten Geist der habsburgischen Monarchie sprach, daß es ihn für den einzigen hielt, der den als unvermeidlich angesehenen Ausbruch der allgemeinen Unzufriedenheit noch verhindern könne; und er wußte, daß die Kaiserin sich nie gescheut hatte, ihn bei ihrem Gemahl — bei seinem eigenen Bruder! — zu verdächtigen, er sei ein Franzosenfreund und Freimaurer. Sie mußte ja fürchten, daß seine Volkstümlichkeit bald schwerer wiegen würde als die Insignien der Macht, die dem kaiserlichen Paar noch die geachtetste Stellung im Reich sicherten — aber sie hatte sich so sehr darauf eingestellt, den Kaiser zu regieren und nicht das Volk, daß sie nicht erkennen konnte, wie gerade diese geachtetste Stellung in dem Maß an Bedeutung verlieren mußte, in dem sie und ihr Gemahl den volkstümlichen Erzherzog Karl zurückzudrängen versuchten.

Dieser war bei den beiden Koalitionskriegen immer mitten unter seinen Soldaten gewesen, wenn es galt, die Stimmung der Truppe wieder zu heben, und er war an der Spitze seiner Soldaten, wenn es galt, dem Feind diese gute eigene Stimmung und Zuversicht zu beweisen: Bei Aldenhoven, bei Neerwinden — wo ihm das Großkreuz des Mariatheresienordens zuerkannt wurde —, bei Cateau, im Grauen Walde bei Stockach, als sich seine Grenadiere schützend vor ihn stellen mußten, um den verehrten Kommandeur nicht den feindlichen Kugeln auszusetzen. Das alles hatte sich natürlich sehr rasch in Wien herumgesprochen, wo sich jeder lieber dem begeisternden brüderlichen Befehl des Erzherzogs als der strengen väterlichen Autorität des Kaisers gefügt hätte.

Vor allem, weil bekannt war, daß diese Anordnungen nur sehr selten wirklich vom Kaiser kamen, der in seinem Bemühen, allen ein guter Vater zu sein, wenigstens noch jene Zuneigung finden konnte, die von den meisten Kindern auch einem schlechten Vater entgegengebracht wird. Aber vieles, was angeordnet wurde, hatte sich die Neapolitanerin ausgedacht, und mehr noch war aus dem Ehrgeiz oder der Überheblichkeit kaiserlicher Minister und Räte entstanden.

„Österreich hat unter allen seinen Feinden keinen gefährlicheren als seine eigene Regierung", hatte Erzherzog Karl vor zwei Jahren in einer Denkschrift an seinen kaiserlichen Bruder behauptet.

Dieser Satz war nicht frei von der Bitterkeit eigener Erfahrung. War es denn nicht der Linzer Schiffersohn Franz Maria Thugut, dieser Emporkömmling (nachdem er sich schon der allen Fleißigen wohlgesinnten Großmutter Maria Theresia so verdient machen konnte, daß sie ihn in den Freiherrnstand erhob), der als entscheidender Minister nach den Mißerfolgen seines eigenen Günstlings Clerfayt eine schnellere Beendigung des ersten Koalitionskrieges hintertrieb, weil er durch seinen unbedingten Haß gegen die französischen Plebejer seine doch völlig unbegründete Beschämung über die eigene Herkunft verdecken wollte? Und war es nicht der elegante, nun bei der Kaiserin so angesehene Graf Cobenzl, dem der Verlust der Niederlande und der Lombardei kaum nahegegangen waren, der jetzt ein sinnloses diplomatisches Spiel um Kronen spielte, das sich in dem Austausch von Noten und Ultimaten, im Auswerten geheimer Berichte gefiel und überhaupt kein Interesse an der Entwicklung im eigenen Land zeigte?

Ein Jahr nach der Regierungsübernahme durch Cobenzl hatte sich Erzherzog Karl gezwungen gesehen, Seine Majestät daran zu erinnern, daß es für Österreich zunächst am nötigsten sei, an das Innere zu denken, denn dieser Staat, der so lange eine Macht ersten Ranges war, sei von seiner ehemaligen Größe herabgesunken, sei in geistiger und wirtschaftlicher Hinsicht anderen Staaten um mehr als ein Jahrhundert zurück.

Und in dieser Denkschrift, in der er der Regierung vorgeworfen hatte, daß Österreich unter allen seinen Feinden keinen gefährlicheren Feind habe als sie, verglich er auch die Lage des Staates mit jener Frankreichs unmittelbar vor dem Ausbruch der Revolution und scheute sich nicht, seinem kaiserlichen Bruder „manche auffallende Ähnlichkeit“ vorzuführen: Den Einfluß, den die Frau des Regenten ausübt, und die damit verbundene Günstlingswirtschaft; die dem Volk unverständlichen Vergnügungen des Hofes; und nicht zuletzt die desolate Verwaltung, die auch durch alle Reformversuche des guten Kaisers Franz nicht verbessert werden konnte.

„Alle jene Anstalten, welche im verflossenen Jahre von Seiner Majestät getroffen wurden, um in die Staatsverwaltung mehr Zusammenhang, Einheit und Wirksamkeit zu bringen, verfehlen ganz ihren Zweck — es wurden nur hier und dort einige unbedeutende Gegenstände in der Konferenz vorgetragen, alle wichtigen, auf das Ganze den größten Einfluß habende Geschäfte aber von den betreffenden Ministern einseitig im stillen behandelt, und ganz Europa staunt dermalen über den unter allen Begriff unglücklichen Erfolg."

Das waren — verbunden mit dem für den Kaiser fürchterlichen Hinweis auf die Übereinstimmung mit den Verhältnissen in Frankreich vor der großen Revolution — sehr schwerwiegende Worte; und sie wogen um so schwerer, als der Erzherzog noch im einzelnen zu begründen versuchte, was er allgemein so erschreckend behauptet hatte. So liege die Justiz, diese „Grundfeste der Staaten", ganz im argen, weil niemand mehr die zahlreichen Verordnungen überblicken könne, zu deren Studium ein Menschenalter gehöre, und weil an mehreren Orten sogar die Grundbücher und Landtafeln fehlten, diese „ersten Schutzwehre des Privateigentums und Grundsäulen des Privatkredits". Es gäbe noch keine Forstpolizei; keine wirksamen Anstalten seien getroffen worden, um ausgebrochene Schadensfeuer zu bekämpfen und die Brände zu löschen; für die von solchen Unglücksfällen Betroffenen fehlten die Feuerversicherungen, um wenigstens die drückendsten Verluste schnell wieder ersetzen zu können; keine allgemeine Staatsbank und keine Kreditkassen könnten hier — wie in vielen anderen Staaten — die Wirtschaft beleben und ihr Sicherheiten geben; stattdessen richte der Wucher privater Kapitalisten Handel und Industrie zugrunde. Trotz des komplizierten Systems der Steuerveranlagung, das nicht wie die leider aufgegebene josephinische Grundsteuerregelung jeden Untertan veranlasse, sein wahres Einkommen, sein wirkliches Grundeigentum zu versteuern, sondern mit unzähligen Zusätzen und Erlässen den Ehrlichen die Deklaration erschwere und den Unehrlichen Möglichkeiten zur Hinterziehung biete, seien die Geldverhältnisse noch zerrütteter als — und nun wieder dieser schwerwiegende Hinweis! — in Frankreich vor dem Ausbruch der Revolution. Alles deute auf einen Staatsbankrott hin, der Wucher mit Staatspapieren blühe, „jedermann spekuliert auf den Staat, weil es da am meisten zu gewinnen gibt, und dadurch werden dem Privatkredit und der Industrie die erforderlichen Kapitalien entzogen". Die großen Bankiers und die vornehmsten Staatsbeamten bewiesen selbst immer wieder, wie wenig sie vom Staatskredit hielten, indem sie ihre Kapitalien im Ausland anlegten und so den Wechselkurs der österreichischen Währung im Ausland mehr und mehr absinken ließen — wodurch auch die Bankozettel, die beinahe einzige derzeit in Österreich kursierende Münze, mehr und mehr an Wert verliere. Würden diese aber gänzlich wertlos werden, stünden von fünfundzwanzig Millionen Untertanen vermutlich zweiundzwanzig Millionen ohne Vermögen da, ohne das nötigste Geld für die dringendsten Bedürfnisse.

Nicht zufällig stand also Erzherzog Karl so nahe an der Fensterscheibe des kaiserlichen Sitzzimmers, daß er eher zur unhörbaren, aber für den aufmerksamen Beobachter unübersehbaren Betriebsamkeit des Volkes dort unten auf dem Platz zu gehören schien als zur vornehmen Teilnahmslosigkeit seiner Schwägerin, die keinen Blick durch die Fenster verlor.

Sie, die sich um die unbedeutendsten Arrangements ihrer Laxenburger Vergnügungen kümmerte, hielt die unangenehm drohenden Ausführungen ihres erzherzoglichen Schwagers für überflüssig und eines Mitgliedes des allerhöchsten Erzhauses für unwürdig. Es lag etwas Aufrührerisches, Jakobinerisches in seiner Art, den guten Kaiser dafür verantwortlich zu machen, daß er sich nicht um alles kümmern konnte, sondern erfahrene Leute — Minister, Räte, hohe Beamte — mit der Erledigung langweiliger wirtschaftlicher oder politischer Probleme betrauen mußte. Und sie hatte Erzherzog Karl nie verziehen, daß er seinem kaiserlichen Bruder in einem Brief vom November 1801 — sie wußte das Datum noch genau, weil ihr Gemahl damals so aufgeregt darüber war — ein trübes Schicksal recht unverblümt in Aussicht gestellt hatte, weil man zur Regierung nicht das geringste Vertrauen habe und sogar schon anfinge, „die Indolenz, mit der alles in seinem erbärmlichen Zustand belassen wird, ohne wirksame Gegenmittel anzuwenden, die vielfältigen Verzögerungen, wodurch die wichtigsten Gegenstände jahrelang ohne Erledigung bleiben und die Allerhöchste Entschließung erst anlangt, wenn die Lage der Sache sich so geändert hat, daß solche keine Anwendung mehr findet, endlich die Unentschlossenheit, das Schwankende, die Schwäche, welche aus so manchen inneren und äußeren Operationen hervorleuchtet, größtenteils der Person Eurer Majestät selbst zuzuschreiben".

Gleich weit wie Erzherzog Karl von ihr entfernt, aber nicht so nahe an den Fenstern wie dieser, hatte sich — ebenfalls nicht zufällig — der dritte Wartende in diesem Raum seinen Platz gewählt.

Erzherzog Johann war — nach der Erkrankung seines Bruders Karl im Jahr 1791 und nach dem schweren Rückfall im Jahr 1802 — vom Kaiser aufgefordert worden, dem Erkrankten bei der Erledigung der anstrengenden Geschäfte eines Präsidenten des Hofkriegsrates zur Seite zu stehen. Daß eine solche Entlastung auch für einen wesentlich gesünderen und robusteren Mann notwendig war, verlangten schon die 154.866 Rechnungen und 33.401 Geschäftsstücke, die Karl bei der Übernahme seines Amtes kurz nach dem Frieden von Lunéville in der Hofkriegsbuchhaltung unerledigt vorgefunden hatte. Bei der Zusammenarbeit mit dem militärisch erfolgreichen Bruder hatte Johann diesen bewundern gelernt; die Entschlossenheit und die Tatkraft, die sich neben der oft auffallenden Langsamkeit des Kaisers verstärkte Geltung verschaffen konnten, machten es verständlich, daß der König von Schweden in seiner Eigenschaft als deutscher Landesfürst, der er als Herrscher über Vorpommern war, und in seinem geradezu pathologischen Haß gegen die Französische Revolution und ihr Resultat, das nun in der Person Napoleons ganz Europa umzustürzen drohte, vor zwei Jahren dem deutschen Reichstag die Errichtung eines Denkmals vorgeschlagen hatte, das der Nachwelt die Dankbarkeit Deutschlands gegen seinen Retter, den Erzherzog Karl, bezeugen sollte. Die entscheidende Ablehnung des für eine solche Ehrung Vorgeschlagenen konnte Erzherzog Johann mehreren Gründen zuschreiben: Nicht nur der persönlichen Bescheidenheit Erzherzog Karls, sondern auch der Einsicht, daß nach den Friedensschlüssen von Campoformio und von Lunéville, die beide nur zur Vergrößerung der Macht Napoleons und damit zu einer verstärkten Bedrohung Deutschlands geführt hatten, von einer Rettung des Reiches nicht gesprochen werden konnte, und schließlich einem trotz aller Gegensätze, trotz der so verschiedenen Ansichten über die Regierung eines Staates zwischen dem Kaiser und seinem erzherzoglichen Bruder nach wie vor bestehenden hierarchischen Verhältnis, das den jüngeren davor bewahrte, im franzisceischen System, so wie andere und radikalere Kritiker, das Machtinstrument eines Despoten statt der Rute des Hausvaters zu sehen, und das ihm als ungerechtfertigt erscheinen ließ, durch die Errichtung eines solchen Denkmals über den kaiserlichen Bruder hinaus geehrt zu werden.

Auch Erzherzog Johann, jünger noch als Karl und daher auch von den Ehrgeizigsten am Hof nicht in ihre Intrigen um Macht und Gewinn einbezogen, war über das System nicht in dem Maß erschüttert, wie es die meist in ihren unrealistischen Vorstellungen enttäuschten, mißgünstigen Gegner einer zur Unterdrückung republikanischer Umtriebe geschaffenen polizeilichen Kontrolle waren. Dabei hätte gerade er — von seinem freisinnigen und menschenfreundlichen Schweizer Lehrmeister Johannes von Müller vorbereitet — am wenigsten Furcht vor einer Revolution haben müssen, wenn diese nicht zu plötzlich und zu unvorbereitet über die Monarchie hereingebrochen wäre. „Blut wird in solchen Revolutionen vergossen, die nicht von langem her bereitet sind, oder nicht mit des Volkes Einwilligung geschehen; also weit mehr zur Zeit der Monarchie, als zur Zeit der Einführung der Republik. August ist zu mehr Grausamkeit genötigt als Brutus." Solche Maximen Müllers ließen ihn zwar manche Maßnahmen, die mit Bewilligung, ja sogar manchmal auf Anregung des Kaisers durchgeführt wurden, als lächerlich erscheinen — etwa die Unterdrückung organisierter geselliger Zusammenkünfte mit Ausnahme der als harmlos geltenden Theatervereine —, dennoch konnte er guten Gewissens im Oberhaupt der Familie Habsburg, im Kaiser, noch immer den treusorgenden Vater sehen, der zu einer Vormachtstellung unter den Fürsten Deutschlands, ja Europas bestimmt ist. „Die Politik von Österreich sei, zwischen Tiber und Elbe vortrefflich zu regieren, alle diese Völker unter guten Gesetzen in gehörigen Freiheiten zu vereinigen, und durch den Flor derselben andere zur Unterwerfung unter seine Macht zu bewegen; Türken, Preußen und Russen zurückzuhalten, und der kleinen Nachbarn so viele wie möglich durch Bündnisse oder Recht oder Waffen an sich zu ziehen. Österreich regiere gut, durch Firmiane, und wenn es sich vergrößern will, so suche es sich abzurunden und, wie Frankreich, seine Provinzen durch ein Band zu vereinigen." Obwohl diese Ansicht des gelehrten Johannes von Müller wie Hohn klang angesichts des unaufhaltsam scheinenden Zerfalls des Reiches, der desorientierten Verwaltung des eigenen Staates, mußte Erzherzog Johann doch gerade jetzt immer wieder daran denken, als er mit seiner Schwägerin und seinem Bruder im Sitzzimmer des Schweizertraktes der Wiener Hofburg auf den Kaiser wartete.

Es war ihm — wie auch den anderen — nicht entgangen, daß sich Franz immer ernsthafter mit dem Plan eines Erbkaisertums beschäftigte und daß seine Ratgeber die kuriosesten Vorschläge für die Verwirklichung eines solchen Planes

Als römisch-deutscher Kaiser: Franz II.

Allgemeine Audienz beim guten Kaiser Franz

Ludwig Graf Cobenzl

unterbreitet hatten. Doch selbst ihm — dem belesensten und gebildetsten unter den Brüdern des Kaisers — war nicht aufgefallen, daß der Plan an sich kurioser als alle Vorschläge war: Zu der nicht vererbbaren Kaiserkrone eines Reiches, das bald nicht mehr bestehen wird, noch die vererbbare Kaiserkrone eines Reiches zu fügen, das noch nicht besteht. Er fragte nicht einmal, welche der Kronen seiner vielen Provinzen, die jahrhundertelange geschichtliche Vorgänge dem kaiserlichen Bruder zufallen ließen, für eine solche Erhöhung zur Kaiserkrone in Frage käme.

Aber er war doch nicht so von der Unbedingtheit des Herrscheramtes überzeugt, daß er wie seine Schwägerin Maria Theresia annahm, es berechtige zu leichtsinnigen Vergnügungen und zu völliger Nichtachtung des Volkes; er war auch nicht der Meinung seines Bruders Karl, der Herrscher sei dem Volk gegenüber verpflichtet und müsse es — so, wie es da unten über den Platz wimmelt und seine Fischmäuler sinnlos aufreißt und zuklappt — durch eine geordnete Verwaltung beglücken und ihm einen möglichst dauernden Wohlstand sichern; nein, er glaubte daran, daß dieses Volk sich durch Bildung und politisches Verständnis seinen Herrscher so verdienen müsse, wie sich dieser durch die Förderung von Bildung und politischem Verständnis sein Volk zu verdienen habe.

So war die Konstellation der drei, die hier auf den Kaiser eines alten Reiches warteten, um zu erfahren, als Kaiser welchen neuen Reiches sie ihn bald begrüßen können würden, nicht zufällig.

Maria Theresia, die mitten im Raum auf einem der weißen, goldverzierten Stühle saß und die roten, gewirkten niederländischen Tapeten betrachtete, weil ihr die kunstvoll verspielten Muster für ein Kaisertum wichtiger schienen als die Betriebsamkeit eines Volkes, das sie durch die genau eingepaßten Fensterscheiben nicht hören konnte und nicht sehen wollte;

Erzherzog Karl, der seinen Platz am Fenster gesucht hatte, weil ihm dieses Volk so wichtig war und weil er, ohne es verändern zu wollen und damit so oder so die Gefahr einer Revolution heraufzubeschwören, in das unwirklich lautlose Gewimmel unten auf dem Platz durch eine militärisch geregelte Verwaltung Ordnung zu bringen hoffte;

Erzherzog Johann, der ahnte, daß eine Revolution nicht ausbleiben würde, der aber erwartete, durch Bildung des Volkes, durch eine kluge Veränderung politischer und wirtschaftlicher Verhältnisse könne diese Revolution zu einer seit langem eingeleiteten und vom Volk eingewilligten werden, und der deshalb nicht durch die Scheiben auf die noch unbelehrten und unvernünftigen Fische dort unten blicken wollte, weil er durch die Mauern ein wohlüberlegtes, besonnenes, dankbares Staatsvolk eines neuen Kaisertums zu sehen meinte.

Als der Kaiser mit der ihm eigentümlichen Pünktlichkeit eintrat, schien er aus seiner Privatbibliothek gekommen zu sein. Jedenfalls ließ sein lebhafteres Mienenspiel vermuten, daß er zuletzt nicht auf einer jener Konferenzen war, die ihn langweilten und die er mit oft geradezu stumpfsinniger Unbeweglichkeit über sich ergehen ließ — so, wie seinerzeit den Unterricht des von ihm so hochgeschätzten und nun zum Kabinettsminister ernannten Fürsten Colloredo, der sich mehr als einmal über die scheinbare Teilnahmslosigkeit des jungen Erzherzogs beschwert hatte.

Anders in seiner Bibliothek: Wenn er sich dorthin zurückgezogen hatte — so, wie sich ein eigensinniger kleiner bürgerlicher Haustyrann in seinen Lehnstuhl zurückzieht, um von familiären und geschäftlichen Sorgen verschont zu bleiben —, wurden die sonst schlaffen Muskeln seines langen schmalen Gesichtes plötzlich belebt, und die Augen leuchteten noch vom beglückenden Wandern über die Kontinente der breiten, goldverzierten Buchrücken in den Regalen, durch die Abenteuer der vielen bedruckten Seiten.

Und während sich die mit seinen kaiserlichen Patenten ernannten Minister und Räte, die — wie Erzherzog Karl in einer Denkschrift verächtlich bemerkte — „sich öffentlich rühmen, in dreißig Jahren weder ein Buch noch eine Zeitung gelesen zu haben", hinter seinem Rücken über den beschränkten Geist des Kaisers, seine Hilflosigkeit vor den großen Problemen lustig machten, waren ihm, dem angeblich Unwissenden, seine Bücher so wertvoll und unentbehrlich geworden, daß er es auch nach anstregender, Arbeit am Schreibtisch nicht versäumte, durch die Räume seiner Bibliothek zu gehen und sich, wenn schon keine Zeit für anderes blieb, wenigstens an den kostbaren Rücken derEinbände zu erfreuen, die sich ihm von allen Regalen zuzuwenden schienen.

Auch diesmal hatte der Monarch wohl unter den vom treuen Bibliothekar Young so übersichtlich auf die Fächer verteilten, gedruckten und gebundenen Freunden einige gefunden, mit denen er sich eingehend über Probleme unterhalten konnte, die der elegante Minister Cobenzl wahrscheinlich sehr oberflächlich abgetan hätte, wenn sie im Verlauf des entscheidungsvollen Gesprächs an ihn herangetragen worden wären.

Denn als Franz seine Gemahlin und seine Brüder kurz begrüßt hatte und alle um den Tisch in der Mitte des Zimmers saßen, teilte er ihnen ohne lange Einleitung seinen Entschluß mit, die erzherzoglichen österreichischen Erblande zu seinem neuen erblichen Kaisertum zu erheben. Ihre Verblüffung darüber, daß diese Erhöhung nicht einer der königlichen Kronen — der von Ungarn oder der von Böhmen — zugedacht war, ließ der Kaiser gar nicht abklingen, sondern begann ihnen sofort auseinanderzusetzen, warum es nur so und nicht anders sein könne. Aber es waren nicht mehr die umständlichen Überlegungen, die er mit Cobenzl angestellt hatte (ohne zu merken, daß sie der Minister ebenso inszeniert hatte wie seinerzeit die belanglosen französischen Komödien im Palast der großen Zarin Katharina), es waren statt der Argumente eines diplomatischen Nebeneinanders die eines historischen Nacheinanders — knapp formuliert und so, wie sie ihm die einschlägigen Ratgeber in seiner Bibliothek zuverlässig mitgeteilt hatten.

Zunächst ginge es einmal um die besondere Stellung Österreichs innerhalb des Reichsverbandes, dem es zwar noch angehöre, der aber mehr und mehr seiner Auflösung entgegensehen müsse.

„Es war ja gar net unser hohes Erzhaus, das ang'fangen hat, diesem Österreich seine Eigenständigkeit zu sichern. Schon die Babenberger haben es verstanden, dem König Zugeständnisse abzugewinnen, als Friedrich von Schwaben ihre Mark im Osten zu einem Herzogtum erhoben hat. Die Königsurkunde, die am 17. September 1156 in Regensburg ausg'stellt worden ist, war nämlich kein so kleines Privileg, wie die spätere Bezeichnung Privilegium minus vermuten läßt. Damals schon ist festg'halten worden, daß dieses Herzogtum Österreich auch in weiblicher Linie vererbt werden kann; und wenn ein regierendes Herzogspaar ohne Nachkommen stirbt, darf es das Land überlassen, wem es will. An Hoftagen hat der Herzog nur dann teilnehmen müssen, wenn sie in Bayern abg'halten worden sind. Auch war er zu keiner Kriegsdienstleistung verpflichtet — außer, es ist gegen angrenzende Länder gegangen. Sogar die Rechtsprechung in seinem Gebiet war ihm völlig — und ausschließlich ihm! — anvertraut; gegen seinen Willen konnte niemand davon ausgenommen werden ..."

Die Kaiserin langweilte sich bei diesem für sie so ungewohnten Vortrag ihres Gemahls, aber die beiden Erzherzoge versuchten angestrengt, das Wissen ihres Bruders mit dem ihren in Einklang zu bringen, um vielleicht einen Irrtum, eine

Flüchtigkeit in seinen Gedankengängen korrigieren zu können. Die Entscheidung, die vor ihnen allen lag, war viel zu wichtig, als daß auch nur die kleinste Einzelheit bedeutungslos sein könnte. Sie hatten sich selbst früher ausführlich mit der Geschichte der Erblande beschäftigen müssen — aber auch Johann, dem jüngeren, war von seinem Lehrmeister Johannes von Müllern über diese Zeit viel weniger erzählt worden, als jetzt der Kaiser seinen Büchern entnommen hatte.

„Noch stärker hat sich die Selbständigkeit Österreichs erwiesen, als unser Haus hier die Herrschaft übernommen hatte. Genau zweihundert Jahre nach den Zugeständnissen des Königs Friedrich von Schwaben an die Babenberger hat sich der Urenkel unseres großen Ahnen Rudolf, dem wir den Besitz dieses schönen Österreichs zu danken haben, der Herzog Rudolf der Vierte ..."

„Der die Universität in Wien gegründet hat", konnte sich Karl erinnern.

„Ja, und den sie wegen solcher Gründungen den Stifter nennen ... Dieser Herzog Rudolf hat sich einen Freiheitsbrief ausstellen lassen, der dann zwar erst im Jahr 1453 von Kaiser Friedrich dem Dritten bestätigt worden ist, der aber für die Stellung unseres Erzhauses und für die Stellung Österreichs im Heiligen Römischen Reich so entscheidend war. Dieses größere Privileg — das Privilegium Fridericianum majus — bezeichnet Österreich ausdrücklich als Schild und Herz des Heiligen Römischen Reiches — und das ist unser Land, sollt' ich meinen, bis heute geblieben. Nach diesem Privilegium majus war der Herzog von Österreich — Erzherzoge durften wir uns nennen seit diesem Freiheitsbrief Rudolf des Stifters — dem Reich gegenüber nur verpflichtet, auf eigene Kosten zwölf Mann auszurüsten, falls es zu einem Krieg gegen Ungarn kommt. Und auch das sollte nur geschehen, damit zu erkennen wär', daß der Herzog von Österreich noch immer ein Reichsfürst sei. Alle anderen Verpflichtungen dem Reich gegenüber sind damals nämlich abg'schafft worden und es ist dem freien Willen des österreichischen Landesfürsten überlassen 'blieben, ob und wie er dem Reich darüber hinaus dienlich sein wollte. Selbst zur Belehnung mußten die Nachfolger Rudolfs nicht mehr an den kaiserlichen Hof kommen, sondern der Kaiser mußte zu ihnen nach Österreich. Aber auch das war nicht mehr notwendig, denn wenn die Belehnung nicht erfolgt ist, obwohl dreimal schriftlich darum angesucht wurde, war der Herzog von Österreich auch ohne diesen kaiserlichen Akt im Besitz seines Landes. Verantwortlich war er ohnedies niemandem mehr, weder vor ein kaiserliches Gericht noch vor ein Reichsgericht durfte er geladen werden. Auch seine Untertanen hatten nicht das Recht, sich an ein anderes Gericht zu wenden, wenn sie mit dem Urteilsspruch des herzoglichen Gerichts nicht einverstanden waren. Das Jagdrecht, das Fischereirecht und die Waldgerechtsame in seinem ganzen Gebiet waren ausschließlich vom Herzog abhängig; er durfte sich auch Juden und Geldverleiher halten, die ihm große Abgaben leisten mußten, damit er ihnen seinen Schutz gewährt. Außer geistlichen Fürsten und Klöstern sollte innerhalb seines Gebietes niemand mehr ein Reichslehen haben, damit Österreich ein geschlossener Besitz bleibe und als solcher unteilbar auf den jeweils ältesten Sohn des regierenden Herzogs übergehen kann oder auf die älteste Tochter, wenn keine Söhne vorhanden sind ..."

Die Kaiserin, die bei dieser Bemerkung unwillkürlich ihren Schwager Karl angesehen hatte, konnte feststellen, daß sich der sonst militärisch beherrschte Erzherzog nur schwer zurückhalten konnte, wieder eine seiner Befürchtungen über des Kaisers ältesten Sohn Ferdinand anzubringen, dem nun Elfjährigen, an dem er — ebenso wie andere mißgünstige Beobachter — eine sehr gehemmte geistige Entwicklung festzustellen glaubte. Sie wollte ihrem Gemahl noch rasch einen Wink geben, aber der Kaiser legte auf die folgenden Sätze so großes Gewicht, daß er nicht auf das lebhafte Spiel der Augen Maria Theresias achtete.

„In diesem Privileg nennt Rudolf der Stifter seine Gebiete ausdrücklich das Dominium Austriae, die Herrschaft von Österreich. Wie Könige sollten die Habsburger hier regieren und dem gemeinsamen Römischen Reich nur das geben, was sie geben wollten. Unsere Ahnen haben viel gegeben, Jahrhunderte hindurch . . .“

„Weil sie auch Kaiser des Heiligen Römischen Reiches waren!“ warf Johann, der den Ausführungen seines kaiserlichen Bruders mit immer größerer Anteilnahme gefolgt war, etwas trotzig und nicht gerade respektvoll ein.

„Weil sie Kaiser waren — ja. Aber sie waren doch Kaiser nur aus ihrer Verantwortung gegenüber diesem Reich! Sie haben die größte Last getragen, es zu schützen — gegen die Türken, gegen die inneren Feinde in den großen Religionskriegen, gegen die Franzosen und gegen die Schweden, als diese in das Reich eingefallen waren. Und sie haben als Kaiser das Reich — dieses uneinige, von eigensüchtigen Landesfürsten immer wieder gefährdete Reich — nur schützen können, weil sie durch ihre Erblande die Macht dazu hatten. Wer hätte einen Habsburger dazu zwingen können, bei der Wahl zum Kaiser eine Kapitulation zu unterzeichnen, wie ich sie selbst auch unterzeichnet hab', wenn er nicht freiwillig dazu bereit gewesen wäre? Aber es ging uns eben um dieses Reich, um diese undankbaren, unzuverlässigen, eigensüchtigen kleinen Fürsten, Städte, Bistümer, die eifersüchtig über ihre vermeintlichen Rechte gewacht haben und das wirkliche Recht ihres gemeinsamen Reiches nicht zur Kenntnis nehmen wollten.“

Der Kaiser hatte sich — was bei ihm ungewöhnlich war — in Erregung geredet. Diese Heftigkeit ließ sich an ihm sonst nur feststellen, wenn es um die Jakobiner ging, die seine arme Tante Marie Antoinette in Paris gemordet hatten, oder um geheime Verschwörungen in seinem Staat, die ihm ein ähnliches Schicksal bereiten wollten — wie er selbst immer fürchtete und wie ihm von der Polizeihofstelle ab und zu bestätigt wurde, um die Berechtigung dieses Amtes zu beweisen.

„Aber immer schon hat das Haus Österreich, das zunächst wirklich noch die Dynastie war und nicht ein Territorium, seine Eigentümlichkeit bewahrt und sich von den anderen Fürsten des Reiches unterschieden. Zeigt sich das denn nicht deutlich an der prachtvollen Hauskrone, die sich Rudolf, der zweite Kaiser dieses Namens aus unserer habsburgischen Familie, hat anfertigen lassen? Schöner und reicher ist sie als die alte Kaiserkrone Karls des Großen — und wenn ich auch keine von beiden gern trag', so ist sie mir doch lieber, weil es unsere Krone ist, die Krone unseres Hauses und die Krone unserer Länder. Ja, unserer Länder, die eigener, geschlossener Herrschaftsbereich sind und immer bleiben werden, seit vor neunzig Jahren unser Urgroßvater, Kaiser Karl der Sechste, durch die pragmatische Sanktion diesen Herrschaftsbereich ebenso unzerteilt seiner Tochter Maria Theresia gesichert hat, wie er unzerteilt an ihn gefallen war."

Johann, in dem die Idee des großen, alten Reiches noch am stärksten wirkte, wollte einwenden, daß sich ein solcher Herrschaftsbereich der Habsburger ohne weiteres auch mit dem Fortbestand des Heiligen Römischen Reiches vereinbaren ließ, indirekt durch die Wahl ihres Großvaters Franz von Lothringen zum deutschen Kaiser, dessen Gewalt zumindest theoretisch neben der Gewalt seiner Gemahlin Maria Theresia bestehen konnte, und direkt während der Regierungszeit des reformfreudigen Onkels Joseph und der kurzen ihres Vaters Leopold, der aus Florenz gekommen war, um sein Erbe in Wien anzutreten. Und seit mehr als einem Jahrzehnt schließlich auch jetzt unter Franz . . .

Aber dieser ließ ihn nicht zu Wort kommen.

„Es hat sich ja bald gezeigt, wie wichtig es war, unserem Haus seine eigene Krone zu sichern, die über den Kronen von

Böhmen und Ungarn einzustufen ist. Wohl hat der russische Zar den Vorrang des Römischen Kaisers anerkannt, wohl haben gerade jetzt Talleyrand und Champagny im Namen Frankreichs erklärt, daß sich auch der französische Kaiser diesem Vorrang fügen werde — aber wer bürgt denn dafür, daß die beiden, die Macht haben, sich dem einen, der keine hat, auf die Dauer unterordnen lassen? Mein Kabinettsminister, der gute, alte Fürst Colloredo, ist als Reichs-Vizekanzler zwar noch immer der Meinung, daß Europa ohne Regensburger Reichstag, ohne strenge Beachtung der Goldenen Bulle und aller ihrer Vorschriften nicht bestehen kann und daß Preußen als Vasall vor Österreich knien müsse — aber kniet denn der König in Berlin vor mir? Paktiert er nicht heimlich und hinter meinem Rücken mit Napoleon? Und paktieren nicht was weiß ich wie viele kleinere deutsche Souveräne ebenso? Was steht denn jetzt noch hinter diesem Reich und hinter der Würde eines Kaisers dieses Reiches?"

Der Kaiser stand auf und ging mit langsamen, mechanischen Schritten im Zimmer auf und ab.

„Mehr als dreihundert Jahre haben Mitglieder unseres Hauses ununterbrochen die Krone Karls des Großen getragen und dafür mehr Opfer bringen müssen als irgendeine andere Dynastie im Reich, die früher einmal auch zu dieser Würde emporgestiegen war, je zu bringen hatte. Aber jetzt können wir unseren Vorfahren nur danken, daß sie es nicht verabsäumt haben, uns neben dieser Kaiserkrone auch noch andere Kronen zu hinterlassen, die von Böhmen und die von Ungarn, und daß bei den Friedensschlüssen von Campoformio und von Lunéville diese beiden Königskronen — und nicht die Krone eines Kaisers des Heiligen Römischen Reiches — dem österreichischen Souverän die Gleichheit des Ranges und der Etikette mit allen Großmächten, Rußland nicht ausgenommen, gesichert haben."

Jetzt horchte Maria Theresia auf. Die Probleme des Zeremoniells waren für sie unerhört wichtig, und sie hätte den Gedanken nicht ertragen, hinter der Frau eines anderen Herrschers zurücktreten zu müssen — auch, wenn sie dieser in Wirklichkeit nie begegnen würde.

„Jetzt hat sich Napoleon aber zum Kaiser der Franzosen gemacht, und wenn schon Zweifel darüber bestehen, ob er sich wirklich, wie versprochen, immer hinter den Kaiser des Römischen Reiches einreihen werde — um wieviel berechtigter sind dann die Zweifel, ob er tatsächlich auch das Oberhaupt des Hauses Österreich gleichrangig neben sich duldet! Wenn aber er sich über uns stellt, wird es Rußland auch tun, und England, dessen Herrscher sich jederzeit zum erblichen Kaiser von Großbritannien ausrufen lassen könnte, da er drei Königskronen trägt, und Spanien ..."

Er trat plötzlich neben seine Gemahlin, die ihn entsetzt anstarrte: „Es is net unsertwegen, Theres'. Aber denk' an den Ferdinand. Und an alles, was nachher noch kommen kann. Nur als Kaiser von Österreich — als Kaiser, verstehst du? — werden sich die Habsburger auch in Zukunft noch neben den anderen Souveränen Europas gleichrangig behaupten können. Der Cobenzl wird alles mit dem Napoleon arrangieren."

„Und das Reich?" Erzherzog Karl stach diese Frage etwas zu hart zwischen das kaiserliche Paar, das sich bereits anschickte, sich mit der neuen Würde zufriedenzugeben und die alte nicht mehr zu beachten.

Der Kaiser richtete sich steil auf, daß sein bürgerlicher Rock beinahe wie eine Uniform spannte, und ließ die Unterlippe trotzig hängen: „Mein Volk soll wissen, daß es einen Kaiser hat, der allein ihm vorsteht und nicht unbotmäßigen, ehrgeizigen Herren fremder Länder, die ihren Kaiser im Stich lassen wie damals, als sie den ersten Koalitionskrieg nicht für eine Reichssache ansehen wollten, und wie unlängst, als der arme Duc d'Enghien in Vincennes hingerichtet worden war."

Er zog den Kopf wieder etwas in seine Schultern, ging zu

einem Fenster, blickte durch die Scheibe wie in ein Aquarium, nickte ein paarmal leicht — als ob sein langer, schmaler Kopf nur lose auf dem schlanken Nacken sitze.

„Die da unten werden eine Freud' haben. Ein Fest soll es sein für sie, ein großes Fest, damit sie erkennen, daß der Kaiser von Österreich nicht weniger gilt als irgendein anderer Monarch auf dieser Welt."

Er wartete noch ein wenig, als ob er jetzt schon eine Antwort hören wollte aus dem lautlosen Gewimmel unten auf dem Platz, aus dem Öffnen und Schließen der Mäuler, aus dem Zappeln und Hüpfen, aus servilen Verneigungen und hochmütigen Gesten des Dankes.

Dann drehte er sich mit einem Ruck um, baute sich nach ein paar hastigen Schritten vor seinem Bruder Karl auf.

„Und das Reich . . . das Reich wird nur solang einen Kaiser haben, als es einen verdient."

Die Pragmatikalverordnung vom 11. August 1804 wurde in allen deutsch-erbländischen Provinzen bekanntgemacht. In den Hauptstädten und dort, wo solche Feierlichkeiten bei besonderen Anlässen üblich waren, wurde dazu ein Tedeum abgehalten oder wurden unter den Militärs und unter den Zivilpersonen Feste veranstaltet.

Denn Franz, der zweite deutsche Kaiser dieses Namens, war nun auch Franz der Erste, Kaiser von Österreich.

An sämtliche Behörden des Königreiches Ungarn erging eine Verordnung, die dem Inhalt des kaiserlichen Patentes entsprach:

Es sei Pflicht des Regenten gewesen, daß jene vollständige Gleichheit des Titels und der erblichen Würde mit den vorzüglichsten europäischen Monarchen aufrechterhalten und behauptet werde, welche den Souveränen Österreichs sowohl in Hinsicht des uralten Glanzes ihrer so beträchtliche Königreiche und unabhängige Fürstentümer in sich fassenden Staaten gebührt und durch völkerrechtliche Traktate und Ausübung verpflichtet ist, und es war daher notwendig zur dauerhaften Befestigung dieser vollkommenen Rangesgleichheit und nach den Beispielen, welche in dem vorigen Jahrhundert der russisch-kaiserliche Hof und nunmehr auch der neue Beherrscher Frankreichs gegeben haben, dem Hause von Österreich, in Rücksicht auf dessen unabhängige Staaten, den erblichen Kaisertitel gleichfalls beizulegen.

Ihm erblühen Lorbeerreiser,
Wo er geht, zum Ehrenkranz . . .

Vier Monate hatten die Wiener seit dem Verkünden der Pragmatikalverordnung auf das große Fest warten müssen, das ihnen nun eine ununterbrochene Kette von Gelegenheiten bot, die Hymne auf ihren Kaiser abzusingen, sich am Refrain zu berauschen, daß es wirklich ihr — und nur ihr! — guter Kaiser Franz ist, dem ihr Jubel, ihr Geschrei, ihr Gewimmel, ihr Gesang gilt; der gute, gute, gute Kaiser Franz, dessen Polizeispitzel in der drängenden Menge plötzlich gar nicht mehr wahrgenommen wurden, obwohl sie sonst von den mißtrauischen Wienern überall erkannt, erahnt, gewittert worden waren, in jedem Beisel ebenso wie in allen vornehmen Kaffeehäusern der inneren Stadt, bei allen Vergnügungen der Vororte, unter den harmlosen Spaziergängern im Prater und sogar unter den aufgeregten Zuschauern der volkstümlichen Zauberpossen. Und keiner der jubelnden, schreienden, wimmelnden, singenden Wiener erinnerte sich noch daran, daß er vor wenigen Wochen, heimlich und unter wenigen guten Freunden, nach dem achten oder zehnten Glas Wein diesen guten, guten, guten Kaiser Franz samt seinem unguten Polizeisystem zum Teufel gewünscht hatte, ganz leise natürlich, weil ja keiner wissen konnte, ob nicht der gemütliche Zecher am Nebentisch oder der junge Geck, der vor dem Fenster scheinbar vergeblich auf eine dieser dummen Gänse wartete, die für gewöhnlich auf sein stutzerhaftes Gehaben und auf den Elfenbeinknauf seines dünnen schwarzen Spazierstöckchens hineinzufallen pflegen, ebenfalls verflixte Schnüffler sind, die einen ehrsamen, fleißigen Handwerker oder Krämer oder Fleischhauer oder Gastwirt langwierige Scherereien mit der Polizeihofstelle einbrocken können, diesem ganz und gar überflüssigem Amt, das ehrgeizige Räte und Hofschranzen dem Kaiser aufgeschwätzt haben...

... ihm erblühen Lorbeerreiser,
Wo er geht, zum Ehrenkranz...

Jetzt weiß plötzlich niemand etwas von einer solchen Polizeihofstelle und keiner hat geschimpft und keiner hat den guten, guten, guten Kaiser Franz zum Teufel gewünscht und jeder erzählt, wie er ihm bei der Audienz die Hand küssen durfte, diese gute, gute, gute Hand, und wer es noch nicht getan hat, der erzählt, daß er in den nächsten Tagen ganz bestimmt zur Audienz gehen werde, in den Schweizertrakt der Hofburg, über die schöne Säulenstiege hinauf in den zweiten Stock — wissen s' eh, dort, wo der gute, gute, gute Kaiser Franz wohnt, und alle wissen es und beschreiben die schönen Möbel und die schönen Tapeten und die schönen Beschläge an den schönen Türen und die schönen Gobelins und den schönen goldenen Kragen von dem schönen Beamten, der die Namen der Wartenden mit einer schönen Feder in die schöne Liste einträgt, und wer noch nicht dort gewartet hat und seinen Namen noch nicht in die schöne Liste hat eintragen lassen, weiß noch viel mehr Einzelheiten, weil ihm doch die Tant', die vor sechs Monaten beim Kaiser war, alles genau erzählt hat, und der Herr Vetter auch — wissen s' eh, der nur hing'angen ist, weil er net woll'n hat, daß der g'scherte Fuhrknecht seine Roß' nach dem Abschirren mitten in der Nacht in der engen Gasse stehen läßt, wie leicht könnt' da etwas passieren, wenn ein kleines Kind vorbeigeht so mitten in der Nacht, und jetzt muß der Fuhrknecht seine Roß' jedesmal gleich in den Hof führen, weil der Herr Vetter war nämlich eigens deswegen beim guten, guten, guten Kaiser Franz ...

... ihm erblühen Lorbeerreiser,
Wo er geht, zum Ehrenkranz ...

Wo er doch wirklich wie ein Vater für uns Wiener sorgt, der Kaiser, wie ein guter, guter, guter Vater, und wenn wir auch vier Monat' auf dieses Fest haben warten müssen, und uns erst jetzt im Dezember in den windigen Gassen drängen müssen — drucken s' doch net so, bleiben s' schön hinten stehn, i war früher da als sie, net? — drängen müssen von der Burg über die Herrengasse, den Hof, die Freyung, den Graben bis zum Stephansdom, wo das kirchliche Dankfest stattfindet: Der gute, gute, gute Kaiser Franz hat schon g'wußt, warum er diesen Festzug net schon Anfang November anbefohlen hat, wie ursprünglich vorgesehen. Da wär's nämlich auf dem Graben zu einem furchtbaren Wirbel gekommen, zu einer großen Hemmung der offenen Passage, wie der Wiener Stadtmagistrat sogleich zu bedenken gegeben hat, weil doch dort die vielen Markthütten vom Allerheiligenmarkt aufg'stellt waren, und dieser Markt war weder aufzuheben noch aufzuschieben, net, wenn doch dort immer die Hauptzahlungen zwischen den Kaufleuten und die Schlußverrechnungen durchg'führt werden, net — und was macht der gute, gute, gute Kaiser Franz? Er hat nicht — worum vom Magistrat angesucht worden und womit die vereinigte Hofkanzlei bereits einverstanden war — allergnädigst bewilligt, daß der Allerheiligenmarkt diesmal auf das Glacis vor dem Schottentor verlegt wird, dorthin, wo im Sommer und im Herbst immer die militärischen Übungen stattfinden; nein, er wollte nicht, daß seinetwegen die Marktleut' auf einen andern Platz vertrieben, Unbequemlichkeiten ausg'setzt und vielleicht sogar in ihrem Geschäftsgang beeinträchtigt würden, und deshalb hat er die Feierlichkeiten anläßlich seiner Krönung zum Kaiser von Österreich ganz einfach um fünf Wochen verschoben! So ist er eben, der gute, gute, gute Kaiser Franz ...

> ... ihm erblühen Lorbeerreiser,
> Wo er geht, zum Ehrenkranz ...

Hoch! hoch! hoch! hoch!, jauchzt, grölt, brüllt, orgelt, trommelt, trompetet es schon von der Freyung herüber, hoch! hoch! hoch! hoch den Graben herein, und die ersten Reiter sind zu sehen, unbeweglich sitzen sie auf ihren Rossen, die gravitätisch einherschreiten, als wüßten selbst sie, was heute für ein besonderer Tag ist. Hoch! hoch! hoch! hoch!, und die langen Ketten von Uniformierten, die links und rechts des vorgesehenen Fahrweges die jauchzenden, grölenden, brüllenden, orgelnden, trommelnden, trompetenden Wiener zurückhalten müssen, finden fast nicht genug festen Boden mehr für ihre flach aufgestemmten Füße, so drückt und schiebt und drängt und wogt es auf sie zu, Reihen um Reihen, hüteschwenkend, tücherschwenkend, blumenschwenkend, kinderhochhebend, obwohl in den ersten Wagen noch niemand von der allerhöchsten Familie sitzt, sondern vornehme Beamte und vornehme Geistlichkeit, hoch! hoch! hoch! hoch! knallt es näher und näher gegen die Ohren, daß man schier beide Hände davorhalten möcht', wenn man sie nicht so dringend nötig hätt' zum Hüteschwenken, Tücherschwenken, Blumenschwenken, Kinderhochheben, und jetzt fährt die Kutsche mit dem kaiserlichen Paar vorbei, hoch! hoch! hoch! hoch! und vivat! vivat!, weil das der Nachbar brüllt, hoch! und vivat! der gute, gute, gute Kaiser Franz ...

> ... ihm erblühen Lorbeerreiser,
> Wo er geht, zum Ehrenkranz ...

und die wunderschöne Kaiserin Maria Theresia, wer hat denn

gesagt, daß sie es nicht so leichtsinnig treiben soll in Laxenburg, hoch! hoch! hoch! hoch!, sie hat gerade zu uns herg'schaut mit ihren kaiserlichen Augen, hast du's g'seh'n, Bub', das war die Kaiserin, hoch! hoch! hoch! hoch!, und den Kaiser hast auch g'sehen, was, Bub, ich hab' dich ja hoch genug gehalten, weil so einen Tag wird die Wienerstadt lang net mehr erleben, hoch! hoch! hoch! hoch!, was regen s' ihnen denn so auf, weil ihnen der Bub auf den Schultern herumtrampelt, ich halt' ihn doch eh so hoch, und schließlich will so ein gescheites Kind doch auch sehen, wie der Kaiser zum Dankfest in den Stephansdom fährt, hoch! hoch! hoch! hoch!, jetzt steigt er aus dem Wagen, siehst' ihn, Bub, hoch! und vivat! und hoch! und vivat!, jetzt geht er hinüber zum großen Tor, hoch! hoch! hoch! hoch, na, wollen s' denn net weitergehen, zuerst regen s' ihnen über den Buben auf, und jetzt gehn's net weiter, wo wir doch auch noch einen guten Platz finden wollen vor dem Dom, der Bub und ich, damit wir den Kaiser ganz genau sehen können, wenn er wieder herauskommt nach dem feierlichen Dankgottesdienst, so sing doch mit, Bub, sing doch, du kannst doch eh schon die Hymne vom guten, guten, guten Kaiser Franz ...

... ihm erblühen Lorbeerreiser,
Wo er geht, zum Ehrenkranz ...

Großer Gott, wir loben dich und danken dir, daß du unser Österreich zu einem Erbkaisertum gemacht hast, großer Gott ...

Mächtig klingt das Tedeum durch das hohe, spitzbogige Kirchenschiff von Sankt Stephan, braust über die Köpfe der vielen, die sich zu den wenigen Auserwählten dieses Tages zählen dürfen, zu den vielen Wenigen, die den feierlichen Dank an den Himmel unter einem Dach — unter einem hohen, steilen, gewaltigen Dach, das mit dem Kiel seiner Bogen fast schon den Himmel erreicht — zusammen mit ihrem Kaiser absingen dürfen ... Tedeum ...

Der niederösterreichische Regierungspräsident Graf Saurau blickte sich, geschützt durch die breiten Stämme der Orgel, durch das Astwerk und Laub der dunkleren und helleren Singstimmen verstohlen um, und er mußte sich nicht ganz umdrehen, sondern nur etwas zur Seite, um den Wiener Bürgermeister Stephan von Wohlleben zu entdecken, der mit dem Stolz eines den Kaiser und kaiserliche Feste noch nicht gewohnten neuen Würdenträgers lauthals den allgemeinen Gesang verstärkte.

Und dann vermeinte der Graf, dessen Ohren durch seinen früheren Dienst in der Polizeihofstelle geschärft waren, durch die dicken Mauern des Domes, durch die schmalen Fenster, die das Licht bis hoch hinauf unter die spitzen Bogen in schwere, satte Farben zerlegten, durch die sorgfältig geschlossenen und bewachten Flügel des Tores die freudige Erregung der wartenden Wiener zu spüren, die an diesem windigen Dezembertag die kalten Steine des Domes anstarrten, hinter denen Gott gedankt wurde für diese Krönung des guten, guten, guten Kaisers Franz ...

... ihm erblühen Lorbeerreiser,
Wo er geht, zum Ehrenkranz ...

Und der Regierungspräsident wußte mit einemmal, daß kein unbekannter Intrigant notwendig war, um den Kaiser zu bestimmen, diesen Wienern die Wahl ihres Bürgermeisters freizustellen, er fühlte, wie diese Wiener auch noch durch die dicken Mauern und die dichten Fenster des Domes an Ornat, Zepter und Krone klebten, an den Insignien einer Macht, die dem Kaiser längst schon durch die Mächtigen dieses Landes abgenommen schien. Graf Saurau suchte nach der schmalen Gestalt vor dem Altar, die nun stark genug sein wollte, den schweren Ornat zu tragen, er suchte die schmale Hand, die nun stark genug sein wollte, das Zepter zu halten, er suchte den schmalen Nacken, den schmalen Schädel, die nun stark genug sein wollten, die schwere Krone zu tragen, er suchte diesen schmalen Kaiser, der Österreich tragen wollte, weil er Deutschland nicht mehr tragen konnte, und der in diesem Augenblick Gott dankte, daß er ihm diese Bürde auferlegt hatte.

Tedeum ...

Waren es die tröstenden Figuren der Heiligen, die von den schweren Gläsern der Fenster gemalt wurden, waren es die zuversichtlichen Pfeiler, die das hohe Gewölbe des Domes stemmten, waren es die brausenden Töne der Orgel, die jubelnden Stimmen des Chores, die von der Empore durch das ganze lange Kirchenschiff bis nach vorne zum Altar flogen, halleluja ...

Waren es die Rücken der vielen Wenigen, die auserwählt worden sind, an diesem Dankgottesdienst teilzunehmen, und die sich nun aufrichteten, halleluja ...

Oder war es doch der schmale Kaiser, dessen Gesicht nicht zu sehen war, halleluja ...

Jedenfalls sang plötzlich auch er, der mit allen Kniffen und Winkelzügen vertraute, in der Hofpolizeistelle vorsichtig gewordene, in seinem bedeutungsvollen Amt erfahrene Regierungspräsident Graf Saurau lauthals wie der neue Wiener Bürgermeister:

Halleluja! Halleluja! Halleluja!

Laß von Seiner Fahnen Spitzen Strahlen Sieg und Fruchtbarkeit

oder

Drei Kaiser gegen einen

Der Kabinettsminister Franz de Paula Gundaker Colloredo hatte schon über die Teilnahmslosigkeit des nun zweifachen Kaisers Franz geklagt, als dieser noch sein Zögling war. Auch jetzt konnte der siebzigjährige würdige Staatsmann seine eigene Unruhe kaum unterdrücken und bewunderte die Ruhe des eleganten Diplomaten Cobenzl, der zusammen mit ihm vor dem Monarchen saß und dessen unbewegte Gesichtszüge studierte, als gelte es, eine Figur in das Schlußtableau einer belanglosen Theateraufführung zum Vergnügen der geistvollen Zarin Katharina einzufügen.

Aber Katharina war tot, Zar Paul war tot und Zar Alexander konnte — daran war nach den Berichten, die der Gesandte Graf Stadion aus Petersburg geschickt hatte, wohl nicht zu zweifeln — weder durch französische Lustspiele noch durch ein ganzes Arsenal eleganter diplomatischer Tricks von seiner überheblichen Vorstellung abgebracht werden, Napoleon zum Trotz eine seiner Meinung nach gerechte Ordnung in Europa herzustellen. Colloredo war es unangenehm, in diesem Zusammenhang die kultivierte Liebenswürdigkeit seiner französischen Gemahlin mit der oft unkontrollierten Heftigkeit des russischen Zaren zu vergleichen und sich die Zukunft in einem solchen von Petersburg geordneten Europa vorzustellen.

Cobenzl freilich ging es um erfolgreiche diplomatische Schachzüge, ihm mußte dieses Spiel gefallen, in das nun England und Rußland auch den Kaiser einbeziehen wollten, der langsam und unbewegt die wichtigsten Stellen des Briefes vor sich hinmurmelte, den er, von Cobenzl angeregt, seinem kaiserlichen Bruder — nicht einmal bei dieser floskelhaften Anrede an den Emporkömmling in Paris hatte sich die gelangweilt herabhängende Unterlippe zu einem Zeichen des Unmuts oder der Abneigung straffen lassen — zukommen lassen wollte.

„Mein Herr Bruder ... Der Botschafter Eurer kaiserlichen Majestät hat mir den Brief übergeben, den Sie die Liebenswürdigkeit hatten, mir am 17. März zu schreiben, und worin Eure Majestät mir Mitteilung von der neuen Anordnung macht, die das Schicksal der Italienischen Republik betreffen ..."

Fast schien es dem erfahrenen Menschenkenner Colloredo, als wollte Cobenzl in die auffallende Pause, die der Kaiser hier seinem Murmeln auferlegte, eine geschickte Bemerkung fallen lassen; aber der kluge Diplomat beherrschte sich — vielleicht, weil er gespürt hatte, daß diese Pause nicht zufällig eingetreten war. Denn galt auch dem Kaiser jetzt seine Hauskrone mehr als die ehrwürdige Kaiserkrone Karls des Großen, so konnte er sich doch nicht ganz aus den magischen Bindungen lösen, die Jahrhunderte hindurch zwischen allen deutschen Kaisern und dem unruhigen Italien bestanden hatten, verhängnisvollen, für das Reich gefährlichen Bindungen, die den Habsburgern als Erbe früherer Dynastien auferlegt worden waren. Und Franz, selbst in Florenz geboren, konnte doch die Mitteilung, daß sich Napoleon nun auch zum König von Italien krönen lassen werde, nicht so unbeteiligt hingenommen haben, wie er jetzt fortfuhr, sein Antwortschreiben auf diese Mitteilung Satz für Satz, Zeile für Zeile, Buchstaben für Buchstaben halblaut vor sich hinzusagen ...

„Einerseits veranlaßt der Inhalt dieses Briefes mich, zu glauben, daß Eure Majestät in den Versicherungen verharrt, die mir vorher von Ihrer Seite aus gegeben worden sind, und die sich auf die Trennung und Unabhängigkeit der beiden Kronen von Italien, entsprechend den Abmachungen der Verträge, beziehen. Anderseits teilt mir Eure kaiserliche Majestät mit, daß Sie gezwungen ist, die Ausführungen der Versprechungen zu verschieben, aus Gründen, die mit dem gegenwärtigen Krieg zusammenhängen, die wiederum von früher mit anderen großen Mächten vereinbarten Anordnungen abhängen, im besonderen mit derjenigen Macht, mit der das französische Reich sich im Kriegszustand befindet . . .“

Das ist der Stil Cobenzls: Nicht direkt darauf hinzuweisen, daß Napoleon ursprünglich beabsichtigt hatte, einen seiner Brüder zum König von Italien proklamieren zu lassen und damit eine für das übrige Europa annehmbare Lösung der italienischen Frage zu finden; auch keine Bemerkung einzuflechten, daß sowohl Joseph als auch Ludwig Bonaparte die Königswürde Italiens angeblich abgelehnt hatten und deshalb Napoleon gleichsam genötigt war, diese neue Königskrone seiner neuen Kaiserkrone beizufügen; statt eines energischen Protestes gegen diese willkürliche Machterweiterung nur der boshafte Verweis auf die Schwierigkeiten Napoleons mit England und auf die Fortdauer des Krieges mit diesem Inselreich vor den Küsten Frankreichs.

So war ein weiterer Übergriff Napoleons wohl nicht zu verhindern. Und auch nicht ein neuer Krieg in Europa . . .

„Ich kann deshalb nur meine Wünsche für die Beschleunigung des Friedens sowie für einen beide Teile zufriedenstellenden Vergleich zwischen Eurer Majestät und den genannten Mächten äußern, die am meisten dazu geeignet sind, die allgemeine Ruhe Europas für immer wiederherzustellen.

Indem ich diesen glücklichen Ausgang erwarte, für den ich mit allen mir zu Gebote stehenden Mitteln zu arbeiten stets bereit bin, zögere ich nicht, von meiner Seite aus die Fortdauer meine Gefühle zu bestätigen, die ich Eurer Majestät früher für die Aufrechterhaltung des Friedens und der Freundschaft zwischen Eurer kaiserlichen Majestät und mir versicherte.

Endlich spreche ich die Hoffnung aus, daß Eure Majestät Ihre Versprechungen wegen der Lombardei und der genauen Beobachtung der Grenzsteine erfüllen werde, die auch mir durch die strikte Neutralität, die ich beachten werde, vorgeschrieben wird . . ."

Nun blickte der Kaiser mit einem Mal auf Cobenzl, der sofort seinen Kopf senkte, als habe er seinen Akteur schon genügend studiert und wolle sich nun dessen vorwurfsvolle Frage nach einem besseren, effektvollen Auftreten ersparen. Denn nur mit diesem etwas erbärmlichen Text seiner Rolle würde der Kaiser darüber hinwegtäuschen können, daß Graf Stadion in Petersburg und russische, aber auch englische Agenten hier in Wien bereits die Möglichkeit einer neuen großen Koalition gegen Napoleon sondierten.

Der letzte Satz des Briefes an den Kaiser der Franzosen sollte dann der Intrige, für die Cobenzl wenigstens einige Fäden auch in seine Hand bekommen wollte, noch zusätzliche Spannung geben:

„Damit bitte ich Gott, daß er Eure kaiserliche Majestät in seinem heiligen und würdigen Schutz behalte. Ihr guter Bruder . . ."

Und während Franz sorgfältig seinen Namenszug auf das Papier schrieb, fiel Colloredo der Refrain des Kaiserliedes ein, das vom Volk so hymnisch begeistert gesungen wurde: . . . unsern guten Kaiser Franz.

Ihr guter Bruder Franz.

Als der gute Kaiser und der gute Bruder seinem Staatsminister Cobenzl den unterfertigten Brief reichte, murmelte er noch — und selbst Colloredo, der ihn seit dreißig Jahren kannte, vermochte nicht zu unterscheiden, ob ihn seine pedantische

Gründlichkeit oder eine vorwurfsvolle Mahnung an Cobenzl dazu verleitet hatte — das Datum:

„Wien, den 16. April 1805."

Die beiden Ratgeber eines zweifachen Kaisers erhoben sich in der Meinung, mit der Erledigung des Schreibens an Napoleon wäre auch der Grund ihrer Vorsprache bei dem Monarchen erledigt, da sagte dieser:

„Bleiben s' noch da, Colloredo!"

Und Cobenzl wollte er mit den Worten verabschieden:

„Gern hab' ich 's net tan!"

Diese Bemerkung des kaiserlichen Unwillens veranlaßte den Staatsminister noch zu der Warnung, daß Napoleon offensichtlich die Einkreisung Österreichs vorbereite, weil er seine Verbindung zum König von Preußen so auffallend verstärke: Ende März habe er Friedrich Wilhelm das Großkreuz seines neugestifteten Ordens der Ehrenlegion übersandt, worauf sich der König von Preußen durch die Überreichung des Schwarzen-Adler-Ordens revanchierte — aber der Kaiser winkte ungädig ab, setzte sich, nachdem Cobenzl mit einer eleganten Verbeugung das Zimmer so routiniert verlassen hatte, wie ein Komödiant die vertraute Szene verläßt, klein und mit zwischen die Schultern eingezogenem Langschädel hinter seinen Schreibtisch.

Mit einer müden, kaum angedeuteten Geste wies er dann Colloredo einen Platz an.

„Ich weiß net — aber die G'schicht' g'fallt mir net!"

„Majestät, es sind gewisse Überlegungen notwendig geworden . . ."

Und der alte Reichsgraf Franz de Paula Gundaker Colloredo, der schon vom lothringischen Gemahl der mütterlichen Maria Theresia (dem ersten Römischen Kaiser, der den Namen Franz trug) zum Reichshofrat ernannt worden war, fühlte sich plötzlich verpflichtet, den um mehr als zwanzig Jahre jüngeren Grafen Cobenzl vor diesem noch einmal um eineinhalb Jahrzehnte jüngeren Monarchen rechtfertigen zu müssen, obwohl er die Winkelzüge des eleganten Diplomaten nie besonders geschätzt hatte. Aber die Diplomatie hat eben ihre eigenen Regeln — das wußte auch Colloredo, der von Anfang an für eine diplomatische Karriere bestimmt worden war, ohne die Virtuosität eines Cobenzl erreichen zu können.

„Das Mißtrauen des Zaren muß absolut ungerechtfertigt erscheinen, Majestät, und Graf Stadion versucht in Petersburg alles, um die Freundschaft Zar Alexanders für Eure Majestät zu festigen. Schließlich hat er lange genug gezögert, um den neuen Erbkaiser von Österreich anzuerkennen — nur deshalb, weil Eure Majestät die Kaiserkrönung Napoleons anerkannt haben, ohne sich vorher mit dem Beherrscher Rußlands in Verbindung zu setzen. Seine Majestät der Zar sind in dieser Hinsicht sehr empfindlich.“

Der Erzieher des Kaisers verfiel wieder in die Rolle, die er vor mehr als dreißig Jahren in Florenz übernommen hatte. Er versuchte zu belehren, zu überzeugen — und seit seinem Zögling das Schicksal innerhalb weniger Jahre so arg mitgespielt hatte, daß dieser seine erste Gemahlin, die geliebte Elisabeth von Württemberg, im Kindbett verloren hatte und das Kind dazu, dann noch den väterlichen Oheim Kaiser Joseph den anderen, der ihn zum Nachfolger bestimmte, und kurz darauf auch den Vater Leopold, der kaum richtig zur Ausübung seines kaiserlichen Amtes gekommen war: seit also das alles über den früher so bockstarrigen Franz hereingebrochen war, schien es manchmal, als würde er sich wirklich belehren und überzeugen lassen.

Diesmal aber beharrte er in seiner „übertriebenen, gezwungenen Gleichgültigkeit“, über die sich Colloredo mehrmals beim Kaiser Joseph beklagt hatte.

Oder war das nur ein Ausdruck kleinbürgerlicher Redlichkeit des viel zu jungen Patriarchen einer viel zu großen Familie

— jener Redlichkeit, die dem noch ganz im feudalen Denken befangenen Colloredo ebenso unverständlich sein mußte wie dem aristokratischen Kosmopoliten Cobenzl?

„Ich mag das net, Colloredo: dem einen freundlichen Brief schreiben und gleichzeitig mit dem anderen gegen ihn paktieren!"

Dieser — ohnedies nicht sehr heftig geäußerte — Widerspruch ermutigte den alten Erzieher, seinen ehemaligen Zögling noch einmal auf die Schwierigkeiten im Umgang mit dem ehrgeizigen Zaren von Rußland hinzuweisen, der vielleicht einmal der einzige wirkliche Verbündete des Kaisers auf dem Festland sein werde, wenn sich alle anderen Staaten mit Napoleon arrangiert hätten. Mit Preußen, der zweiten deutschen Großmacht neben Österreich, scheine es ja bald soweit zu sein, die Haltung Bayerns sei mehr als unsicher, und die kleineren Fürsten des Heiligen Römischen Reiches wären schon nach der völkerrechtswidrigen Gefangennahme des Duc d'Enghien nicht gesonnen gewesen, dieses Heilige Reich gemeinsam mit ihrem Kaiser gegen solche Übergriffe zu verteidigen.

Wieder einmal — und damit spielte der Reichsgraf Franz de Paula Colloredo auf die historischen Kenntnisse an, die er vor mehr als zwei Jahrzehnten dem jungen Erzherzog Franz mühsam genug beigebracht hatte —, wieder einmal stünde also der Kaiser dieses Reiches ohne Reich da, weil die Eigensucht der Reichsfürsten ein gemeinsames Vorgehen verhindere, und wieder einmal müsse von einem ausländischen Herrscher Hilfe zur Rettung dieses Reiches erwartet werden. Und deshalb würden wohl bald drei Kaiser gegen einen in das Feld ziehen — der von Deutschland (und der vornehmste von ihnen allen), der von Österreich und der von Rußland gegen den von Frankreich; aber von diesen dreien könnten — Gott sei's geklagt — nur zwei ein eigenes Heer aufstellen, während der dritte (und, wie gesagt, der vornehmste) höchstens seine Insignien mit in den Kampf schleppen könne und ihn, den alten Vizekanzler dieses Heiligen Römischen Reiches, das nicht mehr existieren dürfte, wenn seine Fürsten mit dem Gegner ihres Kaisers Orden austauschten.

Deshalb müsse Graf Stadion in Petersburg mit den verbündeten Russen und Engländern verhandeln, und Graf Cobenzl sei gezwungen, auch hier in Wien russische und englische Agenten anzuhören, während er zur gleichen Zeit dem Kaiser freundschaftliche Briefe an Napoleon nahelege. Denn dieser Napoleon sei als Politiker ebenso rücksichtslos wie als Stratege, und der Bruch feierlich vereinbarter Verträge gelte ihm gleichviel wie eine erfolgreiche Kriegslist. Seine Unternehmungen in Italien hätten das ja gerade jetzt wieder einmal unmißverständlich bewiesen; denn während er alle anderen großen Mächte im Glauben ließ, er werde die Krone von Italien niemals mit der Krone von Frankreich vereinigen, während er zuerst den einen und dann den anderen Bruder als König von Italien vorgeschlagen hatte, war er doch wohl schon von Anfang an fest entschlossen gewesen, sich diese Krone selbst anzueignen. Wie sein Vorbild, der große fränkische Kaiser Karl, würde er jetzt die eiserne Krone der Langobarden ebenso tragen wie die Krone des Kaisers, und es wäre wohl nur eine Frage der Zeit, wann diese Kaiserkrone die Krone des Heiligen Römischen Reiches sein werde — womit Napoleon nach einem Jahrtausend wieder die Idee Karls des Großen verwirklicht haben würde, falls nicht Zar Alexander mit seiner Idee einer neuen europäischen Ordnung die Pläne des ehrgeizigen Korsen durchkreuzen könne ...

„Ideen, Ideen — nix als Ideen!“ Gleichmütig, wie er während des ganzen Vortrages seines ehemaligen Erziehers geblieben war, tat Kaiser Franz auch dessen Vorstellungen von der Zukunft ab. „Die Leut' können net satt werden von solchen Ideen.“

Colloredo merkte, daß er dem Gespräch nun eine Wendung zum Konkreten, zur Realität geben mußte. Noch war er nicht darauf vorbereitet, seinem Kaiser vorzuschlagen, dieser möge den — nach der Meinung Colloredos und seiner Freunde — so verdienstvollen Feldmarschalleutnant Karl Mack von Leiberich zum Kommandanten der Nordarmee machen, der gemeinsam mit den Russen operieren müsse, vorher aber noch durch einen raschen Einmarsch in Bayern den Abfall dieses Landes vom Kaiser und die drohende französisch-bayerische Allianz verhindern solle. In Italien, wo Erzherzog Karl kommandieren könne, sei der Hauptstoß der Franzosen zu erwarten, denn schließlich ginge es diesmal vordergründig um das Königreich Italien; in Tirol hingegen könne das Kommando dem Erzherzog Johann übertragen werden.

Alte erfahrene Strategen aus der engeren Umgebung Colloredos — die, wie er, noch die Gesetze der Kriegführung zur Zeit Maria Theresias erfahren hatten — wollten mit diesem Plan schon jetzt, mitten im angeblichen Frieden, den künftigen Krieg vorbereiten, und jeder von ihnen war überzeugt, daß ihr Plan ein guter Plan sei. Die Zustimmung des Kaisers müsse bei gegebener Gelegenheit gewonnen werden — und eine passendere Gelegenheit als gerade jetzt durfte Colloredo wohl nicht mehr erwarten.

So setzte er bedachtsam Wort um Wort, Satz um Satz, bemühte er sich, die fehlende Vorbereitung durch breit dargelegte Argumente, durch einen überzeugten Tonfall seiner Stimme zu ersetzen, wollte er dem Kaiser, der doch soeben ein freundschaftliches Schreiben an Napoleon unterfertigt hatte, möglichst wenig Gelegenheit zu Einwänden geben.

Erst am Schluß, als er nochmals auf die Verdienste des Feldmarschalleutnants Mack zu sprechen kommen wollte, merkte er, daß es ihm nicht gelungen war, die Aufmerksamkeit des Kaisers für diese so überaus wichtige Frage zu erwecken. Die Augen des Monarchen blickten an ihm vorbei ins Leere, die Unterlippe hing tief wie früher, als er vor ihnen den Brief an Napoleon überflogen und nur durch zwei langweilige Pausen kommentiert hatte.

Und dann — Colloredo hatte seine Schlußfolgerung noch nicht anbringen können — überraschte ihn der Kaiser mit der Bemerkung:

„Colloredo, wir müssen dafür sorgen, daß keine allzu großen Kosten entstehen und daß die allgemeinen Geschäfte net unterbrochen werden, wenn ich jetzt dann meine Provinzen besuche.“

Der alte Erzieher starrte seinen ehemaligen Zögling an: „Jetzt wollen Eure Majestät . . .“

Der Herrscher unterbrach ihn heftiger, als es sonst seine Art war: „Colloredo, ein guter Vater muß auch im Krieg ein guter Vater sein. Die Kinder in Innerösterreich, Triest, Istrien, im Herzogtum Venedig, im Österreich ob der Enns warten auf mich. Ich hab' doch schon durchblicken lassen, daß ich in diesem Frühjahr kommen werd'. Da kann ich sie doch net enttäuschen, net einmal wegen dem Krieg.“

Er war aufgestanden und ging im Zimmer hin und her. Colloredo, der sich natürlich ebenfalls hatte erheben wollen, war durch einen kurzen Wink wieder auf seinen Sessel verwiesen worden. Es war eine eigenartige Energie in Franz, wenn er sich auf seine Länder besann. Sein Schritt wirkte nicht so schleppend wie sonst, den langen Schädel hielt er aufrecht über seinen Schultern. Und sehr bestimmt, wenn auch etwas ungeordnet, erteilte er dem alten Staatsmann Auftrag um Auftrag:

„Keine Empfangsfeierlichkeiten — veranlassen s' das, Colloredo. Der Krieg wird genug kosten, und jedes einzelne meiner Kinder wird's spüren. Und wenn schon wo die Gelder für solche Feste bereitgestellt sind — manche Untertanen sind eben immer übereifrig, sie wissen ja —, dann will ich, daß diese Summen auf gemeinnützige oder wohltätige Zwecke verwendet werden. In den einzelnen Ländern sollen die Regierungschefs angewiesen werden, sich von ihren Dienstposten net zu entfernen, damit die übliche Ordnung net gestört wird. Sie sollen uns auch net entgegenkommen oder auf der Reise begleiten. Und, Colloredo, lassen s' nachdrücklich genug verlautbaren, daß der Kaiser keine Unterkunft, noch Festivitäten bei Privaten annehmen werde, und daß alles unternommen werde, damit kein Untertan sich deshalb in einen unnützen Aufwand versetze. Wir werden nur in Gasthöfen, Posthäusern und Ärarialgebäuden Unterkunft nehmen ..."

Franz de Paula Gundaker Colloredo, Kabinettsminister Seiner Majestät und Vizekanzler des Heiligen Römischen Reiches, wußte, daß es sehr schwer sein würde, dem guten Landesvater von einem Besuch seiner Kinder in den oft sehr entlegenen Provinzen abzuraten — nicht einmal jetzt, wo ein Krieg drohte, der für sein ganzes Reich entscheidend werden mußte; und auch nicht unter Hinweis auf den ungarischen Landtag in Preßburg, bei dem der Kaiser unbedingt erscheinen werde müssen. Zwar erst im Herbst — doch die lange Abwesenheit während der geplanten Reise durch die Provinzen würde dennoch das Kabinett vor eine ganze Reihe von Schwierigkeiten stellen. Aber es erschien dem Kabinettsminister vorteilhafter, die Gedanken des Kaisers durch die geplante Reise abgelenkt zu wissen, weil so weniger Widerspruch gegen den Vorschlag zu befürchten war, für die dritte, stärkste Armeegruppe, die über Bayern gegen Westen operieren sollte, den Freiherrn von Mack als Kommandierenden einzusetzen.

Das wünschten schließlich nicht nur die einflußreichsten Mitglieder des Kabinetts, das erwarteten auch England und Rußland, wie aus geheimen, aber doch schon sehr ins Detail gehenden Verhandlungen über die geplante große Koalition gegen Napoleon zu erfahren war.

Und Mack selbst, der schon mit seiner Ernennung zum Feldzeugmeister rechnete, hatte bereits begonnen, seine

Truppen auf künftige Siege vorzubereiten; so, wie es die Hymne dem Kaiser wünschte: Daß von seiner Fahnen Spitzen Sieg und Fruchtbarkeit strahlen sollen.

Colloredo wartete, bis sich Franz wieder gesetzt hatte, um dann schnell mit dem Lob der Verdienste des Freiherrn Karl Mack von Leiberich — der demnächst zum Feldzeugmeister ernannt werden sollte — fortzufahren.

Die Soldaten überließen die mühevolleren Schanzarbeiten den viertausend bayrischen Bauern, die sie aus der Umgebung von Ulm hierher vor die Stadt getrieben hatten, damit die durch den französischen General Bertrand zerstörten Festungswerke wiederhergestellt werden könnten. Schließlich hatte der Kaiser — der auch hier noch Kaiser war, wenn es auch der Kurfürst von Bayern nicht mehr wahrhaben wollte — ein gutes Recht darauf, daß die Festung Ulm den Vormarsch Napoleons schon hier aufhalte, bis die Armee seiner Römischen und Österreichischen Majestät ...

... Laß von seiner Fahnen Spitzen
Strahlen Sieg und Fruchtbarkeit ...

... durch die Truppen seiner Majestät des Zaren von Rußland schlagkräftig verstärkt werde, um den frechen Emporkömmling aus Frankreich endgültig Mores zu lehren.

Feldzeugmeister Karl Mack von Leiberich war gewissenhaft dahinter her, daß die Befestigung von Ulm mit entsprechender Geschwindigkeit und entsprechendem Nachdruck durchgeführt wird. Täglich ritt er mit einigen Offizieren aus seinem Stab von der neuen Schanze am Michelsberg zu der Schanze auf der Anhöhe der Albeckersteige, dann weiter zu jener an der Westseite der Stadt und schließlich zur Schanze vor dem Herrbruckertor, welche sich an den Brückenkopf anschloß, der dem Günztor gegenüberlag. Es waren Schanzen, wie sie die Schule der Feldherren Maria Theresias nicht besser hätte vorschreiben können; daß die Palisaden fehlten und daß die frisch aufgeschüttete Erde noch nicht fest genug war, um Kanonen ohne größere Schwierigkeiten transportieren zu können, sah auf den wichtigtuerisch in die vielen Landkarten eingetragenen Plänen noch weniger besorgniserregend aus als bei den täglichen Inspektionsritten durch den herbstlichen Nebel, der hier an den Ufern der Donau manchmal sehr dicht lag und die mächtigen Schanzen mehr als drohende Schatten denn als räumlich gegliederte Festungswerke erkennen ließ.

Daß die Russen — es waren über fünfzigtausend Mann, die unter den Generalen Kutussow und Bagration in fünf Kolonnen herangeführt werden sollten — auf den lehmigen, nassen, grundlosen Wegen nur sehr langsam weiterkamen, beunruhigte Mack und seine Offiziere seit einigen Tagen weit mehr als der Zustand dieser neuen Schanzen vor Ulm.

Denn am 28. September war die Meldung gekommen, daß Napoleon mit einem gewaltigen Heer den Rhein überschritten habe. Damit war der Koalition, die österreichische, schwedische, russische und englische Diplomaten in langwierigen, geheimen Verhandlungen gegen Frankreich zustandegebracht hatten — der dritten Koalition in den eineinhalb Jahrzehnten, die seit dem Ausbruch der großen französischen Revolution vergangen waren —, ein offenbar schon gut vorbereiteter Gegner in die Quere gekommen. Anders ließ sich diese überraschende Aktion Napoleons knappe zwanzig Tage, nachdem die österreichische Nordarmee in Bayern einmarschiert war, wohl nicht erklären.

Freilich war das Verhalten der Truppen des Feldzeugmeisters Mack im besetzten Land aufrüttelnd genug: Sie trieben starke Requisitionen ein, was die Bevölkerung sehr aufbrachte. Der Kurfürst von Bayern selbst, der vergeblich aufgefordert worden war, in die große Koalition gegen Napoleon einzutreten, hatte sich mit allen Kassen, sogar mit den Waisen-

und Kirchengeldern, nach Würzburg geflüchtet. Und obwohl ihm Erzherzog Ferdinand von Österreich-Este, den der Kaiser als Oberkommandierenden der Nordarmee zumindest formell dem Feldzeugmeister Mack vorgesetzt hatte, durch den Grafen Buol dort noch einmal mitteilen ließ, dem Herrscher von Bayern würden, wenn er schon nicht der Koalition beitreten wolle, alle Bedingungen der Neutralität zugestanden, sobald er sich entschließen könne, seine Truppen zu entlassen, vergaß Kurfürst Maximilian Joseph ganz auf die Versicherung, die er vorher dem Kaiser als Antwort auf einen ihm vom Fürsten Schwarzenberg überbrachten Vorwurf wegen des mit Napoleon abgeschlossenen Bündnisvertrages gegeben hatte. Damals diente ihm der — von ihm selbst aus der Schweiz nach Frankreich dirigierte — sechzehnjährige Kronprinz als Vorwand, um an den Kaiser zu schreiben:

„Gestatten Eure kaiserliche Majestät, daß ich mich an ihr väterliches Herz wende. Mein Sohn, der Kronprinz, befindet sich in diesem Augenblick im südlichen Frankreich. Falls ich genötigt sein werde, meine Truppen gegen Frankreich marschieren zu lassen, so ist mein Kind verloren. Bleibe ich jedoch ruhig in meinen Staaten, so habe ich Zeit, ihn zurückkommen zu lassen. Kniefällig flehe ich daher, mir die Neutralität zu bewilligen. Ich wage es, mein geheiligtes Wort zu verpfänden, daß meine tapferen Truppen die Operationen Ihres Heeres in keiner Weise hindern werden, und ich schwöre, daß, wenn dieselben gezwungen sein sollten, sich zurückzuziehen, ich nichts gegen sie unternehmen werde."

Jetzt aber vertraute er sich in Würzburg dem Schutz französischer Truppen an, während zwanzigtausend Bayern und Schwaben sich bereithielten, die Armee Napoleons zu verstärken.

Der Krieg zwischen Österreich und Bayern war unvermeidlich geworden. Einer der mächtigsten Landesfürsten des Heiligen Römischen Reiches hatte den Kaiser nicht nur im

Stich gelassen — was dieser schon seit Jahren gewohnt war —, sondern hatte sich ausdrücklich gegen ihn gewandt.

Was für ein Reich! dachten die Offiziere im Stab des Erzherzog Ferdinands und des Freiherrn von Mack; und so dachten auch die Diplomaten, die zwischen dem Hauptquartier in Ulm und dem Hof in Wien hin- und herreisten, um von der einen wie von der anderen Stelle vielleicht doch noch den Auftrag für eine entscheidende diplomatische Aktion zu erhalten; und so dachten die ängstlichen Souveräne der kleineren deutschen Staaten und wohl auch der König von Preußen, der gar keine Anstalten traf, dem Kaiser auch nur die geringste Unterstützung zukommen zu lassen.

Nur die Soldaten dachten es nicht, die durch Bayern wie durch ein feindliches Land gezogen waren und die jetzt vor Ulm die Bauern mit Fußtritten und Kolbenschlägen traktierten, wenn die Schanzarbeiten nicht zur Zufriedenheit der Offiziere und unter Wahrung der Bequemlichkeit jedes einzelnen Gemeinen weitergingen.

Sie, die selbst Bauernburschen waren, ehe sie den Waffenrock anzogen, oder die sich aus der Lehre eines strengen Meisters verdrückt hatten, oder denen es beim Studium nicht gefallen wollte — sie taten sich hier groß als die Soldaten ihres guten Kaisers Franz ...

> ... Laß von seiner Fahnen Spitzen
> Strahlen Sieg und Fruchtbarkeit ...

... und genossen den Vorzug, daß alle Bäcker von Ulm nur für das Militär backen, alle Müller nur für die Soldaten mahlen und alle Schuhmacher in Ulm nur für sie arbeiten durften — egal, was mit den Zivilpersonen auch immer geschehen mochte. Fünfzehntausend Einwohner der Stadt mußten in ihren eintausendsechshundert Häusern mehr als zwanzigtausend Militärpersonen unterbringen, ihnen geben, was sie zum Leben brauchten (oder auch nur vorgaben, es zu brauchen), die Wirtschaftsgebäude den Truppen überlassen, die in der nun plötzlich wieder als Festung gerüsteten Stadt weder über Magazine noch über Stallungen verfügten.

Ehe sich auch nur ein Franzose im weiteren Umkreis zeigte, hatte die Schlacht um Ulm schon begonnen: der ununterbrochene Kampf mit der widerspenstigen, murrenden, schimpfenden, jammernden, hungernden Bevölkerung, die sich kaum noch auf die Straßen wagte.

Törichte, ungebildete Soldaten vertrauten ihren morastigen, viel zu wenig gesicherten Schanzen — nur, weil die gequälten, getretenen Bauern dort unzählige Wagenladungen und noch viel mehr Karren voll Erde aufgeschüttet hatten, weil langgestreckte Hügel mit steil abfallenden Hängen entstanden waren, künstliche Hügel zum Schutze des guten Kaisers Franz ...

... Laß von seiner Fahnen Spitzen
Strahlen Sieg und Fruchtbarkeit ...

..., der sich unbesorgt für den ungarischen Landtag in Preßburg rüsten kann, solange hier seine treuen Soldaten auf die Franzosen warten und die fünf russischen Heeressäulen — ja, so ist das: richtige Heersäulen, mächtig und fast unübersehbar lang — ihre gesamte Macht über schlammige Wege und morastige Straßen gegen den Napoleon wälzen ...

Und dann waren die Franzosen da. Viel früher, als die Russen. In vielen kleinen Gefechten — bei Wertingen, Günzburg, Memmingen, Biberach, Langenau, Elchingen, Pfuhl und Offenhausen — hatten sie mit ihrer gewaltigen Übermacht die Österreicher zurückgejagt, und weil sie erfahren hatten, daß zwölf Regimenter der italienischen Armee des Erzherzogs Karl den bedrohten Truppen des Feldzeugmeisters Mack zu Hilfe eilen wollten, hatten die Generale Napoleons ihren Vormarsch auf Ulm noch mehr beschleunigt.

Am 14. Oktober war die Stadt von allen Seiten eingeschlossen.

Von den Fenstern des Münsterturmes, aber auch von den Dachluken der anderen höheren Gebäude Ulms aus war in der Nacht der breite Ring französischer Wachfeuer zu sehen. Offiziere und Soldaten hielten zwar alle diese Ausgucke besetzt und verjagten die neugierigen Zivilisten, die sich so hoch herauf gewagt hatten, aber es war doch nicht zu verhindern, daß in den sorgfältig abgeschlossenen Hinterstuben, in verborgenen Kellern, und auch im vertrauten Kreis in den Wohnzimmern vermögender Bürger mehr oder weniger authentische Neuigkeiten ausgetauscht wurden:

„Es sind nicht nur Franzosen unter den Belagerern, sondern auch zwanzigtausend Bayern unseres Kurfürsten!"

„Der Kurfürst von Baden hat sich ebenfalls Napoleon angeschlossen und viertausend Mann ins Feld geschickt!"

„Ebenso viele Soldaten sind vom Herzog von Württemberg dem Kommando Napoleons unterstellt worden!"

„Die von Bernadotte und Marmont geführten französischen Truppen haben ungehindert durch die preußischen Fürstentümer in Franken ziehen und sich hier an der Donau mit dem Hauptheer Napoleons vereinigen können!"

So ging es von Mund zu Ohr und keiner dachte mehr daran, daß es auch ihr Kaiser war, gegen den deutsche Kurfürsten und Herzoge ihre Armeen aufgeboten hatten und gegen den der König von Preußen französische Soldaten durch sein Gebiet marschieren ließ. Höhnisch wurde das Gerücht verbreitet, daß der andere Kaiser, Napoleon der Erste, diesen Krieg mit den Beinen seiner Soldaten und nicht mit den Waffen führen wolle, weil er die Österreicher so rasch hier zusammengetrieben habe, und einige besonders Vorlaute konnten sogar berichten, daß er selbst gesagt hätte, er wolle die Beine der Truppen kränken, um so ihr Blut zu verschonen.

Und plötzlich — keiner wußte woher — tauchte in dieser endlos scheinenden Nacht auch ein verkleideter bayerischer Soldat mitten in der Stadt Ulm auf, hielt sich vorsichtig vor den Österreichern versteckt, las aber den unruhigen Einwohnern der Stadt heimlich von einem Zettel die Ansprache vor, die der herrliche, der unbesiegbare Kaiser Napoleon zu Beginn dieses Feldzuges den Truppen des Kurfürsten gehalten hatte:

„Soldaten! Ich habe mich an die Spitze der Armee gestellt, euch und euer Vaterland zu verteidigen. Als ein getreuer Bundesgenoß eures Fürsten bin ich über eure Liebe, welche ihr zu ihm hegt, gerührt. Ich kenne eure Tapferkeit, und ich werde gewiß nach der ersten Bataille sagen können, daß ihr würdig wart, mit meiner großen Armee auf dem Kampfplatz zu erscheinen."

Wer immer diesen Agenten in die Stadt geschickt hatte, wird wahrscheinlich eine andere Wirkung der Proklamation erwartet haben, als sie die verschreckten Bürger von Ulm zeigten. Die Eingeschlossenen warteten ebenso bang wie die Österreicher, deren Hauptmacht unmittelbar vor der Stadtmauer, in der Verschanzung zwischen dem Herrbruckertor und dem Brückenkopf kampierte, daß in dieser Nacht die Franzosen den Sturm auf Ulm beginnen würden. Schreckliches hatten sich die Leute schon von den Kanonaden der Artillerie Napoleons erzählt, und so fürchteten die Bürger für ihr Eigentum, die Männer für ihre Frauen, die Mütter für ihre Kinder.

Aber in dieser Nacht geschah nichts. Zumindest nichts, was den Einwohnern von Ulm hätte auffallen müssen. Erst am nächsten Morgen konnten einige, die ihre Wohnungen in den höheren der donauwärts gelegenen Häuser hatten, zu ihrer Überraschung erkennen, daß die Österreicher vom ganzen rechten Ufer der Donau abgezogen waren, daß die neue, von ihnen errichtete Kommunikationsbrücke über den Fluß nicht mehr stand und daß auch die Brücke über die Kleine Donau noch in der Nacht abgetragen worden war.

Erst gegen Mittag begann dann die Kanonade.

Sie richtete sich zunächst gegen den Michelsberg, und von Ulm aus konnten die wenigen, die sich zu höhergelegenen Aussichtspunkten gewagt hatten, ganz deutlich die Verwirrung der Österreicher erkennen, das eilige Irren der Offiziere durch die schon etwas in Unordnung geratenen Truppen, deren einzelne Formationen überhaupt nicht mehr auszumachen waren.

„Jetzt stürmen sie die Schanze!" rief plötzlich einer aus dem obersten Fenster im Giebel eines Hauses. Und: „Sie stürmen! Sie stürmen!" flog sein Ruf weiter durch die ganze Stadt Ulm. Dumpf war schon das Trommeln durch den Kanonendonner zu vernehmen, da und dort gellte der Schrei eines Verwundeten über den Lärm.

Bald aber übertönte der Lärm in der Stadt selbst die Trommeln, Schüsse und Schreie aus der Gegend des Michelsberges. Aus den Fenstern riefen sich Männer, Frauen und Kinder, die sich nicht mehr aus dem Haus wagten, ihre Meinung über die Schlacht zu, ihre Befürchtungen und Hoffnungen; im Inneren der Gebäude polterte Hausrat, der im Keller in Sicherheit gebracht werden sollte, die Treppen hinunter; Knechte und Mägde bekamen ihre Anweisungen lautstark zugebrüllt; kleine Kinder wimmerten durchdringend, weil sie die Aufregung rund um sich her nicht verstanden und sich vernachlässigt fühlten; in einigen Kirchen war es den Priestern gelungen, Gläubige zum Gebet zu versammeln, und diese flehten zu Gott, als müßten sie sogar die französischen Kanonen überschreien.

Wo blieb noch Zeit, auf die Kämpfe vor den Toren zu achten, auf das Gedränge vor dem Gögglingertor, auf die Schanzen, aus denen die Österreicher von der feindlichen Übermacht geworfen wurden; auf den kleinen Kaiser Napoleon, der überall zu sein schien, da und dort auftauchte, seine Soldaten redegewandt anfeuerte; auf die Toten, die in den Verschanzungen, vor den Wällen, auf Wiesen, zwischen Gesträuchern kreuz und quer lagen und alle Feindschaft vergessen hatten; auf gefangene Österreicher, die von den Franzosen weit nach hinten geführt wurden; auf die ungeordneten Truppen des Feldzeugmeisters Mack, die sich noch aus den Schanzen retten konnten und in wilden Rudeln auf die Wälle und Tore der Stadt zurannten; auf die waghalsigsten Franzosen, die sich unter die Fliehenden gemengt hatten und versuchten, mit ihnen durch die offenen Tore zu dringen; auf die Wachsamkeit der Besatzungen an diesen Toren, denen es gelang, die Durchlässe so rechtzeitig zu schließen, daß die wenigen eingedrungenen Franzosen entweder niedergemacht oder gefangengenommen werden konnten — wer hatte Zeit, auf das alles zu achten?

Vor allem, weil es vor dem eigenen Haus nun drunter und drüber ging! Durch die Straßen und Gassen drängten sich fliehende Soldaten, Pferde, Wagen; Kanonen — die wenigen, die von den verlorenen Schanzen noch zurückgebracht werden konnten — wurden unter dem Kommando unruhiger Offiziere dahin und dorthin geschleppt und verstärkten noch den Wirrwarr; mit beiden Fäusten trommelten rußgeschwärzte, blutverschmierte Soldaten gegen verschlossene Eingangstore, wiesen brüllend auf verwundete Kameraden, die sie stützten oder ganz einfach gegen die Hauswand gelehnt hatten, und verlangten nach sauberen Betten, nach Pflege, nach einem Arzt; junge Offiziere hieben mit flachem Säbel auf geduckte, ältere Soldaten ein, um sie an die Stadtmauer und gegen den Feind zu treiben; von Straßenecke zu Straßenecke brüllten höhere Offiziere in weißen Waffenröcken und mit mächtigen Orden auf der Brust einander zu, wo der Feldzeugmeister Mack zu finden sei.

Niemand hätte sagen können, wann es Abend geworden war und wann die Nacht begonnen hatte. Die Zeit wurde nicht mehr nach dem Stand der Sonne gemessen, nach dem langsamen Schwinden des hellen Tages — dieses blutigen, schrecklichen Tages! —, nach den Schlägen der Kirchenglocken, auf die keiner mehr hören wollte, wenn sie ein ratloser Mesner wie gewöhnlich zum Klingen brachte. Die Zeit hatte nun eine ganz andere Ordnung, ein ganz anderes Maß bekommen: Der Bürger zählte sie nach den Gegenständen, die er in irgendeinem Winkel seines Hauses in Sicherheit bringen konnte, die Mutter nach der Angst ihres Kindes, das durch den Lärm immer wieder aus dem Schlaf gerissen wurde, der Soldat nach den Schüssen, die er von der Stadtmauer aus auf die Feinde abfeuerte, der Verwundete, den sie mit Hunderten Leidensgenossen in ein unbekanntes, größeres Gebäude geschleppt hatten, nach den Bahren, auf denen starre, kalte Leiber wieder durch die Haustür ins Freie getragen wurden.

Keiner merkte, daß er selbst eine Fackel entzündet oder ein Licht in die Laterne gestellt hatte; denn für keinen war dieser Tag schon zu Ende und für jeden gab es noch ungeheuer viel zu tun. Schreie, Schüsse, Trommeln, Kommandos, Wimmern, Fluchen, Stampfen, Trampeln, und immer wieder der harte Schlag abgefeuerter Kanonen — das war nicht die stille Musik einer Nacht, das war der Krieg, der nicht Tag und nicht Nacht kennt, der keinen schlafen ließ, weil das Aufwachen eine zu unsichere Sache schien.

Der alte Feldzeugmeister Freiherr Karl Mack von Leiberich hatte die Kerzen nicht gezählt, die am Leuchter vor ihm auf dem Tisch ausgewechselt worden waren. Er saß schwer auf einem gepolsterten Sessel, den ihm einer seiner Offiziere hingeschoben hatte, hörte nicht, wie das Metall seiner Orden gegen die Tischkante rieb, an die er seine Brust lehnte, verstand nicht, was die aufgeregten Militärs wollten, die ihre Stimmen laut gegen seine Ohren prallen ließen, obwohl er diese mit den geballten Fäusten schützte, zwischen die er seinen Kopf geklemmt hatte.

„Wir müssen den Ausfall wagen ...“ — „Jetzt, in der Dunkelheit, wird die Überraschung gelingen!“ — „Die Mauern der Stadt sind fest genug!“ — „Erzherzog Ferdinand und der Fürst Schwarzenberg sind mit ihrer Reiterei ganz bestimmt durch die feindlichen Linien gekommen!“ — „Wenn die Mauern halten, bis die Russen da sind ...“ — „Verpflegung und Munition reichen nicht ...“

Mit einer müden Bewegung seiner rechten Hand preßte der Kommandierende zwischen Daumen und Zeigefinger die Lichter aus, die nun nutzlos vor ihm auf dem Tisch geflackert hatten. Fast schien es, als wäre dem alten Feldzeugmeister als einzigem bewußt geworden, daß der Tag gekommen war. Sein letzter Tag in dieser Stadt.

Als mit dem ersten Licht des Morgens auch die dunklen Geschosse französischer Kanonen in die Stadt fielen, ging Mack, ohne die ratlosen Offiziere zu grüßen, aus dem Raum. Einen Unteroffizier, der ihm durch das noch finstere Stiegenhaus leuchten wollte, wies er barsch zurück. Er wußte, daß vor dem Tor, auf der Straße, besorgte Bürger der Stadt Ulm mit den Wachsoldaten stritten. Er wußte, daß ihn nun Beauftragte der gesamten Einwohnerschaft zwar mit stockenden Worten, aber doch sehr bestimmt ersuchen werden, eine Deputation an den französischen Kaiser zu schicken und um Schonung der Stadt zu bitten.

Und er wußte, daß es für ihn keinen anderen Ausweg gab, als dem Ersuchen der Bürger nachzugeben.

Und dann werden seine Soldaten — zwanzigtausend ungewaschene, müde, hoffnungslose Krieger, denen das eigene oder fremdes Blut die Gesichter verkrustet hat — noch einmal vor die Stadt rücken, sich in einer langen, langen Reihe aufstellen und vor dem Kaiser der Franzosen ihre Waffen niederlegen ...

Kaiser Franz achtete nicht auf die Stöße der rumpelnden Kutsche, die ihn über holprige Wege von Preßburg nach

Wels bringen sollte. Die Nachricht von der Kapitulation des Feldzeugmeisters Mack in Ulm, vom Rückzug der russischen Truppen, die nicht weiter als bis zum Inn gekommen waren, und vom Versuch, die österreichische Reservearmee mit ihnen zu vereinigen — alle diese schwerwiegenden Ereignisse hatten den Kaiser von den langwierigen Gesprächen und umständlichen Banketten des ungarischen Landtages weggerissen. Er wollte zu seinen Soldaten, seinen Kindern, er durfte sie nicht allein lassen — jetzt, wo die Gefahr so übermächtig war.

Dem Adjudanten, der als einziger mit ihm diese beschwerliche, eilige Fahrt unternahm, redete er unterwegs Mut zu (was hätte er denn auch anderes machen können in diesen qualvollen Stunden, während des für seine Ungeduld viel zu langsamen Pferdewechsels an den Poststationen), weil er hoffte, daß ihm als Antwort selbst Mut zugesprochen würde.

Aber er sprach fast ausschließlich allein.

„Denkens s' doch daran, wie die Wiener ruhig und zuversichtlich waren, als wir durch die Stadt g'fahren sind! Die glauben auch net, daß der französische Kaiser so schnell unserer tapferen Soldaten Herr wird. Der Mack hat's in Ulm eben vertan — aber die Russen sind schon viel geschickter, meinens' net auch? Wie vorsichtig sich der General Kutussow zurückzieht! Keinen Schritt gibt er unnütz preis! Und der Zar ist ja schon unterwegs. Werdens' sehen, wenn der einmal bei seinen Soldaten eingetroffen ist, schaut die Lage wieder ganz anders aus ..."

Aber je weiter sie nach Westen kamen, um so stiller wurde der Kaiser. Ab und zu tauchten am Straßenrand schon die ersten Verwundeten auf. Einzeln oder in kleinen Gruppen humpelten sie vorbei, auf ungefüge Stöcke gestützt oder blutige Verbände um die Stirn oder ein dreckiges Tuch so um den Nacken geschlungen, daß sie den hilflosen Arm abgewinkelt in die Schlinge vor der Brust stecken konnten. Trafen sie während eines Pferdewechsels auf solche Jammergestalten, redete sie der Kaiser an, befragte sie, drückte ihnen ein paar Münzen in die Hand; sie aber glotzten ihn nur blöd an, grinsten verloren und blickten der Kutsche kopfschüttelnd nach, als sie sich wieder in Bewegung gesetzt hatte.

Nur selten wagte der Kaiser nach solchen Begegnungen noch eine zuversichtliche Bemerkung.

„Der Feldmarschalleutnant Kienmayer ist mit zwanzigtausend Mann zu den Russen gestoßen, hat man mir g'meldet. Und das sind ausgerastete Truppen, wissens'? In Wels werden wir sie sehen ..."

Immer zahlreicher wurden die Elendsgestalten, die ihnen entgegenwankten, stumpf vor sich hinstarrten und gar nicht merkten, daß ihr Kaiser eilig vorüberfuhr. Einige hatten sich um kleine Feuer gesammelt, die sie am Straßenrand mit dürren Zweigen und Laub zum Brennen bringen konnten, und zerlumpt wie Wegelagerer kochten und brieten sie in zerbeulten Geschirren, was sie unterwegs an Eßbarem gefunden oder vielleicht auch gestohlen hatten.

In Wels waren fast nur noch Uniformierte auf den Straßen und Plätzen. Die Wache vor der Stadt hatte, als sie die Kutsche anhielt und den Kaiser erkannte, sofort ein paar Offiziere zusammengetrommelt, von denen einige ihrem Monarchen den Weg durch das Gewimmel bahnten, während andere vorausgeritten waren, um den Feldmarschalleutnant Kienmayer auf den allerhöchsten Besuch vorzubereiten.

Mit Fluchen und Schlägen hatten ehrgeizige Unteroffiziere ihre Einheiten zu formieren versucht, Trommeln wurden geschlagen, Trompeten geblasen, Fahnen entrollt.

Der Kaiser ist in der Stadt, der Kaiser, der Kaiser ...

... Laß von seiner Fahnen Spitzen
Strahlen Sieg und Fruchtbarkeit! ...

... und „Hoch! Vivat! Hoch!" mischten sich gepreßte Rufe

verängstigter Zivilisten unter das befohlene und dennoch nicht überzeugende Gebrüll der Soldaten.

Das alles wirkte so unfertig, planlos und unbeholfen, daß der Kaiser dem eilig herbeigerittenen Feldmarschalleutnant Kienmayer nur müde aus der Kutsche zuwinkte und keine Anstalten traf, den Wagen zu verlassen. Mit einem jähen Ruck hielt der offensichtlich sehr rasch herausgeputzte Offizier sein Pferd neben dem Schlag an:

„Majestät ..." wies er mit einer entschuldigenden Handbewegung auf das Durcheinander, das sich langsam zu entwirren begann. Gewaltsam wurden neugierige Kinder zurückgedrängt, erwartungsvolle Bürger an ihnen zustehende Plätze im Hintergrund verwiesen. Immer wieder jammerten an allen Ecken und Enden der Stadt verzweifelte Trompetentöne auf, um verstreute Krieger zusammenzurufen.

„Majestät ..."

Aber der Kaiser blieb sitzen. Verstört drückte er sich in einen Winkel der Kutsche, hörte nicht mehr, was Kienmayer meldete. Ein einziges Wort quälte sich über die tief herabhängende Unterlippe, so leise, daß es nur der aufmerksame Adjudant verstehen konnte. Der sprang aus dem Wagen und gab den Wunsch des Kaisers an den Kutscher weiter:

„Umkehren!"

Erst nachdem die Wiener erfahren hatten, daß der Kaiser gar nicht aus der Kutsche gestiegen war, als er in Wels seine Truppen besuchen wollte, und nachdem sie gesehen hatten, wie der Monarch seine Gemahlin und die Erzherzogin Marie Luise nach Brünn geschickt hatte, ehe er sich wieder zum Landtag nach Preßburg begab, und nachdem ihnen bekannt geworden war, daß die Franzosen unter Murat die Stadt Wels besetzt hatten, daß andere Einheiten Napoleons unter dem Kommando von Davoust in Steyr und unter dem Kommando von Lannes in Linz einmarschiert waren, rissen sie aus Kästen und Koffern, was ihnen besonders wertvoll erschien; in Taschen und Säcken schleppten sie es aus der Stadt, warfen es zu Frauen und Kindern auf Wagen, lagerten es auf den wenigen Schiffen, die ihnen noch zur Verfügung standen.

Jetzt genügte es nicht mehr, bloß auf den unglücklichen Mack zu schimpfen, der mit seiner Niederlage bei Ulm das ganze Malheur eingeleitet hatte; jetzt reichte das Raunzen über die viel zu langsam vorangekommenen Russen nicht mehr aus; jetzt trafen sich immer weniger Neunmalkluge bei ihren Stammtischen in den Wirtshäusern, um dort große Pläne zu entwerfen, wie der böse Napoleon besiegt werden müsse.

Wo sich jetzt noch Uniformierte zeigten, wurden sie verhöhnt, beschuldigt, bedroht. Daß die Kanonen in der Stadt bleiben mußten, weil alle größeren Schiffe voreilig versenkt worden waren und Pferde und Wagen nicht ausreichten, um die schweren Geschütze fortzuschaffen, beunruhigte die Wiener mehr als alle Meldungen über den Vormarsch der Franzosen.

In unerwartet kurzer Zeit war — wenn auch erst nach heftigen Wechselreden — eine Deputation zusammengestellt worden, die Napoleon mehrere Punkte für eine Kapitulation der Residenzstadt Wien vorschlagen sollte. In Eile war ein Kurier nach Preßburg zum guten Kaiser Franz geschickt worden und auch rechtzeitig wieder zurückgekommen mit der Bewilligung ihres Monarchen, auch in seinem Namen dem Kaiser der Franzosen die Stadt zu billiger Schonung zu empfehlen.

Und schon begann jenes heimliche Treiben, das die Wiener mehr ihrer Neugierde als einer vernünftigen Abschätzung ihrer künftigen Lage zu verdanken hatten: Leute, die der französischen Sprache mächtig waren, wurden mit ausgesuchter Höflichkeit begrüßt; in den Geschäften wurde eifrig nach allem gesucht, was für einige Zeit die drohende Hungersnot hinausschieben könnte; allen Nachbarn gegenüber wurde über

Kaufleute geschimpft, die mit den Preisen für Nahrungsmittel ganz plötzlich in die Höh' gegangen waren (und gleichzeitig wurden Dienstboten oder Familienangehörige beauftragt, bei eben diesen Kaufleuten aufzutreiben, was an Eßbarem noch aufzutreiben wär', und wenn's noch soviel kosten tät'); Mädchen flüsterten sich heimlich zu, daß die Franzosen bekanntlich fesche Leut' wären; die Grossisten überlegten, inwieweit die zu erwartende Besetzung den Handel mit französischen Waren begünstigen könnt'; Männer verboten ihren Frauen, auf den kleinen französischen Kaiser Napoleon allzu neugierig zu sein, und überboten einander beim Aufzählen der Heldentaten dieses genialen Korsen.

Gleichzeitig aber wollte das Nörgeln an der eigenen Staatsführung gar kein End' mehr nehmen, jedes einzelne Mitglied des Kabinetts war plötzlich an diesem ganzen Elend schuld, und natürlich ist der gute Kaiser Franz von seinen Ratgebern ganz gehörig hinters Licht g'führt worden, sonst hätt' er dem Napoleon schon längst heimg'leuchtet, na freilich.

Und während sich Männer, Weiber und Kinder in den Straßen drängten, durch die der Bürgermeister von Wohlleben, der Fürst von Zinzendorf, der Prälat von Seitenstätten, der Graf Veterani und der Freiherr von Kees nach Sankt Pölten fuhren, um dort den Kaiser Napoleon in seinem Hauptquartier aufzusuchen und ihm die Kapitulation der Wiener vorzulegen, kratzte ein noch nicht einmal Fünfzehnjähriger, der nach dem erfolgreichen Besuch des Annagymnasiums schon im Vorjahr frühzeitig zum philosophischen Lehrgang an der Universität zugelassen worden war, in einer stillen Kammer Verse auf ein Blatt Papier, die er später selbst mehrmals abschreiben und auch Freunden zum Abschreiben geben wollte, damit sie die Wiener — natürlich in aller Heimlichkeit — daran erinnerten, wie wenig Grund zum Fröhlichsein es unter der französischen Herrschaft geben würde und wem diese mißliche Situation zu verdanken sei:

Mit frechen Feinden kriegen,
Und sie auch stets besiegen,
Das wär' schon recht;
Doch, ohn' ein Schwert zu ziehen,
Noch immer mehr zu fliehen,
Ei! Das ist schlecht!

Mit einem andern kämpfen,
Der Feinde Rachgier dämpfen,
Das wär' schon recht;
Doch Pläne, die nichts taugen,
Und nur das Land aussaugen,
Ei! Das ist schlecht!

Daß Schurken sich beraten,
Und Fürst und Land verraten,
Das ist nicht recht;
Doch sie zu pensionieren,
Statt zu arkebusieren,
Ei! Das ist schlecht!

Im siebenjähr'gen Kriege
Hatt' man sehr wenig Siege,
Das war nicht recht;
Doch jetzt so schrecklich kriegen,
Und auch nicht einmal siegen,
Ei! Das ist schlecht!

Dem Lande Frieden schenken,
Und Land und Leut' bedenken,
Das wär' schon recht;
Doch — jetzt den Frieden machen,
Worüber alle lachen,
Ei! Das ist schlecht!

Wenn man uns reformierte,
Und alles anders führte,
Das wär' schon recht;
Jedoch, es bleibt beim alten,
Die Schurken läßt man walten,
Ei! Wahrlich! Das ist schlecht!

Nach der letzten Zeile las er das Gedicht noch einmal durch und griff dann gleich nach einem neuen Blatt Papier, um die erste Kopie herzustellen. Mit schwungvollem Strich zog er den Titel: Recht und schlecht ..., da hörte er draußen die herrische Stimme seines Vaters:

„Franz! — Franz!"

Ehe er die beschriebenen Blätter so richtig verstecken konnte, wurde die Tür zur Stube aufgerissen. Mit schweren Schritten ging der Vater auf ihn zu:

„Die ersten Franzosen sind vor der Stadt aufgetaucht, Franz!"

Als er keine Antwort erhielt, drehte sich der angesehene Advokat Wenzel Grillparzer langsam wieder um, schloß gewissenhaft, wie er immer war, die Tür hinter sich und ließ seinen Sohn allein.

In Olmütz traf der zweifache Kaiser Franz — als zweiter dieses Namens der gewählte des Heiligen Römischen Reiches, als erster dieses Namens der des Erbkaisertums Österreich — erstmals mit Zar Alexander von Rußland zusammen; der gute Hausvater aus Österreich mit dem politisch ehrgeizigen Selbstherrscher aus dem Osten, der es sich in den Kopf gesetzt hatte, eine Neuordnung in Europa herbeizuführen, um dem korsischen Emporkömmling Napoleon nicht alle Macht in diesem Erdteil zu überlassen. Franz fühlte sich im weißen Waffenrock mit dem hohen Kragen und der breiten Schärpe quer über die Brust so unbehaglich wie immer, wenn er nicht seine schlichten bürgerlichen Kleider tragen konnte, aber er wollte dem militärischen Charakter dieser Begegnung wenigstens durch sein Aussehen entsprechen, wenn er schon nicht in der Lage war, den Truppen des Zaren eine gleichgroße Zahl von Soldaten an die Seite zu stellen.

Den noch recht beachtlichen Resten der ersten, von Kutussow kommandierten und von den Franzosen immer ärger bedrängten russischen Armee war es nämlich gelungen, sich bei Olmütz mit einer zweiten, von General Buxhöwden herangeführten zu vereinigen und so die nachrückenden Franzosen zum Stehen zu bringen. Es waren zweiundachtzigtausend Mann, die sich hier um ihren Zaren und den Großfürsten Konstantin gesammelt hatten, und die fünfundzwanzigtausend — zum Teil neu angeworbenen — Soldaten, die der österreichische Kaiser würde in die Schlacht führen können, nahmen sich dagegen freilich nicht sehr bedeutend aus.

Als Franz mit seinem Stab das russische Quartier verlassen hatte, war er aber nicht so sehr über diese kleine Zahl seiner Soldaten betrübt als über die russischen Vorwürfe, daß durch das unglückliche Verhalten der Österreicher an der Wiener Taborbrücke der Fortgang dieses Krieges ebenso nachteilig beeinflußt worden sei wie durch die Kapitulation der Nordarmee des Feldzeugmeisters Mack bei Ulm. Daß sich der Fürst Auersperg durch gefälschte Briefe, die von einem Friedensschluß zwischen den Kaisern von Österreich und Frankreich handelten, hatte irreführen und verleiten lassen, die bereits eingeleitete Sprengung der Brücke zu verhindern, ermöglichte den Franzosen ein für den sich zurückziehenden Kutussow viel zu rasches Vordringen und führte zu den Gefechten von Hollabrunn und Guntersdorf, aus denen der russische General seine Truppen nur durch außerordentliches taktisches Geschick zu retten vermochte.

Und nun war der Kaiser von Österreich hier in Mähren, mitten in seinem Gebiet, auf die Armee des Kaisers von Rußland angewiesen, wenn er Napoleon nicht endgültig unterliegen wollte. Nicht mehr wie einer, der sein Haus wohl bestellt und mit der Vorsorge des Tüchtigen gegen Unglücksfälle abgesichert hatte, sondern wie ein Spekulant, der durch politische Winkelzüge und heimliche Absprachen sein Glück machen möchte: so fühlte sich Franz nach der Aussprache mit dem Zaren, die ihn unmittelbar mit der von ihm so mißtrauten großen Politik in Berührung gebracht hatte.

Natürlich war es fast ausschließlich um den Operationsplan gegangen, der zum Untergang Napoleons ausgearbeitet werden sollte. So lebhaft Kaiser Alexander an den Vorschlägen der Offiziere Anteil genommen hatte, Meinungsverschiedenheiten der Strategen durch knappe Bemerkungen entschied und den Linien und bunten Kreisen auf den großen, ausgebreiteten Landkarten mit Aufmerksamkeit folgte, so wenig hatte sich Kaiser Franz um die Einzelheiten bei den Vorbereitungen für die bevorstehende große Schlacht gekümmert. Ihm erschien alles viel zu gewaltig und viel zu wenig auf die Möglichkeiten des einzelnen abgestimmt. Vier- und fünfstellige Ziffern sollten die Menschenmassen charakterisieren, die von berechnenden Generälen in Bewegung zu setzen, in das Feuer zu schicken, in den Boden festzukrallen waren — aber auch nicht die kleinste Ziffer blieb für persönliche Schicksale, aus denen sich doch für den guten Landesvater das Schicksal seines gesamten Staates zusammensetzen mußte; ganz so, wie er aus Danksagungen oder Klagen bei seinen öffentlichen Audienzen auf Vorteile oder Mängel der Regierung hingewiesen werden konnte.

Die Unruhe und Besorgnis, die ihn trotz der gewaltigen Pläne russischer und österreichischer Feldherrn weiter plagten, wurden erst etwas gemildert, als ein Kurier, der unterwegs mehrere Pferde zuschanden geritten hatte, die Nachricht brachte, daß Erzherzog Johann seine zahlenmäßig sehr schwachen Truppen, die in Tirol heldenmütig gegen Franzosen und

Bayern gekämpft hatten, glücklich durch Kärnten bis an die ungarische Grenze geführt und sie dort mit der Italienarmee vereinigt hatte, die von Erzherzog Karl, nach dem Sieg über General Massena in der dreitägigen Schlacht bei Caldiero, auf einem strategisch bemerkenswerten, durch die Katastrophe von Ulm bedingten Rückzug über Görz und Laibach ebenfalls dorthin gebracht worden war.

Weil ihm nun seine Brüder melden ließen, daß sie den Marsch nach Mähren so schnell wie möglich bewerkstelligen würden, hoffte der Kaiser, doch auch selbst über ein schlagkräftiges Heer zu verfügen, wenn es zur Schlacht — zur großen Schlacht, zur alles entscheidenden Schlacht, zur Schlacht der Kaiser — kommen sollte. Die Vorbereitungen dafür wurden (wie meist vor großen Ereignissen) auf beiden Seiten mit Vorsicht und Umständlichkeit betrieben; so war wohl zu erwarten, daß Erzherzog Karl noch rechtzeitig bei seinem kaiserlichen Bruder einlangte.

Die Vorsicht und Umständlichkeit Napoleons, der doch sonst stets mit überraschenden, plötzlichen Aktionen seine Gegner in Verwirrung zu setzen verstand, war wohl auf die zahlenmäßige Unterlegenheit der französischen Armee und auf die von den Russen und Österreichern bei Austerlitz bezogene günstige Stellung zurückzuführen. Ja, der Kaiser der Franzosen hatte sogar seinen Generaladjutanten Savary nach Wischau in das Hauptquartier Zar Alexanders gesandt, um diesen zu begrüßen. Der Zar und der Großfürst Konstantin waren zum Vertreter Napoleons äußerst zuvorkommend und schickten ihrerseits den russischen Generaladjutanten Dolgorouky mit einem Gegenkompliment in das französische Hauptquartier. Auch Napoleon begegnete dem Abgesandten seines kaiserlichen Gegners mit ausgesuchter Höflichkeit, er war ihm bis zu den Vorposten entgegengekommen. So wahrte man ritterliche Formen, als stünden einander Helden des Altertums oder des Mittelalters im Zweikampf gegenüber und nicht die unumschränkten Kommandanten über zehntausende Gewehre, hunderte Kanonen, ganze Wälder von Fahnen und dröhnende Gewitter aus Trommeln.

Was den Russen aber entgangen war — daß sie nämlich in ihrer überschwenglichen Zuversicht Savary verraten hatten, sie würden zuerst den rechten französischen Flügel angreifen —, machte sich Napoleon sofort zunutze, zog seine Armee etwa eine Stunde weit zurück und errichtete an den zu erwartenden Angriffspunkten wirkungsvolle Batterien.

Als am ersten Dezember der linke russische Flügel in Bewegung gesetzt worden war und Plänkeleien entlang der Vorpostenkette den ganzen Vormittag andauerten, verstärkte Napoleon seinen rechten Flügel noch durch die Divisionen Friant und Gudin. In der Nacht — auf die auch der erste Jahrestag seiner Kaiserkrönung durch den Papst folgen sollte — litt es den tatkräftigen, untersetzten Korsen nicht länger im Zelt, das ihm seine Grenadiere aus Stroh geflochten hatten. Zu Fuß, nur von wenigen vertrauten Offizieren begleitet, durchstreifte er das Lager seiner Armee, suchte die Soldaten in ihren Biwaks auf. Wenn sie ihn erkannten, sprangen sie auf: „Es lebe der Kaiser!", und ihr Ruf wurde von Mund zu Mund fortgetragen: „Es lebe der Kaiser!" — „Es lebe der Kaiser!" — „Es lebe der Kaiser!" Wer nicht nahe genug war, um Napoleon durch diesen gebrüllten Wunsch auf sich aufmerksam zu machen, steckte brennendes Stroh an lange Stangen und schwenkte sie, daß die Funken wirr durch die Nacht sprühten. Ein altgedienter Veteran, der seinem Kaiser schon in Schlachten gefolgt war, als dieser noch der General Bonaparte war, beschwor Napoleon, sich morgen in keine Gefahr zu begeben, denn sie wollten nachher den Jahrestag seiner Krönung mit russischen Fahnen und Kanonen feiern. Beeindruckt von diesen Kundgebungen kehrte Napoleon in sein Zelt zurück und diktierte eine Proklamation, die noch in der Nacht seinen Truppen bekanntgemacht werden sollte:

„Soldaten! Die russische Armee steht da, euch die Lorbeeren von Ulm zu entreißen. Es sind die gleichen Truppen, die ihr bei Hollabrunn besiegt habt, und die vor euch flohen. Ihre Position ist zwar fürchterlich, ihr werdet sie aber mit der bei euch üblichen Tapferkeit zerstäuben und aufreiben; und sollte der Sieg nur einen Augenblick unsicher sein, so wird sich euer Kaiser in die größten Gefahren begeben. Allein: Der Sieg kann nicht zweifelhaft sein, vor allem, weil es hier um den Ruhm der französischen Infanterie geht, welche unserer Nation so viele Ehre macht. Keiner soll unter dem Vorwand, Verwundeten beizuspringen, die Linien verlassen, um nicht Unordnung zu verursachen. Dieser Sieg wird den Feldzug beenden, und der Friede wird folgen, der meines Volkes, eures und meines Namens würdig ist."

Während sich die russischen Vorposten den Jubel, der durch diese Proklamation im feindlichen Lager ausgelöst wurde, ebensowenig zu erklären wußten wie den Funkenregen der brennenden Strohbündel auf den langen Stangen, beriet Zar Alexander in einem Bauernhaus bei Krenowitz noch einmal mit seinen erfahrensten Offizieren den Plan für die gewaltige Schlacht. Auch der österreichische General Kienmayer war anwesend, dessen Vorposten noch vor Anbruch dieser Nacht die Dörfer Satschan und Menitz (von wo die Franzosen abgezogen worden waren) besetzt hatten. Trotzig versuchte der alte Haudegen Kutussow immer wieder seinen Vorschlag durchzusetzen, den linken Flügel der Franzosen auf heimlichen Gebirgswegen möglichst unbemerkt zu umgehen. Beschwörend wandte er sich an den Zaren: „Majestät, unser anderer Flügel ist zu schwach, um die Franzosen aus ihren Stellungen zu werfen!"

„Meine Armee ist stark genug für alle Aufgaben, die ich ihr stellen werde!" donnerte der Zar als Antwort durch die niedere Stube des Bauernhauses, daß die Kerzen ihr Licht unruhig gegen die rußgeschwärzte, tiefe Decke flackern ließen. Dann wandte er sich brüsk ab, suchte die Kammer auf, in der ihm ein möglichst bequemes und würdiges Bett aufgestellt worden war, und achtete darauf, daß die Balken vor dem kleinen Fenster dicht genug geschlossen wurden, um ihm den Blick auf die weit verstreut an kleinen Feuern lagernden, melancholisch singenden oder dumpf vor sich hinbrütenden Soldaten zu ersparen.

Im kleinen Städtchen Austerlitz konnten — wenn die zweitausend Einwohner in ihren dreihundertfünfzig Häusern auch noch so eng zusammenrückten — bei weitem nicht alle Fremden untergebracht werden, die dem zweifachen Kaiser Franz hierher gefolgt waren. Schimpfend und peitschenknallend zwängten Kutscher ihre Wagen durch die vollgestopften Gassen, wichtigtuerisch brüllten ungeduldige Respektspersonen durch das geöffnete Fenster des Wagenschlages, daß man ihnen hier in diesem gottverlassenen Nest doch den gebührenden Respekt zollen und sie zum Kaiser durchlassen möge, der es schon gar nicht mehr erwarten könne, ausgerechnet mit ihnen einen Fall von größter Bedeutung und unaufschiebbarer Dringlichkeit zu besprechen. Weil aber den Soldaten, die sich an den nur mühsam gebändigten Pferden vorbeidrückten, die Anwesenheit ziviler Standespersonen vor einer großen Schlacht nicht notwendig erschien und daher das Fortkommen der aufgeregten Wageninsassen nicht mit der gewünschten Eile gefördert wurde, verlangten diese immer wieder lautstark nach Offizieren, die ihnen das Geleit durch diese undisziplinierte Soldateska geben könnten. Je näher die Kutschen dann dem Schloß der Fürsten Kaunitz kamen, umso dichter wurde das Gedränge und um so wichtiger nahmen sich Reiter, die ihre Pferde rücksichtslos durch die Menschenmenge lenkten, Kutscher, die sich eine freie Durchfahrt erbrüllen wollten, Soldaten aller Dienstgrade bis hinauf zu den höheren Offiziersrängen, beleidigte Einwohner des Städtchens, die sich durch dieses unverständliche Gewirr drängten, weil sie doch wohl einen Anspruch darauf hatten, den guten Kaiser Franz aus der Nähe zu sehen, wenn er schon einmal hierher nach Austerlitz gekommen war, Beamte aus der näheren und weiteren Umgebung, die ihre unersetzliche Geschäftigkeit vor den allerhöchsten Augen unter Beweis stellen wollten, kichernde Mädchen, die nicht mehr hören wollten, wenn ihre Mütter besorgt nach ihnen riefen, und die sich heimlich anstießen, wenn sich ein junger Offizier nach ihnen umgedreht hatte, neugierige Buben, die den Daumen nicht aus dem Mund nehmen konnten vor lauter Staunen über so viele verschiedene Uniformen. Reiter, Kutscher, Soldaten, Bürger, Beamte, Mädchen, Buben, und wieder Reiter, Kutscher, Soldaten, Bürger, Beamte, Mädchen, Buben — ganz so, als gäbe es hier ein Volksfest und nicht die Vorbereitung einer entscheidenden Schlacht.

Im Schloß jenes Fürsten Kaunitz, der vor elf Jahren gestorben war, nachdem er noch das katastrophale Ende der von ihm geförderten Ehe des sechzehnten Ludwig auf dem französischen Thron mit Marie Antoinette, der unglücklichen Tant' des jetzigen Kaisers, hatte miterleben müssen und dem es wenigstens erspart geblieben ist, eine gewaltige Schlacht mit den französischen Eindringlingen als jüngstes Ergebnis der von ihm so befürworteten Politik einer Verbindung Österreichs und Frankreichs nun ausgerechnet auf seinem eigenen Grund und Boden zu erwarten — im Schloß des Fürsten Kaunitz also, wo wegen der im Dezember schon rasch einbrechenden Dunkelheit die vielen Kerzen auf den Kronleuchtern bereits angezündet worden waren und der Unterkunft des zweifachen Kaisers Franz beachtlichen Glanz verliehen — im Schloß des Fürsten Kaunitz sah es ebenfalls mehr nach einem höfischen Fest als nach einer kriegerischen Unternehmung aus. Eine ganze Menge von Zivilisten, die bis zu ihrem Monarchen vorgedrungen waren und die wenigen Uniformen der wartenden Offiziere, ja sogar die komplizierten Verschnürungen auf den

Waffenröcken des russischen Großfürsten Konstantin und seiner militärischen Begleiter nicht recht zur Geltung kommen ließen, verstärkte noch den Eindruck, daß der Landesvater bloß hierher gekommen sei, um sich nach dem Wohlergehen und den Wünschen seiner Untertanen zu erkundigen und nicht, um eine blutige Schlacht gegen Napoleon zu schlagen. Im kleinen Saal, wo er sich an diesem Abend aufhielt, standen mehrere österreichische Minister in einer Ecke und berieten flüsternd irgendwelche zivilen Probleme, warteten zwei Kreishauptleute aufmerksam darauf, ob sie noch gebraucht würden, meldete der mährisch-österreichische Landeshauptmann gerade, daß sich die Kaiserin Maria Theresia und die Erzherzogin Marie Luise in Brünn zwar noch nicht außerhalb aller Gefahr, aber ansonsten doch ziemlich wohl befänden. Der Kaiser nickte und winkte einen Lakai heran, der an der Tür schon auf diesen Wink gelauert hatte und mit seiner Nachricht beinahe bis an das allerhöchste Ohr eilte, um sich dann sofort wieder zurückzuziehen. Franz hob seinen im weißen Waffenrock fast zerbrechlich wirkenden Körper nachlässig aus dem breiten, dunkelrot gepolsterten Stuhl und sagte zum Großfürsten, der schon längere Zeit neben ihm gesessen war und sich — statt mit dem zweifachen Kaiser strategische Fragen klären zu können — über diese bürgerliche Aufführung hier hatte wundern müssen:

„Na also. Dann geh'n wir halt essen!"

Während des Essens (es wurde auf schönstem fürstlichen Porzellan viel umständlicher serviert als von den mit mancherlei Sorgen beladenen Gästen an dieser kaiserlichen Tafel eingenommen) fand Großfürst Konstantin ebenfalls keine Gelegenheit, mit seinem Gastgeber — er hatte selbstverständlich den Ehrenplatz an dessen Seite zugewiesen bekommen — über die seiner Meinung nach wichtigsten Maßnahmen vor der drohenden Schlacht zu sprechen. Sooft der Russe darauf hinzuweisen begann, antwortete Franz nur:

„Ich glaub', man muß warten, bis der Karl mit der italienischen Armee eingetroffen ist!"

Aber die vorteilhafte Stellung der österreichischen und russischen Truppen?

„Halten, bis der Karl da is!"

Und dann der hohe Baldachin über dem Bett im vornehmsten Gästezimmer des Kaunitzschen Schlosses zu Austerlitz! Die brokatene Wölbung entsprach wohl der doppelten kaiserlichen Würde des Schläfers, dem diese kostbare Ruhestatt bereitet wurde, nicht aber der persönlichen Anspruchslosigkeit des guten Landesvaters Franz, der nun — ob als zweiter römischer oder als erster österreichischer Kaiser dieses Namens — das einzige repräsentative Schloß im weiteren Umkreis bewohnte, während der ehrgeizige Zar Alexander in der niedrigen Kammer eines Bauernhauses und der prunkliebende Emporkömmling Napoleon gar nur in einem aus Stroh geflochtenen Zelt nächtigen mußte.

Als Kaiser Franz geweckt wurde — obwohl es an diesem Dezembermorgen draußen noch finster war —, fragte er, ganz benommen vom tiefen Schlaf, aus den ihn wohl nur ein wichtiges Ereignis hatte reißen können:

„Ist denn der Karl mit seinen Soldaten jetzt schon gekommen?"

Aber der dumpfe Kanonendonner, der sogar durch die geschlossenen Fensterflügel in das Zimmer grollte, meldete ihm, daß die Schlacht nicht auf seinen Bruder warten wollte, weil sie gleich vier Kaisern die Entscheidung bringen mußte: Den beiden aus dem Schloß, dem aus einem Bauernhof und dem aus einem Strohzelt.

Drei Kaiser standen gegen einen — nur, daß einer von den dreien, der allervornehmste, nichts anderes als seine Würde, und der zweite nur mühsam gesammelte Truppen statt seiner noch viel zu weit entfernten italienischen Armee in die Schlacht werfen konnte . . .

Die beiden Söhne des Müllers eilten aus dem einschichtig zwischen bewaldeten Bergen gelegenen Haus, an dem die Spuren eines größeren Brandes noch zu erkennen waren, und schleppten aus dem angebauten Schuppen Holz auf den Platz vor den sieben Lindenbäumen. Von österreichischen und französischen Offizieren mißtrauisch beobachtet, bemühten sie sich, so schnell wie möglich ein Feuer zu entfachen. Soldaten kamen dazu und halfen — geschickt, mit der Erfahrung alter Krieger, die schon dutzende Male durch ein rechtzeitig brennendes Feuer vor dem Erfrieren gerettet worden waren.

„Es stinkt ihnen drinnen in der Stube zu sehr!" erklärte einer der jungen Müller dem bärtigen Korporal, der so fleißig Holzscheite in die Flammen warf. Aber der Angeredete muß wohl einer aus der Armee des Kaisers Napoleon gewesen sein, weil er den Burschen aus Mähren nicht verstand, obwohl dieser sich doch bemüht hatte, die mühsam eingelernte deutsche Sprache so fehlerfrei wie möglich zu gebrauchen.

„Zurücktreten!"

Ein älterer Offizier, die Brust voller Orden (was ihn aber nicht hinderte, dienstfertig einen der schweren, hölzernen Stühle aus der guten Stube des Müllers zu schleppen), brüllte diesen Befehl auch noch französisch, ehe er sich zum Müller umdrehte, der zwei weitere Sessel aus dem Haus trug und auf einen Wink wartete, wohin er die Sitzgelegenheiten stellen sollte. Mit einer kurzen Kopfbewegung deutete der Offizier zum Feuer, brachte seinen Sessel in die wärmende Nähe der Flammen und meinte zum Müller, dem seine Söhne die Stühle abgenommen und, ohne viel auf Hinweise zu warten, ebenfalls in richtiger Entfernung beim Feuer aufgestellt hatten:

„Die beiden Buben laß' da! Sie sollen Holz nachlegen, wenn es notwendig ist!"

Nachdem er mit dem Vater wieder in das Haus gegangen war, standen die beiden Burschen — weil sich alle fremden Soldaten und selbst die hohen Herren Offiziere sofort mindestens einen Büchsenschuß weit entfernt hatten — allein bei dem Feuer, das nun ihren guten Kaiser Franz und den gefürchteten Napoleon wärmen sollte, und wußten nicht recht, wie man sich in einem so wichtigen Fall benimmt.

„Komm, geh'n wir zum Kreuz", sagte der Ältere. Und sie stellten sich ein wenig hilflos und wie schutzsuchend unter das große Holzkreuz bei den sieben Lindenbäumen.

Die beiden Monarchen, die sich über den Geruch in der niedrigen Stube beschwert hatten, kamen aus dem Haus, und mit ihnen ein hochgewachsener österreichischer Offizier, der alle Kanten seines weißen Waffenrockes breit mit Gold verziert hatte: der Fürst Lichtenstein, wie ihnen ein Kutscher verraten hatte, als die hohen Herrschaften bei der kleinen Mühle vorgefahren waren. Sonst wagte sich keiner der kaiserlichen Begleiter in die Nähe des Feuers, das die Söhne des Müllers nun nicht mehr aus den Augen ließen — so erfüllt waren sie von ihrer eigenen Wichtigkeit und wohl auch von der Erwartung wahrhaft kaiserlicher Belohnung ihrer Dienste; hatte doch auch der Jan Malzaneck, dieser dumme Bauer aus Herzspiecze, gleich eine Handvoll Dukaten bekommen, als er dem Kaiser Franz und dem Zaren Alexander, die nach der Schlacht von Austerlitz in Richtung Saroschitz flüchteten, eine armselige Kümmelsuppe vorsetzte.

Längere Zeit wagten die Müllersöhne kaum zu atmen, um die Unterredung der drei Männer nicht zu stören, die sich — knappe zwanzig Meter entfernt — unter Wahrung aller Formen zeremonieller Höflichkeit auf die klobigen Holzstühle beim Feuer gesetzt hatten. Aber so sehr sich die schlauen mährischen Burschen auch bemühten: Sie konnten keines der gewichtigen Worte verstehen, die dort vor ihrer einschichtigen Mühle über das künftige Schicksal von Europa gewechselt wurden. Einmal schlich sich zwar der Ältere an das Feuer heran, stocherte die Glut auf und legte vorsichtig ein paar trockene Holzscheite nach — aber schon seine kurze Anwesenheit hatte das Gespräch der drei hochvermögenden Herren verstummen lassen.

Nach etwa einer Stunde wurde es den Brüdern zu fad, stumm wie hölzerne Heilige neben dem Kreuz zu stehen, in der Kälte dieses Dezembernachmittages zu frieren und unentwegt auf das Feuer und auf die drei Debattierer zu glotzen, die manchmal nickten oder den Kopf schüttelten und sich gar nicht viel anders verhielten als der Vater und die Bauern aus der Umgebung, wenn sie im Wirtshaus von Nesedlowicz den Mahllohn aushandelten.

„Sie werden nun wohl Frieden machen!", flüsterte der Jüngere dem Älteren zu. „Zeit wäre es ja, nach dieser furchtbaren Schlacht . . ."

„Die Toten liegen bei Austerlitz jetzt noch zu Tausenden herum, hat ein Bauer erzählt, der mit den anderen von der Herrschaftskanzlei zum Begraben eingesetzt worden ist. Er hat es aber nicht mehr länger ertragen und ist deshalb bis nach Nesedlowicz durchgebrannt."

„Daß unseren guten Kaiser Franz auch noch das arge Unglück hat treffen müssen, diese Schlacht zu verlieren."

Der Ältere deutete vorsichtig hinüber zu den Anhöhen von Saroschitz: „Dort oben wimmelt es jetzt nur so vor lauter Franzosen, sogar Kanonen haben sie hinaufgeschafft. Und gegenüber warten die Russen."

„Die werden kein Glück haben", sagte der Jüngere.

„Aber wir hier in der Mitte . . ."

„Du wirst sehen, die machen jetzt Frieden!"

„Wenn man nur wüßt', worüber sie reden. — Das Feuer brennt schon wieder ab. Geh' du einmal hin. Vielleicht kannst du etwas verstehen."

Und wirklich: die drei waren so sehr miteinander und mit ihrem Gespräch beschäftigt, daß sie den jüngeren Müllerssohn gar nicht zu bemerken schienen, als er mit einem Stecken umständlich die Glut aufrührte und dann, schön langsam eines nach dem anderen, Holzstücke in das Feuer legte.

„Was haben sie gesagt?“ flüsterte der Ältere aufgeregt, sobald sein Bruder wieder zum Kreuz zurückgekehrt war.

„Was Französisches.“

„Du kannst doch gar nicht Französisch!“

„Darum habe ich es ja auch nicht verstanden.“

Dann schwiegen sie wieder. Ab und zu blickte aber der Ältere besorgt hinüber zu den Hügeln von Saroschitz, als fürchte er, daß es dort oben aus französischen Batterien aufblitzen könne, obwohl der Kaiser Napoleon hier noch über den Frieden verhandelte.

„Daß die noch immer nicht aufhören mit dem Reden!“

„Dabei ist unser Kaiser Franz doch schon so müd’. Schau nur, wie er den Kopf hängen läßt!“

„Das glaub’ ich! Die Enttäuschung nach der verlorenen Schlacht, die Aufregungen. Weißt, ich möcht’ eigentlich nicht Kaiser sein.“

Der Jüngere hatte solche Bedenken nicht: „Ich schon! Aber so einer wie der Napoleon! Dem kannst du die Strapazen nicht anmerken!“

„So einer wie der Napoleon möcht’ ich schon gar nicht sein. Wenn für den einmal der Zahltag kommt ... in Ketten läßt ihn unser guter Kaiser Franz durch das ganze Land schleppen, und die Kinder werden ihn anspucken ...“

„Pst!“

Diese Warnung an den älteren Bruder war notwendig geworden, weil der plötzlich so unvorsichtig laut geworden war, und auch, weil gerade in diesem Augenblick der Kaiser Franz dem Napoleon so freundlich zunickte, als hätte es zwischen ihnen nie die furchtbare Schlacht bei Austerlitz gegeben.

Langsam schlich die Dunkelheit durch das Tal zwischen den Hügeln.

„Es muß schon sehr spät sein!“ sagte der Jüngere.

„So gegen vier, glaub' ich. Jetzt im Dezember wird es da schon schnell finster!"

Als sich die beiden Monarchen erhoben hatten und schweigend die Hände über dem Feuer rieben, um sie zu wärmen, wurde es um die Mühle plötzlich wieder sehr unruhig. Leise Kommandos, das metallene Geräusch der Waffen, feste Schritte mit soldatischen Stiefeln, das Trappeln der Pferde, die rasch mit den kaiserlichen Kutschen herankamen — diese Geschäftigkeit lockte auch den alten Müller aus dem Haus, der nicht recht wußte, ob er sich von den hohen Herrschaften verabschieden sollte, die ausgerechnet seinen Grund und Boden für eine so wichtige Besprechung ausgewählt hatten.

Die Offiziere, die nun erwartungsvoll einen großen Kreis um die Kaiser bildeten — Franzosen, Österreicher und auch ein paar Russen bunt durcheinander gemischt —, konnten dem Händedruck, mit dem sich Franz und Napoleon verabschiedeten, wohl enträtseln, daß die Waffen nun bald ruhen würden; auf die Bedingungen dafür mußten sie allerdings noch warten, denn die beiden Kaiser stiegen schnell in ihre Wagen und fuhren in entgegengesetzten Richtungen davon, ohne ein entscheidendes Wort zu ihren Offizieren zu sprechen, die nun ebenfalls — den Gegner stumm, aber respektvoll grüßend — auf ihre Pferde stiegen und den Monarchen folgten.

Wortlos ging der alte Müller zum Feuer, lud sich alle drei Stühle auf, schleppte sie in das Haus und kam dann noch einmal heraus. Als er bei seinen Buben neben der langsam verglimmenden Glut stand, suchte er mit seinen Blicken mißtrauisch die dunklen Hügel von Saroschitz ab, wo er die große französische Armee wußte, und dann auch noch die Anhöhen auf der anderen Seite, wo die Russen lauerten.

„Gott sei Dank, daß es so gekommen ist!" brummte er, obwohl er doch noch gar nicht wissen konnte, wie es wirklich gekommen war. Dann ließ er seine Söhne wieder allein, die mit Stecken die Glut auszuschlagen begannen und enttäuscht waren, wenn sie an den dummen Jan Malzaneck dachten, der für seine dünne Kümmelsuppe eine Handvoll Dukaten bekommen hatte. Denn weder dem Vater noch ihnen hatten die beiden Kaiser für die erwiesene Gastfreundschaft gedankt. Nicht einmal mit einem einzigen Wort.

Und schon gar nicht mit einem Dukaten . . .

Kaiser Franz schrieb es nicht nur dem in Preßburg abgeschlossenen, verlustreichen Frieden zu, daß ihn die Wiener bei seiner Rückkehr in die Residenzstadt nicht mehr ganz so jubelnd begrüßten wie früher. Auch zu seinen sofort wieder aufgenommenen allgemeinen Audienzen drängten sie sich weniger, und dabei überwogen die Bittsteller nun bei weitem die Danksager. Wenn er zwischen den oft sehr unpersönlich vorgebrachten Wünschen und Beschwerden einmal geschickt nach der Stimmung unter der Bevölkerung fragen konnte, entdeckte er einen nur mühsam verborgenen Haß gegen die bisherige Regierung und manchmal auch eine recht unverhohlen bekundete Sympathie für Napoleon.

Der Kaiser der Franzosen, der schon am 15. Dezember — also elf Tage vor dem Abschluß des Friedens in Preßburg — in Schönbrunn eingezogen war, hatte es ausgezeichnet verstanden, sich bei den Wienern beliebt zu machen. Seine große Truppenschau brachte fast die ganze Stadt auf die Beine; das in Wien wütende Nervenfieber, selbst die immer mehr Opfer fordernden Blattern schienen vergessen — und so, wie man noch wenige Tage vorher die französischen Soldaten heimlich verflucht hatte, wenn sie irgendwo einmal einen Wirt prellten oder einen unschuldigen Wiener drangsalierten, so jubelte man den prächtig herausgeputzten Truppen zu, die sich in wohlgeordneten Formationen ihrem Kaiser präsentierten.

Selbst Erzherzog Karl — den Napoleon, wie er schon beim Zusammentreffen in der Mühle von Nesedlowicz zu Kaiser

Franz gesagt hatte, als achtenswerten Gegner schätzte und dessen Bekanntschaft er zu machen wünschte — war vom Kaiser der Franzosen sehr beeindruckt gewesen, als er ihm am 27. Dezember im Jagdschloß Stammersdorf begegnete, nachdem er vier Tage zuvor mit Billigung des Kaisers aus Hollitsch einen Brief an ihn geschrieben hatte:

„Sire! Ich habe die Gelegenheit des zwischen den beiden Heeren abgeschlossenen Waffenstillstandes benutzt, um mich zum Kaiser, meinem Bruder, zu begeben. Ich konnte es nicht unterlassen, Seiner Majestät meine Freude auszusprechen, die ich über ein Abkommen empfand, das, da es die feindlichen Beziehungen zwischen ihm und Eurer Majestät unterbrach, mir die Möglichkeit verschaffte, die persönliche Bekanntschaft eines Herrschers zu machen, dessen hervorragende Eigenschaften in den Annalen der Geschichte einzig dastehen.

Mein Bruder war fern davon, sich diesem Wunsch, den ich ihm aussprach, zu widersetzen, und mit seiner Bewilligung habe ich die Ehre, Sire, mich an Eure Majestät zu wenden, um Sie zu bitten, mir eine Zusammenkunft zu bewilligen, der ich den größten Wert beilege.

Herr General Graf Grünne, der mir nahesteht, ist beauftragt, sich zu Eurer Majestät zu begeben, um ihr diesen Brief zu überreichen. Möge Eure Majestät ihn mit Güte empfangen und ihre Absichten wissen lassen, die er befehlsgemäß ohne Verzug zu meiner Kenntnis zu bringen hat.

Genehmigen Sie, Sire, die Gefühle meiner ausgezeichneten Hochachtung, mit der ich die Ehre habe zu sein Eurer kaiserlichen Majestät sehr ergebener und sehr gehorsamer Diener Karl."

Wenn dem guten Kaiser Franz auch der über das Maß an gebotener Höflichkeit hinausgehende, fast unterwürfige Ton im Schreiben seines Bruders nicht gefallen wollte, so erhoffte er sich doch aus einer persönlichen Begegnung der nun schon mehr als acht Jahre einander gegenüberstehenden Heerführer gewisse Milderungen der strengen Preßburger Friedensbestimmungen, und er hatte auch nicht versäumt, Karl vor dessen Abreise nach Stammersdorf noch einmal nachdrücklich zu beauftragen, er solle jede Gelegenheit nützen, die ihm Napoleon diesbezüglich bieten würde. Aber obwohl ihm der Kaiser der Franzosen darin auch nicht einen Fingerbreit entgegenkam, ja sogar einen direkten Hinweis Erzherzog Karls mit der Bemerkung abtat, es sei bereits alles abgemacht und unterschrieben, mußte sich Franz dann von seinem Bruder sehr viel für Napoleon Schmeichelhaftes sagen lassen.

Einen Tag nach dieser Begegnung, unmittelbar vor seiner Abreise aus Wien, gelang es dem korsischen Emporkömmling noch, eine beträchtliche Anzahl von Bewohnern der Residenzstadt für sich zu gewinnen, indem er in einem Aufruf an die Wiener versicherte, daß er wohl wisse, wie sie alle Gegner des Krieges, den die an England verkauften Minister entfachten, gewesen seien. Und als sich dann sogar noch eine Abordnung der Bürgerschaft zu ihm begab, um dem Gegner ihres guten Kaisers für die Heimreise und für seine weitere Regierung Glück zu wünschen, sprach Napoleon ihnen gegenüber sein Bedauern aus, daß er ihnen notgedrungen so schwere Lasten auferlegen müsse; doch dem reichen Kaiser werde es ja ein leichtes sein, den Untertanen mit siebzig Millionen zu Hilfe zu kommen.

Nach seiner Rückkehr in die Hauptstadt am 16. Jänner brauchte Kaiser Franz mehr als zwei Wochen, ehe er mit einer umfangreichen Proklamation die wankelmütigen Wiener und alle anderen Untertanen an die Erfordernisse der tatsächlichen Situation erinnern und auf künftige Aufgaben hinweisen konnte: „Ich habe meinen guten und treuen Völkern den Frieden gegeben. Meine Entschlüsse vereinten sich mit ihren Wünschen. Ich entsagte den Hoffnungen auf den Wechsel des Glücks, um mit Schnelligkeit die Gefahren und Leiden zu entfernen, welchen meine blühendsten Staaten, und selbst das Herz der Monarchie, meine Haupt- und Residenzstadt, preisgegeben waren. Die Opfer sind groß, schwer rissen sie sich von meinem Herzen los, aber es galt dem Wohl, dem häuslichen und bürgerlichen Glück von Millionen, und ich brachte diese Opfer. Die Segnungen, welche die Rückkehr der Ruhe meinen Völkern verspricht, sind mein Ersatz. Ich kenne kein anderes Glück, als das Glück dieser Völker, keinen höheren Ruhm, als der Vater dieser Völker zu sein, die an Biedersinn, an fester unerschütterlicher Treue, an reiner Liebe zu ihrem Monarchen und ihrem Vaterland keiner Nation Europas nachstehen. Sie haben durch diesen schönen Nationalcharakter selbst dem Feinde eine unwillkürliche Achtung abgezwungen, in Meinem Herzen aber haben sie ein Denkmal sich gestiftet, so keine Zeit zerstören wird. Mit Rührung bin ich in meine Residenzstadt, in den Kreis der biederherzigen, achtungswürdigen Bürger und Bewohner derselben, und zu den Geschäften meiner Bestimmung zurückgekehrt . . ."

Daß diese Worte eines besorgten Vaters ihre Wirkung nicht verfehlten, bestätigten schon wenige Tage nach der Verlautbarung dieser Proklamation vertrauliche Berichte von Beamten der geheimen Polizeihofstelle, die im Auftrag des guten Kaisers die „biederherzigen, achtungswürdigen Bürger und Bewohner" bespitzelten. Mit dem zweiten Teil der Proklamation wußten allerdings nur wenige gebildete Wiener etwas anzufangen, obwohl sich der Kaiser diese gewichtigen Ankündigungen nur sehr schwer und auf heftiges Drängen seiner Brüder — Karl hatte einen regelrechten Plan zur besseren Organisierung der inneren Staatsverwaltung vorgelegt, Johann das Schwanken der Regierung, den Mangel eines festen Systems und an Einheit in der Verwaltung als Hauptgebrechen hingestellt und selbst der jüngste Bruder, Erzherzog Rainer, vor Intrigen und Kabalen gewarnt, die bisher von „gewinnsüchtigen Staatsbeamten, kriechenden Heuchlern, zudringlichen Unverschämten und der ganzen übrigen Zahl verächtlicher Egoisten, Planmacher, Denunzianten, Vielschreiber" ausgeübt wurden — abringen konnte:

„Die Wunden, welche der Krieg schlug, sind tief; nur Jahre können hinreichen, sie ganz zu heilen, und den Druck von Leiden zu verwischen, welche aus diesem unglücklichen Zeitraume hervorgingen. Die Staatsverwaltung hat mehr als jemals große, schwere Pflichten zu erfüllen, und sie wird sie erfüllen; aber sie hat auch mehr als jemals die höchsten Rechte auf die Mitwirkung aller Volksklassen, zu dem wohltätigen Zwecke, die innern Staatskräfte durch Verbreitung wahrer Geisteskultur, durch Belebung der National-Industrie in allen ihren Zweigen, durch Wiederherstellung des öffentlichen Kredits zu erhöhen, und dadurch die Monarchie auf jener Stufe zu erhalten, welche sie bisher, selbst bei wechselnden Schicksalen, unter den Staaten Europas behauptete. Jeder Augenblick Meines Lebens sei diesem Zwecke, sei der Erhöhung der Wohlfahrt der edlen und guten Völker geweiht, welche mir teuer sind, wie Kinder meines Herzens. Durch das wechselseitige Band des festesten Vertrauens und der innigsten Liebe mit meinen Untertanen verbunden, werde ich nur dann erst glauben, meinem Herzen als Fürst und Vater genug getan zu haben, wenn Österreichs Flor fest gegründet, wenn vergessen ist, was seine Bürger litten, und nur das Andenken an meine Opfer, an ihre Treue und an ihre hohe unerschütterliche Vaterlandsliebe noch lebt. Wien am 1. Februar 1806. Franz."

Mit den prinzipiellen Änderungen, die sich hinter diesen Worten versteckten, schien der Kaiser diesmal wirklich ernst zu machen. Die Verluste im Frieden von Preßburg — die weit mehr als jene von Campoformio und von Lunéville die Interessen habsburgischer Hausmacht verletzten — waren ja auch einschneidend genug: Venetien, Istrien, die dalmatinischen Inseln und Cattaro mußten an das Königreich Italien abgetreten werden, Tirol und Vorarlberg kamen an Bayern, das ebenso wie Württemberg als Belohnung für die Napoleon geleisteten Dienste zum Königreich erhoben worden war, die übrigen vorderösterreichischen Besitzungen konnten Baden und Württemberg unter sich aufteilen.

Wie das unzufriedene Volk, das schon durch den Aufruf Napoleons an die „von England gekauften Minister“ verwiesen worden war, wollte auch der Kaiser die an diesem Unglück Schuldigen zur Verantwortung ziehen. Und er brauchte sie nur in seiner nächsten Umgebung zu suchen.

Trotz der Bitten der Kaiserin, den Grafen Johann Ludwig Joseph Cobenzl doch nicht wie einen Pestkranken zu behandeln, an die guten Dienste zu denken, die er dem Kaiser immerhin geleistet habe, und ihm in seinem Unglück nicht auch noch durch Verachtung weh zu tun, wurde der Staats- und Konferenzminister verabschiedet, ohne ihm auch nur die geringste Möglichkeit zu geben, sich vor seinem Monarchen zu rechtfertigen.

Diese Möglichkeit konnte Franz seinem ehemaligen Erzieher Colloredo nicht verweigern. Aber als der alte Kabinettsminister nach beschämend langem Warten endlich vorgelassen wurde, bot ihm der Kaiser nicht einmal einen Stuhl an. Stehend mußte sich der nun ganz bewußt auf seine Verdienste pochende Staatsmann darüber beklagen, daß er die ihm vom Kaiser so deutlich gezeigten Mißfallensäußerungen geradezu beispiellos finde. Daß seine Gemahlin eine gebürtige Französin sei — was er wohl als Hauptgrund der Verdächtigungen annehmen dürfe —, wäre der Majestät ja schon seit zehn Jahren bekannt. Und wenn er es in seiner Eigenschaft als Kabinettsminister und wohl auch in Erinnerung an seine Verantwortung als Erzieher gewagt habe, öfter zu frei die Wahrheit zu sagen und den Monarchen mehrmals auf schädliche Dinge aufmerksam zu machen, würde er dafür wohl eher eine Belohnung als diese Kränkung verdienen.

Mit einer aufreizenden Teilnahmslosigkeit (die Colloredo

schon vor Jahrzehnten an seinem Zögling so sehr geärgert hatte) hörte sich der Monarch diese erregt vorgebrachte Verteidigung an. Dann sagte er unvermittelt, ohne diese niederschmetternde Erklärung durch eine verständnisvolle Einleitung zu mildern:

„Wir können nicht mehr beisammen bleiben, das Publikum schmollt, redet, klagt über Sie, verlangt Ihre Entfernung, ich muß selber das Opfer bringen, verlangen Sie Ihre Retraite, welche Ihnen hier erteilt wird."

Laß in Seinem Rate sitzen Weisheit, Klugheit, Redlichkeit

oder

Kaiser über Klein-Europa

Philipp Graf Stadion, seit seiner erfolgreichen Tätigkeit als kaiserlicher Gesandter am Hof von Sankt Petersburg allgemein als einer der tüchtigsten österreichischen Staatsmänner geschätzt und deshalb auch von den versammelten Ministern und Räten respektvoll erwartet, als er von seiner langen Unterredung mit dem Kaiser zurückkehrte, war sehr ernst, während er begann, die vom Kaiser gewünschte Formulierung vorzutragen, die einen der schwerwiegendsten Entschlüsse in Wien und in Regensburg bekannt machen sollte:

„Die Folgerungen, welche mehreren Artikeln des Preßburger Friedens bis jetzt gegeben worden, und die allgemein bekannten Ereignisse, welche darauf im Deutschen Reich stattgehabt, hätten ihm die Überzeugung gewährt, daß es unter den eingetretenen Umständen unmöglich sein werde, die durch den Wahlvertrag eingegangenen Verpflichtungen ferner zu erfüllen. Die am 12. Julius zu Paris unterzeichnete Übereinkunft mehrerer vorzüglicher Stände zu ihrer gänzlichen Trennung vom Reiche habe die Erwartung, daß noch eine Änderung eintreten dürfte, vollends vernichtet. Bei der hiedurch vollendeten Überzeugung von der Unmöglichkeit, die Pflichten seines kaiserlichen Amtes länger zu erfüllen, sei er es seinen Grundsätzen und seiner Würde schuldig, auf eine Krone zu verzichten, welche nur so lange Wert in seinen Augen haben konnte, als er dem von den Kurfürsten, Fürsten und Ständen und übrigen Angehörigen des Deutschen Reiches ihm bezeigten Zutrauen zu entsprechen und den übernommenen

Obliegenheiten Genüge zu leisten im Stande war. Er erkläre demnach durch Gegenwärtiges, daß er das Band, welches ihn bis jetzt an den Staatskörper des Deutschen Reiches gebunden, als aufgelöst ansehe; daß er das reichsoberhauptliche Amt und die reichsoberhauptliche Würde durch die Vereinigung der konföderierten rheinischen Stände für erloschen und sich dadurch von allen übernommenen Verpflichtungen gegen das Deutsche Reich losgelöst betrachte und die wegen desselben bis jetzt getragene Kaiserkrone und geführte kaiserliche Regierung, wie hiemit geschehe, niederlege. Er entbinde zugleich Kurfürsten, Fürsten und Stände und alle Reichangehörigen, insonderheit auch die Mitglieder der höchsten Reichsgerichte und die übrige Reichsdienerschaft von ihren Pflichten, womit sie an ihn, als das gesetzliche Oberhaupt des Reichs, durch die Konstitution gebunden waren. Seine sämtlichen deutschen Provinzen und Reichsländer zähle er dagegen wechselseitig von allen Verpflichtungen los, die sie bis jetzt, unter was immer für einem Titel, gegen das Deutsche Reich getragen."

Obwohl alle Anwesenden wußten, worum es bei der Unterredung des Kaisers mit seinem neuen Minister des Äußeren, Graf Stadion, gegangen war, und obwohl sie die Auflösung eines Reiches, das in Wirklichkeit ohnedies nicht mehr bestand, keineswegs überraschen konnte, lastete nach diesen Worten drückendes Schweigen im Raum. Fast schien es, als hätte die Formulierung eines Tatbestandes eine weit stärkere Wirkung als der Tatbestand selbst; als wäre allen das, was sie wußten, erst jetzt wirklich bewußt geworden; Franz der Zweite, von Gottes Gnaden erwählter römischer Kaiser, zu allen Zeiten Mehrer des Reiches (wie ein Titel verkündete, der nun so sinnlos geworden war wie das in den letzten Jahren statt vermehrte nur noch verminderte Reich) blieb weiterhin nichts als Franz der Erste, Erbkaiser von Österreich, König zu Ungarn und Böhmen. Die Kaiserkrone Karls des Großen,

Jahrhunderte hindurch vom Haus Habsburg in Ehrfurcht getragen, umsorgt, behütet, hatte nun keinen Kaiser mehr, der sie trug.

In diese Stille hinein sprach Graf Stadion — und es war eine nüchterne, sachliche Sprache und nicht die elegante Verspieltheit seines Vorgängers Cobenzl — unmißverständlich aus, wie er diese schwerwiegende Resolution verlautbart wünsche:

„Der Gesichtspunkt, aus welchem diese allerhöchste Resolution bei ihrer Intimation an die Behörden zu beleuchten ist, bietet sich von selbst dar, nämlich: daß Seine Majestät dadurch einer Krone entsagen, welche Ihre Erbstaaten mehrfältigen bedenklichen politischen Verwicklungen ausgesetzt, und mehrere derselben in einem, den neuesten Verhältnissen durchaus nicht entsprechenden, in einer ganz anderen Zeit geschlungenen Verbande gegen das Deutsche Reich gehalten hatte, und daß Allerhöchstdieselben alle Ihre Aufmerksamkeit und väterliche Fürsorge nun um desto ungehinderter und mit einziger Rücksicht auf das Interesse Ihres angestammten Kaisertums, lediglich der Wohlfahrt Ihrer geliebten Völker zu widmen im Stande seien."

Er blickte sich noch auffordernd im Kreise um, aber als keiner der Anwesenden die Bereitschaft zeigte, mit dem ihnen noch viel zu wenig vertrauten einflußreichsten Minister Seiner Majestät über Einzelheiten zu sprechen oder Fragen an ihn zu stellen, drehte sich Stadion nach einem kurzen, unpersönlichen Gruß (der auffallend unterwürfig erwidert wurde) ganz einfach um und ging mit raschen energischen Schritten aus dem Raum. Sein schlichter schwarzer Anzug wirkte zwischen den protzigen goldenen Tressen auf den Livreen der Diener, die ihm die Flügel der hohen Türe aufgerissen hatten, erstaunlicherweise sehr wichtig und bedeutend. Wie die Ankündigung eines neuen Zeitalters, das hier in der alten Hofburg begonnen hatte . . .

Erst als die Flügeltüren wieder fest hinter ihm geschlossen waren, wagten es einige, die Worte des Grafen Stadion abzuwägen und auf ihre eigentliche Bedeutung zu prüfen.

„Was meinte er wohl mit den ‚neuesten Verhältnissen', auf die er uns aufmerksam gemacht hat?"

„In welch einer ‚ganz anderen Zeit' haben wir bisher gelebt, weil wir das Heilige Römische Reich als untrennbar mit der Person unseres Kaisers verbunden angesehen haben?"

„Wie kann er von einem angestammten Kaisertum reden, wo doch die erbliche Kaiserwürde für Österreich erst vor zwei Jahren eingeführt worden ist?"

Und einer der Räte, die schon unter dem hartnäckigen Revolutionshasser Thugut amtiert hatten und die deshalb allen Veränderungen mit großem Mißtrauen gegenüberstanden, sagte leise zu seinem alten, verknöcherten Nebenmann:

„Daß der Kaiser überhaupt zuläßt, wie sich das alles jetzt ändert ..."

Wieder einmal hatte sich der engste Kreis der kaiserlichen Familie im Sitzzimmer getroffen, durch dessen präzis eingesetzte Fensterscheiben zwei Stockwerke tiefer, auf dem Platz vor dem Schweizertrakt der Hofburg, das Gewimmel aus Menschen, Pferden und Wagen, aus Uniformen, hellen sommerlichen Damenkleidern, unbequemen Bubenanzügen und feierlichen schwarzen Beamtenröcken wohl zu sehen, nicht aber zu hören war.

Sie saßen alle um den weißen, goldverzierten Tisch: der Kaiser neben seiner Gemahlin Maria Theresia, die ihre Enttäuschung nicht verbergen konnte, daß sie fortan auf den ersten Rang unter den Fürstinnen dieser Erde würde verzichten müssen; ihnen gegenüber die Erzherzoge Karl, Johann und Rainer, die ihren kaiserlichen Bruder in den letzten Wochen und Monaten immer wieder mit Reformvorschlägen überrascht hatten und so sehr wesentlich dazu beitrugen, daß entscheidende Änderungen in Regierung und Verwaltung durchgeführt wurden.

Auch jetzt — nach dem Entschluß, die Kaiserkrone des Heiligen Römischen Reiches niederzulegen — wollten sie nicht, daß Franz in seiner altväterlichen, pedantischen Art über die mehr oder minder wichtigen staatsrechtlichen Konsequenzen dieses Schrittes grübelte, obwohl sich vor allem Erzherzog Karl immer noch verpflichtet fühlte, auf die Interessen des gesamten Deutschen Reiches zu achten — auch, wenn sich ein großer Teil der Souveräne dieses Reiches zum sogenannten Rheinbund zusammengeschlossen und völlig der Oberherrschaft Napoleons unterworfen hatte.

Erzherzog Rainer, der jüngste, hatte schon jeden Sinn für die einstige Bedeutung der Würde eines römischen Kaisers verloren:

„Was ist denn anderes übriggeblieben, als zu verzichten? Wenn die geheimen Nachrichten stimmen, daß Napoleon Truppen gegen uns in Marsch gesetzt hat — und warum sollten sie nicht stimmen? —, ist doch die Anerkennung dieses Rheinbundes und die Preisgabe einer wertlos gewordenen Reichsidee weit weniger schlimm als ein neuer Krieg!"

„Der Stadion wird wohl geschickt genug sein, einen solchen Krieg zu vermeiden. Und der Metternich" — es war nicht zu überhören, wie der Kaiser den Namen dieses jungen Diplomaten mit wirklicher Hochachtung aussprach — „wird seine Sach' in Paris schon sehr gut machen."

Erzherzog Karl schien von diesen Argumenten des Kaisers nicht ganz überzeugt: „Warum habe ich dann in den letzten Tagen alle Vorbereitungen zur Abwehr eines etwaigen Angriffes treffen und die Kriegsvorräte aus der Feindesnähe zurückziehen müssen?"

„Weil ich mich dem Napoleon nicht so ganz ausliefern möcht'! Er hat doch dem General Vincent unmißverständlich gedroht, daß er sein Heer über den Inn marschieren lassen und

Österreich bis Linz und dazu ganz Salzburg besetzen lassen werde, wenn ich nicht bis zum 10. August nachgeb'. Da ..." und der Kaiser legte ein umfangreiches Schriftstück auf den Tisch: „Am 23. Juli hat Vincent ausführlich über dieses Gespräch mit dem Kaiser der Franzosen berichtet. Das heißt — Gespräch war's eigentlich keines, denn es hat ja fast nur der Napoleon geredet, geschrien, getobt. Österreich hätt' die Bestimmungen des Preßburger Friedens nicht erfüllt, meint er, und der Rheinbund sei nichts anderes als eine Folge dieses unglückseligen Friedensschlusses. Bayern, Württemberg und Baden wären damals auch unter französisches Protektorat g'stellt und so vom deutschen Reich getrennt worden — na ja, und darum gibt es die alte deutsche Verfassung nicht mehr und auch kein deutsches Reich. Das wird er auch in Regensburg erklären lassen, vor dem bisherigen Reichstag, und ich soll meine Zustimmung erteilen."

„Schade, daß Metternich damals noch nicht in Paris war", sagte die Kaiserin, als Franz nach diesen Worten nachdenklich schwieg. „Er hätte eine richtige Antwort gewußt. Aber dieser General Vincent, den Stadion nur aus Verlegenheit damit beauftragt hat, unsere Interessen in Paris zu vertreten ..."

Erzherzog Johann widersprach heftig: „Vincent hat sogar sehr gut und würdig geantwortet! Nur an der Spitze einer Armee könne diese Rede Napoleons erwidert werden, meinte er."

Der Kaiser schüttelte den Kopf. „Diese Courage hat aber net viel g'nützt. Das gibt Vincent da in seinem Bericht selber zu. Napoleon hat noch einmal mit dem Krieg gedroht und außerdem erklärt, daß der deutsche Kaiser jetzt, wo es kein Deutsches Reich mehr gibt, auch nicht den Vorrang vor dem französischen Kaiser beanspruchen dürfe. Nur die Ranggleichheit hat er mir als dem Kaiser von Österreich zug'standen — obwohl früher die Könige von Frankreich doch immer den Königen von Ungarn und Böhmen vorangegangen wären ..."

„Und er selbst wird bald auch vorangehen wollen!" Für die Kaiserin, die solche Fragen überaus wichtig nahm, schien es keine größeren Sorgen zu geben. Aber Franz konnte sie beruhigen:

„Das glaub' ich net! Vincent schreibt da wörtlich, was Napoleon über meinen Verzicht auf die deutsche Kaiserwürde gesagt hat: ‚Österreich verliert tatsächlich an diesem nichtigen Titel nichts. Ich verlange ihn nicht für mich, außer wenn ich durch eine vierte Koalition gezwungen werde. Dann könnte ich den Titel eines Kaisers des Okzidents annehmen, den man als das Ziel meines Ehrgeizes bezeichnet. Für den Augenblick bin ich mit dem eines Kaisers der Franzosen und eines Protektors des Rheinbundes zufrieden.' Und daran werd' ich ihn wohl net hindern können. Deshalb hab' ich dem Grafen Stadion auch ausdrücklich ang'schafft, daß er in meiner Verzichtserklärung alle Stellen vermeiden müsse, die Napoleon beleidigen könnten, bei den Verhandlungen mit dem französischen Botschafter aber bedacht sein soll, möglichste Vorteile für meine Monarchie und für mein Haus zu ziehen, dabei aber erstere von allem Einfall der französischen Truppen oder neuem Krieg mit Frankreich zu bewahren."

„Und das ist, wie es scheint, tatsächlich gelungen!"

„Na ja, Rainer: So schnell darf man das net annehmen. Obwohl, wie mir der Stadion g'sagt hat, die Verhandlungen mit La Rochefoucauld weniger schwierig waren, als er vorher befürchtet hatte. Jetzt muß nur noch dafür gesorgt werden, daß die Kronentsagung mit der notwendigen Würde vor sich geht. Den Konkommissar Hügel und den böhmischen Komitalgesandten Friedrich Stadion habe ich mit der Ausarbeitung der Agenda betreffs der Reichskrone und betreffs der österreichischen Kaiserkrone, was bei den deutschen Fürsten innerhalb und außerhalb des Rheinbundes, und was bei den europäischen Mächten zu veranlassen, bereits beauftragt. Der Hofrat von Rademacher und der Hofsekretär von Hormayr werden sie dabei unterstützen. Den Text für die Proklamation habe ich mit dem Minister Stadion auch schon ausführlich besprochen . . ."

Erzherzog Johann fragte zweifelnd, ob bei dem noch immer üblichen schleppenden Gang der Geschäfte alles rechtzeitig durchgeführt werden könne; schließlich habe doch Napoleon ultimativ den 10. August als Endtermin genannt. Aber der Kaiser war zuversichtlich:

„Ich hab' angeordnet, daß am 6. August alles verlautbart sein muß." Dann stand er auf, und selbst seine nächsten Verwandten konnten nicht unterscheiden, ob es Müdigkeit oder doch die Besorgnis über diese Entwicklung der deutschen Verhältnisse war, die Franz ein wenig gebeugt und noch zögernder als sonst zu den Fenstern gehen ließ.

„Wie die Kinder da unten das alles aufnehmen werden? Ich weiß net recht . . ."

Dann drehte er sich zu seinen Brüdern um:

„Ihr habt's mir doch geraten — du, Johann, und vor allem auch du, Rainer —, daß ich mich ändern und net immer um alles kümmern soll, damit mir Zeit bleibt zum Nachdenken, zum Lesen nützlicher Bücher, um mit dem Zeitgeist auf dem laufenden zu bleiben, zum Umgang mit gebildeten Leuten. Wahrscheinlich habts ihr recht. Nur . . . es graust mir ein bisserl vor dem Zeitgeist und vor den gebildeten Leuten. Warum hat es denn net so bleiben können, wie es früher war?"

Er trat hinter Maria Theresia, die starr vor sich hinblickte und genug zu tun hatte, um Tränen niederzukämpfen, die sie am liebsten um die nun verlorene allerhöchste Würde geweint hätte. Als er ihr seine rechte Hand zärtlich auf die Schulter legte und in seinem schlichten, bürgerlichen Rock dastand, den Kopf wieder tief zwischen die Schultern eingezogen und die Unterlippe hängenlassend, wollte das bescheidene

Bild, das er bot, gar nicht recht zu den feierlichen Worten passen, die er ganz gegen seine Gewohnheit mit starker innerer Anteilnahme sprach:

„Von Gottes Gnaden erwählter römischer Kaiser — das war schon was! Und alle haben damit etwas anfangen können, wenn sie der Respekt vor der Krone Karls des Großen erfaßt hat. Aber das fehlt halt jetzt dem Zeitgeist und den gebildeten Leuten: Respekt."

Und er ging — nur guter Hausvater und gar nicht gottbegnadeter Kaiser — langsam durch das Sitzzimmer, öffnete mit einer bedauernswert schwachen Handbewegung selbst die Tür und verließ den Raum. Wahrscheinlich wollte er in seine Bibliothek, zu den vielen Büchern, zu den schönen Büchern, zu den kostbaren Büchern (dem schönen, vollständigen Exemplar des Theuerdank; seltenen alten Manuskripten, auf Pergament geschrieben und mit kunstvollen Miniaturen geschmückt: ein Liber Evangeliorum; Virgilii Aeneis; Juvenalis Satyre; Ovidii Metamorphosae; Senecae Tragoediae; T. Livii prima et cesunda Decas de Bello punico, et de Bello macedonico Lib. X.; Cornelius Celsus de Medicina; Franchini Gafurii Laudensis Harmonia instrumentalis; les livres de J. Boccace des nobles hommes et femmes infortunées, translaté de latin en francais par Laurent de Premierfait).

Viele Bücher, schöne Bücher. Würdig der Liebhaberei eines Kaisers.

Aber keines der nützlichen Bücher, um mit dem Zeitgeist auf dem laufenden zu bleiben.

Nach dem 6. August dieses ereignisreichen Jahres 1806 war die Aufregung unter den Wienern sehr groß. Von der umfangreichen Proklamation, mit der vom guten Kaiser Franz in der nüchternen Diktion eines Staatsaktes der Verzicht auf die Krone Karls des Großen erklärt worden war, verstanden die meisten von ihnen zunächst einmal nicht mehr als die Tatsache eines solchen Verzichtes. Plötzlich war für sie eine Krone, an die sie überhaupt nicht mehr gedacht hatten, seit sie vor zwei Jahren ihrem guten Monarchen zujubelten, als er sich mit der habsburgischen Familienkrone zum Erbkaiser von Österreich gemacht hatte, wieder zum Inbegriff aller Kronen geworden; und die schändliche Schmälung, daß sich Wien nun nicht mehr als römisch- und österreichisch-kaiserliche Haupt- und Residenzstadt, sondern nur noch als österreichisch-kaiserliche Haupt- und Residenzstadt bezeichnen durfte, kränkte vor allem jene edlen Patrioten, die noch im Dezember des Vorjahres über die große Truppenschau Napoleons in Begeisterung ausgebrochen waren und eine Deputation nach Schönbrunn zum Kaiser der Franzosen geschickt hatten, als dieser die Heimreise nach Paris antrat.

Kaum einem wurde bewußt, worauf der Minister Graf Stadion so außerordentlichen Wert bei der Verlautbarung der kaiserlichen Resolution gelegt haben wollte: Daß die römische Kaiserkrone gerade in den letzten Jahren „mehrfältige bedenkliche politische Verwicklungen" heraufbeschworen habe, und daß der Verzicht dem guten Landesvater, Seiner Majestät Kaiser Franz dem Ersten, nun Gelegenheit geben werde, „daß Allerhöchstdieselben alle Ihre Aufmerksamkeit und väterliche Fürsorge nun desto ungehinderter und mit einziger Rücksicht auf das Interesse Ihres angestammten Kaisertums, lediglich der Wohlfahrt Ihrer geliebten Völker zu widmen im Stande seien."

Die Krone, die wertvollste Krone der Christenheit, war verlorengegangen. Und was wohl das Schlimmste schien: Sie war für Wien verlorengegangen, für die Bäcker und Tuchhändler, für die Gewürzkrämer und Bierbrauer, für die Schuster, Schneider, Fleischhauermeister, für die Zettelträger der Vorstadtbühnen, für den Eipeldauer und seinen Vetter in Kagran, für die Frau Tant' mit dem schönen Eckhaus an der Freyung, für die Hutmacherin am Graben — für alle, die noch vor einem Jahrzehnt überhaupt nicht mehr aufhören wollten mit Petitionen und Beschwerden, mit Vorsprachen bei den kaiserlichen Audienzen, mit heimlichen Geschenken an einflußreiche Beamte der Hofkriegskanzlei, weil damals der Neffe vom Pepionkel oder der Sohn der Hausmeisterin oder gar der nette Laufbursch vom großen Gewölb' unter den Tuchlauben in eine Uniform gesteckt und nach Holland geschickt worden waren, wo ehrgeizige Minister gegen grausame französische Sansculotten einen sogenannten Reichskrieg führen wollten; und das auch nur, damit die alte Krone vom Karl dem Großen nicht in Gefahr komme.

„Daß wir so was noch erleben müssen!" jammerte die Standlerin am Kohlmarkt jede Kundschaft an, und: „Den Karfiol da nehmen s' auch noch mit, Fräul'n Gusti, der wird ihrer Madame bestimmt zusagen! — Is sie net auch ganz desparat, daß unser guter Kaiser jetzt die Krone gar nimmer will und sie wegg'legt hat wie einen alten Hut? Was sagt denn der gnä' Herr dazu, der doch immer mit dem Herrn Hofzuckerbäcker tarockiert und deshalb mehr von der ganzen G'schicht wissen muß als unsereiner? — Da hätt' ich noch ein besonders schönes Büscherl Suppengrün . . ."

Der gnä' Herr und sein Freund, der Herr Hofzuckerbäcker, rührten die sonst so geliebten Tarockkarten diesmal gar nicht an. Schließlich ging es jetzt ja um noch wichtigeres:

„Ich hab das ja schon vor zwei Jahren g'wußt, wie sich der Franz die zweite Kaiserkrone aufg'setzt hat und ich net hab' zu der Feier in den Stephansdom gehen können, weil mein dalkerter Lehrbub die Glasur verpatzt hat für die Festtagskuchen und ich mich selber hab' hinstellen müssen und g'schwind alles richten, obwohl ich bestimmt hineingekommen wär' in die Kirche und net hätt' draußen warten müssen wie die anderen. Aber der Herr Kammerdiener hat schon so gedrängt, weil er mir doch diese Lieferung an den Hof verschafft hat und ich der Göd' bin von seinem älteren Buben, und gleich nach der Feier im Stephansdom is er wieder zu mir kommen und hat nachg'schaut, ob ich schon fertig bin mit der Glasur. Damals hab' ich ihm g'sagt, daß es irgendwas zu bedeuten hat, wenn einer schon ein Kaiser is und trotzdem noch einmal ein Kaiser werden möcht'. Und recht hab' ich g'habt. Der Kammerdiener freilich — er will, daß man zu ihm Kammerdiener sagt, obwohl er eigentlich nur ein besserer Lakai is —, der Kammerdiener hat das net ganz verstehen wollen. Er hat g'meint, daß unser Kaiser durch diese neue Kaiserwürde eben zum Erbkaiser hat werden wollen, und nicht nur ein Wahlkaiser bleiben, der Verpflichtungen gegenüber einem Reichstag in Regensburg hat und immer nur Rücksicht nehmen muß auf die eigensüchtigen deutschen Fürsten. Und da hat wohl auch er recht g'habt, der Herr Kammerdiener. Wahrscheinlich hat ihm das seine Schwester erzählt, die mit dem alten Hofrat verheiratet is — man weiß eh, wie das ist: Sie war ein fesches Madl, dem grad der Liebhaber durchgangen is, und der Hofrat war zwar schon ein alter Krauterer, ein bisserl raunzig, aber sonst ein seelensguter Mensch und seit drei Jahren Witwer —, und der Kammerdiener erfährt von seiner Schwester immer allerhand, was der Hofrat daheim so über seine Geschäfte sagt und über seine Ansichten. Grad über seine Ansichten sagt er immer sehr viel, der Hofrat, denn er ist ein sehr politischer Mensch ..."

Und weil er ein sehr politischer Mensch war, der Herr Hofrat, bemühte er sich jetzt, seiner schon etwas in die Breite gegangenen Ehefrau nicht nur die Gründe, sondern auch die Hintergründe der eben stattgehabten Kronentsagung plausibel zu machen. Sie lümmelte auf dem Sofa, lutschte an einem Bonbon und hörte schon deshalb aufmerksam zu, weil so ein Staatsakt eine ganz wichtige Sache war und ihr Bruder (der sich seinem hofrätlichen Schwager gegenüber natürlich nicht als Kammerdiener aufzuspielen wagte) immer sehr neugierig war, was der Hofrat von so wichtigen Sachen hielt:

Johann Philipp Graf von Stadion

Kaiser Franz mit seiner zweiten Gemahlin Maria Theresia und den Kindern

Erzherzog Karl in der Schlacht bei Aspern

„Wie hätte der Kaiser denn an dieser Krone noch festhalten können? Das Reich ist ihm ja in den Rücken gefallen. Hat ihm denn nicht schon am 24. Mai der Kurerzkanzler Dalberg die schuldige Anzeige gemacht, daß er beim Papst bereits um die Ernennung des französischen Kardinals Fesch zu seinem Koadjutor angesucht habe? Und außer dem König von Schweden, der ja als Herr über Vorpommern auch deutscher Reichsfürst ist, hat kein einziger der deutschen Landesherren gegen diesen Affront Dalbergs protestiert. Alle haben es hingenommen, daß der Erzkanzler des Heiligen Reiches für dieses oberste Reichsamt einen Gehilfen und Nachfolger ausgesucht hatte, der weder ein gebürtiger Deutscher noch überhaupt der deutschen Sprache mächtig ist und der nicht einmal die nach den Mainzer Kapitelstatuten erforderliche Zahl von acht adeligen Ahnen väterlicher- und mütterlicherseits aufzuweisen hat! Denn wer ist dieser Kardinal Fesch aus Paris? Der Onkel Napoleons! Und wenn der Kaiser jetzt seine Krone nicht niedergelegt und damit das Reich faktisch aufgelöst hätte, dann wäre dieser unter recht sonderbaren Umständen zum Kardinal von Paris emporgestiegene Korsikaner nach dem Abgang des alten und schon sehr kränklichen Dalberg zum Dekan des Kurkollegs, Reichskanzler, Direktor der Kaiserwahl und Kaiserkrönung, Leiter des Reichs- und Deputationstages, Hüter des Reichsarchivs, der Reichsmatrikel und des Reichssiegels, das Haupt- der Reichskanzlei und der Aufseher der Reichsgerichte geworden. Mehr hätt' der Napoleon dann überhaupt nicht mehr gebraucht! Und doch ist er noch weiter gegangen und hat am 12. Juli die Rheinbundakte verlautbaren lassen. Vier Kurfürsten und zwölf Fürsten sind dadurch förmlich aus dem Reichsverband gelöst und von den Reichsgesetzen entbunden worden, mehr als siebzig Fürsten und Grafen hat Napoleon mediatisiert, einen eigenen Reichstag der souverän gewordenen Stände in Frankfurt geschaffen und den verräterischen Kurerzkanzler Dalberg zum Fürstprimas gemacht. — Verstehst du, was das heißt?"

Nun, die Frau des Hofrates, der nach den Worten des Hofzuckerbäckers ein sehr politischer Mensch war, verstand nicht einmal die Hälfte von dem, was ihr Mann so umständlich expliziert hatte. Aber sie nahm sich fest vor, auch das Unverständliche nicht zu vergessen, damit ihr Bruder nicht wieder in Versuchung käm', ihrer Heirat mit dem würdigen, ergrauten Beamten andere als nur ihre noblen staatspolitischen Interessen unterzuschieben.

Wie jedem anderen Wiener oder jeder anderen Wienerin würde es ihr aber auch — ohne die komplizierte Situation des französischen Koadjutors für den Reichserzkanzler oder die Deklaration der Rheinbundakte auch nur annähernd erfaßt zu haben — nicht schwerfallen, die Kronentsagung als ein großes Unglück hinzustellen, das insbesondere die Stadt Wien betroffen hat, die nun vor keiner anderen europäischen Hauptstadt, ja eigentlich nicht einmal vor einer der vielen Hauptstädte der souveränen deutschen Fürstentümer, einen begründeten Vorzug haben würde.

Trotzdem erschöpfte sich der Kummer der Wiener und auch der politisch interessierten Bewohner der Erbländer hauptsächlich in einem privaten Raunzen über das Ende des Heiligen Römischen Reiches; zu größeren öffentlichen Kundgebungen kam es nicht, teils, weil die Österreicher dafür immer einen ganz konkreten Anlaß gebraucht hatten und das Schicksal einer Kaiserkrone, deren Träger sich noch dazu jetzt nur sehr selten zeigte, nicht genügend Anziehungskraft für allgemeine Versammlungen, Zusammenkünfte oder gar Volksaufläufe besaß, teils aber auch, weil sich die österreichischen Kriegsgefangenen noch in Frankreich befanden und Napoleon außerdem seine Grande Armee noch nicht gänzlich zurückgezogen hatte; erst der Kronverzicht des Kaisers Franz konnte ihn bewegen, die gefangenen österreichischen Soldaten freizulassen, seine eigenen Soldaten in ihre Heimat zu beordern und alles österreichische Land diesseits des Isonzo (denn diesen Fluß hatte er zur Grenze des Königreiches Italien bestimmt) zu räumen.

Außerdem hielten sich die meisten für doch nicht so ganz mit der Materie vertraut und zogen es daher aus einer typisch österreichischen Scheu vor einer Blamage gegenüber fremden Leuten vor, ihre Meinung zu dem schwerwiegenden Schritt des guten Kaisers Franz nur im engen Kreis guter Freunde oder anteilnehmender Verwandter zu äußern, noch dazu, wo sich auch die Zeitungen auffallend zurückhaltend gaben und Meldungen aus deutschen Ländern keine eindeutige Stellungnahme erkennen ließen. Sogar in Prag war man über den Verlust der Kurfürstenwürde keineswegs betrübt, sondern betrachtete mit berechtigtem Stolz das Königreich Böhmen als einen besonders wichtigen Teil der großen Monarchie, die nun der Kaiser von Österreich mit allen seinen königlichen Würden unabhängig von den Interessen des Regensburger Reichstages regieren würde.

Natürlich war auch Preußen, die zweite große deutsche Macht, über die neue Situation nicht unglücklich, hatte es doch durch seine Weigerung, der Koalition des Jahres 1805 beizutreten, sehr wesentlich zur Niederlage von Austerlitz und zu dem unglücklichen Friedensschluß von Preßburg beigetragen. Und als der König Friedrich Wilhelm am 25. September 1806 einen von seinem früher recht franzosenfreundlichen Minister Lombard aufgesetzten Brief von Naumburg aus an Napoleon geschickt hatte, in dem er sich über das selbstherrliche Vorgehen des französischen Kaisers in Deutschland und vor allem über dessen für Preußen befremdliche Stellungnahme bezüglich Hannovers beschwerte, hatte — knapp eineinhalb Monate nach seinem Verzicht auf die Krone des Heiligen Reiches — Kaiser Franz schon so wenig Beziehung zu den Problemen Deutschlands, dessen letzter von Gottes Gnaden erwählter Kaiser er doch gewesen war, daß er seinen Völkern auch das geringste Risiko bei der bald ausbrechenden kriegerischen Auseinandersetzung zwischen Frankreich und Preußen ersparte. Selbst Zar Alexander, der nach den ersten Niederlagen des preußischen Heeres mit ungenügenden Truppen und ebensolcher Entschlossenheit wiederum gegen Napoleon zog, konnte keine Änderung der neutralen österreichischen Politik erreichen.

Der Einzug Napoleons in Berlin, der dieser Stadt also das gleiche Schicksal bescherte wie der kaiserlichen Haupt- und Residenzstadt Wien im Jahr zuvor, und die Kapitulation der preußischen Restarmee unter General Blücher am 7. November 1806 in Lübeck bereiteten den Österreichern sogar eine kaum verhohlene Genugtuung: Waren es doch vor allem die Preußen gewesen, die nach der Kapitulation Macks in Ulm über die Untüchtigkeit der österreichischen Soldaten und die offenkundige Unfähigkeit der österreichischen Offiziere gespottet hatten.

Mit dem König Friedrich Wilhelm, der nun verzweifelt in einem Lande umherirrte, von dem ihm nun nicht mehr viel gehörte, hatte kaum einer in Österreich Mitleid. Daß er immer wieder Unterhändler zu Napoleon schickte — seinen Adjutanten Major Graf Dönhoff, den Marquis von Luchesini, den Generalmajor von Zastrow —, um möglichst bald zu einem erträglichen Frieden oder zumindest zu einem vorläufigen Waffenstillstand zu kommen, war den Untertanen seines ehemaligen Kaisers ziemlich egal. Es gab ja keine Krone mehr, unter der sie alle vereinigt waren, Preußen ebenso wie Österreicher, es gab kein Reich mehr, dessen Grenzen ihre gemeinsamen Grenzen waren. Mochte der König von Preußen den Winter über hoch oben im Norden, in Memel, frieren — es gab genug Sorgen in des Kaisers eigenem Land, und genug Arbeit, um die Bestimmungen des Preßburger Friedens wenigstens einigermaßen auszugleichen, und genug Ehrgeiz, sich kräftig auf die eigenen Füße zu stellen.

Und Grund genug für Mitleid mit dem eigenen Monarchen.

Denn am 5. April war die Kaiserin, die gerade auf ihre zwölfte Entbindung wartete, an einer heftigen Lungenentzündung erkrankt.

Vergessen die Klagen über ihren Leichtsinn, vergessen die Nörgeleien über die kindischen Feste in Laxenburg, vergessen der Haß auf die kaiserlichen Musikabende, an denen sie die große Baßgeige und ihr Gemahl nur die kleine Holzfidel gespielt hatte, vergessen die Vorwürfe über Kahnpartien, die den Kaiser von wichtigen Regierungsgeschäften abgehalten hatten.

Die Kaiserin Maria Theresia war ernsthaft erkrankt. Das Kind, das sie erwartete, war zu früh gekommen, weil ihr ganzer Leib von Fieber und Husten geschüttelt wurde, die Ärzte wußten sich keinen Rat, und während überall in Österreich und ganz besonders in Wien in allen Kirchen um die Gesundheit der Landesmutter — die jetzt plötzlich, mit ihren Schmerzen und ihrem Leid, wirklich zu einer solchen geworden war — mit Inbrunst gebetet wurde, eilte der besorgte Kaiser, der gute Kaiser, mit seinem Bruder Karl auf dem schnellsten Weg aus Ofen — wo sie gerade wichtige Angelegenheiten des Königreiches Ungarn regeln wollten — nach Wien zurück.

Als er durch die Straßen zur Hofburg fuhr, drehten sich die Passanten ihm zu, aber sie jubelten nicht und brüllten nicht wie sonst, sondern nahmen nur die Hüte ab und schwiegen, und die Frauen beugten tief das Knie und bogen den Nacken und schwiegen, und wenn ein kleines Mädchen oder ein Bub neugierig fragen wollten, wurden sie ärgerlich in eine demütige Haltung gerissen und mit einer Tracht Prügel bedroht, sobald der gute Kaiser Franz vorübergefahren sei und das elterliche Strafgericht nicht mehr sehen könne.

Während dieser kurzen Fahrt durch die Straßen und Gassen spürte der Kaiser die Liebe seiner vielen, vielen Kinder so deutlich wie schon lange nicht — und das, obwohl er die Fenster des Wagens geschlossen hielt und nur hin und wider einen Blick nach rechts oder nach links auf die schweigenden, bekümmerten, barhäuptigen, sich verbeugenden und knicksenden Wiener warf, die so taten, als hätten sie alle, alle jetzt eine Frau oder Tochter oder Mutter oder Schwester oder Tant' in der Hofburg liegen und wüßten nicht recht, wieviel sie auf deren Genesung noch geben sollten.

Auch der sonst so belebte Platz vor dem Schweizertrakt schien seltsam leer und traurig, als der Kutscher den Wagen in die Hofburg gelenkt und vor dem Tor zur Säulenstiege angehalten hatte. Der Kaiser wartete nicht, bis ein Diener herbeieilte, um den Wagenschlag zu öffenn, er stieß die schmale Türe der Kutsche selbst auf und sprang schon auf das Pflaster, ehe noch der Kutscher dienstbereit von seinem hohen Bock geklettert war.

Er hätte nicht sagen können, wie er die zwei Stockwerke hinaufgerannt war, welche Diener ihn an welcher Türe empfangen hatten, auch nicht, welche der Hofdamen seiner Frau mit verweinten Augen im Vorraum des Schlafzimmers wartete, welcher Arzt sich gerade an der Tür zum Schlafzimmer so besorgt mit dem kaiserlichen Leibarzt Stifft beriet.

Mit einem schnellen Kopfnicken bedeutete Stifft dem Kaiser auf dessen fragenden Blick, daß er keine ärztlichen Bedenken gegen einen sofortigen Besuch am Krankenlager habe.

Franz war froh, daß er außer der Pflegerin nur zwei seiner Kinder bei der kranken Kaiserin traf: die fünfzehnjährige Marie Luise, die schon gescheit und tapfer genug war, ihre Tränen zu unterdrücken, und den vierzehnjährigen Ferdinand, den Thronfolger, dessen übermäßig großer Kopf auf dem zarten Körper wankte, während die Augen seltsam auf das blasse Gesicht der kranken Mutter gerichtet waren, als wollten sie für die nächste Zeit wieder einen der epileptischen Anfälle ankündigen, unter denen der Erzherzog zu leiden hatte.

Der Kaiser hielt sich nicht lange mit der Begrüßung der Kinder auf, die ihm bei seinem Eintritt entgegengeeilt waren. Er wies sie nach der Tür, was Marie Luise mit einem verständnisvollen, dankbaren Blick beantwortete, während der Thronfolger anfangs nicht zu begreifen schien und erst von seiner Schwester mitgezogen werden mußte.

Dann trat Franz an das Bett zu Maria Theresia — nicht der Kaiser zur Kaiserin, sondern der besorgte Gatte zur kranken Gattin. Sie lächelte ihm entgegen, obwohl sie sehr blaß aussah und gar nicht, als wäre sie noch nicht ganz fünfunddreißig Jahre alt. Er nahm ihre Hand, die leicht wie ein Hauch und beinahe durchsichtig wirkte, und sie hatte nicht die Kraft, seine zitternden Finger zu drücken. Aber er merkte ihr an, daß sie es gern getan hätte.

„Bleib ganz ruhig", sagte er. „Es wird schon noch alles gut werden!"

Sie wußte es anders, aber sie nickte ihm nur dankend zu. Ihr Lächeln hatte etwas Wehmütiges; nicht eine Kaiserin lächelte, sondern eine hilflose Frau, der jeder Atemzug in der Brust brannte und deren Leib unter dem verfrühten Abgang des Kindes litt. Ihre trockenen Lippen bewegten sich, als wollte sie ihm etwas sagen — doch ein wilder Husten riß ihr Worte und Gedanken fort, schüttelte sie und warf sie im Bett hin und her, daß sich der unglückliche Mann keinen Rat wußte und drängend nach der Pflegerin sah, die mit feuchten Tüchern und mit Essenzen zur Leidenden geeilt war.

In den nächsten Tagen konnte der Kaiser weder für den Schlaf noch für die dringendsten Geschäfte die notwendige Ruhe finden. Immer wieder saß er neben dem Bett seiner kranken Frau, lange, lange, horchte auf ihre Atemzüge, richtete ihr Polster und Decke, fragte hundertmal am Tag den Leibarzt Stifft, ob die Krise nicht schon überwunden sei, erzählte ihm hoffnungsvoll, daß Maria Theresia schon seit mindestens einer halben Stunde nicht gehustet habe und war verärgert über die

Stumpfheit des Arztes, dem diese hoffnungsvolle Nachricht kein Anlaß zu beruhigender Zuversicht schien.

Nichts unterschied jetzt den Kaiser von den biederen Untertanen, die es in ihrer überwölbten Stube auch nicht am Tisch mit den rotzigen, ungewaschenen Kindern aushielten, weil nebenan die Frau sterbenskrank lag und hustete und fieberte. Und so wenig diesen Tischlern oder Verglasern oder Schlossern ihre Werkzeuge helfen konnten, um der Leidenden ihre Schmerzen zu nehmen, so wenig halfen jetzt dem Kaiser seine Kronen, seine Ländereien, seine Schlösser, seine Juwelen. Auch er konnte nichts anderes tun als die heiße Hand halten, die kraftlos auf der Bettdecke lag, oder die Vorhänge vor den Fenstern zurückziehen, daß die Aprilsonne in das Zimmer scheinen konnte, oder die Vorhänge vor den Fenstern wieder ganz zuziehen, wenn das Licht den müden Augen seiner kranken Frau weh tat, und dann wieder die Hand halten, die Vorhänge zurückziehen, die Vorhänge zuziehen, die Hand halten, die Vorhänge zu, die Vorhänge auf . . . Stunden, Tage.

Und zwischendurch ein paar kindische Worte stammeln, die Trost spenden sollten, ihm genauso wie der leidenden Kranken:

„Ich hab' einmal in einer Komödie g'sehen, wie der Mann so neben dem Bett seiner Frau g'sessen ist, und weißt du, wer da plötzlich hereingekommen ist? Die gute Fee, der er einmal einen wertvollen Dienst erwiesen hat, und sie hat g'sagt, sie könne sich jetzt endlich revanchieren. Da war die Kranke dann gleich wieder g'sund, pumperlg'sund, und sie haben dann die Fee zu einem gewaltigen Nachtmahl eing'laden, das die Frau ganz schnell gekocht hat . . ."

„Was sollte ich denn kochen?" fragte Maria Theresia leise. Und dann war wieder der quälende Husten da und wollte sie gar nicht mehr loslassen, und sie hatte nicht mehr die Kraft, sich dagegen zu wehren, und ließ sich schütteln und im Bett hin- und herwerfen.

Aber ebensowenig, wie es Feen gab, die einen guten Kaiser, auch wenn er noch so gut war und seine Kinder ihn liebten und er seine Kinder, und wenn er auch in freien Stunden gern an einer Hobelbank stand und tischlerte, in einen biederen, braven, bürgerlichen Tischler verwandeln wollten (dann schon eher einen biederen, braven, bürgerlichen Tischler in einen Kaiser), ebensowenig gab es Feen, die einer kranken Kaiserin beistehen wollten.

Und am 13. April hätte dann eine solche Fee auch gar nicht mehr zu kommen brauchen. Der Leibarzt Stifft hatte den Kaiser, der ihm zuerst noch gar nicht glauben konnte, auf das Schlimmste vorbereitet, die Kinder — alle neun, die von dem Dutzend noch am Leben waren, das die liebevolle Maria Theresia ihrem Gatten geschenkt hatte — waren vorsichtig an das Krankenbett geführt oder getragen worden, und die Kaiserin mußte wohl verstanden haben, warum es die verweinte Hofgesellschaft plötzlich so eilig hatte, ihr die Erzherzoge und Erzherzoginnen herbeizuschaffen und bei dieser Gelegenheit selbst noch einen neugierigen Blick auf die arme, röchelnde Kranke zu werfen.

Als die Sterbeglocken der Wiener Kirchen, eine nach der anderen, zu wimmern begonnen hatten, und die Glocken der Umgebung das traurige Läuten weitergegeben hatten, immer weiter bis an die Grenzen der Monarchie, hätte die Verstorbene noch eine ungeahnte Freude haben können an den Gesprächen ihrer Untertanen. So wenig sie bei Lebzeiten von den Leuten aus dem Volk verstanden worden war und so wenig sie sich auch bemüht hatte, diese Leut' zu verstehen, deren permanente stumme oder auch laut gewordene Vorwürfe der lebensfrohen Fürstentochter aus Neapel ein Greuel waren, jetzt war plötzlich alles vergessen, und jeder wußte nur Gutes über sie zu sagen:

„Anspruchslos, herablassend, zuvorkommend, bereit zu helfen und zu retten, wo sie helfen und retten konnte . . .“

„Einfach in ihren Bedürfnissen, aber großmütig gegen andere ...“

„Warm für alles Edle und Gute, Beschützerin und Freundin der Künste ...“

„Voll Liebe für das gute und treue Volk Österreichs ...“

Und einige, die der große Schmerz dieser Tage feierlich gestimmt und beredt gemacht hatte, schauten würdevoll um sich, ob wohl die anderen zuhören wollten, und erklärten dann:

„Mit einer Standhaftigkeit, die zur Bewunderung hinriß, stand sie, fest und groß durch ihr Bewußtsein, in jedem Leiden. Sie war heit'rer Tage und eines längeren Lebens würdig.“

Die Erzherzoge Karl und Johann, aber auch der leitende Minister Graf Philipp Stadion hatten durch Wochen und Monate Gelegenheit, ihre Vorstellungen von einer gründlichen Reform der ganzen Monarchie ungestört zu verwirklichen.

Der Kaiser trauerte um seine Gemahlin, nahm sich bei den allgemeinen Audienzen — auf die er schon wenige Tage nach der Beendigung der Trauerfeierlichkeiten nicht verzichten wollte — besonders jener Untertanen an, die ihm familiäre und persönliche Unglücksfälle herzbewegend vorzutragen verstanden, fuhr immer wieder hinaus nach Laxenburg, wo er allein oder mit seinen Kindern schweigend durch den Park spazierte, flüchtete in die kleine Tischlerwerkstätte, die er sich eingerichtet hatte und wo er stundenlang ohne zu ermüden sägen, hobeln, leimen konnte, vergrub sich in seiner Bibliothek hinter ganzen Bergen von Büchern, die ihm der fleißige Hofrat Young aus allen Regalen und Kästen zusammentragen mußte, suchte im Park von Schönbrunn schon am frühen Morgen nach Pflanzen oder Käfern, die er dann an Hand mitgenommener Bücher genau bestimmte und ordnete, braute und kochte an Siegellacken herum, die er für seinen eigenen Bedarf immer schon selbst hergestellt hatte.

Erzherzog Karl, nunmehr als Generalissimus auf dem höchsten militärischen Rang, den vor ihm nur Wallenstein vor fast zweihundert Jahren erreichen konnte, zögerte nicht, dem Heer eine neue Grundlage zu geben. Schon im ersten Koalitionskrieg, als die von Dumouriez eilig zusammengerufenen, schlecht ausgerüsteten, ungeschulten und von den Offizieren der alliierten Armeen zunächst verlachten Revolutionstruppen im allerletzten Augenblick Frankreich retten konnten, war dem damals noch blutjungen österreichischen Heerführer klar geworden, daß es unter den soldatischen Tugenden auch noch andere geben mußte als persönlichen Mut, strikten Gehorsam und jenen Drill, auf den die berühmten Strategen der Großmutter Maria Theresia noch so großen Wert gelegt hatten.

„Die Bildung des Soldaten soll die Entwicklung seiner natürlichen Kräfte, die Erleichterung seiner Bewegungen und die Geschicklichkeit, die Waffen zu führen, zum Ziele haben. Dieses Ziel darf man nicht aus den Augen verlieren und alles, was solches hinausrückt oder schwieriger macht, ist verwerflich."

Diese und ähnliche Anordnungen des neuen Generalissimus wurden von den altgedienten Offizieren nicht widerspruchslos hingenommen. Sie, die noch starr an der alten Linientaktik festhalten wollten, denen die Schönheit einer geometrisch geordneten Truppe über alles ging, die sich an den exakten rechten Winkeln der vorrückenden Karrés begeistern konnten wie kleine Buben an den in Reih und Glied aufgestellten Zinnsoldaten — sie sollten nun die mühsam erlernte Kriegskunst plötzlich aufgeben und sogar schon auf den Manöverfeldern ihre schön uniformierten Soldaten wie zügellose Sansculotten operieren lassen?

Aber Erzherzog Karl bestand darauf, die taktische Brauchbarkeit der Truppen durch die Einführung des Schützengefechtes zu erhöhen. Es war nun für die Instrukteure bedeutend schwieriger, in jedem einzelnen Soldaten sein Gefühl für Verantwortung zu wecken, statt wie bisher die unbedingte Einordnung in eine exakte Formation einzudrillen.

Aber damit nicht genug: Das System der Magazinsverpflegung, das geschickten Konzeptionskräften und tüchtigen Mappeuren ihre Bedeutung innerhalb der militärischen Organisation für alle Zeiten zu sichern schien (und ihnen in schlechten Zeiten sogar noch mehr Einfluß gab als in den guten), sollte durch das französische Requirierungsverfahren ersetzt werden.

Zudem bangten die fast unumschränkten Beherrscher des militärischen Fuhrwesens, der Remontierung und sogar der Militärjustiz um ihre bisherigen Positionen, denn auch für die Heeresverwaltung hatte Erzherzog Karl umfangreiche Reformen vorgesehen.

Nicht einmal die fast schon zum Privileg gewordenen Vorrechte des Generalstabes ließ er in Ruhe; ja, es hieß sogar, er bereite nach französischem Vorbild eine neue Einteilung der Armee in Armeekorps vor, um auch strategischen Einheiten höherer Ordnung mehr Beweglichkeit zu sichern.

Über seine Vorstellungen, daß jetzt die Luftschiffahrt in die strategische Planung einbezogen werden sollte, schüttelten selbst fortschrittliche Offiziere — die in dem Vierteljahrhundert seit dem Aufstieg der ersten, von den Brüdern Montgolfier geschaffenen Luftballons ja Zeit genug hatten, ihr Erstaunen über solche Luftfahrten der Menschen zu verlieren — nur verwundert die Köpfe.

Besonders erstaunt waren aber die höheren Militärs aus der Umgebung des Kaisers, daß dieser gar nichts gegen die Überlegungen des Generalissimus unternahm, in der gesamten Monarchie eine Landwehr zu organisieren, die dem bisherigen Mangel an Ersatz- und Reserveformationen und an Mannschaftsergänzungen im Krieg abhelfen sollte. Denn daß die Absicht einer so folgenschweren Neuerung — über die sich klug redende und schreibende Freigeister und Liberale bereits da und dort in aller Öffentlichkeit zu freuen wagten — dem strengen, auf die Bewahrung althergebrachter Sitten und Formen so sehr bedachten Monarchen verborgen geblieben war, ist wohl nicht anzunehmen.

Aber der gute Kaiser Franz ...

Laß in seinem Rate sitzen
Weisheit, Klugheit, Redlichkeit

... schien allen vorsichtig an ihn herangetragenen Warnungen gegenüber völlig taub zu sein, tischlerte, sammelte und bestimmte Pflanzen und Käfer, kochte seine Siegellacke und trauerte um die so früh verstorbene Maria Theresia. Tage, Wochen, Monate.

Wie Erzherzog Karl nützten auch Erzherzog Johann und der Minister Graf Stadion diese Zeit.

Ging es doch darum, statt des Heiligen Römischen Reiches, dessen Zerfall den Verlust der einen, älteren Kaiserkrone herbeigeführt hatte, der neueren und noch verbliebenen Kaiserkrone einen entsprechenden Machtbereich zu sichern. Diesmal konnte es kein durch die Tradition begründetes Imperium sein, in dem die Bewohner der einzelnen Gebiete wohl in einer Sprache redeten, sich aber dennoch meistens uneinig waren — diesmal mußten Völker, die in vielen Sprachen redeten, trotz ihrer manchmal traditionellen Feindschaft geeint werden: von den nördlichen Grenzen Böhmens und Westgaliziens bis zur Save, dem südlichen Grenzfluß des Königreichs Kroatien, und den dalmatinischen Küstenstreifen, der sich fast über die ganze Ostküste des adriatischen Meeres erstreckte; von den schneebedeckten Gebirgen Kärntens und Salzburgs im Westen bis zur Bukowina und Siebenbürgen im Osten.

Was aber sollten die zivilisierten Prager mit den armseligen Grenzern gemein haben, die seit Prinz Eugens Zeiten angesichts der drohenden türkischen Wachtfeuer kaum aus den erdbraunen, schmucklosen Uniformen gekommen waren, in die der „edle Ritter“ ihre Großväter und Väter gesteckt hatte? Und was die gebildeten Pensionisten, die sich auf den grünen Hügeln rund um Graz von den verantwortungsvollen Diensten ausrasten wollten, die sie ein Menschenalter hindurch dem Kaiser geleistet hatten, mit den galizischen Analphabeten, die sich vor jeder Uniform in ihre dreckigen Lehmhütten verkrochen, weil sie sich fürchteten, schon wieder ein paar der mühsam zusammengekratzten Münzen an den unermeßlich reichen Kaiser in Wien abliefern zu müssen? Und was die ungarischen Schweinezüchter, deren Herden von berittenen Knechten über das flache Land mit den weit verstreuten strohgedeckten Hütten und Ziehbrunnen getrieben werden mußten, weil ein Fußgänger zu lange brauchen würde, um an den Rand des Besitzes zu gelangen, mit den Fischern an der verkarsteten Steilküste Dalmatiens, die um ihre kleinen Häuser durch kunstvoll gefügte Steinwälle zur Not noch ein paar Quadratmeter grünen Boden vor den unersättlichen dürren Disteln und anderen stachligen, unnützen, auf Stein und Geröll gewachsenen Schädlingen bewahren konnten? Und was die ernsten Siebenbürger, die ihren strengen protestantischen Glauben in wehrhafte, frauenfeindliche Kirchenburgen gerettet hatten, mit den leichtsinnigen Kärntner Dienstmägden, die ihre Sünden in den vielen Marienheiligtümern abladen wollten, weil sie in ihrer barocken katholischen Einfalt fürchteten, von den männlichen Heiligen nicht so gut verstanden zu werden wie von der Gottesmutter? Und was der obersteirische Jäger, der sich ein festes Lodengewand und derbe Schuhe anlegen mußte, wenn er das Wild über steile Hänge bis hoch hinauf verfolgte, wo der Schnee auch im Sommer nicht mehr schmolz, mit den Rumänen, die barfuß und in leichten Leinenkitteln ihre zottigen Wasserbüffel über holprige und von der Hitze ausgedörrte Wege lenkten?

Und doch sollten sie sehr viel gemeinsam haben: Einen einzigen Staat, einen einzigen Herrscher — wenn er auch für jedes Land eine andere Krone trug —, eine große Grenze, die wichtiger war als die vielen kleinen Grenzen innerhalb des von ihr umschlossenen Gebietes. Viele Vaterländer sollten sich so zu einem einzigen großen, gemeinsamen Vaterland zusammenfinden, zum Land ihres guten Vaters, des Kaisers und Königs und Königs und Königs und Fürsten und Fürsten und überhaupt Obersten über alle seine Völker. Die Liebe zu ihm, zu seiner Familie, zu seinem Staat sollte sie zu einem kleinen Europa vereinigen — dauerhafter als das andere, größere Europa, das der tyrannische Napoleon nur mit Gewalt zusammenhalten konnte, wenn er auch seine Brüder und Verwandten zu Herrschern über viele Länder und Reiche eingesetzt hatte.

Das kleine Europa des guten Kaisers Franz — das nun nicht mehr unter dem Zwiespalt zu leiden hatte, daß einige seiner Völker dem Heiligen Reich angehören durften und die anderen nicht — würde auch ohne diktatorische Maßnahmen nicht auseinanderfallen, wenn überall in den Ländern Schulen auf ein gemeinsames Schicksal vorbereiteten, wenn geschickte tschechische Handwerker in Wien arbeiteten und gewissenhafte Beamte aus Linz in Cernowitz ihre Ämter ordentlich und gerecht verwalteten, wenn böhmische Köchinnen ungarischen Magnaten die Mahlzeit bereiteten und die Söhne kroatischer Bürger aus Agram in Graz studierten, wenn zuverlässige Ammen aus Slowenien für die unter nervösen Aufregungen geborenen Mädchen von blassen Salzburger Patrizierfrauen sorgten und slowakische Ziegelbrenner ihre Töchter an rumänische Kutscher verheiraten konnten — ohne daß bei allen diesen Kontakten zwischen verschiedenen Völkern die Interessen eines eigensüchtigen kleinen Souveräns oder die Bestimmungen einschränkender Gesetze verletzt worden wären.

Ob der Kaiser, der ein einziges Reich — wenn auch das vornehmste von allen, das Heilige Römische — aufgegeben hatte, überhaupt merkte, daß er dafür ein Klein-Europa gewinnen würde?

Während er tischlerte, Pflanzen oder Käfer sammelte und bestimmte, Siegellacke zusammenbraute, entschieden seine Ratgeber . . .

Laß in seinem Rate sitzen
Weisheit, Klugheit, Redlichkeit

. . . bereits über die Möglichkeiten eines solchen kleinen Europas.

Waren die Ungarn — in deren Land Erzherzog Joseph als Bruder des Kaisers, im Alter zwischen Karl und Johann stehend, sehr geschickt das schwierige Amt eines Palatins ausübte — zu bewegen, die geplanten militärischen und vor allem auch finanzpolitischen Reformen mitzumachen? Schon beim Besuch des Kaisers in Ofen — unmittelbar vor dem Tod der Kaiserin — hatte es Schwierigkeiten gegeben, weil die ungarischen Stände an die Bewilligung der damals von der Regierung geforderten namhaften Geldhilfe, die das nach dem Preßburger Frieden reichste Land der Monarchie leisten sollte, Bedingungen knüpften, durch die einige königliche Rechte, auf die Franz nicht verzichten wollte, sehr eingeschränkt worden wären — besonders, weil von den Ständen die völlige Aufhebung der zwischen Ungarn und den übrigen Kronländern noch bestehenden Mauten verlangt wurde.

Der schleppende Verlauf des ungarischen Reichstages war dann auch eines der wenigen politischen Probleme gewesen, mit dem sich der Kaiser nach dem Tod seiner Gemahlin eingehender beschäftigt hatte. Mehrmals schrieb er an den Palatin — sogar von Baden aus, wohin er sich für einige Zeit zur Kur begeben hatte — und beschwor ihn, die Ungarn zu beeinflussen, auf alle seinen Rechten abträglichen Klauseln zu verzichten und gleichzeitig die in Aussicht gestellten, nicht sehr befriedigenden Subsidien zu erhöhen.

Obwohl nun Erzherzog Joseph sehr viel erreichen konnte — so bewilligte der Reichstag dem Generalissimus Karl zwölftausend Rekruten, die allerdings nach dem alten ungarischen Werbesystem eingezogen werden sollten, und berieten die Magnaten über die Möglichkeit, die dem Hofe bereits bewilligte gesetzliche Hilfe durch freiwillige Beiträge zu ergänzen —, war der Kaiser verärgert, daß er den Schmerz um die verstorbene Gemahlin nicht bei Tischlerarbeiten, beim Sammeln und Bestimmen von Pflanzen oder Käfern und über seinen Töpfen mit Siegellack abklingen lassen konnte, sondern gezwungen wurde, sich mit seinen störrischen Kindern in Ungarn herumzustreiten.

Als ihm hinterbracht wurde, daß einem der angesehensten Mitglieder des Reichstages, dem General Baron Vay, bei der Beratung über die zusätzlichen freiwilligen Beiträge die Bemerkung entschlüpft sei, der König könne dann möglicherweise die ersten Würden des Landes unter dem Titel der Subsidien um bares Geld verkaufen, ließ der Kaiser den General sofort aus den Armeelisten streichen, und der Palatin mußte seine ganze Geschicklichkeit aufbieten, um die Ungarn zu beruhigen, die eine solche Maßregelung als Verletzung eines ihrer heiligsten Verfassungsrechte, der Redefreiheit, betrachteten.

So war das Klein-Europa, über das Franz nun herrschen sollte, schon während der ersten Zeit durch überlieferte Partikularismen, durch Unnachgiebigkeit und Eigensinn bedroht, und alle, die an eine weitgehende Verwirklichung dieser vereinigten Monarchie glaubten und auf dem Gebiet des Schulwesens, der Verwaltung, der militärischen Fragen darauf hinarbeiteten, wurden von Enttäuschungen und Rückschlägen nicht verschont.

Aber sie gaben nicht nach. Graf Philipp Stadion, von großen Plänen sehr schnell begeistert (aber als typischer Sanguiniker nicht immer besonders ausdauernd, wenn ihre Durchführung längere Zeit in Anspruch nahm), baute systematisch wie ein Architekt an einer neuen Ordnung der Zentralregierung, wenn ihm auch die Steine, die sich zu diesem großen Gebäude zusammenfügen sollten und deren Kanten und ausgeschliffene Rundungen nicht immer in den für sie vorgesehenen Platz passen wollten, sehr oft zu Steinen des Anstoßes wurden. Daß dieses Gebäude aber einmal stehen und halten würde — davon war der leitende Minister ebenso überzeugt, wie es die Erzherzoge waren. Ja, Karl machte sich sogar schon Gedanken über die Nachfolge des Monarchen:

„Dein erstgeborener ist jetzt im fünfzehnten Jahre, folglich nach den Hausgesetzen majorenn. Wenn Dich ein unvorhergesehenes Unglück uns entrisse, so wäre der Kronprinz Souverän von 25 Millionen Menschen. Wenn nun dieser Prinz ohne Stütze, ohne ein in die Übersicht des Ganzen eingeweihtes Gremium das große Werk der Regierung beginnen sollte, wer würde ihn leiten? Und selbst wenn es dann zustande käme, so wäre doch jeder an seinem Posten ein Neuling. Lebe lang für Deine Völker, aber sorge für sie auch für den Fall, wenn ein jähes Unglück sie in die Hände eines an Geist noch Unmündigen gäbe."

Der Kaiser ignorierte diesen fürsorglichen Brief seines Bruders ganz einfach.

Der Ferdinand wird später seine Sach' schon machen. Jetzt ist er halt noch jung und im Wachsen, aber dann wird sich alles geben. Auch die hinfallende Krankheit, hat der Leibarzt Stifft g'sagt, und gleich ein paar Dutzend Beispiele aufgezählt, wo es mit dem Leiden vorbei war, sobald der kranke Bub ausgewachsen war und g'heirat hat. Na also. Und wer wird denn schon jetzt ans Sterben denken? Wenn man die Vierzig noch nicht ganz erreicht hat, denkt man nicht daran, vor allem, wenn's mit der G'sundheit so gut ausschaut. Nicht zuviel Luxus, vernünftig essen, fleißig arbeiten: Das hält die Krankheiten schon fern. Und geheiratet wird auch bald wieder. Freilich, es ist ja kein Leben so ohne Frau. Und die Völker brauchen eine Kaiserin so dringend wie Kinder eine Mutter . . .

Und der gute Hausvater, der sich, wenn er wieder eine Frau hat, schon darum kümmern wird, ob alle Ziegel auf dem Dach in Ordnung sind und die Türen gut schließen und der Ofen nicht raucht und ob auch nicht gewüstet wird mit den Sachen in der Speisekammer und im Keller, und der schon noch schauen wird, daß ja alles nach seinem Willen geschieht im Haus — dieser gute Vater rechnet ebensowenig wie alle anderen Haushaltungsvorstände damit, daß er einmal sterben könnte und der Besitz, um dessen Ordnung er sich so bemüht hat und für den er zu so großen Opfern bereit war, einem übergeben werden müßte, der damit nicht soviel anfangen könnte wie er. Es war ja noch soviel Zeit, darüber nachzudenken. Nicht nur jetzt, wo schon Hochzeitsvorbereitungen getroffen werden mußten, die auch für einen zweimaligen Witwer nicht weniger strapaziös sind als für einen Jüngling, der sich zum erstenmal damit abplagen muß.

Die selbstbewußten Frauen der Wiener Bürger (der besseren natürlich, zu denen sich aber alle zählten, die ihren selbstbewußten Frauen schwere Seidenroben leisten konnten und denen zumindest das Geld für einen Leihwagen nicht fehlte, damit die schönen Roben auch standesgemäß ausgeführt wurden), diese meist ein wenig molligen oder gar schon reichlich fetten Patrizierinnen mit ihrer gut einstudierten Liebenswürdigkeit hatten nur ein einziges Gesprächsthema, als sie bei anderen ebenso molligen oder gar schon fetten, selbstbewußten, in schwere Seidenroben gekleideten und ihre gut einstudierte Liebenswürdigkeit mit komödiantischem Talent wiedergebenden Wiener Bürgerinnen an diesem Neujahrstag 1808 zum Glückwünschen vorgefahren waren. Nicht der halbwüchsige Sohn oder die halbwüchsige Tochter, die sie mitgeschleppt hatten, damit sie sich mit der halbwüchsigen Tochter oder dem halbwüchsigen Sohn der Besuchten ein wenig vertraut machen könnten, wurden ausgiebig gelobt, bewundert — „Mein Gott', wie er g'wachsen is, der Aloisl!", „Und ihre Christin' erst, liebe Frau Tuchhändlerin!" — mit großzügigen Zukunftsaussichten bedacht — „Wird einmal ein tüchtiger Schneider werden, der Aloisl, ganz so wie ihr Herr Gemahl, net wahr?", „Eine Schönheit wird die Christin' einmal werden, und liebenswürdig, ganz wie die Mama!" — und bei Gugelhupf und Kaffee (der sich in den letzten Jahren trotz der Kontinentalsperre, die der böse Napoleon verhängt hat, für einen so erfreulichen Besuch immer noch hat auftreiben lassen) schon miteinander kopuliert — „Wie sie ihn anschaut, meine Christin' ihren Aloisl ...", „Und er hat es schon gar net mehr erwarten können, daß er sie heut' besuchen kann in seinem schönen neuen Anzug, den er sich selber g'näht hat, und immer g'fragt, ob ihr die dunkelgrüne Farb' wohl g'fallen wird, ihrer Christin', und ob ..."; nein: an diesem Neujahrstag waren wichtige Probleme der kaiserlichen Dynastie zu besprechen und komplizierte Fragen der Genealogie zu klären:

„Einundzwanzig Jahr' is sie alt, die Ludovika — oder erst zwanzig und ein paar Monat', ich weiß das genau, weil doch mein Mann im Jahre siebzehnhundertsiebenundachtzig zum erstenmal bei meinen Eltern vorg'sprochen hat — er war ein bisserl ängstlich damals, na ja, ein junger Schneidermeister, und meine Eltern haben doch die große Fleischhauerei g'habt in der Schottengassen und das Eckhaus daneben hat auch ihnen g'hört —, und grad' ,wie er im besten Reden war, mein jetziger Mann, is mein kleiner Bruder in den Salon hereing'stürzt und hat g'rufen: In Modena hat der Bruder von unserm Kaiser Joseph wieder eine Tochter 'kriegt!"

„Sie war — warten s' einmal — ja, sie war das neunte Kind des Erzherzogs Ferdinand, und weil dieser die Erbtochter von Modena, Prinzessin Beatrix von Este, geheiratet hat, heißt jetzt diese ganze Linie Habsburg-Este."

„Da heiratet unser guter Kaiser Franz also seine richtige Cousine?"

„Freilich! Noch dazu eine ersten Grades, denn ihr Vater war ja der Onkel von unserem Kaiser!"

„Ist er net vor zwei Jahren g'storben?"

„Ja! Und das Herzogtum Modena hat ihnen der Napoleon auch wegg'nommen! Sie hat schon viel mitmachen müssen, das arme Hascherl!"

„Is eh gut, daß sie jetzt den Kaiser heiraten darf."

„Wenn er aber ihr Cousin ersten Grades is? Da sollen die Kinder doch lauter Tschapperln werden, heißt's!"

„Aber doch net von einem Kaiser! Der weiß schon, was er tut! Und er wird wohl seine Ärzte g'fragt haben, und seine Minister, und den Papst auch ..."

Während die Frauen sich umständlich zu verabschieden begannen, saßen die Männer noch felsenfest in den Extrazimmern der Wirtshäuser und trafen überhaupt keine Anstalten, bald nach Hause zu gehen. Einmal, weil an einem Neujahrstag der Frühschoppen schon ein bisserl länger dauern darf, und dann, weil auch sie einander so viel zu der bereits für den 6. Jänner festgesetzten Hochzeit des guten Kaisers Franz mit Maria Ludovika Beatrix von Este zu sagen hatten:

„Ich hab's von einem erfahren, der es wissen muß: Der Hof rüstet zu ganz großen Festlichkeiten, und der Kaiser selbst kümmert sich um alles."

„Na freilich! Sie soll ja sehr fesch sein, die Ludovika!"

„Und jung auch noch! Ich hab s' schon ein paarmal gesehen! Sie lebt ja mit ihrer Mutter und einigen Geschwistern sehr viel in Wien, seit Napoleon über das Königreich Italien herrscht."

Der mißtrauische Bücherkrämer, der sein finsteres Gewölb' partout nicht herrichten will, bevor sich die allgemeine Lage konsolidiert hat, weiß natürlich wieder etwas Ungutes:

„Was uns diese Hochzeitsfeier wieder kosten wird ..."

„Aber geh! Es wird schon net so schlimm! San ma froh, daß wieder einmal was Erfreuliches passiert bei uns da in der Wienerstadt!"

„Eben! Und es wird schon zum derzahlen sein! Der Magistrat hat eh schon mit dem Großhandlungs-Gremium, mit den Fabriksinhabern und den Handlungsgremien alles abgesprochen ..."

„Und mit den Innungen auch, vergiß das net!"

„Natürlich! Wir können doch net zurückstehen! Der Kaiser müßt' sich ja was Schönes denken von uns!"

„Recht hast! Wo es doch wirklich sehr sinnvoll ist, wenn die Bewohner der kaiserlichen Haupt- und Residenzstadt die kaiserliche Hochzeit zum Anlaß nehmen, hundert ..."

„Vielleicht sind's auch nur achtzig!"

„... also: achtzig bis hundert arme, ehrbare Mädchen teils mit dreihundert, teils mit vierhundert Gulden Heiratsgut auszustatten!"

„Ich kann mir schon vorstellen, wie die Leut' jetzt bei Hof intrigieren, damit ja solche Madln was bekommen, die es gar net notwendig haben und weder arm noch ehrbar sind. Man weiß doch, wie so was zugeht ..."

„Falsch! Diesmal net, mein Lieber!"

„Richtig! Jetzt bestimmen wir ganz allein, wer das Geld bekommt!"

„Das glaubst du selber nicht!"

„Und ob! Der Kaiser hat ja schon der Hofstelle sehr deutlich zu verstehen gegeben, daß sich die Staatsverwaltung in die Auswahl der Mädchen und in die Art der Losung auf keinen Fall einmischen darf!"

„Der gute Kaiser Franz!"

„So gehört sichs auch! Schließlich wissen wir am besten, wer so eine Ausstattung nötig hat! Die Tochter von meiner Resitant' zum Beispiel! Schön is sie ja net grad, und besonders jung auch nimmer. Aber brav. Und wenn s' jetzt dreihundert oder vierhundert Gulden hat, wird sie schon noch einer nehmen!"

„Hör auf! So arm is die ja gar net! Nur deine Tant' ist ein alter Geizkragen, der nix auslassen will! Aber die Finnerl, die im vorigen Jahr bei mir als Ladnerin war . . ."

„Daß i net lach'! Wie die mit allen Kunden kokettiert hat! Und mit dem Herrn Chef wohl auch . . ."

„Wenn's nach dir ging, tät wahrscheinlich das kleine schwarzhaarige Aufwartmensch vom Kaffeehaus am Graben die Aussteuer kriegen, die von deinem nichtsnutzigen Buben das ledige Kind hat . . ."

„So streitet's euch doch net, Leuteln! Jetzt, wo wir ein neues Jahr haben, das hoffentlich besser wird als das vorige, und eine schöne junge Kaiserin kriegen! — He, Wirtshaus! Noch ein Vierterl! Aber von dem Guldenwein, und net von dem sauren, der dir auf der Kellerstiege g'wachsen is!"

Und als jeder wieder ein volles Glas vor sich hatte, stand der gewichtigste aus der Runde, ein gutsituierter Bäckermeister, feierlich auf: „Unser guter Kaiser Franz soll es gut treffen mit seiner dritten Ehe, das wollen wir ihm wünschen. Aus ganzen Herzen, jawohl. Schließlich waren Seine Majestät gerade jetzt wieder so gnädig und haben dem Magistrat und der treuen Bürgerschaft von Wien das besondere Wohlgefallen zu erkennen gegeben über die edle Tat, mit der wir am Tag der allerhöchsten Hochzeit achtzig oder hundert arme, brave Wienermadeln durch eine hochherzig gewährte Aussteuer befähigen, daß sie auch ihrerseits in den . . . in den . . ."

„. . . glücklichen Stand der Ehe treten können!" flüsterte der gebildete Buchhändler dem Redner zu.

„. . . in den glücklichen Stand der Ehe treten können! Unser guter Kaiser Franz und seine edle Braut Ludovika leben . . .“

„Hoch! Hoch! Hoch!“

Erzherzog Karl glaubte zunächst noch, daß wohl das Königsdrama von Bayonne, die Absetzung der letzten Bourbonen auf dem spanischen Thron durch Napoleon (der dafür seinen Bruder Joseph von Neapel nach Spanien geschickt hatte, damit er dort als neuer König das etwas verlotterte Königreich der großen Machtsphäre des französischen Kaisers zuführe), den sonst so mißtrauischen und wenig entschlußfreudigen Kaiser Franz dazu bewogen hätte, die ihm vorgelegten Resolutionen für die Einführung einer Landwehr in der habsburgischen Monarchie sofort zu unterzeichnen.

Denn wer könnte Napoleon daran hindern, das in Spanien so virtuos praktizierte Spiel bald einmal in Wien zu wiederholen?

Doch nur ein schlagkräftiges Heer, das über die nötigen Reserven verfügte!

Mit dem am 9. Juni 1808 verlautbarten Patent war die Grundlage für eine solche Kriegsmacht gegeben: Nun gehörten alle wehrfähigen, nicht ohnehin schon bei der Fahne dienenden Männer zwischen dem 18. und 45. Lebensjahr der neugeschaffenen Landwehr an. Einhundertfünfzig Bataillone stark, sollte diese an jedem Sonn- und Feiertag unter dem Kommando pensionierter Offiziere und ehemaliger Unteroffiziere bewaffnete Übungen abhalten, an einem Tag im Monat waren die Landwehrmänner mehrerer Gemeinden zu einer gemeinsamen größeren Übung zu beordern.

So würde eine ständige Bereitschaft gesichert.

Erzherzog Johann wurde mit der Durchführung dieses Beschlusses, dessen Ablehnung durch den allem Neuen noch immer feindlich gegenüberstehenden Kaiser der Generalissimus Karl zunächst befürchtet hatte, in aller Form betraut.

Damit hatten, wie es schien, die beiden tatkräftigsten Brüder des Kaisers ...

Laß in seinem Rate sitzen
Weisheit, Klugheit, Redlichkeit

... größeren Einfluß als je zuvor auf die Regierungsgeschäfte gewonnen.

Aber niemand — und zunächst auch keiner der beiden Erzherzoge, die eine so unerwartete Mitarbeit des Kaisers an ihrem großen Reformwerk ihrer eigenen Überzeugungskraft und der überall in der Monarchie spürbaren Welle einer seit ihrer Großmutter Maria Theresia noch nie dagewesenen Begeisterung für den Monarchen und sein allerhöchstes Erzhaus zuschrieben — hatte damit gerechnet, daß mit der schönen, jungen Kaiserin, ihrer Mutter und ihren Brüdern eine neue, den früher so zaghaften Kaiser vorwärtstreibende Kraft bei Hof wirken könnte.

Der unüberwindliche Haß des Hauses Este gegen den korsischen Emporkömmling auf dem französischen Thron führte zu rastloser Agitation. Der heftige Napoleongegner Anton Freiherr von Baldacci war sofort in sie einbezogen worden, auch der Generaladjutant des Kaisers, Oberst Kutschera. Schließlich war es sogar gelungen, den leitenden Minister Stadion für die Notwendigkeit eines baldigen Feldzuges gegen Frankreich zu überzeugen.

Die Situation dafür schien günstig. Der Palatin Erzherzog Joseph konnte die Ungarn dazu bewegen, eine rasche Krönung der dritten Gemahlin des Kaisers Franz zur Königin von Ungarn zu wünschen. Entzückt von der Anmut ihrer neuen Herrscherin erklärten die ritterlichen Magnaten und die anderen ungarischen Stände auf einem neu einberufenen Reichstag, als „freies Geschenk" der Nation das Heer bedeutend vermehren zu wollen. Zwanzigtausend Rekruten — mehr, als sich der

Palatin je erhofft hatte — sollten zusätzlich zu den bereits bewilligten eingezogen werden.

Die „Vaterländischen Blätter für den österreichischen Kaiserstaat", die im März 1808, redigiert von Johann Michael Armbruster, der aus dem ehemals habsburgischen Breisgau zugewandert war, erstmals erscheinen konnten, wollten „die Bewohner der k. k. Erbstaaten mit sich selbst näher bekannt machen und die Vaterlandsliebe durch Vaterlandskunde befördern"; der Tiroler Josef von Hormayr, der einen „Österreichischen Plutarch" herausgab, erweckte die nationale Begeisterung der österreichischen Völker, indem er ihnen die historische Vergangenheit als Verpflichtung für die Zukunft darstellte — und seltsam: Der Kaiser, der noch vor einigen Jahren die Aufgaben des Geschichtslehrers darauf beschränken wollte, den Schwärmereien des Zeitalters entgegenzuarbeiten, verlieh Hormayr eine der höchsten Auszeichnungen, den neu geschaffenen Leopoldsorden, und ernannte ihn über Vorschlag des Grafen Stadion zum Direktor des reoganisierten, dem Außenministerium unterstellten Wiener Haus-, Hof- und Staatsarchivs.

Dazu kam noch, daß Napoleon auf große Schwierigkeiten stieß, als er seine Pläne in Spanien verwirklichen wollte. Die Spanier ließen sich den Bruder des französischen Kaisers nicht so ohne weiteres als Herrscher vorsetzen; im unwegsamen, straßenarmen, schwer überschaubaren Land setzten sie sich unter der Führung rebellischer Offiziere recht erfolgreich zur Wehr, und die Generale Napoleons mußten oft schmerzliche Niederlagen hinnehmen und immer wieder den Rückzug antreten — vor allem, als England den spanischen Aufstand tatkräftig unterstützte.

In der österreichischen Monarchie wurden Berichte über erfolgreiche Gefechte und sogar große Schlachten der spanischen Freischärler mit Begeisterung kolportiert und gelesen; und wenn die Informationen darüber Napoleon nicht über die wahre Stimmung in Österreich aufgeklärt hätten, so mußte die Tatsache, daß der Wiener Hof die Anerkennung Joseph Bonapartes als König von Spanien beharrlich verweigerte, ihn auf jeden Fall zu massiven Drohungen gegen den Kaiser bestimmen. Er mahnte die Fürsten des Rheinbundes, auf der Hut zu sein und sich gerüstet zu halten, und um Österreich zu beweisen, daß es bei einer künftigen Auseinandersetzung ganz auf sich allein gestellt sein würde, berief er einen Fürstentag nach Erfurt ein. Dort sollten nicht nur die Könige von Bayern, Sachsen, Württemberg und Westfalen erscheinen, nicht nur eine große Zahl von Fürsten kleinerer Länder, nicht nur Minister, Diplomaten und Generäle, sondern auch Zar Alexander der Erste von Rußland.

Daß er sich mit dem Kaiser im Osten ausgesöhnt hatte, als Preußen niedergeworfen und zum schmählichen Frieden von Tilsit gezwungen worden war, konnte Napoleon zu keinem günstigeren Zeitpunkt beweisen als gerade jetzt, da ihm die Kriegsvorbereitungen in den von Franz regierten Ländern nicht mehr verborgen bleiben konnten.

Metternich hatte seinen Monarchen aus Paris sofort verständigt, daß sich in Erfurt für Europa Entscheidendes ereignen werde, und in Wien befürchteten viele, daß Napoleon und Alexander den Kontinent unter sich aufteilen und alle übrigen Mächte ausschalten wollten.

Nach Erfurt fahren und seinem früheren (und wohl auch künftigen) Feind huldigen konnte Kaiser Franz nicht; zu sehr hätte ein solcher Schritt seine kriegsbegeisterten Untertanen enttäuscht. Aber er konnte wenigstens den Freiherrn von Vincent, der schon seine Erfahrungen im Umgang mit Napoleon hatte, zu diesem Fürstentag schicken und ihm ein begütigendes Schreiben mitgeben:

„Mein Herr Bruder! Mein Botschafter in Paris teilte mir mit, daß Eure kaiserliche Majestät sich nach Erfurt begeben wird, wo sie sich mit dem Kaiser Alexander treffen will.

Mit Eifer ergreife ich, da Eure Majestät sich meinen Staaten nähert, die Gelegenheit, um Ihr die Beweise der Freundschaft und der hohen Achtung, die ich Ihr entgegenbringe, zu erneuern, und ich sende Ihr meinen Generalleutnant Freiherrn von Vincent, um Ihnen, mein Herr Bruder, die Versicherung meiner unverbrüchlichen Gesinnung zu überbringen. Ich gebe mich der Hoffnung hin, daß Eure Majestät niemals aufgehört hat, von dieser überzeugt zu sein. Wenn man falsche Gerüchte über innere und grundlegende Einrichtungen verbreitet hat, die ich in meiner Monarchie angeordnet habe, und die Eure Majestät einen Augenblick lang Zweifel an der Beharrlichkeit meiner Absichten haben entstehen lassen, so hoffe ich, daß die Erklärungen, die Graf Metternich Eurer Majestät Minister Champagny gegeben hat, diese Zweifel völlig zerstört haben.

Freiherr von Vincent kann selbst diese Einzelheiten Eurer Majestät bestätigen und alle Erklärungen beifügen, die sie wünschen könnte. Ich bitte Eure Majestät, ihm dasselbe Wohlwollen entgegenzubringen, mit dem Sie ihn bereits in Paris und Warschau ausgezeichnet hat. Die erneuten Achtungsbeweise, die Eure Majestät ihm geben wird, sollen mir ein unzweideutiger Beweis für die völlige Gegenseitigkeit unserer Gefühle sein, und sie werden dieses völlige Vertrauen besiegeln, das der beiderseitigen Wertschätzung nichts zuzufügen hat.

Wollen Sie die Versicherung der unveränderlichen Zuneigung und der hohen Achtung genehmigen, mit der ich bin, mein Herr Bruder, Eurer kaiserlichen und königlichen Majestät guter Bruder und Freund Franz."

Graf Philipp Stadion hatte reichlich zu tun, damit nicht allzu augenscheinlich den Versicherungen widersprochen wurde, die der „gute Bruder und Freund Franz" am 8. September 1808 nach Erfurt geschrieben hatte. Die napoleonfeindlichen Äußerungen der Kaiserin Ludovika und vor allem ihrer Mutter, der Fürstin Beatrix von Modena, konnte er ja dem französischen Gesandten — wenn dieser sich beschwerte, weil er von solchen Gehässigkeiten gegen seinen Kaiser erfahren hatte — noch als zwar bedauerliche, aber doch eben ganz private Reaktionen der Familie Este hinstellen; viel unangenehmer war es schon, wenn der überall propagierte Patriotismus da und dort zu stark in Erscheinung trat: Bei Fahnenweihen, bei Aufmärschen der neuen Landwehr und bei allen anderen Anlässen, nach denen die so sehr in Mode gekommene vaterländische Gesinnung gar nicht erst lange suchen mußte, weil schon die unscheinbarsten Gelegenheiten eindrucksvolle Kundgebungen auslösten.

Am schwersten taten sich Stadion, die Minister und die höheren Beamten aber, wenn sie selbst heimliche Umtriebe gegen Napoleon arrangiert und vorbereitende Schritte zu einem Krieg gegen Frankreich unternommen hatten. Da mußte auch die kleinste Andeutung vermieden werden, durch die allgemeine Aufmerksamkeit hätte erregt werden können, denn Napoleon hatte überall Konfidenten und Denunzianten.

Als Ende Jänner drei wackere Patrioten aus dem nach dem Preßburger Frieden an Bayern gefallenen Tirol — der Sandwirt aus Passaier, Andreas Hofer, der Pustertaler Peter Kreitter und der Bozener Kaffeewirt Nessing — heimlich nach Wien gekommen waren, um mit dem Hofrat Hormayr zu besprechen, wie sich die Tiroler beim Ausbruch des Krieges verhalten sollten, mußten sie sich in der Wohnung Anton Stögers, des Hofbüchsenspanners Erzherzog Johanns, versteckt halten, weil vor allem Andreas Hofer in seiner ungewöhnlichen Tracht und mit dem bis an den Gürtel reichenden Bart ganze Rudel johlender Gassenjungen hinter sich hergezogen hätte, wenn er durch Wien spaziert wäre. In einer dicht verhangenen Kutsche wurde er abends in die Renngasse zum Herrn Archivdirektor Hormayr gebracht, um mit diesem beim Minister

Stadion so geschätzten Landsmann während des Nachtmahls vertrauliche Gespräche zu führen, und Hormayr hatte dem Minister sein Wort verpfänden müssen, daß die Tiroler ihr Versteck sonst nicht verlassen würden.

Eines Abends wurde der Hofrat aber dringend in die Staatskanzlei befohlen. Aufgeregt und entrüstet wartete dort Graf Stadion auf ihn, schnupfte unentwegt aus seiner Tabakdose und überfiel seinen Vertrauten sogleich mit heftigen Vorwürfen:

„Sie halten nicht ihr Wort! Ihre Tiroler sollten ja versteckt bleiben — und jetzt laufen sie überall herum!"

„Exzellenz, es ist nicht wahr! Kein Tiroler bricht sein Wort!"

„Wie können sie das sagen? — Ihr Bartmann oder Buschmann oder Sandwirt sitzt drüben im Kärntnertortheater und zieht aller Augen auf sich!"

Bestürzt rannte Hormayr, so schnell er konnte, quer über den Josephplatz und in das Theater, schob den protestierenden Billetteur zur Seite, schaute durch die vorsichtig geöffnete Tür in den Zuschauerraum — und wirklich: da saß doch dieser Andreas Hofer breit in der ersten Reihe und schien gar nicht zu merken, wie das Publikum mehr auf ihn als auf die Bühne blickte.

Ein nobles Trinkgeld machte den Billetteur gefügig:

„Holen sie mir den ungarischen Viehhändler mit dem langen Bart" — eine bessere Bezeichnung, um den arglosen Platzanweiser irrezuführen, wollte Hormayr in seiner Aufregung nicht einfallen — „sofort heraus, wenn der Vorhang nach diesem Akt gefallen ist. Sagen sie ihm einfach, es sei der Landsmann mit dem Wein und mit den Pferden angekommen und müsse ihn auf der Stelle sprechen. Mehr wüßten sie selbst nicht."

Der eben auf der Bühne vorgestellte Akt schien dem ungeduldigen Hofrat überaus langweilig und ohne Ende zu sein.

Als der lauernde Billetteur mit dem Einsetzen des Applauses sogleich in den Saal eilte, hatte er zunächst große Mühe, den neugierig fragenden, kopfschüttelnden, bärtigen Theaterbesucher in das Foyer zu locken, wo Hormayr hinter einem Pfeiler versteckt wartete. Hofer folgte dem heftigen Wink seines aufgeregten Landsmannes und trat mit ihm auf die Straße, wo beide in einer dunklen Hausecke auf einen Wagen warteten, den Stadion zu schicken zugesagt hatte.

„Anderl, die Tiroler halten sonst Wort, und du hast mir in die Hand versprochen, dich sorgfältig verborgen zu halten. Jetzt läufst du aber in deinem Aufzug und mit deinem bartigen Rüssel daher, um die Operntriller zu hören und zu sehen, wie sie im Ballett die Beine ausstrecken!"

Der Sandwirt verstand nicht recht:

„I hab nix versprochen, als daß i mi bei Tag nirgends sehen lass'. Jetzt is es aber zwischen vier und fünf Uhr eh schon immer stockrabenfinster!"

Der grundgescheite Hofrat Josef von Hormayr, Träger des Leopoldsordens und Direktor des Haus-, Hof- und Staatsarchives, brauchte lange, bis er dem Sandwirt aus Passeier auseinandergesetzt hatte, daß sich ein Tiroler in der Haupt- und Residenzstadt Wien eben auf jeden Fall verborgen halten müsse — auch, wenn der gute Kaiser Franz persönlich von seiner Anwesenheit wüßte.

Vom Brief, den der Kaiser vor wenigen Monaten an Napoleon nach Erfurt geschickt hatte, sagte Hormayr allerdings nichts.

Wie hätte Andreas Hofer denn glauben sollen, daß sein guter Kaiser so arg lügen könne?

„Wir könnten Napoleon noch ablenken, wenn wir einen Teil der Truppen nach Westgalizien schicken, um dem Zaren die Grenzverletzungen zu vergelten mit denen er uns in der letzten Zeit provoziert!"

Erzherzog Karl war verärgert, weil bei dieser Besprechung mit dem Kaiser nicht nur die Kaiserin und der Graf Stadion, sondern auch noch Baldacci und der Oberst Kutschera (vor denen ihn im vergangenen November sein Bruder Johann von Krems aus in einem Schreiben ausdrücklich gewarnt hatte) anwesend sein durften. Deshalb sprach er heftiger, als er es sonst seinem gerade in solchen Dingen sehr empfindlichen kaiserlichen Bruder gegenüber zu tun pflegte.

Und wirklich war die Antwort des Kaisers sehr unwillig: „Glaubst du denn wirklich noch, daß sich der Kaiser der Franzosen uns dann anschließen würde, weil er trotz seiner in Erfurt demonstrierten Freundschaft mit Zar Alexander Rußland immer noch mehr fürchtet als Österreich? Nein, nein, Karl — da irrst du dich! Jahrhunderte hindurch waren immer nur wir die eigentlichen Gegner Frankreichs. Nicht das Heilige Römische Reich, nicht Österreich, sondern das Haus Habsburg. Unsere Familie — und sonst niemand — war die einzige Großmacht neben den Franzosen in ganz Europa. Und wir sind's zum Glück noch immer!"

„Aber es ist für uns noch zu früh für eine kriegerische Auseinandersetzung! Die Truppen sind mit der neuen Taktik nicht genügend vertraut; es geht eben nicht so schnell, bis jeder einzelne Offizier, jeder Unteroffizier, ja sogar jeder Gemeine die nötige Beweglichkeit und Selbständigkeit erlernt ..."

Der Kaiser ließ ihn nicht aussprechen: „Es ist eh alles nach deinem Kopf gegangen! Ich hab' den Hofkriegsrat nicht, wie die Herren so dringend gefordert hab'n, selbstständig gemacht, sondern weiterhin dir unterstellt. Mehr Entgegenkommen kannst du doch net verlangen!"

Baldacci und Kutschera nickten zustimmend. Der Generalissimus konnte sich kaum beherrschen. Er mußte noch einmal, und ganz unmißverständlich, wiederholen, was er seinem Bruder unlängst geschrieben hatte:

„Hättest du jetzt, wo ein Krieg droht, der über dein Schicksal und die Fortdauer deiner Dynastie entscheiden wird, durch einen von mir unabhängigen Hofkriegsrat alle Wirkung, alle Kraft und alles Ansehen genommen — wie sollte ich dann eine Armee anführen, von der du deine Rettung und die Rettung unseres Staates erwartest? Du kannst von mir verlangen, daß ich mein Selbstgefühl verleugne, um dir zu dienen — aber keine Macht auf Erden kann mich bestimmen, es zu verleugnen, um dir und der Monarchie den Untergang vorzubereiten."

„Nix is g'schehen! Darum red'n wir net mehr darüber! — Jedenfalls kann ich meine Völker nicht länger auf eine Entscheidung warten lassen!"

Und nach einer Pause, in der er wohl fürchtete, daß seine Entschlossenheit und Energie ins Schwanken geraten könnten: „Sagen S' doch auch was, Stadion!"

„Majestät, die Kriegsbegeisterung in den Ländern und Städten ist kaum noch zu beschreiben! Überall werden die Wehrmannslieder des Freiherrn Heinrich von Collin gesungen, die der Kapellmeister Weigl vertont hat. In fast alle Sprachen der Monarchie wurden sie bereits übersetzt. Auch andere Dichter haben schöne patriotische Verse verfaßt, die überall verbreitet werden ..."

Der Kaiser nahm ein Manuskript vom Tisch und hielt es hoch: „Ich weiß, ich weiß. Die da zum Beispiel, von einem gewissen ..." Er sah nach dem Titelblatt: „Ignaz Franz Castelli!"

Baldacci beeilte sich, sein Wissen über diesen Poeten anzubringen: „Er ist Konzipient in der Buchhaltung der Niederösterreichischen Landstände, Majestät. Ein brauchbarer Beamter!"

„Auch das noch! Den Namen werd' ich mir merken! — Sehr schön, was er da gedichtet hat!"

Und der Kaiser begann zu zitieren — nicht sehr geschickt

im Ausdruck und mit einer Begeisterung, die den sonst so nüchternen Monarchen beinahe komisch erscheinen ließ:

„Was, Franken, euer Stolz entwarf,
Das sollt mit Blut ihr büßen.
Beweisen wollen wir's euch scharf,
Daß man nicht lange lernen darf,
Um auf den Feind zu schießen ...

Na siehst du, Karl? Der sagt's auch: Net jahrelang lernen!

Was Franz befiehlt, das tun wir gern,
Und keiner wird da weilen;
Doch lassen wir — nein! das sei fern —
Von keinem andern fremden Herrn
Befehle uns erteilen.

So ist's recht! Kutschera, schreibens S' den Namen Castelli auf. Wir wollen ihm eine Belobigung schicken!"

Der Generalissimus war von den Versen nicht so überzeugt. Und schon gar nicht vom Erfolg solcher Besprechungen:

„Unsere Feinde handeln und wir delibrieren. Man schwätzt, man klatscht — aber man macht nichts. Jede Woche wird eine Konferenz abgehalten, aber die Angelegenheiten, die dabei verhandelt werden, sind wirklich nicht wichtig!"

Nun war der sanguinische, lebhafte Minister Stadion wirklich gekränkt. Ohne auf die allerhöchsten Anwesenden Rücksicht zu nehmen, schnupfte er eine Prise nach der anderen, klappte die Tabakdose auf und zu und hatte das Bedürfnis, sich durch heftiges Niesen Beruhigung zu verschaffen. Das ging aber doch nicht, und so suchte er sich durch eine Rechtfertigung abzureagieren:

„Wir sind nicht untätig geblieben! Die allgemeine Stimmung in den deutschen Ländern ist für uns! Die Dichter jubeln unserer Majestät zu, als wäre sie noch immer der Kaiser des Heiligen Reiches. Ernst Moriz Arndt schrieb, daß Habsburg herrschen solle, denn man will einen deutschen Herrn; und der Preuße Max von Schenkendorf, ein Protestant, fordert geradezu auf: Deutscher Kaiser, deutscher Kaiser, komm zu rächen, komm zu retten!"

„Mit Worten läßt sich der Krieg nicht gewinnen", sagte Erzherzog Karl ungerührt. „Auf dem Schlachtfeld ist mir ein tüchtiger Grenadier lieber als ein Dutzend Poeten!"

Aber der optimistische Stadion ließ sich nicht beirren: „Die deutschen Fürsten können sich dem Wunsch ihrer Völker nicht widersetzen! Gewiß — noch ist vor allem Preußen abwartend; aber nach dem ersten großen Sieg, den wir errungen haben, werden sie alle, alle zu uns stoßen!"

„Ein Sieg?" Der Generalissimus zweifelte aus guten Gründen. „Wie können wir gewinnen mit verantwortungslosen, unberechenbaren Offizieren wie dem Generalstabschef Generalmajor Mayer, der unsere gesamten Aufmarschpläne im Rausch verraten hat?"

Oberst Kutschera versuchte die Ehre der Offiziere zu verteidigen: „Gegen ihn wird schärfstens vorgegangen. Alle seine Kameraden sind über diese unglaubliche Indiskretion des Generalstabschefs empört!"

„Indiskretion? — Verrat nenne ich das! Wir müssen alles umdisponieren. Das geht nicht so schnell. Die Truppen müssen erst in die neuen Ausgangsstellungen geführt werden, weil der Angriff jetzt nur noch viel weiter südlich erfolgen kann!"

Die klare Sprache seines Bruders stimmte den Kaiser nun doch nachdenklich. Ängstlich blickte die junge, schöne Ludovika auf ihren schweigenden Gemahl, der jetzt wieder den Kopf tief zwischen den Schultern trug und seine Unterlippe resigniert hängenließ. Mit anmutigen, schnellen Schritten ging sie plötzlich zu Karl, ganz, ganz nahe zu ihm, daß er die Tränen in ihren Augen sehen konnte:

„Ich beschwöre Sie! Widersetzen Sie sich doch nicht länger einem Kampf, durch den die Monarchie wieder ihr altes Ansehen gewinnen kann!"

Das gab auch dem Kaiser wieder Mut. Er richtete sich hoch auf — soweit das seine knapp mittelmäßige Statur zuließ — und erklärte feierlich:

„Ich werde vielleicht sechs Schlachten verlieren, aber ich werde die siebente bei Temesvár gewinnen, die mich für alles bezahlt machen wird."

Und dann sagte er mit einer Entschiedenheit, die beweisen sollte, daß er jetzt die Zügel der Regierung fest in seiner Hand halten wollte:

„Wenn's halt nach mir geht, so knallt's wieder!"

Und mit Seiner Hoheit Blitzen Schalten nur Gerechtigkeit!

oder

Napoleon muß nicht nach Temesvár

Und so knallte es eben wieder.

Aber die Überraschung des Gegners war — wie Erzherzog Karl befürchtet hatte — nicht gelungen. Und auch sein „Aufruf an die deutsche Nation", den er unmittelbar vor seinem Vormarsch über den Inn am 9. April 1809 erlassen hatte, brachte nicht die insgeheim erhoffte Wirkung, obwohl er ausdrücklich erklärt hatte: „Wir überschreiten die Grenze nicht als Eroberer, nicht als Feinde Deutschlands. Nicht um deutsche Verfassungen, Rechte, Sitten und Gebräuche zu vernichten und fremde aufzudrängen. Nicht um Throne zu stürzen und damit nach Willkür zu schalten; nicht um Deutschlands Habe uns zuzueignen und deutsche Männer in entfernten Unabhängigkeitskriegen aufzuopfern."

Im Gegenteil: Die Heere der Bayern und der Württemberger formierten sich sofort unter dem Kommando französischer Generale, um die Truppen, die Napoleon in den Ländern des Rheinbundes stationiert hatte, zu verstärken.

Als der Kaiser Franz bei seinem Heer eingetroffen war, mußte er feststellen, daß die Feinde Zeit genug hatten, sich gegen einen Angriff durch österreichische Soldaten vorzubereiten. Napoleons Heerführer hatten ihre Armeen konzentrieren können, ehe es Erzherzog Karl gelang, seine Hauptmacht mit den beiden wegen des überaus schlechten Wetters nur sehr langsam aus Böhmen anrückenden Korps zu vereinigen. Napoleon, der selbst herbeigeeilt war, schnitt in der Schlacht bei Abensberg das 5. und 6. Armeekorps und zwei Reservekorps — also den gesamten linken Flügel der Österreicher — vom Zentrum ab und ließ diese völlig verwirrt angeführten Einheiten noch bis an den Inn verfolgen.

Dann folgte Schlag auf Schlag.

Die Schlacht bei Eckmühl ging verloren, vor allem, weil Fürst Rosenberg mit seinem Reservekorps die zum Schutz der von Landshut her bedrohten Flanke bezogene, an sich sehr günstige Stellung nicht lange genug gegen die von Napoleon selbst geführten Franzosen verteidigen konnte.

Erzherzog Karl, der sich über Regensburg nach Cham zurückgezogen, dort mit den Truppen des Kavalleriegenerals Heinrich Graf Bellegarde vereinigt hatte und nach dem Übergang über die Donau bei Linz einen Gegenangriff vorbereiten wollte, erhielt die Meldung, daß Feldmarschalleutnant Hiller die Linzer Donaubrücke zerstörte und sich an die Enns zurückzog.

Während sich der österreichische Generalissimus nun anstrengte, den am rechten Donauufer gegen Wien vorrückenden Franzosen über Zwettl und Horn nördlich der Donau so rasch nachzurücken, daß sich Wien wenigstens bis zu seinem Eintreffen halten und ihm den Übergang über den Strom ermöglichen könne, war der Kaiser bereits in seine Hauptstadt vorausgereist, in der er den Bruder der Kaiserin, Erzherzog Maximilian Este, als Kommandanten zurückgelassen hatte.

Aufgeregt eilte er durch die Hofburg, um die Flucht seiner Familie nach dem ungarischen Komorn einerseits schnell und anderseits doch so, daß dadurch keine Panik in der Haupt- und Residenzstadt ausgelöst wurde, in die Wege zu leiten.

Sehr viel Zeit blieb ihm nicht, denn Maximilian machte ihn aufmerksam, daß die wilde Kriegsbegeisterung der Wiener sofort nach dem Eintreffen der ersten Unglücksbotschaften von den Niederlagen des Heeres in das völlige Gegenteil umgeschlagen habe:

Verzweifelt rannten Männer, Frauen und Kinder durch die Straßen und Gassen, nicht etwa, um Anstalten zur Verteidigung der Stadt zu treffen, sondern um die Mutlosigkeit gegenseitig zu steigern; die Beamten der Polizeistelle hatten größte Mühe, unerwünschte Kundgebungen zu verhindern; in den Stadtgraben bei der Hauptmaut, wo etwas Wasser war, warfen die verängstigten Patrioten alle früher so eifrig gesammelten Schriften über die Erfolge der spanischen Rebellen gegen die verhaßten bonapartischen Truppen, alle vaterlandstreuen Gelegenheitsschriften, die gerade vorher noch zuversichtlich gelesenen Wehrmannslieder Heinrich von Collins — kurz, was immer an kompromittierenden Druckwerken vor dem für unvermeidlich gehaltenen Einzug der Franzosen aus den Wohnungen geschafft werden sollte und was eigentlich weit besser und ohne so großes Aufsehen auch hätte verbrannt werden können.

Sobald die Wiener erfahren hatten, daß sich der Kaiser wieder in der Stadt aufhielt, schöpften sie in ihrem sonderbaren Optimismus zwar etwas Mut; aber die Hast, mit der wohlmeinende Patrioten, die ihre beachtenswerten Vorschläge zur Rettung des Vaterlandes der allerhöchsten Majestät vorlegen wollten (und die sich natürlich zuvor schon überall als künftige Retter aufspielten) von den Türen der Hofburg zurückgewiesen wurden, bewies ihnen, daß es auch mit der Zuversicht des guten Kaisers Franz nicht weit her sein konnte.

Dieser ließ — ganz gegen seine sonstige Gewohnheit — nur die allerwichtigsten Persönlichkeiten zu sich kommen, gab kurze, resignierte Anweisungen oder ließ sich überhaupt nur zu einem knappen, ungnädigen Kopfnicken herbei, wenn ihm einer der vorgetragenen Vorschläge zusagte.

Nur wenigen und sehr geschickten Bittstellern gelang es, trotz der Zeitnot und der vielen noch hastig abzuwickelnden Geschäfte, die nach Entscheidungen des Monarchen drängten, mit ihren privaten Sorgen zu diesem vorzudringen.

So meldete der Generaladjutant Oberst Kutschera einen Beamten der niederösterreichischen Regierung, der sich nicht abweisen lasse und betone, daß er eine unaufschiebbare und hochpolitische Angelegenheit vortragen müsse. Mißtrauisch blickte Franz auf den beleibten Mann mit den zusammengekniffenen, kurzsichtigen Augen, der um allerhöchsten Schutz bat, weil er auf den Proskriptionslisten Napoleons stünde und deshalb bei einem Einmarsch der Franzosen an seinem Leben bedroht sei.

Ärgerlich unterbrach ihn der Kaiser, der eine viel wichtigere Nachricht erwartet hatte:

„Warum sind s' denn auf diese Listen gekommen?"

„Weil ich patriotische Gedichte verfaßt habe, Majestät!"

„So? Wer hat ihnen denn das g'schafft?"

Nach dieser unwilligen Bemerkung wußte Ignaz Franz Castelli, der sich unter den vorgeschriebenen Bücklingen rückwärtsgehend durch die von einem trotz der unruhigen Zeitläufe korrekt livrierten Diener geöffnete Tür zurückzog, daß ihm keine andere Wahl blieb, als die Kisten mit den gefährlichen landständischen Aktenstücken (die jetzt keiner gerne bei sich haben wollte) zu übernehmen und mit dem Vorwand, diese Schriften retten zu müssen, nach Ungarn zu fliehen, um der harten Bestrafung zu entgehen, die ihm als Proskripierten von der französischen Besatzungsmacht unweigerlich auferlegt würde.

Bald darauf mußte auch der Kaiser die Stadt verlassen. Maximilian von Este war mit der Nachricht zu ihm geeilt, der Generalissimus Karl habe auf die Meldung, daß sich Wien nicht lange gegen die Franzosen halten würde können und daher besser gleich kapitulieren müsse, sofort angeordnet, die Donaubrücke zu sprengen. Da sein Plan, die vor Wien aufgehaltenen Franzosen am rechten Donauufer anzugreifen, auf keinen Fall mehr durchzuführen sei, weil er noch immer ein paar Tagmärsche von der Hauptstadt entfernt wäre, sollte wenigstens auch der Feind nicht gleich über den Strom gelangen können.

Der Befehl zur Demolierung der Brücke muß sich zumindest unter den Wienern, die gute Beziehungen zum Hof oder zu den obersten Kommandostellen unterhielten, sehr rasch herumgesprochen haben, denn als der Wagen des Kaisers in schneller Fahrt der Brücke zustrebte, kamen ihm immer wieder andere Kutschen in die Quere, die das gleiche Ziel hatten und die ebenfalls von rücksichtslos angetriebenen Pferden gezogen wurden.

„Frieden! Frieden!“ riefen einige der Zurückgebliebenen, denen die Mittel zu einer raschen Flucht fehlten, hinter dem Kaiser her, wenn sie ihn erkannten, obwohl er bewußt einen unauffälligen Wagen gewählt und die Vorhänge fest zugezogen hatte.

Und „Frieden! Frieden!“ brüllten sie den wenigen Angehörigen der Bürgerwehr entgegen, die es trotz der Nähe des übermächtigen Feindes noch gewagt hatten, ihre Uniformen anzuziehen, die Waffen zu nehmen und in feldmarschmäßiger Adjustierung auszurücken: Alte Veteranen, denen die Narben ihrer Verwundungen noch im Gesicht brannten oder die Mühe hatten, ihr zerschossenes Bein im gleichen Schritt und Tritt mit den Beinen ihrer Kameraden zu bewegen; blasse Stubenhocker, die kaum ihre Waffe tragen konnten und denen die viel zu großen Kappen tief ins Gesicht hingen; junge Burschen, die keine Ahnung hatten, wie laut Kanonen brüllen können und wie beizend der Pulverrauch schmeckt.

Vor Monaten, ja noch vor Wochen, als die Wiener ihrer Bürgerwehr begeistert zugejubelt hatten, war ihnen gar nicht aufgefallen, wie erbärmlich und bunt zusammengewürfelt dieser Haufen wirkte; jetzt, wo für die Soldatenspielerei der Augenblick des Bewährens gekommen war, hatten sie dafür nur Hohn und Spott und Schimpf und Schande.

Und immer wieder die Rufe „Frieden! Frieden! Frieden!“

Wozu denn noch dieser mühsame Gleichschritt der Uniformierten, wozu die Tränen der Frauen, die ihre Männer, und der Mütter, die ihre Söhne so unzulänglich gerüstet in den Kampf ziehen sahen?

Die kaiserliche Haupt- und Residenzstadt Wien war ja auf jeden Fall verloren. Erzherzog Maximilian Este traf gar keine ernsthaften Vorbereitungen mehr, sie zu verteidigen.

Und die Parlamentäre machten sich schon bereit, den unaufhaltsam heranrückenden Franzosen die Übergabe anzubieten und um größtmögliche Schonung von Leib und Gut der Wiener zu ersuchen ...

Schwarz kreisten krächzende Raben über den verwüsteten Feldern oder hockten unwahrscheinlich groß und drohend auf den Ästen zerrissener Bäume, von denen der heiße Atem der Kanonen alles Laub geblasen hatte, obwohl es doch hoch im Mai war, Frühling, Wonnemond, und alles grünen und blühen sollte. Aber statt bunter Blumen leuchteten Uniformen auf den Wiesen, blaue, rote, gelbe, grüne, weiße, blitzten Gold und Silber der Tressen und Knöpfe aus dem Dreck und dem zerstampften Gras, kehrten Schuhe und Stiefel ihre Sohlen starr gegen den Himmel. Nichts regte sich in den bunten Uniformen, in den Schuhen und Stiefeln. Finger waren steif in das aufgerissene Erdreich gekrallt, Eingeweide quollen aus aufgerissenen Bäuchen, aus gläsernen Augen spiegelte auch noch der hohe Himmel Entsetzen.

Schweigend hasteten Gruppen fahler, müder Soldaten über diese Äcker mit grausigen Früchten und Wiesen mit entsetzlichen Blumen, drehten da und dort einen der Leiber mit ihren Schuhspitzen um und ließen ihn wieder liegen, horchten auf das Stöhnen und Wimmern, das ununterbrochen über diesem flachen Grauen flirrte, und auf die Schreie, die hin und wieder aufklangen. Dann schleppten sie einen, den sie erkannt hatten und der noch lebte, ein zerfetztes, blutiges Leben, vorsichtig über die erstarrten Leiber der anderen und trugen ihn hinüber zum ausgebrannten Dorf, wo sie ihn neben einer verrußten, aber noch immer schützenden Mauer bei einigen, die so wie er noch lebten, ein zerfetztes, blutiges Leben, aus Laub und Lumpen schnell eine Lagerstatt richteten.

Die düsteren Raben und die erstarrten, verkrampften Soldatenleichen, die widerlichen Pferdekadaver mit den zerfetzten Bäuchen, auf denen Krusten eingetrockneten Blutes Schwärme von Fliegen anlockten, die wimmernden und schreienden Verwundeten, von ihren Kameraden zu erbarmungswürdigen Gruppen zusammengetragen, hatten zwei jüngere, gepflegte, in modische Reisemäntel gehüllte Männer nicht abhalten können, direkt aus dem Wagen, der sie aus Dresden gebracht hatte, auf dieses Schlachtfeld zu eilen.

Denn das Unglaubliche, an das doch alle insgeheim glaubten, das Unerwartete, auf das doch alle hoffnungsvoll gewartet hatten, das Unvorstellbare war hier geschehen:

Sieg über den Unbesiegbaren, Triumph über den Triumphator, Überwindung des Unüberwindlichen!

Napoleon der Erste, Kaiser der Franzosen, war zum erstenmal in einer großen Schlacht unterlegen.

Der jüngere der beiden Fremden machte seinen Begleiter aufmerksam: „Dort, Heinrich! Die Kirche und der Friedhof von Aspern. Hier hat sich der Brigadier General Wacquant mit acht Bataillonen gegen alle Angriffe der französischen Übermacht behaupten können. Das hat Napoleon schon am ersten Tag der Schlacht aus dem Konzept gebracht. Am nächsten Morgen erst mußten die tapferen Österreicher den Kirchhof räumen ..."

Sein Begleiter war zu einer Gruppe verwundeter Soldaten getreten.

„Wie oft hat dieser kleine Ort hier den Besitzer gewechselt?" fragte er sie. Aber sie gaben keine Antwort. Mag sein, daß sie die Neugier des Fremden stumm oder sein für sie fast unverständlicher norddeutscher Tonfall mißtrauisch gemacht hatte. Sie glotzten ihn aus blutverschmierten Gesichtern an, drängten selbst das Stöhnen und Wimmern zurück und einige, die wenigstens für eine Hand noch genügend Bewegungsfreiheit besaßen, kratzten sich verlegen am Hinterkopf.

„Die Helden, Dahlmann!" rief der Fremde.

Diese wußten jetzt erst recht nicht, wie sie sich verhalten sollten. Einer richtete sich mühsam auf und humpelte davon, um einen Offizier zu suchen, ein paar drehten sich ganz einfach wortlos weg, andere wieder zupften an ihren Verbänden herum, die voll Blut, Schmutz und fetten Speiseresten waren.

Die beiden Zivilisten in den modischen Reisemänteln standen eng beisammen, aufrecht und stolz, und der ältere nahm plötzlich seine Kopfbedeckung ab, ließ seine dunklen, kurzen, an den Schläfen und über der Stirn fransig in das feine, glatte Gesicht gekämmten Haare sehen, und seine Augen unter den festen Bögen der Brauen leuchteten auf, als er von einem Blatt, das er unter dem Mantel hervorgezogen hatte, mit eigenwilligem Pathos abzulesen begann:

„An den Erzherzog Karl. Nach der Schlacht bei Aspern, den 21. und 22. Mai 1809:

Hättest du Türenne besiegt,
Der, an dem Zügel der Einsicht,
Leicht, den ehernen Wagen des Kriegs,
Wie ein Mädchen ruhige Rosse, lenkte;
Oder jenen Gustav der Schweden,
Der, an dem Tage der Schlacht,
Seraphische Streiter zu Hülfe rief;
Oder den Suwarow, oder den Soltikow,
Die, bei der Drommete Klang,
Alle Dämme der Streitlust niedertraten,
Und, mit Bächen voll Blut,
Die granitene Bahn des Sieges sich sprengten:

Siehe, die Jungfraun rief ich herbei des Landes,
Daß sie zum Kranz den Lorbeer flöchten,
Dir die Scheitel, o Herr, zu krönen!

Aber wen ruf ich (o Herz, was klopfst du?)
Und wo blüht, an welchem Busen der Mutter,
So erlesen, wie sie aus Eden kam,
Und wo duftet, auf welchem Gipfel,
Unverwelklich, wie er Alciden kränzet,
Jungfrau und Lorbeer, dich, o Karl, zu krönen,
Überwinder des Unüberwindlichen!"

Ratlos schauten die verwundeten Soldaten einander an, ärgerten sich still und jeder für sich, daß gerade jetzt kein Offizier in der Nähe war, der mit diesen fremden Leuten was anzufangen wüßte. Dann spuckte ein altgedienter, dreckiger, verschwitzer Krieger aus und begann, als wären die merkwürdigen Zivilisten gar nicht da, langsam und vorsichtig die Leinenbinde abzurollen, die ihm um sein lädiertes Knie gewickelt worden war. Argwöhnisch betrachtete er die Ränder der Wunde, ob sich nicht gar der gefürchtete Brand ankündige, der prall und blaurot schon so manchen wackeren Kameraden um Arme, Beine oder vielleicht auch um das Leben gebracht hatte.

„Dieses Gedicht ist vor ein paar Stunden geschrieben worden, als wir bei unserer Ankunft die Nachricht vom glorreichen Sieg über Napoleon bekommen haben!", versuchte der jüngere der beiden Norddeutschen das Verhalten seines Freundes zu erklären.

Und als er merkte, daß er von den Soldaten nicht ganz verstanden wurde, fragte er mitten in das stumme, dumpfe, hilflose Grinsen hinein:

„Wo ist das kleine Dörfchen Eßlingen? Die Stelle, an der Erzherzog Karl, als die Lage bedrohlich geworden war, selbst die Fahne des Regiments Zach ergriff und seine Soldaten gegen den Feind führte? Und wo sind die Reste der französischen Brücke, die zerstört wurde, als die Österreicher nachts Flöße und mit Steinen beschwerte Plätten den Strom herabtreiben ließen? Und wo ist die Lob-au (er sagte tatsächlich Lob-au und betonte die erste Silbe), wohin sich die Truppen Napoleons zurückziehen mußten?"

Die völlig unbestimmte Bewegung einer verbundenen Hand wies die Fremden irgendwohin, wo es auch nichts anderes gab als düstere Raben und die erstarrten, verkrampften Soldatenleichen, die widerlichen Pferdekadaver mit den zerfetzten Bäuchen, auf denen Krusten eingetrockneten Blutes Schwärme von Fliegen anlockten, die wimmernden und schreienden Verwundeten, von ihren Kameraden hinter zerstörten, aber schützenden Mauern zu erbarmungswürdigen Gruppen zusammengetragen.

Wieder veranlaßte ein Trupp von Kavalleristen, die gerade abgesessen waren und an einem kleinen, sorgfältig angefachten Feuer ihre Menage wärmen wollten, den älteren Fremden, ein Gedicht vorzutragen; diesmal aber aus dem Gedächtnis und ohne Zuhilfenahme eines Zettels:

„An Franz den Ersten, Kaiser von Österreich:

O Herr, du trittst, der Welt ein Retter,
Dem Mordgeist in die Bahn;
Und wie der Sohn der duft'gen Erde
Nur sank, damit er stärker werde,
Fällst du von neu'm ihn an!

Das kommt aus keines Menschen Busen,
Auch aus dem deinen nicht;
Das hat, dem ew'gen Licht entsprossen,
Ein Gott dir in die Brust gegossen,
Den unsre Not besticht.

O sei getrost; in Klüften irgend
Wächst dir ein Marmelstein;
Und müßtest du im Kampf auch enden,
So wird's ein anderer vollenden,
Und dein der Lorbeer sein!"

Ungerührt stocherten die Reiter in den Eßgeschirren, rieben mit dem Rockärmel das Leder des Gürtels oder der Patronentaschen blank, traten ein paar Schritte zur Seite, um das Wasser abzuschlagen, tätschelten den Pferden die Flanken oder schnallten die Sättel fester.

Nur dem Unteroffizier, der den Trupp anführte, kamen die beiden Fremden verdächtig vor. Er hatte beobachtet, wie sie kreuz und quer über den Kampfplatz geeilt waren, da und dort alles eingehend gemustert und miteinander besprochen hatten, einzelne Soldaten auszuhorchen suchten.

„Mitkommen!" befahl er barsch und unmißverständlich.

Endlich fanden sie einen höheren Offizier, dem sein Bursch in einer Scheune gerade das Essen servieren wollte. Unwillig über die Störung, fragte er die beiden aufgegriffenen Zivilisten nach den Namen.

„Friedrich Christoph Dahlmann."

Und dann der Ältere, der bewußt ein wenig gewartet hatte, um die Wirkung seiner Vorstellung zu verstärken:

„Heinrich von Kleist!"

„Kleist?" Der schon recht beleibte österreichische Major, der es sich zum Essen bequem gemacht hatte und deshalb gar nicht sehr kriegerisch aussah, polterte los: „Das war doch der feige preußische General, dieses Überbleibsel aus dem Siebenjährigen Krieg, der vor drei Jahren die Festung Magdeburg so schmählich an die Franzosen ausgeliefert hat?"

Er fischte sich ein Stück Fleisch aus der Schüssel, die seine Ordonnanz vor ihm aufgestellt hatte, und knurrte den dienstbereiten Soldaten an:

„Hol' den Leutnant Bauer, damit er die zwei da zum Hauptquartier bringt. Aber schnell!"

Und den Unteroffizier, der die beiden Norddeutschen herangeschleppt hatte, brüllte er so laut zu, daß sein Ärger über die unliebsame Störung der Mahlzeit nicht zu verkennen war:

„Paß' er draußen auf, daß sie net davonlaufen, bis der Leutnant kommt! Und red' er kein Wort mit ihnen. Man weiß ja net, was sie vorhaben!"

Erst im Hauptquartier, wo sich Heinrich von Kleist nachdrücklich auf den kaiserlichen Gesandten in Dresden, den Grafen Boul, berief, konnte alles aufgeklärt werden. Der Dichter war, begeistert über die Kriegsvorbereitungen Österreichs, entschlossen, sich „mittelbar oder unmittelbar in den Strom der Begebenheiten hineinzuwerfen". So hatte er die Reise von Dresden hierher unternommen, um womöglich eine Offiziersstelle in der österreichischen Armee anzunehmen. Die Freude über die Nachricht vom Sieg Erzherzog Karls hat dann ihn und seinen Begleiter auf das Schlachtfeld getrieben. Das war alles.

Und dabei blieb es dann auch.

Die französische Besatzung in Wien machte es ihm unmöglich, in die Haupt- und Residenzstadt zu kommen, wo der Freiherr von Collin Kleists Schauspiel „Die Hermannsschlacht" schon im Jänner dieses Jahres dem Hofburgtheater angeboten hatte. Sehr bald, wie es seinem launischen Temperament entsprach, über den Sieg von Aspern weniger begeistert als enttäuscht darüber, daß er in allen Schritten, die er unternommen hatte, um sich in den Strom der Begebenheiten hineinzuwerfen, „auf die seltsamste Weise konterkariert" worden war, zog Heinrich von Kleist sich nach Prag zurück, um dort abzuwarten, ob Erzherzog Karl den ersten großen Sieg über den Feldherrn Napoleon nicht doch noch rasch zur endgültigen Vernichtung des Gegners ausnützen würde.

Auch der Kaiser wartete darauf.

Trotz der Hinweise des Kriegsminister, daß die nach diesem schwer erkämpften Sieg fast ganz erschöpften Truppen eine längere Erholungspause benötigten, daß ein Angriff auf die von schweren Batterien verteidigte französische Stellung in der Lobau sinnlos wäre, daß erst auf die Heeresgruppe gewartet werden müsse, die Erzherzog Johann heranführe (der allerdings vom italienischen Vizekönig Eugen Beauharnais arg behindert werde), trotz aller dieser auch von besonnenen Mitgliedern des Hofkriegsrates unterstützten Argumente drängte der Kaiser seinen Bruder auf eine möglichst rasche Fortsetzung des Kampfes mit dem Heer des französischen Kaisers, drängte die Kaiserin Ludovika, die aus dem bedrohten Komorn in das nordungarische Totis gebracht worden war, drängte der leitende Minister Graf Philipp Stadion, drängte der Kabinettsreferent Anton Freiherr von Baldacci.

Sie beriefen sich auf die Erfolge, die Andreas Hofer mit seinen Tirolern am Berg Isel gegen die Bayern und Franzosen erringen konnte. Ja, der Kaiser, den die Erhebung der treuen Tiroler anfangs mit Mißtrauen erfüllt hatte — schließlich war es ja doch ein Volksaufstand, der von Erzherzog Johann und dem Hofrat Hormayr da vorbereitet wurde — ließ nach der Meldung, daß wohl bald die letzten Feinde aus dem Land gejagt sein würden, ein Schreiben nach Tirol abgehen, in dem er erklärte, mit den Franzosen keinen anderen Frieden schließen zu wollen als einen, der den Anschluß dieses treuen Landes an Österreich zum Inhalt habe.

Erzherzog Karl hielt diesen maßlos überschätzten Nachrichten von siegreichen Gefechten der Tiroler andere entgegen: die Kapitulation der Festung Raab, die mißliche Lage in Graz, wo sich der tapfere Major Hackher gerade noch mit dem letzten Mut der Verzweiflung in den gut ausgebauten Wehranlagen des Schloßberges gegen die unentwegt anstürmenden Franzosen halten könne. Es wäre sinnlos, die eigene

Armee hier in verlustreichen Kämpfen zu opfern — dieses wertvolle Argument bei Friedensverhandlungen, die wohl bald einsetzen müßten, da die Kriegsbegeisterung in den Ländern der Monarchie, vor allem in Ungarn, gänzlich geschwunden sei. Der Sieg von Aspern habe genug Blut gekostet, und selbst wenn es gelänge, Napoleon aus seinen gut befestigten Stellungen in der Lobau zu werfen, hätte die in solchen Kämpfen sicherlich völlig aufgeriebene eigene Streitmacht überhaupt keine Möglichkeit mehr, später den sich unter dem Befehl des Marschalls Junot und des Königs Jerôme von Westfalen am Lech, an der Elbe und am Main sich sammelnden feindlichen Truppen wirksamen Widerstand zu leisten.

Während Erzherzog Johann, dem die beiden Ingenieur-Hauptleute Friedrich Hensel und Johann Hermann von Hermansdorf durch die aufopferungsvolle Verteidigung der Sperrlinie Malborgeth-Predil ein rasches Vorwärtskommen ermöglicht hatten, bereits über den Semmering nach Westungarn gelangt war, hatten die Pioniertruppen Napoleons den zerstörten Donauübergang bei der Lobau wiederherstellen können.

Schnell beorderte der Kaiser der Franzosen seine Streitkräfte, die er nach Graz, Raab und vor Komorn geschickt hatte, wieder zurück.

Jetzt mußte der entscheidende Schlag erfolgen, den — sehr zum Leidwesen des Kaisers Franz — nun nicht die Österreicher, sondern die Franzosen beginnen konnten.

Am Abend des 4. Juli gaben drei Kanonenschüsse das Zeichen zum Übergang der Franzosen über die Donau. Mit ihren schwersten Kalibern beschoß die Artillerie Napoleons dann Groß-Enzersdorf, das bald in Flammen stand. Die österreichischen Vortruppen, nur mit leichten Feldgeschützen ausgerüstet, mußten sich zurückziehen und warten, bis die sofort in Bewegung gesetzten schwereren Batterien das Feuer der Franzosen erwidern könnten.

Ein furchtbares Unwetter, das den Transport der großen österreichischen Geschütze auf den aufgeweichten, oft sogar überfluteten Wegen erschwerte, sicherte gleichzeitig die Armee Napoleons, als sie über die Donau setzte, gegen feindliche Sicht. Der Übergang über den Strom war nicht mehr zu verhindern.

Erzherzog Karl sandte noch in der Nacht die Weisung nach Preßburg, daß sein Bruder Johann sofort von dort aufbrechen und die rechte feindliche Flanke angreifen solle. Bis dahin würde die österreichische Hauptarmee in ihrer günstigen Stellung bei Stammersdorf den Angriff Napoleons abwehren, um dann im Gegenangriff den linken Flügel des Feindes zu werfen und von der Brücke zur Lobau abzudrängen.

Das war ein schöner strategischer Plan, der auch dem guten Kaiser Franz anfangs sehr gut gefiel. Als aber am nächsten Tag die französischen Truppen in ihre Angriffsstellungen einrückten, da und dort bei kleineren Gefechten die Österreicher zurückwarfen, und als gar Erzherzog Karl, der die bereits in Unordnung geratenen und fluchtbereiten Soldaten vom Korps des Generals Bellegarde im letzten Augenblick sammeln und selbst wieder gegen den Feind führen konnte, bei dieser Aktion leicht verwundet wurde, konnten weder der Freiherr Baldacci noch der Generaladjutant Oberst Kutschera, die beide auf die endgültige Vernichtung Napoleons hofften, ihre Zuversicht auch auf den Monarchen übertragen. Er ließ noch spät in der Nacht Graf Clemens Lothar Wenzel Metternich, seinen eleganten Pariser Gesandten, der gegen Napoleons Wiener Geschäftsträger ausgetauscht worden war, zu sich rufen und fragte ihn aus, ob denn bald die Engländer an der französischen Atlantikküste landen oder ob innere Unruhen in Frankreich einen Rückzug Napoleons bewirken könnten.

In dieser Nacht legte sich der Kaiser von Österreich erst sehr spät hin, um trotz der Unruhe vielleicht doch noch ein wenig zu schlafen.

Sein Bruder Karl fand dazu keine Gelegenheit. In einem noch unzerstörten Bauerngehöft bei Deutschwagram besprach er, obwohl sich bereits ein neuer Anfall seines ihn schon seit Jahren plagenden Nervenfiebers meldete, mit seinen Offizieren den Plan für die morgige Schlacht.

Der Morgen kündigte sich an, hell und so, als hätte es nicht vor eineinhalb Tagen ein Unwetter gegeben, wie es in solcher Heftigkeit hier schon lange nicht erlebt worden war.

Noch ehe die Sonne aufging, war der Kaiser mit seiner engsten Begleitung — auch Metternich hatte mitkommen dürfen — schon auf dem Bisamberg, um von dort aus den Verlauf der Schlacht zu verfolgen. Mißmutig, weil die ersten Schüsse, die da und dort aufbellten, ihm sinnlos vergeudet scheinen, fragte er den Oberst Kutschera:

„Wer kommandiert denn unseren linken Flügel?"

„Feldmarschalleutnant Fürst Rosenberg, Majestät!"

„Ach so — der Rosenberg." Resigniert, als wäre ihm bereits das Ergebnis der Schlacht gemeldet worden, wandte sich der Kaiser von allen Offizieren ab und ging zu Metternich, der durch ein Fernglas aufmerksam das Gelände absuchte: „Nur net stören lassen, lieber Metternich." Ganz so, als würde der eine Fuchsjagd beobachten.

Dann schwieg der Kaiser beharrlich und beachtete weder den Generaladjutanten Kutschera, der in betonter Geschäftigkeit reitende Boten aussandte und empfing, noch einen der anderen herausgeputzten und ordensübersäten hohen Offiziere, die ihre Fernrohre an die Augen hielten, wieder absetzten, miteinander debattierten und so taten, als müßten einzig und allein sie diese gewaltige Schlacht entscheiden.

Erst, als das Brüllen der Kanonen und das Knattern der Gewehre, die aufgeregten Rufe der Trompeten und der Wirbel unzähliger Trommeln unmißverständlich verkündeten, daß zwei große Armeen aufeinandergeprallt waren, fragte der Kaiser scheinbar gelangweilt den Grafen Metternich:

„Können s' denn was sehen bei diesem Pulverdampf?"

Und was jeder einzelne der Offiziere hier auf dem Bisamberg insgeheim für sich erhofft hatte — dem Kaiser die Schlacht sachkundig erklären zu dürfen —, war nun diesem höchst unmilitärischen Diplomaten zugefallen, der nicht einmal die einzelnen Armeekorps unterscheiden konnte und nur völlig unqualifizierbare Rufe von sich gab:

„Vortrefflich! — Unvergleichlich! — Jetzt geht es wieder vorwärts! — Wie unsere Kavallerie auf die Feinde einhaut! — Ein französisches Geschütz ist überrannt! — Unordnung unter unseren Truppen ... aber nein! Sie sammeln sich wieder, halten stand!"

Nur einmal — es ging schon gegen Mittag — stellte der Kaiser eine Frage; wie beiläufig klang sie, obwohl doch alles von der Antwort abhing:

„Ist der Johann noch nicht da? Dort unten müßte doch schon was zu bemerken sein!"

Aber so sehr Metternich durch sein Fernrohr auch nach einem einzigen, winzigen Anhaltspunkt ausschaute, um den Monarchen aus seiner schrecklichen, gleichmütigen Stimmung reißen zu können — er konnte die erhoffte, glückliche Nachricht nicht geben.

„Nichts, Majestät."

Aber dann war Grund zur Begeisterung:

„Im Zentrum greifen wir an! — Ja, dort, wo die Franzosen am weitesten vorgedrungen sind! — Mit gefälltem Bajonett stürmen unsere Truppen vor! — Der Feind muß zurück, er wird geworfen, auseinandergetrieben!"

Unbeteiligt hörte der Kaiser zu.

Später kam in die Gruppe der Offiziere hier auf dem Bisamberg immer mehr Unruhe. Aufgeregtes Deuten nach einer bestimmten Stelle. Oberst Kutschera schickte einen Berittenen nach dem anderen aus. Die Fernrohre wurden gar nicht mehr von den Augen genommen.

Auch Metternich hatte etwas bemerkt: „Die Feinde umfassen unseren linken Flügel! — Sie sind dort übermächtig! — Unsere Truppen ziehen sich zurück! — Sie fliehen!"

Es dauerte nicht lange, bis ein von Pulverdampf geschwärzter, verschmierter junger Offizier sein Pferd heranhetzte, vom Generaladjutanten aufgehalten und dann von den entsetzten Offizieren sofort an den Kaiser verwiesen wurde.

Dieser nahm sich gar nicht die Mühe, jedes der fast atemlos hervorgestoßenen Wörter dieser unglückseligen Meldung zu verstehen. Er wußte auch so, daß sich der Generalissimus gezwungen sah, angesichts der drohenden Umzingelung die Stellungen zu räumen und sich mit der gesamten Armee kämpfend zurückzuziehen.

„Es ist gut."

Nach dieser lakonischen Feststellung gab Kaiser Franz dem Grafen Metternich ein Zeichen, daß er mit ihm kommen solle. Schweigend schritten sie, gefolgt von den aufgeregten Offizieren, zu ihren Pferden.

Nur einmal auf diesem kurzen, eiligen Gang sagte der Kaiser ein paar Worte:

„Wir werden viel gutzumachen haben, Metternich."

Auf der Fahrt nach Znaim bemühte sich Graf Clemens Lothar Wenzel Metternich, möglichst elegant und locker in der rumpelnden Kutsche zu sitzen und doch nicht bei jedem Stoß gegen den Kaiser geschüttelt zu werden. Auch für diesen erfahrenen und gewandten Diplomaten war es nicht leicht, in der stickigen Enge Weltmann zu bleiben und die schlechte Laune des Monarchen zu ertragen, der nur ganz selten ein Wagenfenster öffnen wollte, weil ihm der Anblick müder, lustloser, humpelnder Soldaten unerträglich war, die nach der Schlacht bei Wagram in verhältnismäßig guter Ordnung nach Südmähren geführt wurden, um sich bei Znaim zu sammeln und neu zu formieren. Sie beachteten die kaiserliche Kutsche kaum, die ihnen, dreifach getrieben, vorfuhr und ihnen den Straßenstaub auf die Kleider, ins Gesicht, in die Augen, in die Lungen wirbelte: Der ungeduldige Kaiser trieb den Kutscher, der ehrgeizige Kutscher trieb die Pferde, die gehetzten Tiere trieben den Wagen.

Wenn die Pferde gewechselt werden mußten, verließ der Kaiser die Kutsche nicht, sprach nicht mit den verschreckten Landleuten, die ihm Essen und Trinken bringen wollten, sprach auch nicht mit dem Offizier, der die kleine Schwadron kommandierte, die zur Bedeckung des kaiserlichen Wagens mitritt. Nur manchmal, wenn das Getrappel der Pferde und das Poltern des über die staubigen Straßen gerüttelten Wagens von Flüchen und wüsten Drohungen übertönt wurde, mit denen grobe Unteroffiziere ihre erschöpften Soldaten zum Weitermarsch antrieben, konnte sich der gute Kaiser Franz nicht zurückhalten, mißbilligend seinen Kopf zu schütteln . . .

Und mit seiner Hoheit Blitzen
Schalten nur Gerechtigkeit!

Dann sagte er immer wieder:

„Sehen s', Metternich, das kommt davon, weil plötzlich alles hat anders sein müssen, weil nur das Neue noch etwas gegolten hat und das Alte nix mehr! Jakobiner hab' ich g'habt in meiner engsten Umgebung, Umstürzler, die alle Welt verbessern haben wollen. Aber die Welt war gut g'nug, Metternich. Und wem sie zu schlecht war, der hat's eben net besser verdient."

Einmal, als sie an den mährischen Grenzpfählen vorbeifuhren, sagte er ganz verbittert:

„Beweglichkeit haben s' verlangt. Net nur für die großen Korps oder für die kleineren Einheiten, sondern für jeden einzelnen Soldaten. Das hat sich recht gut ang'hört bei den Konferenzen und g'scheiten Vorträgen, die s' mir gehalten haben. Aber was war? Der Offizier, der dem Johann die Order zum Eingreifen in die Schlacht hätt' bringen sollen, ist um mehrere Stunden zu spät angekommen, weil die Brücke über die March zerstört war und er ratlos am Ufer hin- und hergeritten is, bis er endlich hinüber hat können. So schaut das dann in Wirklichkeit aus, Metternich."

Und weil er nun schon einmal gesprächiger geworden war und einen bei sich hatte, der ihm zuhören konnte, ohne gleich seine eigene Gescheitheit anbringen zu wollen, fing er an, den bisher zurückgehaltenen Ärger abzuladen:

„Und was war mit den Ungarn? Nicht zu halten sind s' g'wesen, wie sie die Kaiserin zu ihrer Königin gekrönt haben. Tausende von Rekruten sind zusätzlich bewilligt worden. Und dann, wie sie der Joseph hat gegen den Napoleon führen sollen, hat's plötzlich geheißen, sie wären nur für die Verteidigung Ungarns bestimmt und müßten im Land bleiben."

Er lachte kurz und bitter auf: „Da glaubt einer, er hätt' ein kleines Europa hinter sich, einen ganzen Haufen Kronen auf seinem Haupt vereinigt als Entschädigung dafür, daß ihn das Heilige Römische Reich im Stich gelassen hat. Aber einen Schmarrn! Alle meine Völker haben sich nur um ihre Kronen gekümmert und nicht um den, der sie trägt. Finden s' net auch, Metternich?"

So direkt angesprochen und in der engen, rumpelnden Kutsche ohne Möglichkeit, abzulenken und sich durch eine weitschweifige diplomatische Erklärung einer ebenso direkten Antwort zu entziehen, wagte Metternich ganz gegen seine sonstige Gewohnheit die Flucht nach vorn, versuchte er, den Kaiser zu beruhigen, indem er den Gedanken des verärgerten Monarchen eine exakte, klare Formulierung gab:

„Majestät, der Versuch, für die Monarchie einen Totalpatriotismus zu wecken, indem man die Völker lehrte, ihren Provinzialpatriotismus zu pflegen, barg schon die große Gefahr in sich, daß so verschiedenartige Nationalitäten, wie sie im Reich Eurer Majestät vereinigt sind, zum Bewußtsein eines eigenen Volkstums gelangen könnten. Die alte Ordnung hatte ihnen einen ganz bestimmten Platz zugewiesen, dem sie verpflichtet waren und über den sie nicht hinauskonnten. In Czernowitz, in Klausenburg, in Temesvár, in Agram mußten sie sich an das halten, was in Wien bestimmt wurde. Und so haben sie sich bemüht, aus jeder ihrer Städte ein kleines, ein ganz kleines Wien zu machen. Jetzt ist es so weit, daß sie schon daran denken, aus jeder ihrer Städte wirklich ihre Stadt zu machen. Und wenn es so weitergeht, werden sie vielleicht einmal unzufrieden sein, wenn Wien nicht ein großes Czernowitz, ein großes Klausenburg, ein großes Temesvár oder ein großes Agram ist."

Der Kaiser sah ihn lange und nachdenklich an. Er mußte sich diese Überlegungen erst auf seine Art zurechtrichten:

„Sie meinen also, Metternich, daß die Leut' weiterhin ang'halten werden sollten, das Dach des kaiserlichen Schlosses zu decken, damit's net hineinregnet, und dann erst die eigenen Dächer — sonst täten s' nur auf die eigenen Dächer schauen es wär' ihnen egal, ob's beim Kaiser einrinnt, und schließlich wären s' dann sogar bös, wenn der Kaiser ihnen net helfen würde, ihre Dächer zu decken, sondern an sein eigenes denkt?"

Metternich nickte zustimmend.

Den Kaiser ließ die Vorstellung einer auf diese Art zerfallenden Monarchie nicht mehr los:

„Und wenn der Kaiser dann die andern Dächer net mehr decken kann?"

„Majestät . . ."

„Das muß verhindert werden, Metternich! Verstehen s'?"

Dann schwiegen sie wieder und rollten Znaim entgegen. Die Truppen, die hierher beordert waren, hatten sie nun schon hinter sich gelassen, nur ab und zu galoppierte ein jüngerer Offizier an ihnen vorbei: in die Stadt, um dort im Auftrag eines besorgten Generals für dessen Ankunft alles vorzubereiten, aus der Stadt, um die Durchführung des Befehls zu melden.

Der kaiserliche Wagen fuhr nicht mehr so schnell, auch die berittenen Begleiter waren müde geworden, dösten auf ihren Pferden und achteten gar nicht mehr auf die Bauern, die an den Straßenrand geeilt waren und trotzdem nicht merkten, daß es der Kaiser war, der so vornehm geleitet an ihnen vorüberkutschiert wurde.

Erst ganz in der Nähe von Znaim hatte sich die allerhöchste Ankunft bereits herumgesprochen. Einige Bürger waren, begleitet von ihren neugierigen Frauen und aufgeregten Kindern, vor die Stadt gelaufen; unter den Bauern auf den Feldern hatte sich die Nachricht schnell verbreitet und ganze Scharen von Männern, Weibern, Knechten, Mägden, bloßfüßigen Rangen und lärmenden Hunden dorthin gelockt, wo der vorbeifahrende Kaiser am längsten und deutlichsten zu sehen sein würde; die Wirte kleiner Landgasthäuser, zu denen die Bewohner der Stadt an Sonntagen ihre Ausflüge zu unternehmen pflegten, kramten auf dem Dachboden hastig nach den Fahnen, die sie sich für festliche Anlässe hatten anschaffen müssen, und steckten die bunten Tücher aus; Pfarrer ließen die Glocken läuten und stellten sich würdevoll vor das Portal ihrer kleinen Kirchen, die Jahr und Tag bedeutungslos an der Straße nach Znaim gestanden waren und plötzlich einen großen Tag haben sollten, weil der Kaiser, der Kaiser, der Kaiser an ihnen vorüberzufahren geruhte; kleine Mädchen wurden schnell in die schönsten und saubersten Kleider gesteckt und mit viel zu großen, hastig zusammengepflückten Blumensträußen an die Gartenzäune gestellt; Invalide aus vergangenen Schlachten drängten sich vor und wollten dem Kaiser beweisen, daß sie bereit gewesen waren, Arme und Beine für ihn zu opfern oder sich ein Auge von einem feindlichen Säbel ausstechen zu lassen.

Jetzt mußten sich die Reiter des kaiserlichen Konvois wieder kerzengerade aufrichten, die Säbel vorschriftsmäßig halten und darauf achten, daß ihnen die Helme nicht schräg über das Gesicht rutschten; jetzt ließ der Kutscher wichtig seine Peitsche knallen und sorgte dafür, daß die Zugpferde elegant tänzelten und nicht wie blöde Ackergäule dahertrotteten; jetzt öffnete der Kaiser das Wagenfenster und schloß es nicht mehr, obwohl das begeisterte Gebrüll seiner Untertanen in der engen Kutsche schmerzhaft dröhnte und obwohl die aufgeregten, stampfenden, tanzenden, trippelnden, hüpfenden Füße am Wegrand soviel Staub aufwirbelten, daß Metternich sich sehr beherrschen mußte, um nicht durch unangebrachte Handbewegungen diese heißen, beißenden Wolken von seinen eleganten Kleidern und seinem gepflegten Gesicht abzuwehren.

Die lauten, unverständlichen Rufe, die wohl den Kaiser hochleben lassen sollten, die Tücher, die geschwenkt, die Blumen, die geworfen wurden, das unaufhörliche Glockengeläute — diese bis zum äußersten gesteigerte untertänige Begeisterung am Stadtrand von Znaim veranlaßte den Monarchen, sich erleichtert in den Wagen zurückzulehnen:

„So muß es bleiben, Metternich! Nur so! Und ganz genau so!"

In Znaim fand der Kaiser Zeit, sich eingehender mit dem Grafen Metternich zu beschäftigen. Es fiel ihm ein, daß er den Diplomaten schon getroffen hatte, als dieser in Begleitung seines Vaters, eines der beiden kurböhmischen Gesandten, nach Frankfurt zur Krönung Franz des Zweiten zum Kaiser des Heiligen Römischen Reiches gekommen war.

„Ist Ihre Frau net eine Enkelin vom Fürsten Kaunitz?" fragte der Kaiser einmal, und hielt es gar nicht für nötig, auch noch den Schwiegervater Metternichs zu erwähnen, ganz so, als ob es für alle Zeiten nur einen einzigen Fürsten Kaunitz geben würde: den Staatskanzler der verehrten Großmutter Maria Theresia, der damals schon eine engere Verbindung zwischen Habsburg und Frankreich gefördert und die Vermählung der armen Marie Antoinette mit dem sechzehnten Ludwig eifrig betrieben hatte.

„Majestät haben recht. Eleonore ist die Enkelin des Staatskanzlers." — ‚Nicht schön, aber geistreich genug, um mich diese aus Hoffnungen auf gute Beziehungen für meine diplomatische Laufbahn geschlossene Ehe nicht bereuen zu lassen' — hätte er eigentlich noch hinzusetzen müssen; aber er schwieg lieber, weil er erkannt hatte, daß der Kaiser Frivolitäten, auch wenn sie sehr witzig formuliert waren, ganz und gar nicht leiden mochte.

„So, so. Und hat's ihr in Dresden auch schon gut g'fallen?"

Nun konnte Metternich von seinem ersten Posten als Gesandter erzählen; vom prachtliebenden sächsischen Hof, der das 18. Jahrhundert über die Jahrhundertwende hatte hinüberretten wollen; von Zöpfen, Perücken, Reifröcken, die dort die vornehme Welt noch trug, als diese Attribute des verspielten Rokoko anderswo längst schon aus der Mode gekommen waren; von den drei Damen, die in der Dresdener Gesellschaft tonangebend waren: die Fürstin Adam Czartoryska, die verwitwete Herzogin von Kurland mit ihren vier wunderschönen Töchtern, und die zierliche Fürstin Katharina Bagration, die als geschickte diplomatische Agentin ihres Landes so viele Freunde für Rußland hatte gewinnen können.

Der Kaiser lächelte: „In Berlin war's dann wohl weniger amüsant!"

Und Metternich konnte zustimmen. Der preußische Hof hätte sich vom diplomatischen Korps beinahe abgeschlossen, und nur die liebenswürdige Königin Luise sei in dieser Welt von Parvenus wirklich großer menschlicher Regungen fähig gewesen; das hätte sie auch bewiesen, als sie nach dem Frieden von Tilsit in einer persönlichen Unterredung mit Napoleon bemüht war, wenigstens kleine Erleichterungen der schweren Friedensbestimmungen zu erreichen.

„Und dann in Paris?" fragte der Kaiser lauernd.

„Tja, Paris ...“ Geschickt wich Metternich jeder eindeutigen Stellungnahme aus und begann, Anekdoten und kleine Histörchen zu erzählen: Von seinem Fechtlehrer aus der Universitätszeit, den er auf der Reise in die französische Hauptstadt, unterwegs in Straßburg, getroffen und der ihm erzählt hatte, daß seinerzeit auch der französische Artillerieleutnant Napoleon Bonaparte sein Schüler gewesen war, worauf er lächelnd seiner Hoffnung Ausdruck gab, daß seine beiden Schüler, der Kaiser der Franzosen und der österreichische Botschafter in Paris, nicht auf den Einfall geraten werden, sich miteinander zu schlagen; oder von Napoleons Schwester Karoline Murat, der Frau des Königs von Neapel, der er vom Kaiser der Franzosen mit der Bemerkung vorgestellt worden war, sie möge ihn unterhalten, weil man seiner jetzt bedürfe, und die dann ihrerseits vom österreichischen Botschafter so gut unterhalten worden ist, daß sich zwischen ihnen eine intime Freundschaft entwickelte.

„Dann sinds' jetzt wohl auch für einen schnellen Frieden?“ Der Kaiser konnte sein Mißtrauen, das er gerade in diesen Tagen gegen jedermann aus seiner Umgebung zeigte, auch Metternich gegenüber nicht verbergen.

„Wenn ich für einen Frieden bin, dann nicht für einen schnellen, Majestät, sondern für einen guten, der die Monarchie nicht allzusehr belastet!“

Und der Monarch war sogleich einverstanden:

„Das is g'scheit, Metternich! Net so, wie der Karl, der partout net weiterkämpfen will, oder wie die Kaiserin und der Baldacci und der Kutschera, die partout keinen Frieden wollen.“

Metternich wußte natürlich, daß in diesen Tagen den Kaiser nichts so aufregen konnte wie die Frage, ob nach der verlorenen Schlacht von Wagram mit Napoleon Frieden zu schließen sei oder ob versucht werden sollte, mit einer erholten und ausgerasteten Armee eine neue kriegerische Entscheidung zu wagen. Etwas Zeit für eine solche Regeneration der Streitkräfte war ja — wenn auch unter schmerzlichen Opfern — zu gewinnen; der Fürst Lichtenstein, vom Generalissimus sehr eigenmächtig von Znaim aus zu Napoleon geschickt, um nach den Bedingungen für einen Waffenstillstand zu fragen, hatte berichten können, daß der Kaiser der Franzosen mit einer einmonatigen Waffenruhe, die fünfzehn Tage vor Wiederaufnahme der Kriegshandlungen gekündigt werden müsse, einverstanden sei, falls eine Demarkationslinie zwischen den beiden Armeen vereinbart werden könne und die Österreicher bereit wären, die Festungen von Brünn und Graz, aber auch das Land Tirol zu räumen.

Wegen dieses Waffenstillstandes war es zwischen dem Kaiser und Erzherzog Karl zu heftigen Auseinandersetzungen gekommen. Franz hatte seinem Bruder vorgeworfen, daß sich in diesem Feldzug seine Unfähigkeit, eine große Armee zu kommandieren, endgültig herausgestellt hätte; der Sieger von Aspern hingegen beschuldigte den Monarchen — von dem es doch in der Hymne heiße, er möge von Gott als der gute Kaiser Franz erhalten bleiben ...

Und mit seiner Hoheit Blitzen
Schalten nur Gerechtigkeit

... des krassen Undanks und der Ungerechtigkeit. Als Generalissimus des österreichischen Heeres, das in zwei großen Schlachten furchtbare Opfer gebracht habe und dem nicht zugemutet werden könne, sofort weiteren schweren Strapazen ausgesetzt zu werden, würde er auf jeden Fall den Waffenstillstand zu den mit Napoleon besprochenen Bedingungen abschließen und dann vorschlagen, daß der Fürst Lichtenstein an seiner Stelle provisorisch den Oberbefehl über die Truppen übernehme.

„So soll er halt zurücktreten“, sagte der Kaiser unvermittelt, und Metternich wußte, daß er damit nur seinen Bruder meinen konnte. „Wer weiß, ob net doch etwas Wahres daran ist, daß der Napoleon meine Monarchie aufteilen und den Karl zum König von Böhmen machen will. Traurig genug, daß man sich net sicher fühlen kann in seinem eigenen Haus. — Und den Johann laß ich auch net mehr nach Tirol. Der wiegelt dort die Leut' auf, als möcht' er eine Revolution vorbereiten. — Immer diese neuen Ideen! Wir haben ja jetzt g'sehen, wohin das führt!"

Jetzt war der Kaiser wirklich sehr erregt. Das ist Metternich bisher an ihm noch nie aufgefallen. Der geschickte Diplomat, der gute Menschenkenner zog es — im Umgang mit Herrschern nun schon einigermaßen erfahren — deshalb vor, still zu bleiben und abzuwarten, was noch folgen würde.

„Der Stadion kriegt den Abschied. Er hat seine Sach' um keine Spur besser gemacht als der Thugut oder Cobenzl. Eher noch schlechter."

Nachdenklich ging der Kaiser im Zimmer auf und ab. Die Hände hatte er am Rücken verschränkt, die rechte umklammerte fest das Handgelenk der linken, die aber nicht ruhig blieb, sondern sich zur Faust ballte und wieder öffnete und wieder zur Faust ballte und wieder öffnete ...

Dann wandte er sich mit einem Ruck dem Grafen Metternich zu, blickte ihn lange an, wiegte den langen Schädel überlegend hin und her.

Es war nun nicht mehr schwer vorauszusehen, was kommen würde. Jeder hätte es gewußt, der hier in Znaim mit den beiden im Zimmer gewesen wäre; und er hätte gar kein Diplomat sein müssen und nicht einmal ein besonders guter Menschenkenner.

Nun wieder ganz ruhig, als hätte der Entschluß, den er gefaßt hatte, alle Aufregung von ihm genommen, schlug der Kaiser von Österreich seinem bisherigen Gesandten beim Kaiser von Frankreich vor:

„Ich möcht', daß Sie der Nachfolger vom Stadion werden, Metternich."

Es hatte den Kaiser beeindruckt, daß der Graf Clemens Lothar Wenzel Metternich auf seinen Vorschlag nicht sofort eingegangen war. Im Gegenteil: Er hatte sich nur bereit erklärt, das ihm angebotene verantwortungsvolle Amt zu übernehmen, wenn der Kaiser ihn beim ersten Verdacht unzulänglicher Begabung schonungslos entlasse.

Nein, so hatte noch keiner gesprochen, dem der Kaiser von Österreich die leitende politische Stelle im Staat anbot. Alle anderen waren voll untertäniger Dankbarkeit, versprachen äußerste Pflichterfüllung und daß sie sich des allerhöchsten Vertrauens würdig erweisen wollten.

Das sichere Auftreten des hochgewachsenen, gebildeten, selbstbewußten Diplomaten aus dem Rheinland, der mit seinen fünfunddreißig Jahren schon nicht mehr von der Bedeutung und Größe dieser Welt beeindruckt werden konnte, gefiel dem bescheidenen, oft unsicheren und meist etwas spießig wirkenden Monarchen, und der Gedanke, sich durch seinen Minister dienstbar zu machen, was ihm selbst nicht zur Verfügung stand, beruhigte ihn ebenso, wie ein tüchtiger, aber unbeholfener Handelsherr beruhigt wird, wenn er einen gewandten, überlegenen Emissär zu einer wichtigen, folgenschweren Unterhandlung schicken kann.

Auf der Reise nach Totis, wo er den Herbst verbringen wollte — der durch die Fortdauer des Waffenstillstandes mit Napoleon wohl nicht allzu hektisch werden würde —, bot er Metternich den Platz bei sich in der eigenen Kutsche an. Er wollte seinen neuen Minister des Äußeren immer bei sich haben, weil es doch galt, über die Bestimmungen für einen Frieden mit Frankreich ins klare zu kommen; einen Frieden, der ebensowenig verlockend schien wie die Aussicht, eine siebente Schlacht mit Napoleon tatsächlich bei Temesvár schlagen zu müssen, wenn noch vier weitere Waffengänge erfolglos bleiben sollten.

Es war also notwendig, ununterbrochen an diesen Frieden zu denken, und es war angenehm, daß er selbst nicht daran denken mußte.

Denn Metternich erledigte alles.

Er empfing Kuriere von überall, wo Entscheidungen getroffen werden konnten: Aus Znaim, aus Komorn, vom Palatin aus Ofen, aus Wien, ja sogar aus Tirol, wo Andreas Hofer, der tapfere Speckbacher und der Kapuzinerpater Haspinger nun ohne alle Unterstützung durch österreichische Truppen den Kampf weiterführten.

Er schickte aber auch Kuriere ab, besprach mit ihnen die vermutliche Dauer ihres Rittes und vereinbarte mit ihnen Treffpunkte an den vorgesehenen Raststätten dieser Reise des Kaisers, die zunächst durch Mähren und einen Teil Schlesiens führte, um das von den Franzosen besetzte Gebiet in einem möglichst weiten Bogen zu umfahren.

Nachts, wenn sich der Kaiser schon ermüdet zur Ruhe begeben hatte, bemerkte er manchmal noch in den Räumen Metternichs geschäftige Betriebsamkeit, hörte wohl auch, wenn sie nur eine bescheidene Unterkunft gefunden hatten, wo sie Tür an Tür wohnen mußten, wie der Minister einem Sekretär noch lange, lange diktierte.

Unterwegs, im engen Wagen, sprachen sie jedoch fast nie über die bedeutungsvollen wichtigen Entscheidungen, die gerade jetzt vom österreichischen Kaiser erwartet wurden. Nur ganz kurz berichtete der Minister über das Wesentlichste, das er erfahren konnte, und über die wichtigsten Aktionen, die er eingeleitet hatte, und bestärkte so in Franz die Meinung, daß ein Kaiser auch dann regieren könne, wenn nicht mehr als ein treuer Diener von ihm regiert werde.

Die ganze andere Zeit über bemühte sich Metternich, seinen Monarchen abzulenken und aufzuheitern. Er zeigte ihm durch die Wagenfenster, die jetzt fast immer offen waren, amüsante Details links und rechts der Straße und spöttelte mit geistreichen Bemerkungen über alles, was sie sahen: Über die plumpen mährischen Bäuerinnen, die sich mit einem Zipfel ihrer Schürze die Nase putzten und die Augen rieben, weil ihnen vor Glück über den Anblick des guten Kaisers Franz die Tränen gekommen waren; über die aufgeregten zappelnden Kinder, die mit den Zehen ihrer bloßen Füße kuriose Muster in den Schmutz der Straße gezeichnet hatten; über die gewaltige Kette, die auf dem respektablen Bauch eines örtlichen Würdenträgers tanzte, wenn dieser die hohen Herrschaften, die in seiner kleinen Stadt oder seinem Dorf zu übernachten geruhten, stotternd begrüßte und den Schweiß nicht abzuwischen wagte, der ihm in dicken Bächen über das Gesicht floß, weil er schon stundenlang, seit ihm die Nachricht von der Ankunft des Kaisers mitgeteilt worden war, trotz der sommerlichen Hitze in seinem dicken Feiertagsrock auf der Straße gewartet hatte, umringt von der Beamtenschaft, dem hochwürdigen Herrn Pfarrer und allen anderen bedeutenden Ortsbewohnern, von denen zum zwanzigstenmal die Ansprache abgehört worden war, die ihr Oberhaupt zu halten gedachte und die schließlich doch ganz anders ausfiel, als er sie eingelernt hatte; über den Schulmeister, der mit schwungvollen Gesten seine gicksende Schülerschar im Takt halten wollte, wenn sie die Kaiserhymne sang — überall die gleiche Hymne gleich gicksend, und von den gleichen geschäftigen Schulmeistern mit rudernden Armbewegungen dirigiert; über das, was sich so in der Eile an Ehrenjungfrauen auftreiben ließ und nun, schafsäugig und wimmerlgesichtig, in verschwitzten Kirchgangskleidern viel zu früh gepflückte und deshalb schon etwas welke Blumensträuße zu überreichen hatte.

In Schlesien war dann alles ernster, gesetzter, würdevoller. In den Städten taten sich Bürger hervor, von denen einige sogar schon in der Haupt- und Residenzstadt Wien waren, täglich die Zeitung lasen und genau wußten, worum es in dieser Welt ging. Die Bürgermeister schwitzten und stotterten nicht mehr, dafür waren ihre Ansprachen viel länger und ermüdender, die Kaiserhymne wurde von besser einstudierten Chören gesungen und die Ehrenjungfrauen stießen sich heimlich an, wenn sie den schlanken, eleganten Grafen Metternich an der Seite des Kaisers sahen.

Mißtrauisch beobachtete der Monarch die Betriebsamkeit in den größeren Städten. Und wenn einer der Bürgermeister — oder wer sonst eben die Ansprache halten durfte — zu viel von nationalem Patriotismus und zu wenig von der angestammten Treue gegen das allerhöchste Herrscherhaus geredet hatte, nahm der Kaiser nach dem von ihm sehr unwillig abgekürzten Abendessen seinen Minister beiseite und meinte mißbilligend:

„Sehn s', Metternich: Da haben die Leut' auch schon viel zuviel von dem gelesen, was jetzt in den Zeitungen und auch sonst noch über Neuheiten und Änderungen g'schrieben worden is!"

Und der kluge Diplomat stimmte zu — anfangs vielleicht sogar etwas gegen seine eigene Überzeugung, dann aber von Tag zu Tag mehr überzeugt von seiner Aufgabe, gegen die gefährlichen revolutionären Ideen, gegen die Sturmflut des modischen Freiheitsschwindels einen unerschütterlichen Damm aufrichten zu müssen.

Die Fahrt auf den Jablunkapaß machte den Kaiser wieder zuversichtlicher. Es gab kaum noch Siedlungen, und nur selten begegnete ihnen ein Jäger oder einer der slowakischen Hirten, die hier ihre einsamen Hütten bewohnten. Auch in diesen heißen Sommertagen erfrischten die alten dichten Wälder der westbeskidischen Berge die Reisenden und ihre berittene Begleitung.

Beim Gasthaus auf dem Paß wurde gerastet. Sie saßen vor dem festen, aus dicken Baumstämmen gezimmerten Gebäude, blickten hinüber zu den Almweiden, auf denen zottige Hunde die Schafherden beisammenhalten mußten, weil die Hirten herbeigeeilt waren, um ihren guten Kaiser zu sehen, der hundert prächtige Schlösser und ganze Regimenter feingekleideter Diener hat — wie im Märchen. Nun standen sie da, wortlos und ein wenig enttäuscht, weil der Kaiser nur ein paar Soldaten mitgenommen hatte und nur ganz wenige vornehme Herren, und weil er nicht einmal seine Krone auf dem Kopf trug, die nach ihrer Meinung auf diesem doch festgewachsen sein mußte wie bei anderen Leuten die Haare.

Metternich ließ ein paar Silbermünzen unter sie verteilen, damit sie auch später noch etwas davon haben sollten, daß sie ihren Kaiser sehen durften. Dann sagte er lächelnd:

„Majestät, wenn ich ein Revolutionär wäre, würde ich hier umkehren!"

„Is schon gut so, Metternich. Ich glaub', die täten es nie verstehen, wenn der Napoleon den Fürsten Nikolaus Esterházy genau so zum König von Ungarn machen würde, wie er den Karl zum König von Böhmen machen will. Und solang sich das net ändert, brauchen wir wohl keine Angst zu haben."

Während sie langsam zu Tal rollten — der Kaiser hatte dem Kutscher einen Wink gegeben, sich hier etwas Zeit zu lassen —, sprach Metternich über ein System, das die gute alte Ordnung in der Monarchie bewahren sollte.

„Der Frieden ist notwendig, Majestät. Nur die äußere Ruhe kann auch die innere Ruhe sichern. Die Völker der Monarchie sind in der letzten Zeit zu unruhig geworden, weil auch rundherum alles unruhig war."

„Das sag' ich auch, Metternich. An allem waren nur diese neuen Ideen schuld. Freiheit! Menschenrechte! — Was heißt denn das? Doch nur, daß alles, was gut war, nun anders werden soll. — Die Franzosen haben ihren König umgebracht, und meine gute Tant' Marie Antoinette auch. Und was haben sie dafür bekommen? Den Napoleon, der sie mehr bedrückt als früher alle bourbonischen Könige zusammen!"

„Es ist eben grundfalsch, Majestät, daß alle, die kein Haus haben, es dem, der es hat, wegnehmen wollen!"

„Das sag' ich auch! Dann hat nämlich überhaupt niemand mehr ein Dach über dem Kopf!"

„Es muß eben verhindert werden, daß der, der ein Haus hat, es hergeben soll, Majestät!"

„Richtig, Metternich. Nur dann wird Ruh' sein in der Welt. — Wir müssen halt darauf achten, daß meinen lieben Völker gar net auf die Idee kommen, mir mein schönes Haus wegzunehmen!"

„Und Majestät müssen ihrerseits daran denken, dieses Haus nicht aus purer Vaterliebe an die Landeskinder zu verschenken!"

„Ich glaub', Metternich, wir zwei verstehen uns. Und wenn einmal wieder Frieden ist im Land, werden wir schon darauf schauen, daß unser Haus immer fest und ordentlich bleibt."

Der Minister lächelte. „Noch ist es ja nicht ganz weggegeben, Majestät. Die ungerechtfertigten Hoffnungen, die in den Völkern der Monarchie erweckt wurden, als ihre Hilfe zum Krieg gegen Napoleon notwendig war, dürfen eben nicht erfüllt werden. Das wäre dann ja so, als würde eine Schnecke, die Verbündete gegen einen mächtigen Feind herbeiruft, diesen dann ihr Haus geben, ohne das sie erst recht schutzlos wäre."

Dann schwieg Metternich plötzlich.

Sollte er sagen, daß ihm plötzlich ein Theaterstück eingefallen war, das er gesehen hatte, als er sich mit seinem Vater in London aufhielt?

Auf der Bühne wurde ein verzweifelter König, der alle Macht weggegeben hatte, weil er meinte, daß die königliche Würde ihm allein genüge, von einem Narren belehrt:

But i can tell why a snail has a house. — Why? — Why, to put his head in; not to give it away to his daughters, and leave his horns without a case . . .

Damals hatte sich der junge Metternich, dessen englische Sprachkenntnisse nicht ausreichten, um alles ganz genau zu verstehen, diese Szene erklären lassen.

Der Narr hatte zum König gesagt, daß er ihm begründen könne, warum die Schnecke ein Haus habe. Und als der König nach dem Grund fragte, gab ihm der Narr zur Antwort: Damit sie ihr Haupt darin verbergen könne; aber nicht, um es den Töchtern weiterzugeben und die eigenen Hörner ohne Schutz zu lassen.

Der König — daran erinnerte sich Metternich genau — hieß Lear.

Und der Narr war eben irgendein Narr.

Aber ein sehr kluger ...

Ströme Deiner Gaben Fülle
Über Ihn, Sein Haus und Reich!

oder

Eine Tochter für Frankreich

„Einer muß doch seinen Kopf noch klar und oben behalten, mein' ich, sonst geht ja alles schief!"

Der Kaiser von Österreich hatte schon lange nicht mehr so bestimmt gesprochen wie in diesen Tagen, in denen über eine Fortsetzung des Krieges gegen Napoleon oder über den Abschluß eines definitiven Friedens entschieden werden sollte.

„Der Stadion, der mir das alles eingebrockt hat, redet von nix anderem als von seiner Abdankung und geht nach Znaim zu meinem Bruder Karl, der schon abgedankt hat. Die Kaiserin, der Baldacci und der Kutschera wissen keinen anderen Rat, als den Kampf weiterzuführen, und wenn die siebente Schlacht wirklich erst bei Temesvár geschlagen werden müßt'. Und sie, Metternich, treffen sich in Altenburg mit dem französischen Außenminister Champagny, um die Bedingungen für einen Frieden auszuhandeln. Ein solcher Frieden ist wiederum den Engländern net recht, die nix Besseres zu tun wissen, als mir ihre Agenten und Beauftragten herzuschicken, die sehr viel und gar nix Verbindliches über eine geplante Landung englischer Truppen an der Schelde erzählen, auf die Sympathien hinweisen, die uns plötzlich wieder in Rußland entgegengebracht werden, Heldentaten über den preußischen Major Schill berichten, der seinen Privatkrieg gegen die Franzosen begonnen hat, und mir wegen der treuen Tiroler das Herz schwer machen, die noch immer verzweifelt gegen Franzosen und Bayern kämpfen."

Der Kaiser von Österreich hatte auch schon lange nicht

mehr so viel gesprochen wie in diesen Tagen, seit der General Graf Bubna mit geradezu ultimativen Forderungen Napoleons aus Schönbrunn hierher in das österreichische Hauptquartier zurückgekehrt war.

„Natürlich müßt' der Frieden kommen!" Mit einigen raschen Schritten trat der Monarch ganz nahe an den Grafen Bubna heran: „Aber doch net so! Was Ihnen der Napoleon da aufschwätzen hat wollen, ist ganz einfach ein Skandal. Darauf kann ich mich nicht einlassen ..."

Erst nach einer längeren Pause, die mit ihrer peinlichen Stille die Ratlosigkeit des Kaisers deutlich werden ließ, sagte Metternich leise und wie beiläufig:

„Majestät haben recht: Ein Brief könnte — wie Eure Majestät unlängst andeuteten — für die weiteren Verhandlungen die Fronten klarer abgrenzen und Napoleon überzeugen, daß Österreichs Lage keineswegs hoffnungslos genug ist, um die durch Exzellenz Graf Bubna überbrachten Konditionen unbedingt annehmen zu müssen. Daß Majestät diesen Brief jetzt bald schreiben wollen, könnte auch nur von Vorteil sein, weil die Unübersichtlichkeit der zur Zeit herrschenden Lage eine solche Aktivität nur als verdienstvoll erscheinen lassen kann."

Zwar konnte sich der Kaiser nicht erinnern, jemals von einem solchen Brief gesprochen zu haben — doch fehlte ihm die Zeit und die Lust, mit dem angenehm ruhigen und selbstsicheren Grafen Metternich (noch dazu in Anwesenheit des Grafen Bubna) darüber zu diskutieren; ja, nachdem er den Gedanken eines persönlichen Schreibens an den Kaiser der Franzosen nun einmal aufgegriffen hatte, schien es ihm immer wahrscheinlicher, daß er doch schon mit Metternich einen solchen Plan erwogen hatte.

„Ja, ja — ich hab' ihm, glaub' ich, sehr energisch schreiben wollen ..."

„Gewiß, Majestät. Aber doch auch entgegenkommend,

damit er nicht an der Aufrichtigkeit meiner Verhandlungen mit Champagny zweifeln könnte."

„Auch richtig! — Ich werd' ihn also anreden, wie es ihm aller Form nach gebührt: Mein Herr Bruder! — Ja, und dann . . ."

„Eure Majestät wollten, wenn ich mich recht erinnere, damit beginnen, daß sie sich der angenehmen Hoffnung hingaben, die Angebote der Bevollmächtigten Eurer Majestät gelegentlich der Konferenz von Altenburg hätten Napoleon vom aufrichtigen Wunsch überzeugt, schnell die Schrecken des Krieges zu beenden, und ihn darin die Grundzüge eines Friedens finden lassen, dessen Bedingungen auch seine Dauer verbürgen könnten . . ."

Franz unterbrach heftig: „Aber das Schreiben, das er dem Grafen Bubna mitgegeben hat, war ganz danach angetan, solche Hoffnungen in mir zu zerstören!"

„Diese Bemerkung Eurer Majestät wird eine günstige Gelegenheit schaffen, im Brief an Napoleon ganz so fortzusetzen, wie sie es sich vorgenommen haben: Daß der Kaiser der Franzosen in seinem Schreiben vom 15. Oktober, das Exzellenz Graf Bubna überbracht hat, zwar die Versicherungen seiner friedfertigen Gesinnung wiederhole, gleichzeitig aber auf Forderungen bestehe, die mit den Fundamentalinteressen des Reiches Eurer Majestät unvereinbar seien; daß er auf das ‚Uti possidetis' verzichte, diesen Verzicht auf den gegenwärtigen Besitzstand aber durch ein Ultimatum ersetze, das für die Existenz Österreichs und das Wohlergehen der Völker Eurer Majestät nicht weniger zerstörend sei."

„Ja, ja — an eine derartige Formulierung hab' ich gedacht."

„Eure Majestät sprachen ausdrücklich davon. Und auch, wie sie an Napoleon schreiben wollten, daß seine Bevollmächtigten während der ersten Besprechung die Abtretung Salzburgs, Oberösterreichs bis zur Enns, Kärntens, Krains, der österreichischen Küste und eines Teils von Kroatien deutlich verlangten — also von Gebieten mit einer Bevölkerungszahl, die nicht eine Million und sechsmal hunderttausend Menschen erreicht —, er hingegen in seinem Brief von 15. Oktober dieselbe Anzahl an der Grenze des Inn und Italiens fordert, ohne dafür an den Vorschlägen seiner Bevollmächtigten etwas zu ändern. Daß ein unter ähnlichen Bedingungen abgeschlossener Friede die Monarchie Eurer Majestät ohne Grenzen, die Staaten ohne Ausgänge lassen und die Provinzen ihrer wichtigsten Verbindungen berauben würde, somit also die Grundlagen der nationalen Industrie und des persönlichen Glückes der Untertanen zerstörte, wollten Eure Majestät in ihrem Schreiben an Napoleon ebenfalls zu bedenken geben."

„Eben! Und dabei hat er mir gleichzeitig mit seinen unverschämten Bedingungen in seinem Brief auch mitgeteilt, daß es nach der Unterzeichnung des Friedensvertrages nur von mir abhängen würde, ob sich unsere Staaten näherkommen oder nicht!"

„Und bei dieser Gelegenheit machte Napoleon Eurer Majestät auch einen Vorwurf, den sie nicht zu verdienen glauben und deshalb mit dem Hinweis beantworten wollten, daß er wohl die Bemühungen kenne, die sie stets angestellt haben, um eine derartige Einigung der beiden Völker herbeizuführen, die sie auch in diesem Augenblick nicht weniger wünschen und als das wohltätige Ergebnis einer Friedensstiftung betrachten würden, in der die wahren Interessen der beiden Reiche berücksichtigt worden sind."

„Net wahr, Metternich: Das muß er dann doch verstehen!"

„Gewiß, Majestät! Vor allem, wenn sie, wie beabsichtigt, ihren Standpunkt von ihren Pflichten als Herrscher und Vater Ihres Volkes ableiten — eine sehr überzeugende Formulierung, die Eure Majestät da gewählt haben!"

„Darum kann ich meinen Standpunkt wohl auch nicht aufgeben!"

„Keineswegs! Und Napoleon wird dann vielleicht auch

eher auf den Vorschlag Eurer Majestät eingehen, daß wenige Besprechungen genügen sollten, um das Friedenswerk auf Grundsätzen der Gerechtigkeit und der gegenseitigen Übereinstimmung, der einzigen Möglichkeit, um es beständig zu machen, zu vollenden."

„Hoffentlich! Denn der Teil meines Reiches, den die französischen Truppen besetzt haben, leidet ohnedies schon genug."

„Daher wollten Eure Majestät dem Kaiser der Franzosen auch offen eingestehen, daß sie sich gebieterisch veranlaßt fühlen, den Endpunkt der Verhandlungen herbeizuführen, und ihn um Beschleunigung der endgültigen Beschlüsse bitten. — Ich bin überzeugt, Majestät, daß der Brief, den sie ja schon seit einigen Tagen in dieser Form konzipiert haben, seine Wirkung nicht verfehlen wird. In der Schlußbemerkung sollten Eure Majestät dann — wenn ich mir diesen einzigen und unwesentlichen Vorschlag erlauben darf — noch einmal betonen, daß ihre Wünsche darauf gerichtet sind, neues Blutvergießen zu verhüten und endlich einen Zustand vollkommener Ruhe zwischen den beiden Staaten herbeizuführen."

„Na schön, Metternich — wenn s' glauben, schreib' ich das halt auch noch dazu."

Energisch wandte sich Kaiser Franz an den in großer Uniform erschienenen General Bubna:

„Ich mach' den Brief heut' noch fertig, Graf Bubna. Sie wissen jetzt eh schon, was ich dem Napoleon schreiben will. Da brauchen wir uns dann am Abend net mehr lang darüber unterhalten, wenn s' den Brief abholen kommen, damit s' morgen schon in aller Früh zum Kaiser der Franzosen nach Schönbrunn reisen können. — Nur an eins müssen s' immer denken: Fünfundachtzig Millionen Kontribution, wie's der Napoleon verlangt, ist zuviel. Mehr als fünfzig Millionen möcht' ich net geben!"

Als Graf Bubna seinen Monarchen verlassen hatte, wußte

er, daß er am nächsten Morgen wieder nach Schönbrunn zum Kaiser Napoleon fahren werde; wußte er, daß er dort einen umfangreichen Brief des Kaisers Franz zu überreichen habe; wußte er, was in diesem Brief stehen würde.

Wußte er aber nicht, ob dieser Brief wirklich ein Brief des guten Kaisers Franz sein wird ...

„Gehst heut' wieder mit deinem französischen Herrn Offizier aus?“

So fragten Mütter in der Haupt- und Residenzstadt Wien, aber auch in allen Städten und größeren Orten der von Truppen Napoleons besetzten österreichischen Provinzen ihr Mitzerl, Annerl, Reserl, Linerl, Gusterl. Die Mütter, die so fragten, schämten sich nicht, und Mütter, die sich schämten, fragten nicht so. Denn alles Französische war sehr in Mode gekommen während der letzten Zeit, und besonders seit dem 15. Oktober, an dem der Kaiser der Franzosen von Schönbrunn aus verkünden ließ, daß er mit dem Kaiser von Österreich Frieden gemacht habe.

Und das Mitzerl, Annerl, Reserl, Linerl, Gusterl beantwortete die Frage der Mutter mit einem kecken Ja, ohne sich zu schämen, und wenn es sich schämte, antwortete sie gar nichts. Auf jeden Fall aber wurde verschwiegen, daß der galante Herr Franzos' eigentlich kein Offizier war, und auch, daß man sich heute mit einem anderen treffen wollte als gestern, und morgen wieder mit einem anderen. Denn alles Französische war eben sehr in der Mode, und der Karl, dieser Tischler-g'sell, der immer nach Leim stinkt, oder der Josef, der in seiner Bäckerei selber schon blaß wie ein Mehlwurm geworden ist, hatten sich da überhaupt nicht hineinzumischen, denn verlobt ist noch lange nicht verheiratet, und auch die verheirateten Frauen hielten sich an die neue Mode, wenn sie nur jung und begehrenswert genug waren.

Schließlich hatten die Franzosen Geld, um sich alles das

leisten zu können, was sich bei der herrschenden Teuerung schon längst nicht mehr jeder leisten konnte.

Die sonst so gestrengen Herrn Väter aber taten, als wüßten sie nicht, daß vom Mitzerl, Annerl, Reserl, Linerl, Gusterl ein Franzos' sogar ins Haus eingeladen worden war und die Mama aufgekocht hat, so gut es eben in diesen lausigen Zeiten noch gegangen ist; und daß der Tabak, der sich am nächsten Tag in der väterlichen Dose gefunden hat, ein guter französischer war; und daß der Kaffee, der am Sonntag trotz der von Napoleon verhängten Kontinentalsperre auf den Tisch kam, aus den von Truppen eben dieses Napoleon beschlagnahmten Warenlagern stammte.

Ja, so hatte jeder seinen Grund, sich über den Frieden zu freuen. Und es war sehr entgegenkommend vom Kaiser der Franzosen, daß er den Frieden schon am Tag nach dem Abschluß überall bekanntgemacht und die Leut' aus ihrer Unsicherheit und Bangigkeit erlöst hat, die auf eine Nachricht von ihrem guten Kaiser Franz noch ein paar Tage hätten warten müssen, nicht wahr? Dabei haben doch alle schon so hart darauf gewartet, und sobald sie es wußten, sind sie auf die Straßen und auf die Plätze gelaufen und haben getanzt und sich gegenseitig umarmt und abgeküßt und gejubelt, und wer gescheit war, hat überlegt, wie mit den Franzosen ein gutes Geschäft zu machen wäre, ehe sie wieder abzogen.

An den Stammtischen in den Wirtshäusern — wo der Wein zwar schlechter geworden war, weil die Wirte ihren besseren nur an die Herren Franzosen ausschenken wollten, wo aber wenigstens jeder ehrbare Bürger so tun konnte, als wüßte er nicht, wie sich die Weiber daheim der Franzosen annahmen — fing immer wieder einer an zu prahlen, wie vorteilhaft er mit den Soldaten Napoleons gehandelt habe, und ein anderer wollte ihn übertrumpfen, und als schließlich keiner von ihnen eine weitere Steigerung glaubhaft vorzubringen vermochte, holten sie Beispiele oft von weither.

So habe der Grazer Theaterdirektor Carl Friedrich Domaratius alte, längst abgespielte Vorstellungen noch einmal angesetzt und ihnen auf dem Programmzettel einen französischen Titel gegeben — Hubers „Teufelsmühle am Wienerberg" nannte er beispielsweise „Le moulin en sorceler sur le mont près de Vienne" —, damit er die Offiziere der französischen Besatzungsmacht in sein Theater locken und ihnen die bereits im Jahresabonnement dem steirischen Adel vermieteten Logen gegen teures Geld überlassen konnte.

Freilich mußten da alle lachen, und ein anderer hatte sich gewaltig anzustrengen, um die muntere Gesellschaft mit einem auch nur annähernd so lukrativen weiteren Streich zu unterhalten:

Vom bescheidenen Herrn im Eckhaus am hohen Markt — na, wissen s' eh! —, dem es keiner zugetraut hätte, daß er sich so viele französische Waren beschaffen könne, sogar Kleider und Anzüge aus Paris, die er mit großem Gewinn abzusetzen verstünde, nein, nein, nicht in einem Geschäft, denn er verfüge ja nicht über ein solches, aber unter der vornehmen Gesellschaft (oder unter denen, die sich plötzlich dazu rechnen, weil sie auf ebenso obskure Weise schnell zu sehr viel Geld gekommen waren).

Ja, ja, es ließ sich schon noch einiges herausschlagen aus so einem Friedensschluß, schließlich wäre doch das Geld recht locker in der Börse der Franzosen und auch in den Börsen jener, die dieses lockere französische Geld geschickt zu vermehren wußten ...

„Schaut doch einmal, wie bös der heruntergekommene Kerl dort drüben uns anblickt!"

„Ach, das ist bestimmt nur einer von denen, die nicht vergessen können, daß sie in diesem Krieg von den Herren Franzosen Prügel einstecken mußten!"

„Oder er ist so ein ungeschickter Hitzkopf wie dieser Sachse ..."

„Der Friedrich Staps aus Naumburg?“

„Ja, der! Ausgerechnet zwei Tage vor dem Friedensschluß hat er den Kaiser Napoleon bei einer Truppenschau in Schönbrunn ermorden wollen!“

„Natürlich haben ihn die Herren Franzosen gleich fest-g'nommen. Die sind doch net dumm!“

„Sogar das Leben wollten sie ihm schenken, wenn er die Gnad' entgegengenommen hätt', die ihm der Kaiser Napoleon angeboten hat. Aber nein! Der Narr hat das ja zurückweisen müssen!“

„Recht is ihm g'schehen, daß sie ihn dann gleich hing'richtet haben! Wo würden wir denn hinkommen, wenn da ein Überfall auf den Kaiser der Franzosen so mir nix, dir nix durchgeführt werden könnt'!“

„Noch dazu von einem Sachsen, der bei uns gar nichts verloren hat!“

„Eben! Solche Menschen sollt' man gleich ausweisen!“

Der schlecht gekleidete Fremde war aufgestanden, nachdem er eine Münze als Bezahlung für den Wirt auf den Tisch geworfen hatte. Als er an den Männern am Stammtisch, die ihn mit ihren aufreizenden, lauten Reden vertreiben wollten, vorüberging, schwiegen diese für einen Augenblick. Sie sahen, daß er hinkte. Wahrscheinlich war ihm eine französische Kugel ins Bein gefahren, oder es hatte ihm einer der Soldaten Napoleons mit dem Bajonett ein paar Sehnen durchstochen. Der eigenartige Rhythmus seiner Schritte hing aber noch im Raum und die Tür der Gaststube, die er zornig aufgerissen hatte, war hinter ihm noch nicht zugefallen, als einer aus der Runde schon wieder anfing:

„Das war sicher ein Tiroler. So hagere G'sichter haben nur die. Und wenn's ihnen dreckig geht — wohin flüchten s' dann?“

„Da hast du recht! Höchste Zeit, daß diese Dickschädeln, die net einmal lesen und schreiben können, mit ihrem politischen Aufstand aufhören. Was versteh'n denn die auch schon von Politik?

„Wie es heißt, soll der Kronprinz von Bayern jetzt wieder dreißigtausend Mann gegen Innsbruck führen. Die werden den Hofer schon noch Mores lehren!"

„Freilich! Jetzt, wo unser guter Kaiser Franz Frieden g'macht hat mit den Franzosen, kann dieser Sandwirt aus Passeier doch nicht seinen Privatkrieg weiterführen!"

„Aufhängen sollten s' ihn, damit endlich Ruh wird!"

„Und alle anderen Aufwiegler und Unruhestifter dazu!"

Einer blickte lauernd nach der Tür, durch die der Fremde verschwunden war:

„Und wenn ich den mit seinem finstern G'schau noch einmal da herinnen seh', dann sag ich's einer französischen Patrouille — wirklich wahr!"

„Warum auch net? Solang solche Leut' noch frei herumlaufen, wird der Wein ja nie besser werden können ..."

Denn darum ging es jetzt in Österreich. So, wie die meisten Landeskinder des guten Kaisers Franz vor nicht einmal einem Jahr noch leichtsinnige Patrioten waren, wollten sie jetzt leichtsinnig nichts anderes als ihren guten Wein, ihr gutes Essen, ein möglichst müheloses Einkommen, schöne Kleider für die Frauen und mehr noch für die Töchter; einen leichtsinnigen phäakischen Frieden also, mit guten Geschäften, die sich unter der Hand durchführen ließen, und mit jenen Freuden, die ihnen der Krieg jetzt schon wochen-, ja monatelang vorenthalten hatte.

Daß die harten Bedingungen des Schönbrunner Friedens die Monarchie um 1885 Quadratmeilen gebracht hatten, daß die gesamte Meeresküste verlorengegangen war, Salzburg, Berchtesgaden, ein Teil von Oberösterreich, Görz, Monfalcone, Triest, Krain, der Villacher Kreis, die sechs kroatischen Militärdistrikte, Fiume und das Littorale, Istrien mit allen vorgelagerten Inseln, das ganze rechte Ufer der Save — ja, daß auch alle böhmischen Restbesitzungen in Sachsen, die Gebiete Westgaliziens, der Bezirk von Krakau und der Zamoscer Kreis in Ostgalizien weggegeben werden mußten, kränkte nur wenige. Daß dem Erzherzog Anton und damit dem Erzhaus überhaupt die Würde des nun aufgelösten Deutschordens für immer genommen wurde, störte höchstens einige alte adelige Damen, die bei ihren völlig nutzlosen Zusammenkünften ebenso nutzlose Fragen der Genealogie und der Etikette erörterten; daß Tirol bei diesem Friedensschluß entgegen allen früheren Zusicherungen des Kaisers Franz völlig aufgegeben worden war, die österreichischen Truppen dort Befehl erhalten hatten, sich sofort zurückzuziehen, und Erzherzog Johann dieses Land, an dem er so sehr hing, nicht mehr betreten durfte — das alles wog nun nichts mehr gegenüber einer Prise französischen Tabaks, einem Schalerl französischen Kaffees oder einer bunten französischen Uniform, an die sich das Mitzerl, Annerl, Reserl, Linerl, Gusterl so angestrengt klammerte, daß es zu übersehen schien, wie jeden Tag ein anderer darin steckte.

Denn es war Frieden geworden im Land, und der neue Minister Graf Metternich hatte verhindern können, daß Napoleon die Monarchie zerstückelte, das Königreich Ungarn einem Verwandten übergab und das Königreich Böhmen dem Erzherzog Karl, und vielleicht sogar den guten Kaiser Franz absetzte und dafür einen bedeutungslosen Habsburger zum Herrscher Österreichs ernannte.

So war alles in Ordnung — der Tabak, der Kaffee, die bunte Uniform —, sie konnten wieder an das Geschäft denken und noch mehr an ihr bescheidenes Vergnügen, das jetzt, nach den Entbehrungen der Kriegszeit, eigentlich gar nicht mehr so bescheiden und ehrbar zu sein brauchte, konnten über alle raunzen, die diesen Zustand ändern wollten, und über alle, die ihn nicht ändern wollten, konnten politisieren und sich mit ihrem wirklichen oder nur eingebildeten Wissen über den neuen Minister Metternich hervortun:

„G'scheit, daß endlich einer da ist, der die Franzosen richtig zu schätzen weiß!"

„Ja, genauso wie seinerzeit der Fürst Kaunitz, der es fast zuwege gebracht hätt', daß die beiden Mächte Frankreich und Habsburg net mehr gegeneinander, sondern füreinander gestanden wären."

„Der Graf Metternich hat ja auch eine Enkelin des Fürsten Kaunitz geheiratet!"

„Ja, dann . . ."

„Er wird schon etwas unternehmen, daß dieser Frieden andauert!"

„So wie der Kaunitz, der die Marie Antoinette an den französischen König verheiratet hat!"

Es war für den Grafen Metternich ein sehr schwerer Gang. Er wußte, daß er in ganz Wien als Franzosenfreund galt und daß nur sein geschicktes Taktieren beim Abschluß des Schönbrunner Friedens die Kaiserin und den noch immer mächtigen Grafen Stadion daran hinderten, ihm seine Wertschätzung Napoleons laut und in aller Öffentlichkeit vorzuwerfen.

Obwohl der Kaiser Franz, bei dem er sich nun sehr bedeutungsvoll hatte ansagen lassen, bestimmt schon ahnte, was in Paris zwischen dem österreichischen Botschafter Fürst Schwarzenberg, Napoleons kürzlich geschiedener Gemahlin Josephine und seinem Stiefsohn Eugen besprochen worden war (weil es eben an so komplizierten Höfen wie dem in Paris und dem in Wien weder an Spitzeln noch an Zuträgern fehlte), fürchtete der neue österreichische Staatsminister, sein patriarchalischer, mißtrauischer Monarch könnte in ihm den Drahtzieher eines diplomatischen Spiels vermuten, das die privaten und familiären Angelegenheiten des guten Kaisers Franz mit den weltpolitischen Affären verflechten würde. Dabei war der Kaiser seit dem Friedensschluß mit der großen Politik wieder ganz und gar überworfen — nicht, weil er ein paar Millionen Untertanen und einen beträchtlichen Teil seines Reiches verloren hatte, auch nicht, weil die Bestimmungen des Schönbrunner Abkommens dem Haus Habsburg nur eine Streitmacht von 150.000 Mann bewilligten und die kriegerische Potenz der Monarchie dadurch sehr beeinträchtigten; nein, Seine Majestät waren ungehalten über die fünfundachtzig Millionen, die statt der vom guten Landesvater Franz vorgeschlagenen fünfzig Millionen als Kontribution an Napoleon bezahlt werden mußten. Der Ärger des österreichischen Kaisers war so offensichtlich, daß Metternichs vertrautester Mitarbeiter, Friedrich von Gentz, feststellen konnte, der Kaiser ärgere sich nur, wenn er zahlen müsse. Selbst Graf Bubna, der von seinem Monarchen früher so geschätzt worden war und der als Unterhändler wirklich alles unternommen hatte, um die Friedensbedingungen in einem für Österreich erträglichen Rahmen zu halten, war vom ungehaltenen Kaiser wegen dieser Summe, von der nichts mehr abzuhandeln war, zum Gestütwesen versetzt worden.

Und nun sollte der Graf Metternich einen Vorschlag unterbreiten, der Franz den Ersten, Kaiser von Österreich, König von Ungarn, König von Böhmen etcetera etcetera so handeln lassen würde wie einen kleinen Wiener Gewürzkrämer, der sein Mitzerl, Annerl, Reserl, Linerl, Gusterl einiger geschäftlicher Vorteile wegen mit französischen Offizieren (von denen mancher gar kein Offizier war, sondern bestenfalls ein kleiner Korporal, der nach den Worten eines anderen, früheren Korporals den Marschallstab zwar im Tornister, aber noch keineswegs in der Hand hat) herumziehen läßt. Wohl ging es bei dem Vorteil, den sich Metternich vom ehemaligen „kleinen Korporal" Napoleon erwartete, um anderes als bloß um ein paar Päckchen Kolonialwaren, die in diesen Zeiten mit ungeheuren Profiten angebracht werden konnten, aber im Grunde genommen hätte sich der kaiserliche Vater unter den anderen Monarchen Europas dann mit der gleichen Methode hervorgetan wie der krämerische Vater unter den Inhabern der anderen Verkaufsgewölbe in seinem Viertel.

Wirklich:

Es war für den Grafen Metternich ein sehr schwerer Gang ...

Elegant und diplomatisch, wie es seinem ganzen Wesen entsprach, begann der Staatsminister dann seinen Vortrag vor dem Allerhöchsten Herren, indem er eine Stelle aus dem Brief vorlas, den die Gräfin Eleonore Metternich, die Enkelin des großen Staatsmannes Kaunitz, mit dem Datum vom 3. Jänner 1810 aus Paris geschrieben hatte und in dem sie über eine Unterredung mit der geschiedenen Gattin des französischen Kaisers berichtete, die ausdrücklich gesagt habe:

„Ich bin ausschließlich mit einem Plan beschäftigt, dessen Gelingen mich hoffen ließe, daß mein Opfer, das ich nun gebracht habe, nicht umsonst sei: Es wäre die Heirat des Kaisers mit Ihrer Erzherzogin. Ich habe gestern abend mit ihm gesprochen, wobei er mir erklärte, daß seine Wahl noch nicht feststände."

Metternich wollte abwarten, wie der Kaiser von Österreich auf dieses wörtliche Zitat einer wichtigen Bemerkung der Exkaiserin von Frankreich reagieren würde. Aber Franz saß wieder, in seinem unscheinbaren bürgerlichen Rock, langschädelig und mit hängender Unterlippe, hinter seinem Schreibtisch und schwieg beharrlich. So blieb dem Staatsminister nichts anderes übrig, als doch noch weiter vorzulesen, was seine Frau über das Gespräch mit Josephine, geborene Tascher de la Pagerie, Witwe des Vicomte de Beauharnais und seit mehr als einem Monat von Kaiser Napoleon dem Ersten geschieden, gewissenhaft und ausführlich geschrieben hatte:

„Sie erklärte sich aber überzeugt, er wäre bereits entschlossen, wenn er nur wüßte, daß er Österreich willkommen sei. Daraufhin habe ich getan, was ich konnte, um ihr zu beweisen, daß ich die Eheschließung als großes Glück ansehe, aber ich konnte es nicht lassen, sie auf die Schwierigkeiten hinzuweisen, die für eine österreichische Erzherzogin mit dem Leben in Frankreich verbunden sind. Sie erwiderte nur immer: ‚Aber wir müssen es versuchen!' und dann schien sie untröstlich bei der Vorstellung, Sie könnten es verweigern: ‚Er muß der Tatsache ins Auge sehen, daß Ihr Kaiser mit seinem Reich ihrem Untergang entgegengehen, wenn er nicht einwilligt, und es ist vielleicht überhaupt das einzige Mittel, das den Kaiser hindern kann, mit der Kurie völlig zu brechen.'"

Nun stand der Kaiser Franz auf und trat mit mühsam nachgeschleppten Schritten an das Fenster. Er blickte hinunter auf die eiligen Leute vor der Hofburg, auf seine vielen, vielen Kinder, derem Wohlergehen er ein wirkliches Kind, seine brave Tochter Marie Luise, opfern sollte, damit dieses Kind — wie vor gut einem halben Jahrhundert die arme Tant' Marie Antoinette — nach Paris gehe, um den französischen Monarchen zu heiraten. Aber der sechzehnte Ludwig war damals immerhin der legitime Nachkomme eines der vornehmsten europäischen Adelsgeschlechter gewesen und nicht ein größenwahnsinniger korsischer Emporkömmling, der sogar mit dem Heiligen Vater so respektlos umging wie mit irgendeinem kleinen, kriecherischen deutschen Landesfürsten und der die Witwe des Vicomte de Beauharnais auf dubiose Art zur Kaiserin von Frankreich gemacht und nun auf noch dubiosere Art abgeschoben hatte. Nein, nein — für ein solches Abenteuer war ihm die Marie Luise wohl zu schad'.

Und der Kaiser drehte sich mit einem Ruck zu seinem Staatsminister:

„So ganz unanfechtbar ist doch die Scheidung Napoleons von der Kaiserin Josephine gar nicht!"

„Doch, Majestät! Als Napoleon die Witwe des Vicomte de Beauharnais, mit der er sich schon vor acht Jahren durch eine zivile Behörde hatte verheiraten lassen, am 1. Dezember 1804 — also am Vorabend seiner Krönung zum Kaiser von

Frankreich — in der Tuilerien-Kapelle auch kirchlich geheiratet hatte, unterlief seinem Onkel, dem Kardinal Fesch, vielleicht unbewußt, vielleicht aber auch bewußt bei der Trauung ein formaler Fehler, da er nicht, wie vorgeschrieben, den Pfarrer der Ortsgemeinde und zwei unabhängige Zeugen beigezogen hatte. Das war für Napoleon ein wichtiges Argument, als er am 30. November des Vorjahres Kaiserin Josephine offiziell davon in Kenntnis setzte, daß er sich von ihr scheiden lassen wolle. Am 16. Dezember annullierte der französische Senat mit 76 gegen sieben Stimmen bei vier Stimmenthaltungen die zivile Ehe, und am 9. Jänner dieses Jahres hat — wie ich unlängst erfahren habe — auch das Pariser Diözesangericht die Ehe Napoleons mit Josephine für nichtig erklärt; wegen des Formfehlers und vor allem, weil sich der Kaiser von Frankreich darauf berief, die kirchliche Trauung sei ihm vom Papst als conditio sine qua non, als ununmgängliche Voraussetzung für die Krönung zum Kaiser von Frankreich aufgezwungen worden.

Die Scheidung ist also unanfechtbar, Majestät, und Napoleon ist nicht mehr mit einer um zehn Jahre älteren Frau verheiratet, die ihm keinen Erben für sein Kaiserreich schenken kann."

„Und dafür braucht er jetzt meine Marie Luise, was?" Aus dieser Frage sprach die Heftigkeit des gekränkten Vaters und nicht die Überlegung des regierenden Kaisers.

„Immerhin hat die Mutter der Erzherzogin Eure Majestät mit dreizehn Kindern beschenkt, die Großmutter Karoline von Neapel hat achtzehn Kinder zur Welt gebracht, die Urgroßmutter Maria Theresia sechzehn. Das bietet gewisse Garantien. Und Napoleon selbst hat — wie man sich in Paris, gar nicht mehr hinter vorgehaltener Hand, allgemein erzählt, am 13. Dezember 1806 von der schönen Eleonore Denuelle de la Plaigne einen Sohn, Léon, bekommen, der dann allerdings als das Kind unbekannter Eltern registriert wurde, um die Mutter, die als Vorleserin bei Napoleons Schwester

Karoline Murat, der Königin von Neapel, die Bekanntschaft des Kaisers von Frankreich gemacht hatte, zumindest nicht offiziell zu belasten — wie es in diesen Kreisen eben üblich ist."

Mit dieser überlegen lächelnd vorgebrachten Bemerkung wollte Metternich den Vater Franz so sehr überfordern, daß schließlich nur noch der Kaiser Franz dieses entscheidende Gespräch zu Ende führen könnte. Der Staatsminister wußte, daß er diesmal nur gewinnen kann, wenn er — ganz gegen seine sonstige Gewohnheit — mit vollem Einsatz spielt.

Und wirklich konnte er aus der Art, mit der sich Franz nach kurzer Überlegung wieder setzte, bereits erkennen, daß er nun nur noch den Kaiser und nicht mehr den Vater vor sich hatte. Die Antwort auf Metternichs frivole Geburtenstatistik kam resigniert und unbeteiligt von einem, der die Politik und ihr Treiben, die eleganten, aber lockeren Sitten einer prächtigen Hofhaltung nicht verstehen wollte und auch gar nicht zur Kenntnis nehmen konnte, ohne sein patriarchalisches, ein wenig einfältiges Wesen zu verraten:

„Was im Haus der Karoline Murat passiert ist, müssen sie ja am besten wissen, Metternich."

Der hohe Einsatz hatte sich gelohnt, das Spiel war gewonnen.

„Majestät, Österreich darf nicht zögern, dem Kaiser von Frankreich sehr rasch einen Wink zu geben, daß die Erzherzogin seine Bewerbung um ihre Hand annehmen würde. Schon im November des vorigen Jahres hat Napoleon nämlich in Sankt Petersburg vorfühlen lassen, ob eine Vermählung zwischen ihm und der Schwester des Zaren von Rußland, der Großfürstin Anna, in Frage käme. Der Zar hat, wie ich weiß, noch nicht geantwortet; die Gefahr, daß Frankreich und Rußland ganz Europa unter sich aufteilen und jeder andere Herrscher dieses Erdteiles — jeder Herrscher, Majestät! — entweder von Napoleon oder von Alexander abhängig würde, kann durch einen raschen Entschluß noch abgewendet werden.

Gewiß, der Zar hat sich gerade während der letzten Friedensverhandlungen bei Napoleon sehr nachdrücklich für Österreich eingesetzt — aber ein übermächtiges Reich im Osten wäre fast noch unangenehmer als ein übermächtiges Reich im Westen. Denn das Gleichgewicht Europas kann nicht nur das Gleichgewicht zwischen zwei großen, noch dazu durch eine Heirat miteinander verbundenen Mächten sein. Ein dauerhafter Friede, den ihre Völker, Majestät, nach so vielen verlustreichen Kriegsjahren wohl am dringendsten von allen Völkern dieses Erdteiles benötigen, läßt sich nur durch Ausgeglichenheit und Gleichwertigkeit aller großer Staaten, zu denen Österreich nach wie vor gerechnet werden muß, erreichen."

So wenig sich der Kaiser sonst auch für die große Politik interessiert hatte — der bedrückenden Vision von einem Kontinent, der eigentlich gar nicht mehr besteht, weil er von beiden Seiten her in kannibalischer Weise aufgefressen wurde, konnte er sich doch nicht entziehen. So war es bereits eine Zustimmung, als er zu Metternich sagte:

„Ich leg' die Entscheidung in die Hände meiner Tochter. Es soll kein Zwang auf sie ausgeübt werden, Metternich. Darum gehn s' jetzt gleich zur Erzherzogin und berichten s' mir dann, was sie ihnen sagen wird. Ich selber will meine Tochter net von der ganzen G'schicht benachrichtigen, sonst könnt' die arme Marie Luise am End' glauben, ich wollt' auf ihre Entscheidung Einfluß nehmen."

Metternich wußte, daß dieser Gang für ihn nicht mehr so schwer sein werde.

Die Erzherzogin Marie Luise hatte zwar, als sie nach der unglücklichen Schlacht bei Austerlitz mit dem Hof nach Ofen flüchten und in obskuren Herbergen übernachten mußte, die dort in den Betten vorgefundenen Wanzen verbittert als „Napoleons" bezeichnet; sie hatte auch, als sie vom Gerücht hörte, daß Napoleon eine junge Frau aus königlichem Hause zu heiraten gedenke, mitleidig bemerkt: „Ich bedauere die arme Prinzessin, auf die seine Wahl fällt“; und sie hatte sogar noch vor wenigen Tagen, als sie in den Zeitungen von der Scheidung Napoleons las, ihrem Vater einen Brief geschrieben, daß sie außerordentlich beunruhigt sei, da sie es nicht für außerhalb aller Möglichkeiten ansehen müsse, selbst zu den Prinzessinnen zu zählen, die dem Kaiser der Franzosen als zweite Gattin vorgeschlagen werden könnten — während sie doch in Ofen den Erzherzog Franz kennengelernt und erkannt habe, daß dieser sie glücklich machen würde, weshalb sie den kaiserlichen Vater, nachdem sie schon ihre Stiefmutter ins Vertrauen gezogen hatte, inständig bat, ihre Gefühle zur Kenntnis zu nehmen, wenn er über ihr künftiges Glück entscheide.

Dennoch wußte Metternich, daß dieser Gang zur schüchternen, kurzsichtigen Erzherzogin für ihn nicht so schwer sein würde wie vorher der Gang zu ihrem Vater.

Der geistreiche Feldmarschall Karl Joseph Fürst von Ligne spottete wohl: „Österreich hat dem Minotaurus eine schöne Färse geopfert“; spielte auf die diabolische Dämonie Napoleons an: „Es ist besser, daß eine Erzherzogin zum Teufel geht als eine ganze Monarchie“ — die Wiener, deren angeborene Schlamperei sich mit dem französischen Gefühl für Luxus nun zu einer ganz eigenartigen, parvenühaften Mischung zu vereinigen begann, taumelten aber jubelnd einem Ereignis entgegen, von dem sie in ihrer Oberflächlichkeit und ihrem, augenblicklichen Stimmungen unterworfenen, Egoismus zunächst einmal für sich selbst Vorteile über Vorteile erwarteten. Sie dachten nicht daran, daß selbst der gute Kaiser Franz, für den sie den lieben Gott beim Absingen der Hymne immer baten:

Ströme Deiner Gaben Fülle
Über Ihn, sein Haus und Reich! —

ohne sich allerdings viele Gedanken über die Möglichkeit des Strömens und über die Art der in Fülle herbeigesungenen Gaben zu machen — daß also selbst dieser gute Kaiser Franz zum Staatsminister Metternich gesagt hatte:

„Meine Zustimmung zur Heirat wird der Monarchie einige Jahre politischen Friedens sichern, die ich zur Heilung ihrer Wunden werde verwenden können. Der Wohlfahrt meiner Völker sind alle meine Kräfte geweiht, ich kann daher in meiner Entscheidung nicht schwanken. Senden sie einen Kurier nach Paris und melden sie, daß ich die Bewerbung um die Hand meiner Tochter annehmen werde, unter dem ausdrücklichen Vorbehalte jedoch, daß weder von der einen noch von der anderen Seite irgendeine Bedingung daran geknüpft werde. Es gibt Opfer, die durch nichts, was einem Handel nahe kommt, befleckt werden dürfen."

Nein, die Wiener dachten nicht daran, daß ihr guter Kaiser so wenig Zutrauen in den Erfolg dieser Heirat haben könne; sie wußten im allgemeinen ja auch nicht, was der Monarch zu seinem nun einflußreichsten Minister gesagt hatte — und den wenigen, die es wußten und die vor Besorgnis nicht darüber schweigen konnten, wurde weit weniger geglaubt als dem Possendichter Adolf Bäuerle, der ganz im Sinn des wienerischen Optimismus sogar schon im Hinblick auf eine ferne Zukunft, auf die glückliche Zeit der Enkel, reimte:

Luisens Zartgefühl, entflammt aus Fürstenblute,
Und Frankreichs größter Held, ein mächtiger Regent
Vereinigen in sich das Große und das Gute,
Das für Europas Glück im heil'gen Feuer brennt,
Es spricht's der Enkel noch mit unbestoch'nem Mute,
Was diese Zeit mit holdem Jubel nennt:
Nun ist der rauhe Weg des Lebens zu befahren,
Weil Geist und Mut und Macht sich mit der Tugend paaren.

Ja, das wollten sie alle hören: Daß ihr Jubel ein holder sei und daß die prächtige Beleuchtung der Stadt, zu der jeder nach Kräften beitrug, damit jeder wenigstens etwas von diesem großen hochzeitlichen Fest haben könne, auch gleich einer glücklichen Zukunft leuchten werde. Keiner hielt es lange in seinen eigenen vier Wänden aus; sie drängten durch die Gassen und riefen ihre Neuigkeiten wildfremden Leuten zu, als wären es die besten und vertrautesten Freunde: Daß der Marschall Berthier, der Fürst von Neufchatel und von Wagram (wem fiel schon auf, daß dieser Titel an eine für Österreich so verhängnisvolle Schlacht erinnerte?), den Napoleon als persönlichen Vertreter nach Wien geschickt hatte, da und dort gesehen worden sei, das und das gesagt habe und dem und dem die Hand drückte; daß der Ehekontrakt in Paris bereits unterzeichnet worden sei und Marie Luise als Leibgedinge das Elysee, das Große und Kleine Trianon erhalten solle (wer nickte da nicht verständnisvoll, obwohl er von diesen französischen Besitztümern überhaupt keine Ahnung hatte?); daß die Apanage für die junge Kaiserin der Franzosen vier Millionen betragen werde; und was die lateinische Inschrift Ex Unione Pax, Opes, Tranquillitas Populorum bedeute, die in der Hofburg, auf dem Platz der Hauptwache, groß und deutlich angebracht worden war und die verkünde, daß durch die Vereinigung den Völkern Frieden, Arbeitsfreude und Ruhe gesichert werde.

Überhaupt die Inschriften! Wer immer dazu imstande war, hing seine glücklichen Gedanken in möglichst großen Lettern an die Fassade seines Hauses, als ob es mit dem ununterbrochenen Jubel auf der Straße, mit diesem aufdringlichen Lärm zur Vermählung einer neunzehnjährigen Erzherzogin mit dem schon über vierzig Jahre alten korsischen Eroberer noch nicht genug sei.

Für das Kaffeehaus neben der Johanneskirche in der Kärntnerstraße wurde der vielbestaunte Vers gedichtet:

Jauchzt und singet Jubellieder,
Frohe Zeiten kehren wieder;
Freunde sind die beiden Kaiser,
Drum beleuchten wir die Häuser.

Ja, es sollte eben jeder wissen, warum die ganze Wienerstadt so festlich beleuchtet war! Und obwohl es jeder wußte, stündlich hundertmal auf der Straße, in den Wirtshäusern, in den Gewölben der Kaufleute, in der Kirche und unter allen Haustoren davon gehört hatte, las er doch gierig, was bei der Gans in der Rotenturmstraße, ober dem zweiten kleineren Tor, als Inschrift zu einem illuminierten Bild der Erzherzogin Marie Luise angebracht worden war:

Lieb-Lämpchen loder hell,
Zeig allen Völkern an:
Daß man die Tugendquell
Nur hierorts finden kann.

Der Buchbinder Riedl im Eckhaus in der Riemergasse war ebenfalls ein vom Gedanken an die große Hochzeit sehr beglückter Patriot:

In diesem Buche hier sieht man heut aufgeschlagen,
Der Zukunft schönes Glück, das Glück in unsern Tagen.
Nicht nur in dieses Buch sind diese teuren Lieben —
Auch in Paris und Wien in jedes Herz geschrieben.

Überall ungelenk gemalte, aber sehr bunte Bilder, Transparente, Schilder, Sprüche, Gedichte — familiäre Anbiederungen an den Kaiser der Franzosen, der nun in die große, große habsburgische Dynastie einbezogen werden sollte und der als Schwiegersohn des guten Kaisers Franz jetzt ganz einfach nicht mehr der böse, gefürchtete Feind sein konnte.

Sechs Verszeilen in der Rauhensteingasse drückten das auch ganz unumwunden aus:

Groß ist Napoleon,
Nun unsers Kaisers Sohn,
Luise knüpft dies Band,
Heil meinem Vaterland!
Sie wird des Helden Lohn,
Als Perle Seiner Kron.

Nicht nur in der Stadt selbst überboten sich die Bürger gegenseitig durch immer aufwendigere Huldigungen, durch immer größere Bilder und immer längere Gedichte — auch die Vorstädte wollten nicht zurückstehen. Hier, wo das Haus meist kleiner und die Bildung meist geringer war, fand sich manchmal nicht der nötige Platz und auch nicht der nötige Geist, die naheliegenden persönlichen Wünsche hinter den untertänigsten Huldigungen ganz zu verstecken. Aber keinem schien es unpassend und niemand schüttelte mißbilligend den Kopf, wenn er außerhalb des Roten Turmes, in der Rauchfangkehrergasse, seine heimlichen Gedanken ungeniert aufgeschrieben sah:

Heil der, durch die Frieden reift,
Wo jeder ungestört
Nach seiner Nahrung greift.

Ja, darauf kam es allen an; dafür mußte die Färse dem Minotaurus geopfert werden, wie ein Geistreicher spöttelte; und dafür reimten sich die Geistlosen dumme Sprüche an die Hauswände: Daß der eigene Wanst gefüllt werden könne; daß es nicht die letzten sorgsam gehüteten Vorräte bleiben mögen, die jetzt überall so leichtsinnig in die Töpfe und Pfannen verschwendet wurden, als ginge es um eine Hochzeit in der eigenen Familie; daß der saure Wein, den man sich in diesen lausigen Zeiten gerade noch hatte leisten können, in Hinkunft so blumig und goldig in den Kannen und Gläsern locken würde wie der köstliche Guldenwein, für den zwar übertrieben hohe Preise bezahlt werden mußten, der aber an einem Fest wie diesem nicht fehlen durfte, auch, wenn nicht genügend Geld übrigblieb, um in den nächsten Tagen trockenes Brot für die Kinder zu kaufen.

Ein Fest, ein Fest, ein Fest!

Eines, bei dem es zuging, als hätten alle Wiener, alle Bewohner der Vorstädte, alle Bürger in den größeren Orten der Provinzen, alle Untertanen in den Märkten und Dörfern der Monarchie nichts anders getan, als immer nur auf diesen 11. März des Jahres 1810 gewartet, um mit heiser gebrüllten Kehlen, wirbelnden Fahnen und Tüchern, mit Hüteschwenken und mit gegenseitigen Umarmungen, mit Herzklopfen, mit Freudentränen in den Augen die kurzsichtige Erzherzogin Marie Luise in ihr großes Glück zu begleiten.

Der kuriose österreichische Familiensinn, der unter Verwandtschaften anderer Leute ebensoviel Herzlichkeit voraussetzt wie Mißtrauen unter der eigenen Verwandtschaft, steigerte sich zur berauschenden Überzeugung, daß der gute Kaiser Franz mit seinem mächtigen und berühmten Schwiegersohn Napoleon ein zumindest ebensolches Glück habe wie der Hausherr vom Grund mit dem vermögenden Selcher, der das patscherte Hausherrntöchterl zur Frau genommen hat. Und so, wie keiner den Eigennutz des Selchers — der durch die Hochzeit seine gesellschaftliche Stellung bestätigt haben wollte — oder die Notlage des Hausherrn — der sich vom Vermögen des Schwiegersohns eine Verbesserung der eigenen, kritisch gewordenen Situation erwartete — oder den Kummer der gewesenen Hausherrntochter und jetzigen Selchersgattin — die sich einen ganz anderen Ehemann als den zwar tüchtigen, aber doch derben und rohen, neureichen Emporkömmling gewünscht hatte — zur Kenntnis nahm, weil das wägbare Glück einer solchen Verbindung das unwägbare Leid vergessen ließ, so jubelten und sangen und klatschten und frohlockten alle über die Hartnäckigkeit hinweg, mit der dem guten Schwiegervater Franz von seinem lieben Schwiegersohn Napoleon nicht mehr als bloß einhundertfünfzigtausend Soldaten zugestanden und so wichtige Festungen wie der Grazer Schloßberg einfach zerstört wurden. Mit illuminierten Fassaden, gereimten Sprüchen und untertänigsten Wünschen wurde dem Schwiegersohn gehuldigt, dessen Truppen den vielleicht treuesten Untertan seines Schwiegervaters, den bärtigen Sandwirt Andreas Hofer, in seinem Versteck aufgespürt hatten (weil einem Verräter ein paar hundert Münzen mehr wert waren als der Stolz auf das tapfere Land Tirol), und wurde die stille, kurzsichtige Marie Luise zu einem Gemahl beglückwünscht, der gar nichts unternommen hatte, um zu verhindern, daß weniger als drei Wochen vor diesem festlichen Hochzeitstag, am 20. Februar, in Mantua französische Gewehre auf den Sandwirt von Passeier gerichtet wurden, nachdem er beim Friedensschluß von Schönbrunn von seinem guten Kaiser Franz so sehr im Stich gelassen worden war.

So wurde also mit dem Jubel und mit den Vorstellungen einer Hochzeit gefeiert, was eigentlich keine Hochzeit war, sondern eine äußerst wichtige politische Formalität, zu der sich der Bräutigam nicht einmal persönlich eingefunden hatte. Der neue Kaiser der Franzosen, von einer antiaristokratischen Revolution auf den durch diese Revolution verwaisten Thron getragen, war ängstlich darauf bedacht, die nun von ihm geschaffene neue Aristokratie mit der vor zwei Jahrzehnten noch bedrohten und an Gut und Leben gefährdeten, jetzt aber wieder umschmeichelten alten zu verbinden; und sein Drang nach Legitimität ging sogar so weit, auch für diese Hochzeit die seit Jahrhunderten durch zwischendynastische Vereinbarungen legitimierte Form einer Trauung per procura zu übernehmen.

Erzherzog Karl — den Napoleon besonders schätzte, weil er ihm bisher als einziger aller Gegner eine schmerzliche Niederlage bereiten konnte — war aus Böhmen gekommen, um den französischen Kaiser mit dessen Vollmacht vor dem Altar in der Hofpfarrkirche der Augustiner zu vertreten; und die neugierigen, gaffenden Wiener wurden für die Enttäuschung, den nun so familiär okkupierten Napoleon nicht zum Traualtar schreiten zu sehen, wenigstens einigermaßen entschädigt, weil sie dem zurückgetretenen Generalissimus wieder einmal zujubeln konnten.

Formalitäten, die weniger spektakulär waren als das Gepränge bei der Trauung (die der Erzbischof Graf Hohenwart erst nach starker Belastung seines Gewissens vollzogen hatte), wurden vom Grafen Metternich, der als kaiserlicher Notar fungierte, gemeinsam mit dem von Napoleon dafür beauftragten französischen Kriegsminister Marschall Berthier erledigt — einen der vielen frischgeadelten Untertanen des neuen Kaisers von Frankreich, einem aus einer langen, langen Liste, in der sich die Namen ehemaliger republikanischer Revolutionäre neben den ihnen verliehenen Titeln und Würden ebenso seltsam und befremdend ausnahmen wie die Tatsache, daß ausgerechnet Berthier, dessen neue Fürstlichkeit nicht nur von Neufchatel, sondern auch von dem für alle Österreicher so verhängnisvollen Wagram abgeleitet worden war, hierher nach Österreich geschickt worden war, um Seine kaiserliche und königliche Majestät Napoleon den Ersten zu vertreten.

Mit ihm protokollierte Metternich den Verzicht der Erzherzogin Marie Luise auf alle Rechte, die sie vielleicht einmal auf den österreichischen Thron geltend machen könnte; mit ihm wurde die Fahrt der neuen französischen Kaiserin von Wien nach Paris vorbereitet — eine Fahrt, die von Napoleon ebenso genau durchdacht war wie einer seiner großen Schlacht-

Oben: Franz I., Marie Luise und Napoleon

Auf den folgenden Seiten: *Bild links:* Marschall Berthier wirbt für Napoleon um Marie Luise. *Bild rechts:* Erzherzog Karl vertritt Napoleon bei der Trauung in der Augustinerkirche

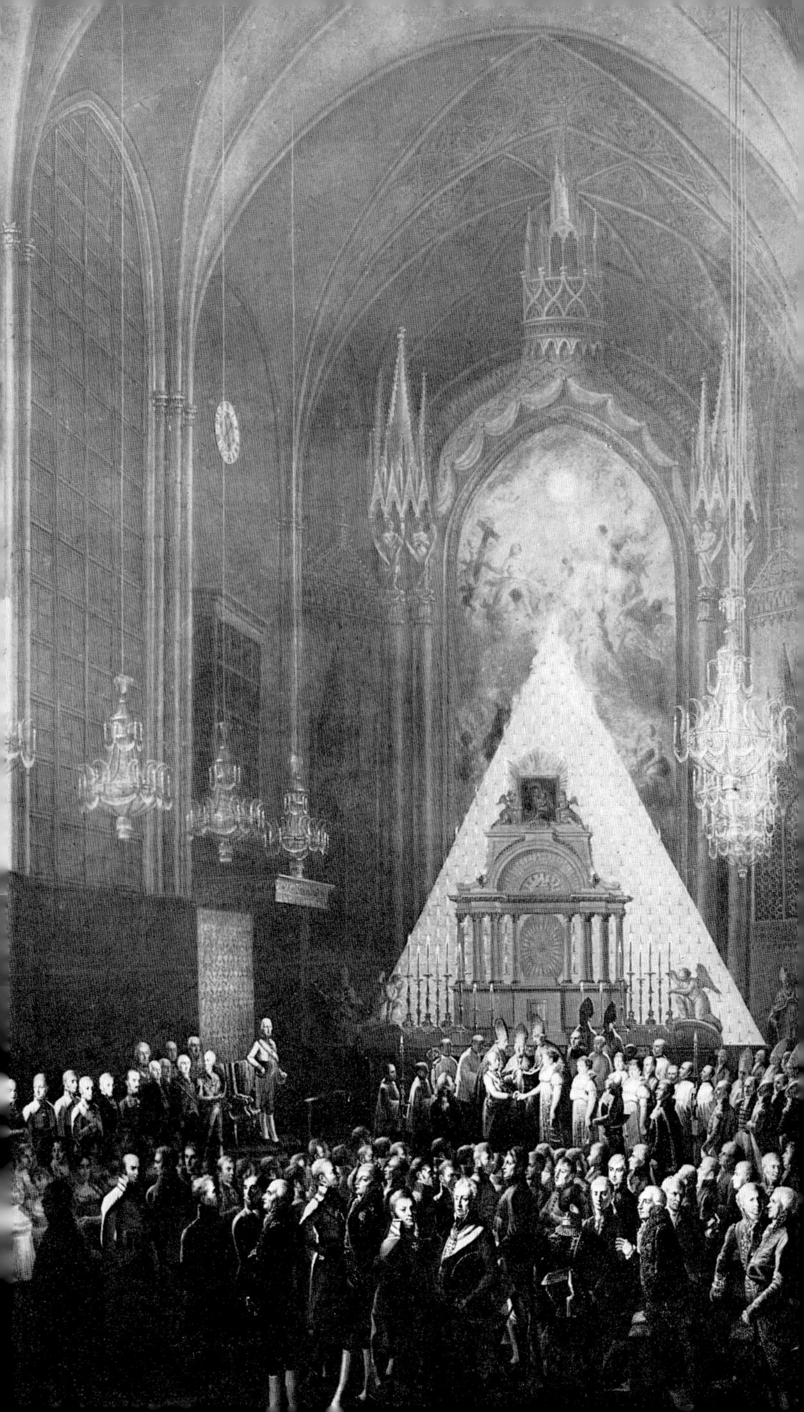

Die Retter Deutschlands nach der Schlacht bei Leipzig: der König von Preußen, der Kaiser von Österreich und der Zar von Rußland (dahinter Fürst Karl Schwarzenberg)

pläne: Angefangen bei dem feierlichen Empfang durch die neapolitanische Königin Karoline Murat — die Schwester des Bräutigams — und die aus Paris gesandten zeremoniellen Würdenträger an der Grenze bei Braunau, wo Marie Luise neben anderen Geschenken ihres Gatten auch fünfmal hunderttausend Goldfrancs überreicht werden sollten; fortgesetzt mit der Reiseroute durch Süddeutschland nach Straßburg, die vor noch nicht einem halben Jahrhundert auch Marie Antoinette, die Großtante und Patin der jetzigen Kaiserin Marie Luise, gefahren war; abgeschlossen mit dem feierlichen Einzug in Paris am 1. April.

Die Anstrengungen dieser strategisch durchdachten, ihrem eigenen, immer ein wenig zur Bequemlichkeit neigenden Wesen aber keineswegs angepaßten Reise, die sie an kaum einem Tag vor elf Uhr nachts ins Bett kommen und erst nach fünf Uhr früh aufstehen lassen würde, fürchtete Marie Luise als das Näherliegende zumindest ebenso wie ihr weiteres Leben an der Seite eines mehr als doppelt so alten Mannes, den sie bisher nur als einen der großen Schrecken ihres noch nicht neunzehnjährigen Daseins fürchten gelernt hatte.

Am Tag nach ihrer Trauung und am Tag vor ihrer Abreise — dem einzigen Tag also, den sie als Kaiserin von Frankreich noch in der Familie des Kaisers von Österreich verbringen konnte — hatte ihr Vater an Napoleon einen Brief geschrieben, der sich zu den festlich beleuchteten Inschriften und Sprüchen in den Straßen Wiens etwa so verhielt wie die Wirklichkeit zum ungetrübten Glück der obligaten Heirat am Schluß einer Aufführung der Vorstadtbühnen:

„Mein Herr Bruder und geliebtester Schwiegersohn! Ich beauftrage meinen Kammerherrn, den Grafen von Clary, Eurer kaiserlichen Majestät diesen Brief zu überbringen.

Der große Pakt, der unsere beiden Throne für immer vereinigt, ist gestern vollzogen worden. Ich möchte der erste sein, der Eure Majestät zu einem Ereignis beglückwünscht, das Sie erhofft hat, und durch das meine Wünsche ganz wie die Ihrigen, mein Herr Bruder, erfüllt werden. Dies betrachte ich als das kostbarste und gleichzeitig auch sicherste Unterpfand unseres gegenseitigen Glücks und folglich auch das unserer Völker.

Wenn das Opfer, das ich bringe, indem ich mich von meiner Tochter trenne, ungeheuer ist, wenn in dem gegenwärtigen Augenblick mein Herz infolge des Verlustes dieses geliebten Kindes blutet, so kann allein — ich zögere nicht, es zu sagen — der Gedanke, die Überzeugung seines innigsten Glücks mich trösten.

Der Graf von Metternich, der in wenigen Tagen dem Grafen von Clary nachfolgen wird, erhält den Auftrag, Eurer kaiserlichen Majestät persönlich auszusprechen, welche Anhänglichkeit ich dem Leben eines Fürsten gewidmet habe, der seit gestern eines der wertvollsten Mitglieder meiner Familie ist. Ich beschränke mich in diesem Augenblick darauf, Eure Majestät zu bitten, die Versicherung meiner Achtung und meiner unveränderlichen Freundschaft zu empfangen.

Eurer kaiserlichen Majestät guter Bruder und Schwiegervater Franz."

Nicht den Worten, aber dem besorgten Inhalt dieses Briefes entsprachen die letzten Stunden, die der gute Kaiser Franz —

Ströme Deiner Gaben Fülle
Über Ihn, Sein Haus und Reich —

noch mit seiner Tochter verbringen konnte, die seit einem Tag durch die Heirat mit einem Gatten, den sie noch nie gesehen hatte, zur mächtigsten Herrscherin Europas geworden war und die doch fürchten mußte, dadurch ärmer geworden zu sein als die ärmste der Frauen, denen die kaiserliche Hochzeit Anlaß war, mit den sorgsam gehüteten Vorräten aus der

Speisekammer oder dem Keller ein Fest, ein Fest, ein Fest zu richten.

Und während glückliche Bürgersfrauen, ja sogar die Weiber von Bedienten oder armseligen Keuschlern, das Recht hatten, ihre neugeborenen Buben nach Heiligen zu benennen, deren Segen durch eine solche Namensgebung vielleicht zu gewinnen war, und diese Buben dann zärtlich Sepperl oder Hanserl oder Poldl zu rufen, wußte Marie Luise schon jetzt, daß für den ersten Sohn, den sie ihrem Napoleon gebären würde, ein zeremonieller, für zärtliche mütterliche Anrufe ungeeigneter Name bestimmt ist: König von Rom ...

Darauf hob Kaiser Franz beim letzten gemeinsamen Essen sein Glas — aber nicht hoffnungsvoll und zuversichtlich wie ein anderer Brautvater, der es schon beim Hochzeitsmahl nicht mehr erwarten kann, von einem gesunden, brüllenden, strampelnden Enkel um seine sonst so eifersüchtig bewachte Ruhe gebracht zu werden, sondern mit der müden Bewegung des Abschieds. Und nachdem auf die Gesundheit dieses künftigen Monarchen getrunken worden war, nahm der Vater behutsam die Hand der neben ihm sitzenden Tochter und sagte leise:

„Es wird schon werden, Luiserl. Es wird schon werden."

Aber draußen — auf allen Straßen, in allen Gassen, auf allen Plätzen — lärmte es, als sollte um das goldene Kalb getanzt werden oder sonst um einen Götzen, der diesem wirbelnden, singenden, brüllenden, tobenden Volk schon alles bedeutete, weil er ihm für ein paar Tage eine Hetz' beschert hatte. Noch einmal wurden die Bilder und Tafeln beleuchtet, die Blumen und die Sprüche, die Girlanden und die Gedichte, dieses herrliche, prächtige, aufdringliche Spektakel um Braut und Bräutigam und Schwiegervater, das die erste kränkte, den zweiten gar nicht erreichte und den dritten nicht darüber hinwegtrösten konnte, daß in keiner der vielen Komödien, die von den Wiener Vorstadtbühnen gespielt werden, jemals eine Fee aufgetreten ist, die einem Kaiser den Wunsch erfüllt und ihn statt an diese bei allem familiären Gepränge todtraurige kaiserliche Hochzeitstafel an einen bürgerlichen Tisch in einer überwölbten Stube gesetzt hat, wo bei einem solchen Schmaus keiner daran denken muß, daß die Braut bald weit, weit weg sein werde, unerreichbar weit, weil sie den beinah schon allmächtigen Kaiser in Paris geheiratet hat, sondern wo sich jeder freuen kann, daß sie zwei Ecken weiter einen soliden Hausstand gründen darf, bei einem Schwiegersohn, der sein Geschäft noch weiter in die Höh' bringen wird und vor lauter Emsigkeit gar keine Gelegenheit findet, seinen Buben zu verbieten, den Großvater tagtäglich mit neugierigen Fragen zu erfreuen und mit ihrer ungeduldigen Wetzerei die Hosenbeine vorne an seinen Oberschenkeln glänzend zu reiben.

„Es wird schon werden, Luiserl. Es wird schon werden."

Noch einmal sagte es der Vater zur Tochter, als sich die Kaiserin von Frankreich vom Kaiser von Österreich verabschiedete.

Aber draußen — auf allen Straßen, in allen Gassen, auf allen Plätzen — ging es noch die ganze Nacht hindurch hoch und laut her. Wer bei Verwandten oder Freunden zu Besuch war, verließ sie erst sehr spät und hatte mit ihnen doch von nichts anderem gesprochen als von dieser kaiserlichen Hochzeit; wer allein war und noch in einem Buch gelesen hatte, löschte die Lampe noch lange nicht aus und war doch nicht richtig zum Lesen gekommen, weil er an nichts anderes denken konnte als an diese kaiserliche Hochzeit; wer im Wirtshaus saß, wollte noch nicht aufstehen und schickte den Wirt zum fünften- oder sechsten- oder achtenmal um ein Glas vom Besten in den Keller und hatte doch über nichts anderes sinniert als über diese kaiserliche Hochzeit.

Dabei hätte an soviel gedacht werden müssen ...

An das Geld vor allem.

Damit hatte der gute Kaiser Franz —

Ströme Deiner Gaben Fülle
Über Ihn, Sein Haus und Reich —

schon seit Jahren seine Sorgen. Und es waren wirklich seine — nicht so wie manche hochpolitischen Probleme, die seinem hausväterlichen Sinn meist viel zu fernliegend waren —, denn er verstand mit Münzen und mit Bankozetteln zu rechnen wie ein besorgter Familienvorstand; und es waren ja auch die fünfundachtzig Millionen, die er statt der ihm noch tragbar scheinenden fünfzig Millionen hatte zahlen müssen, denen er nach dem Abschluß des Schönbrunner Friedens mehr nachtrauerte als den verlorenen Gebieten und Untertanen, den geräumten Arsenalen und zerstörten Festungen, und denen der sonst so geschätzte Unterhändler Graf Bubna seine Versetzung zum Gestütwesen zu verdanken hatte.

Auch die Öffentlichkeit, deren Vertrauen in die Finanzwirtschaft des Staates nie sehr groß gewesen war — denn wer vertraut schon, wenn es letztlich auch um sein eigenes, sauer erworbenes und noch saurer erspartes Geld geht? — hatte sich über die große Kontributionssumme so sehr beunruhigt, daß der Kaiser schon am 11. Dezember 1809 eine Proklamation erlassen mußte, in der er von seinen Völkern gerade das verlangte, was wohl kein Volk der Welt befolgen würde, wenn die Finanzen in Gefahr sind: Disziplin. Er wies darauf hin, daß die Seele des Staatskredites das Zutrauen der Bevölkerung in die inneren Kräfte des Staates sei; in Österreich gründe es sich auf die vielen Staatshypotheken, die noch nicht belastet seien, auf die Fruchtbarkeit des Bodens, den Reichtum an Naturprodukten, auf die Entwicklung der Industrie, die trotz der Kriegsjahre so bedeutende Fortschritte gemacht habe, auf das Verständnis der Völker für das allgemeine Wohl. Natürlich müßten zu Belebung des Staatskredites neue Mittel und Wege gefunden werden — aber nicht übereilt und ohne weise Überlegung, wofür allerdings auch die entsprechende Zeit erforderlich sei. Den Völkern Österreichs wäre ja bekannt, daß ihm, dem Kaiser, gewaltsame Mittel, die zerstörend auf das Privateigentum wirken, ferne lägen, und daß es seine angenehmste Pflicht und angelegentlichste Fürsorge sei, das allgemeine Wohl mit jenem des Einzelnen zu verbinden. Deshalb werde er von seinen Völkern nur die unumgänglichsten Anstrengungen verlangen; er fordere sie also auf, den Zeitpunkt einer Verbesserung der Kurse und einer neuen und sicheren Begründung der Finanzen mit Sicherheit zu erwarten.

Diese Proklamation war von allen, die soviel Geld hatten, daß sie die Sicherung dieses Vermögens für eine wichtigere Aufgabe des Herrschers hielten als Schlachten zu gewinnen, Länder zu erobern oder seine Kinder gut zu verheiraten, wohl in ihrer vollen Bedeutung erkannt, von allen, die nicht soviel Geld hatten und daher immer noch den Sieg in blutigen Schlachten, die Eroberung ausgeplünderter Länder oder die Verheiratung unglücklicher Nachkommen als Maßstab für die Beurteilung eines Herrschers nehmen, entweder gar nicht bewußt wahrgenommen oder doch sehr rasch wieder vergessen worden; die prunkvolle Hochzeit der Erzherzogin Marie Luise hatte dann sowohl die einen als auch die anderen von den Finanzproblemen abgelenkt und sie — wie ein aufwendiges Spektakel im Theater — für einige Zeit diese lästigen alltäglichen Sorgen vergessen lassen.

Nur der gute Kaiser Franz —

> Ströme Deiner Gaben Fülle
> Über Ihn, Sein Haus und Reich —

konnte trotz aller Mühen für die Vorbereitung und aller Befürchtungen für das Ergebnis dieser Hochzeit die entgegen der hymnischen Aufforderung keineswegs strömenden Fülle der Gaben nicht so ohne weiteres unbeachtet lassen. Er selbst hatte bald nach dem Schönbrunner Frieden seinen Hofkammerpräsidenten, den Grafen O'Donnell, gedrängt, einen Finanzplan zu erstellen, nach dem dann rasch der Staatshaushalt geordnet werden könne, und wirklich hatte der Hofkammerpräsident am 6. Jänner 1810 seine Vorschläge gemacht:

Er hielte eine allgemeine Regenerierung derzeit überhaupt nicht für möglich, aber um wenigstens eine teilweise Verbesserung zu erzielen, schlage er vor, die Bankozettel (von denen niemand ganz genau anzugeben wußte, wieviele wirklich im Umlauf waren) nach und nach zu vermindern, um dadurch ihren Kurs zu heben. Ein neues Papiergeld solle ausgegeben werden — sogenannte Einlösescheine, die wie Konventionsmünze zu behandeln seien, und eine Amortisationskammer aus Mitgliedern der Stände und des Handels müsse die Ausgabe dieser neuen Scheine genau überwachen. Das Vertrauen der Öffentlichkeit könne überhaupt nur gesichert werden, wenn die Umlaufsummen allgemein bekannt wären — dafür sollten alle halben Jahre Mitteilungen in der „Wiener Zeitung" sorgen. Um aber — was wohl unvermeidlich scheine — der großangelegten Finanzoperation eine gesicherte Basis zu geben, müsse auf die staatlich-geistlichen Güter eine umfangreiche Hypothek aufgenommen werden.

Über diesen Vorschlag hatte sich der Kaiser noch am 11. Jänner mit seinem neuen Staatsminister, dem Grafen Metternich, auseinandergesetzt. Dieser wollte eine wesentlich einfachere Lösung anregen:

Alle anderen Belange haben den Maßnahmen für die auswärtige Politik nachgestellt zu werden, und die Hofkammer habe in erster Linie für die Bedürfnisse der Armee zu sorgen.

Der freigeistige Staatsmann wies auch noch auf die Bedeutung der Kirche als Bollwerk für Ruhe und Ordnung im Staat hin, deshalb müsse er auch vor einer Einziehung der Kirchengüter warnen. Denn das Ansehen Österreichs in Europa beruhe nicht zuletzt darauf, daß hier immer für die Erhaltung der ehrwürdigen Ordnung eingetreten worden sei.

Nach den Beratungen einer eigens geschaffenen Kommission wurde am 26. Februar das neue Finanzpatent erlassen, das zunächst einmal den Plan zur Sanierung der Finanzwirtschaft bekanntmachen sollte. Das meiste von dem, was darin der Bevölkerung angekündigt wurde, blieb wegen der turbulenten Vorbereitung der kaiserlichen Hochzeit und wegen der optimistischen Vorstellungen über deren Folgen unbeachtet. Und erst, als die Transparente, Bilder, Girlanden, Sprüche, Gedichte bereits von den Fassaden verschwunden waren, als die Wirte wieder billigen sauren Wein ausschenken mußten und nicht den köstlichen Guldenwein, als es bei den gegenseitigen Besuchen wieder Klagen über die unfolgsamen Fratzen der anderen und Bewunderung für die folgsamen eigenen gab statt Mutmaßungen über den Nachwuchs des französischen Kaiserpaares — erst in diesen benörgelten alltäglichen Zeiten wurde ersichtlich, welchen wirtschaftlichen Unannehmlichkeiten die Untertanen des guten Kaisers Franz gegenüberstanden.

Die Frauen jammerten über das Verbot, mit Kaffee zu handeln, und rührten bekümmert in Tassen mit einem zwar farbkräftigen, aber ganz anders schmeckenden Surrogatgetränk; die Männer politisierten an den Stammtischen über die Forderungen, die von der Heeresleitung unausgesetzt an die Hofkammer herangetragen wurden, obwohl doch die Truppenstärke so auffallend vermindert worden war; die Kunden klagten in jedem Geschäft, das sie aufsuchten, über den von Woche zu Woche sinkenden Kurs der Bankozettel, die für viele zur Grundlage des Vermögens geworden waren; die Freigeister beschuldigten die Regierung, den geistlichen Gütern gegenüber zuwenig radikal vorgegangen zu sein und statt einer Unterordnung der umfangreichen Kirchenbesitze unter die Finanzverwaltung bloß eine Belastung durch Hypotheken durchgesetzt zu haben.

Der Kaiser stand allen Anregungen, die in Petitionen und

Audienzen an ihn herangetragen wurden, mißtrauisch, ja feindselig gegenüber; statt auf eine Lösung durch großzügige Transaktionen hoffte er auf eine allmähliche Besserung, und so war es für ihn eine schwerer Schlag, als Graf O'Donnell, der Hofkammerpräsident, dessen vorsichtige Maßnahmen sofort die kaiserliche Zustimmung gefunden hatten, im Juli 1810 durch den Tod aus seiner Arbeit gerissen worden war.

„Solche Leute brauche ich gerade. Sie waren in Prag ein treuer Oberstburggraf, so werden Sie auch ein treuer Hofkammerpräsident sein!"

Damit tat der Kaiser den Einwand des Grafen Joseph Wallis ab, daß der bewährte politische Beamte aus Prag nicht genügend vom Finanzwesen verstünde, um die Nachfolge des verstorbenen O'Donnell anzutreten. Und Wallis, ebenso getreuer Diener seines Herrn wie gewissenhafter Bürokrat, übernahm das schwierige Amt, für das er nach der Meinung seines Monarchen geeigneter sein sollte als einer der Experten, die mit ihren komplizierten Plänen den stets auf einfache Lösungen bedachten Kaiser immer wieder in Verwirrung setzten. Nein, nein, der nun in so arge wirtschaftliche und vor allem finanzielle Schwierigkeiten geratene Kaiser Franz —

Ströme Deiner Gaben Fülle
Über Ihn, Sein Haus und Reich —

hielt nicht viel von den sogenannten Genies und Gelehrten, die mit ihrem Besserwissen nur die Geschäfte aufhielten oder denen die alltäglichen Aufgaben einer guten Haushaltung zuwider waren.

„Jetzt wissen's alle schon!"

Wie eine Erleichterung klang diese Feststellung des Kaisers von Österreich am frühen Morgen des 15. März 1811. Um fünf Uhr hatten die Provinzialbehörden das ihnen schon Ende

Februar zugestellte, versiegelte Schreiben geöffnet, und die Weisung, es mit Tag und Stunde der Entsiegelung genau zu nehmen und den Inhalt des Patentes schon eine Stunde später öffentlich bekanntzugeben, war bestimmt befolgt worden. Der Hofkammerpräsident Graf Wallis verstand sich da gut auf die Mentalität der Bürokraten.

Wahrscheinlich waren die verantwortlichen Beamten diesmal ebenso bestürzt wie alle anderen Untertanen, als sie schon aus dem ersten Satz des kaiserlichen Patentes entnehmen mußten, welch schwerwiegende Entscheidung sie tagelang vorsichtig und vorschriftsmäßig unter Verschluß gehalten hatten:

„Unausgesetzt mit der Wohlfahrt Unserer Untertanen beschäftigt, haben wir auf das Papiergeld vorlängst Unsere Aufmerksamkeit gelenkt . . .“

Graf Joseph Wallis, der an diesem bedeutungsvollen Tag als erster beim Kaiser vorgelassen worden war, wollte noch einmal auf die präzise Vorbereitung hinweisen, mit der er diesen Überfall auf das Vermögen der kaiserlichen Untertanen jenen überlassen hatte, die sich durch getreue Befolgung des Befehls, dieses kaiserliche Patent bis zu einer bestimmten Stunde ungeöffnet zu lassen, selbst um die Möglichkeit gebracht hatten, durch rechtzeitige Maßnahmen ihr Vermögen zu sichern oder sich gar beträchtlichen Reichtum zu erwerben.

„Außerdem sind es gerade die festbesoldeten Beamten, Majestät, die von der Verminderung des Wertes der Bankozettel auf ein Fünftel am härtesten betroffen werden. Die Gewerbetreibenden und sogar die Bauern haben durch die bei ihnen gelagerten oder von ihnen erzeugten Waren die Möglichkeit, das so geschaffene Vermögen ohne Verlust gegen die neuen Einlösungsscheine zu verkaufen oder eben dafür eine fünffache Summe in Bankozetteln zu verlangen.“

„Dann wird diese Maßnahme halt doch noch dazu beitragen, die Menschen vor Verarmung zu retten und den Nationalwohlstand zu beleben!“

Wallis richtete sich siegessicher in seinem Sessel auf. Diese Pose des Triumphators wollte gar nicht zu dem trockenen, verknöcherten Bürokraten passen, auch nicht die unglaubwürdige, pathetische Sprache, mit der er dem Monarchen zustimmte, um sich selbst groß zu machen:

„Wie es Eure Majestät im allerhöchsten Patent verlautbaren ließen! Die neue Währung wird genügend Festigkeit haben, der Kurs der Staatspapiere wird wieder ansteigen, der Umlauf von Geldscheinen entscheidend vermindert. Allein durch die Tatsache, daß ab heutigem Tag alle Steuern und Abgaben im fünffachen Betrag in Bankozetteln bezahlt werden müssen — wer wird schon die neuen, kostbaren Einlösscheine dafür verwenden, auch wenn er dann den Betrag nur einfach entrichten müßte! —, ist ein rasches Abliefern der Bankozettel zu erwarten."

Der Kaiser nickte: „So hab' ich's mir auch vorg'stellt, Graf Wallis. Nix übereilen, auch net viel über alles reden, keine großen Worte machen. Ich habe schon Gründe dafür, daß mir meine treuen Beamten lieber sind als die sogenannten Genies!"

Und doch ließ sich ein solches Genie — von dem der Kaiser zu seinem Glück aber nicht wußte, daß es wirklich eines war — in dieses zuversichtliche Gespräch eines vorsorglichen Vaters mit einem gewissenhaften, mehr um das Schicksal eines Amtes als um das Schicksal eines Menschen besorgten Bürokraten hinein anmelden.

Auch der Staatsminister Graf Clemens Lothar Wenzel Metternich hatte den Morgen dieses Tages ungeduldig erwartet; statt aber, wie der gute Kaiser Franz und sein Hofkammerpräsident Graf Wallis, über die vergangene Durchführung eines Erlasses Überlegungen anzustellen, hatte er sich mit den künftigen Wirkungen dieses Finanzpatentes beschäftigt und durch Vertraute auch sofort Nachrichten bekommen, wie die Bevölkerung reagierte. Ihm ging es nicht um Ziffern und Zahlen, um die Rechenkunststücke der Hofkammer — ihm ging es darum, die unkontrollierbaren Regungen des Volkes, die noch immer deutlich spürbar waren, seit sie durch die Begeisterungswelle für den Krieg des Jahres eintausendachthundertneun geweckt wurden, kennenzulernen und wenn möglich einzudämmen, ehe sie gefährlich werden konnten. Ihm ging es nicht um die Verminderung des durch Schlamperei und Leichtsinn so gewaltig angeschwollenen Umlaufes von Geldscheinen — ihm ging es um Ruhe und Ordnung und Frieden, die das Land jetzt so dringend brauchte wie noch nie; ihm ging es darum, die Dinge möglichst so zu lassen, wie sie waren, weil jede Veränderung neben der geringen Aussicht, sie zu verbessern, die große Gefahr mit sich brachte, sie zu verschlimmern.

Und jetzt spürte er plötzlich eine Gefahr für diese Ruhe und Ordnung. Kaum daß er sich gesetzt hatte — er schlug dabei seine Beine mit fast unnachahmlicher Eleganz übereinander, während der Hofkammerpräsident genau so vor dem Kaiser saß, wie ein Beamter hinter seinem Tisch zu sitzen pflegte: beide Füße, ein wenig mit den Spitzen einander zugekehrt, krampfhaft auf den Boden gedrückt, weil es in der verwirrenden Welt der Paragraphen immer etwas Sicheres geben mußte —, begann er schon, auf die Unruhe hinzuweisen, die das neue Finanzpatent ausgelöst hatte:

„Majestät, es ist nicht so, daß jeder Ihrer Untertanen von den Vorteilen dieses Erlasses überzeugt ist. Schon jetzt, wenige Stunden nach der Verlautbarung, mehren sich die Stimmen, daß einzelne Bestimmungen sehr schleuderhaft bearbeitet worden wären, daß auffallende Härten und Ungerechtigkeiten gerade die treuesten Staatsbürger treffen, die ihr bisheriges Zutrauen zu den Staatspapieren nun gleichsam mit einer fast achtzigprozentigen Vermögenssteuer zu bezahlen hätten."

Die Füße des Hofkammerpräsidenten stemmten sich fester gegen den Boden.

„Man kann nicht jeden einzelnen Fall berücksichtigen!"

Der Staatsminister lächelte ihm verbindlich zu: „Gewiß nicht, Herr Präsident! Aber in mehreren dieser einzelnen Fälle wurde der Verdacht laut, daß sich die Beamtenschaft doch nicht streng an die Order gehalten hätte und daß die Leiter einiger Dieststellen das kaiserliche Patent schon vor dem heutigen Tag entsiegelt und sich auf diese Weise recht bedeutende finanzielle Vorteile verschafft haben."

„Sollte es wirklich dazu kommen, werden die Verantwortlichen mit aller Härte bestraft!"

„Daran zweifle ich nicht, Graf Wallis. Nur wird es schwer sein, hier zwischen berechtigten Anschuldigungen und boshaften Verdächtigungen zu unterscheiden. So wird zum Beispiel auch dem Hofkammerpräsidenten vorgeworfen, er habe vor der Verlautbarung des Finanzpatentes noch rasch alle seine Schulden bezahlt und dadurch sehr gut abgeschnitten."

Nun stemmte Graf Wallis nicht nur die Füße gegen den Boden, sondern krampfte auch seine Finger in die Armlehnen des Sessels. Der Kaiser, vor dem er sich früher in diesem gleichen Sessel in der Pose eines Triumphators aufgespielt hatte, mußte ihm nun zu Hilfe kommen:

„Metternich, ich glaub', das ist ein bisserl übertrieben!"

„Ich bin davon überzeugt, Majestät. Aber sie kennen ja das Volk! Einer spricht etwas als Vermutung aus, der zweite betont es als Gewißheit, und der dritte übertreibt es zur Beschuldigung, gegen die auch die vernünftigsten Argumente machtlos sind. Wer würde denn schon genau überlegen, daß der Kaiser nichts davon hat, einen Goldschatz zu sammeln? Der Gedanke an einen solchen heimlichen Schatz genügt eben schon als Verdacht, wenn das Papiergeld so empfindlich an Wert verliert."

Jetzt wußte sich auch der Kaiser nicht mehr zu helfen.

„Das gibt's doch net! Meine Untertanen sollten mich doch besser kennen und wissen, daß ich einen solchen Schatz — wenn ich ihn je besessen hätt' — schon längst und ohne Bedenken zum Besten meiner Staaten ausgegeben haben würde! Und wenn ich jetzt noch über einen solchen Privatschatz verfügen könnt', tät' ich doch auch net zögern und ihn für das allgemeine Wohl zur Verfügung stellen!"

Der gute Kaiser Franz war aufgestanden und schritt vor seinen beiden Ratgebern, die sich ebenfalls sofort erhoben hatten, auf und ab. Dann blieb er plötzlich vor seinem Staatsminister stehen:

„Was soll ich denn da machen, Metternich?"

„Vielleicht wäre es am besten, wenn sie eine Order an die Polizeihofstelle geben würden, alle Urheber eines derartigen falschen und boshaften Gerüchtes unnachgiebig zu verfolgen und gleichzeitig, durch geheime Agenten natürlich, die Meinung Eurer Majestät über einen solchen heimlichen Privatschatz zu verbreiten — so, wie sie diese eben in der ersten Empörung so treffend und überzeugend zu äußern geruht haben."

„So? — Ich soll mich also geradezu rechtfertigen, was?"

Und zum Hofkammerpräsidenten, der nun stehend und völlig überflüssig das Ende eines Gespräches erwartet hatte, das er mit der Pose eines Triumphators im kaiserlichen Sessel beginnen konnte, sagte der Monarch nur kurz: „Es ist gut!"

Wie von der Etikette vorgeschrieben, bewegte sich Graf Joseph Wallis im Rückwärtsgang bis zur Tür, ängstlich auf die Exaktheit jedes einzelnen Schrittes bedacht — was den Kaiser zu einem Vergleich mit der überlegenen Art, mit der sich Metternich zurückzog, hätte verleiten können, wenn er nicht den Abgang des Hofkammerpräsidenten völlig übersehen haben würde, um sich ausschließlich seinem vertrautesten Ratgeber zuzuwenden:

„Vor einem Jahr noch der Jubel bei der Hochzeit — und jetzt das! Lauter heimliche Republikaner sind s'! — Daß mir der Wallis das hat antun können! Dabei hab' ich ihm so vertraut, weil er sich als Oberstburggraf in Prag immer bewährt hat! — Metternich, das nächste Mal müssen s' mir raten, wenn ich wieder ein höheres Amt zu besetzen hab'. Wozu sind s' denn sonst mein erster Minister?"

Es sollte ein Familienfest sein.

Aber obwohl die Familie groß und das Fest umständlich vorbereitet war, blieb es doch nichts anderes als eine Demonstration der Macht Napoleons, die nun vom Kirchenstaat bis an die Ostsee, vom Atlantik bis an die Elbe reichte. Seit Karl dem Großen war es noch keinem europäischen Herrscher gelungen, Frankreich, Italien und Deutschland so zu vereinen, wie es der erste Kaiser der Franzosen — der auch Schwiegersohn des letzten deutschen Kaisers war — nun auf dem Höhepunkt seiner Macht getan hatte.

Aber war es wirklich der Höhepunkt? Sollte dem König von Rom, der im März des Jahres 1811 zur Welt gekommen war — in die machtvolle Welt seines Vaters, während die Welt seines Großvaters unter den Folgen des Finanzpatentes zu leiden hatte — nicht ein noch größeres Erbe zufallen?

Ein österreichisches Beobachtungskorps — 30.000 Mann unter dem Fürsten Schwarzenberg — war schon nach Polen abgegangen, als der Kaiser Franz und die Kaiserin Ludovika, aber auch die Erzherzoge durch die Einladung zu diesem grandiosen Fest im Dresdener Königsschloß geehrt werden sollten. Der Kaiser mußte nicht nur seine Überredungskraft (die allerdings nie sehr wirksam war), sondern zuletzt noch seine Autorität als Herrscher und als Oberhaupt des Hauses Habsburg aufbieten, um seine engsten Verwandten zu bewegen, nach Dresden zu kommen; und selbst die Kaiserin, die den Haß des Hauses Este gegen den korsischen Usurpator nie ganz verwinden konnte, wenn sie auch wie Baldacci oder Stadion oder auch Erzherzog Karl die geschickte Politik Metternichs anerkennen mußte, war nur im Interesse dieser Politik zu einer Begegnung mit ihrer Stieftochter Marie Luise bereitgewesen.

Daß Napoleon seine Frau, soweit es bei seinem komplizierten Charakter überhaupt möglich war, schätzte und vielleicht sogar liebte, daß sich die fügsame Marie Luise mit ihrem Schicksal sehr rasch abgefunden hatte und ihren weltbeherrschenden Mann in den wenigen Stunden traulicher Zweisamkeit respektlos Na-Na oder Po-Po nannte, konnte den auf die Geburt seines Enkelsohnes großväterlich stolzen, guten Kaiser Franz aber doch nicht über den Ärger hinweghelfen, daß er wie ein ganz armer Verwandter zu diesem Fest gekommen war, das sein protziger, neureicher Schwiegersohn arrangiert hatte. Nur, daß der Staatsminister Graf Metternich, der außer ein paar Dienern als einziger das österreichische Kaiserpaar begleitet hatte, dem Kaiser von Rußland heimlich die Hilfe Österreichs in Aussicht stellte, während er Napoleons Wunsch nach Truppenunterstützung nachkam; daß er den Befehlshaber dieser Truppen beauftragt hatte, äußerst vorsichtig, ohne Risiko und überhaupt mehr dem Schein nach zu operieren, wenn es zum erwarteten Angriff Napoleons auf Rußland kommen sollte, und gleichzeitig alles unternahm, um die franzosenfreundliche Politik Österreichs unter Beweis zu stellen und franzosenfeindliche Umtriebe im Land zu unterdrücken — daß also diese geheime Diplomatie letzten Endes schwerer wog als das zeremoniöse Bankett in Dresden, konnte den Kaiser Franz —

Ströme Deiner Gaben Fülle
Über Ihn, Sein Haus und Reich —

ein wenig darüber trösten, daß sein Schwiegersohn am Saaleingang zwei seiner Kammerherren postierte, von denen die Gäste nach einer Rangordnung, die Napoleon selbst aufgestellt hatte, vor den Kaiser der Franzosen gerufen wurden, der schließlich beim prunkvollen Bankett über die pflichtgemäß erschienenen deutschen Souveräne (und wohl auch über seinen kaiserlichen Schwiegervater) verfügte wie ein orientalischer Potentat über seine Satrapen.

Keiner wußte, worüber im Verlauf dieser aufwendig inszenierten, byzantinischen Prachtentfaltung gesprochen wurde — aber Worte zählten nichts bei dieser Demonstration, für die das goldene Tafelgeschirr, der Blumenschmuck, die vielen fast schon ganz vergoldeten und versilberten Diener, die Roben der Damen und die Orden und Tressen der geladenen Herren zu reden hatten.

Mit der Selbstverständlichkeit ihrer zwanzig Jahre betrachtete Marie Luise dieses verwirrende, bunte Mosaik, das ihr Na-Na oder Po-Po hier aus Kaisern und Königen, Erzherzögen, Fürsten, Grafen, Bischöfen, aus Marschällen und Generälen, aus Diplomaten und aus Dutzenden hochadeliger, mit Kronen und Krönchen und Diademen geschmückter Damen zusammengefügt hatte, als wären alle diese Träger klingender Namen und klingender Titel nichts als kleine, passend glasierte und zurechtgeschliffene Steinchen.

Mit Befremden merkte der gute Kaiser Franz, wie nicht nur der Widerschein unzähliger Kerzen aus den Augen seines früher so bescheidenen und unauffälligen Kindes leuchtete, sondern wie die Kaiserin der Franzosen Gefallen fand an diesem alchimistischen Gaukelspiel, an diesem heidnischen Gebräu aus morgenländischem Prachtwillen und Spiel mit abendländischer Tradition, aus revolutionär kurzen Haartrachten und gepuderten Perücken, aus dem Zierat dieser Rokoko-Residenz und dem gewollt klassischen Zuschnitt der knappen Gesten und langen Reden des französischen Imperators, der mit allen diesen Würdenträgern verfuhr, als könne er eher auf ein Dutzend von ihnen verzichten als auf eine einzige geistreiche Bemerkung, die er auf ihre Kosten anbringen möchte. Sie, die in der einfachen kaiserlichen Hofhaltung in Wien aufgewachsen war, die auf der Flucht vor diesem nun schon ein wenig dick gewordenen Imperator in ungarischen Herbergen Wanzen gebissen hatten, die im bedeutungslosen Erzherzog Franz das Glück ihres Lebens zu finden geglaubt hatte, die vor lauter Angst über die prächtig illuminierten Sprüche und Gedichte, mit denen die Wiener ihre Vermählung glorifizieren wollten, immer wieder in Tränen ausgebrochen war — sie lächelte jetzt über eine Fülle raffiniert zubereiteter und dekorierter Leckerbissen, über goldene Teller und goldene Schüsseln und goldene Platten und goldene Messer und goldene Gabeln, wie sie über die viel zu kostbaren Geschenke gelächelt hatte, mit denen der Imperator einen Kaiser beeindrucken wollte, in dessen Ländern die Kurse der Staatspapiere auch nach dem Umtausch in Einlösungsscheine unaufhaltsam weiter sanken, weil eben an allen Ecken und Enden die fünfundachtzig Millionen Kriegsentschädigung fehlten, die nun zum Teil in diesem kostbaren Tafelgeschirr, in den großzügigen Geschenken des Gastgebers, in den Edelsteinen protziger Ordenssterne einem weit weniger notwendigen Zweck zugeführt worden waren.

Nein, es konnte kein Familienfest werden.

Alles war viel zu groß, zu prunkvoll, zu glitzernd, zu fremd. Die Nichte, Schwester, Cousine an der Seite des kurzgeratenen Potentaten, der seine armen Verwandten statt zu einer gemütlichen Jause zu einem byzantinischen Gelage geladen hatte, konnte die ohnedies nur auf Befehl ihres dynastischen Oberhauptes gekommenen Erzherzoge, die sich Napoleon zwar vorgestellt, dann aber kaum mehr ein Wort gesprochen haben, nicht davon abhalten, nach einer knappen Stunde steif und würdevoll aufzustehen und sich so nichtssagend wie von zufälligen Bekannten zu verabschieden.

Auch der Kaiser blieb nicht lange, obwohl ihn seine Tochter nicht weglassen wollte. Aber ihren Bitten fehlte die Herzlichkeit, die ihm gerade dieses Kind immer so lieb gemacht hatte.

Die aufdringlichen Ringe, Halsketten und Ohrgehänge, die sie jetzt trug, das Heer von Hofdamen und Domestiken, an dessen Spitze sie ihrem Vater, den sie über ein Jahr lang nicht gesehen hat, wie die Primadonna einer Prunkoper entgegenschritt, diese verschwenderische orientalische Prahlerei, in die sie sich so eitel einzufügen schien — alle Enttäuschungen dieses Tages hatten Franz den Ersten, Kaiser von Österreich, König von Ungarn und Böhmen etcetera etcetera, der seine Tochter an Napoleon verheiratet hatte, um Frankreich für Österreich zu gewinnen, schmerzlich erkennen lassen, daß diese Tochter geopfert worden war, ohne Österreich für Frankreich gewinnen zu können.

Als die Kammerherren des französischen Imperators die hohen Flügeltüren hinter dem Kaiser von Österreich geschlossen hatten, das Tellerklirren und das Gläserklingen, das verwirrende Summen der Stimmen allmählich zurückblieben und die letzte Erinnerung an dieses byzantinische Fest bei sich behielten, wußte der enttäuschte Vater, daß sein Staatsminister richtig handelte, wenn er auf Tochter und Schwiegersohn seines Monarchen keine Rücksicht nahm und insgeheim mit Vertretern des russischen Zaren paktierte.

Bei diesem prunkvollen Fest in Dresden war eine wichtige Entscheidung gefallen.

Man schrieb den 16. Mai 1812.

Fünf Wochen später überschritt die große Armee Napoleons — fast zweihunderttausend Franzosen, mehr als einhunderttausend Soldaten der Rheinbundfürsten, Preußen, Schweizer, Belgier, Italiener, Polen und dreißigtausend Österreicher (die den Russen allerdings so wenig wehtun wollten wie die Russen drei Jahre früher in Galizien den Österreichern) — den Njemen und marschierte nach Osten.

Nach Osten ...

Brich der Bosheit Macht, enthülle Jeden Schelm- und Bubenstreich!

oder

Demaskierung eines Imperators

Und wieder in Dresden — nur ein Jahr und ein paar Tage nach dem prächtigen Bankett mit Kaisern, Königen, Erzherzogen, Fürsten, Grafen, Bischöfen!

Aber diesmal residierte Napoleon nicht im königlichen Schloß, sondern im Marcolinischen Garten bei Elsterwiese. Und es ging nicht um Geschenke, goldenes Tafelgeschirr, im Kristall gespiegelten Kerzenschein, funkelnde Juwelen. Es ging um zweihunderttausend Soldaten, mit denen der Kaiser von Frankreich die unbotmäßigen Deutschen züchtigen wollte.

Es waren nicht mehr die Soldaten der Grande Armee, die im vergangenen September Moskau erobern konnten. Diese Armee lag jetzt verstreut zwischen der Moskwa und dem Njemen, erfroren, verhungert, erschlagen. Bleich, hohläugig, fiebrig und unendlich müde hatten sich die Soldaten in den trostlosen russischen Weiten verloren, gehetzt von Kosaken, feindselig von den Türen der wenigen Häuser gewiesen, die vor der Kälte und den Schneestürmen schützen hätten können. Keiner weiß, wie wenige Gräber diese dreihunderttausend toten Soldaten aufgenommen haben und wie viele Wölfe und Raben über die anderen hergefallen sind, sobald sich die Erschöpften nicht mehr gegen die gierigen Tiere wehren konnten.

Die Russen mußten die große Schlacht nicht gewinnen — Napoleon hatte sie gegen den Winter und gegen das endlose, unwirtliche Land verloren. Aber der preußische General York hatte in der Mühle von Tauroggen den Truppen des Zaren freien Durchmarsch durch Preußen zugesagt, und diese standen schon in Hamburg, Berlin und Dresden, ehe es dem Kaiser der Franzosen gelungen war, aus Kindern und Greisen eine neue Armee zu formen, mit der er zunächst bei Lützen die Preußen, die sich noch im März 1813 völlig den Russen angeschlossen hatten, und dann auch noch bei Bautzen diese besiegen konnte. Der neuen Armee Napoleons fehlten jedoch Geschütze und Munition, und sein Schwiegervater dachte nicht daran, ihm beides zu geben und womöglich noch das österreichische Beobachtungskorps zu verstärken, das Fürst Schwarzenberg unversehrt aus Rußland zurückgebracht hatte.

Zwischen Schwarzenbergs Lager bei Prag, dem Hauptquartier der Russen und Preußen in Reichenbach und Napoleons Stellung bei Dresden hatte der Kaiser von Österreich das ehemalige Schloß Wallensteins im nordostböhmischen Städtchen Gitschin als Unterkunft gewählt, um von hier aus — ohne mit Napoleon zu brechen, aber auch ohne die verbündeten Russen und Preußen vergeblich auf Beweise von Sympathie und Anhänglichkeit warten zu lassen — in einem Krieg, den andere führen, den Frieden zu gewinnen.

Ein solcher Friede war aber nur möglich, wenn in Europa ein gerechtes Gleichgewicht geschaffen werden konnte. Österreich, in zwanzig Kriegsjahren härter geprüft als jedes andere Land dieses Kontinents, sollte das Zünglein an der Waage sein — mehr nicht. Aber es konnte nicht dabei bleiben. Die Monarchie des guten Kaisers Franz war zur Waage selbst geworden, wichtiger als alles, was in die Waagschalen gelegt wurde. Die Russen und die Preußen hatten es bereits erkannt und sich einverstanden erklärt, daß Österreich den Frieden vermittle. Nur Napoleon hoffte noch immer, seinen Schwiegervater für sich gewinnen und so die Entscheidung zu seinen Gunsten herbeiführen zu können.

Als Metternich die dringende Einladung des französischen Außenministers vorgefunden hatte, zu einer Unterredung mit dem Kaiser von Frankreich nach Dresden zu kommen, hatte er seinen Monarchen ersucht, in Gitschin das Ergebnis dieser Besprechung abzuwarten.

Und nun war der österreichische Staatsminister zu Napoleon gefahren.

Vor dem Kabinett des Imperators warteten Marschälle und Generäle; aber die besorgten Mienen dieser Heerführer, vor denen noch kürzlich ganz Europa zitterte, wollten nicht zu den goldenen Tressen und Orden passen. Und der Fürst von Neufchatel und Wagram, der als Vertreter seines Kaisers zur Hochzeit nach Wien gekommen war, flüsterte dem Grafen Metternich zu: „Vergessen sie nicht, daß Europa des Friedens bedarf, und vor allem Frankreich, das nur noch den Frieden will."

Stehend wartete Napoleon in der Mitte seines Kabinetts. Den Hut mit der Kokarde trug er unter dem Arm, der Degen an seiner Seite sollte den kriegerischen Anlaß dieser Unterredung betonen. Deshalb wartete er auch kaum die Antwort auf die knappe Frage nach dem Befinden seines Schwiegervaters ab, sondern stellte sich breit und trotzig vor Metternich auf:

„Sie wollen also den Krieg! Gut! Sie sollen ihn haben. Ich habe bei Lützen die preußische Armee vernichtet, ich habe die Russen bei Bautzen geschlagen; nun wollen also auch sie an die Reihe kommen! Es sei! — In Wien treffen wir uns wieder. Die Menschen sind unverbesserlich, die Erfahrung ist für sie verloren. Dreimal habe ich den Kaiser Franz wieder auf den Thron gesetzt; ich habe ihm versprochen, auf Lebenszeit Frieden mit ihm zu halten; ich habe seine Tochter geheiratet. Damals sagte ich mir, daß ich eine Dummheit beginge. Nun, sie ist begangen, und ich bereue sie heute."

Metternich blieb ruhig. Er rechnete damit, daß dieses Gespräch um so länger dauern würde, je rascher Napoleon mit Drohungen und Beschuldigungen sein Ziel erreichen wollte. Mit der Ruhe des erfahrenen Diplomaten war er zunächst bedacht, neben dem eifernden Imperator elegant und überlegen zu wirken — als Repräsentant eines kultivierten Erdteiles, eines aristokratischen Europa, das diesen kleinen korsischen Despoten zwar gefürchtet, aber doch nie ganz ernst genommen hat. Und so wies er Napoleon auch zurecht:

„Krieg und Frieden liegen in der Hand Eurer Majestät. Der Kaiser, mein Herr, hat Pflichten zu erfüllen, vor denen alle anderen Rücksichten in den Hintergrund treten. Das Schicksal von Europa, seine Zukunft und die ihrige, alles das ruht in ihrer Hand. Zwischen Europa und ihren bisherigen Zielen besteht unlösbarer Widerspruch. Die Welt bedarf des Friedens. Um diesen Frieden zu sichern, müssen sie in Machtgrenzen zurückkehren, die mit der allgemeinen Ruhe vereinbar sind, oder sie werden im Kampf unterliegen. Heute können sie noch Frieden schließen, morgen dürfte es zu spät sein. Der Kaiser, mein Herr, läßt sich in seinem Handeln nur durch die Stimme seines Gewissens leiten: An ihnen, Sire, ist es nun, auch das ihrige zu Rat zu ziehen."

Napoleon fuhr auf: „Was will man denn von mir? Daß ich mich entehre? Niemals? Ich werde zu sterben wissen, aber ich trete keine Handbreit Boden ab. Eure Herrscher, für den Thron geboren, können sich zwanzigmal schlagen lassen und doch immer wieder in ihre Residenz zurückkehren; das kann ich nicht, ich, der Sohn des Glücks. Meine Herrschaft überdauert den Tag nicht, an dem ich aufgehört habe, stark und folglich gefürchtet zu sein . . . "

Mit der Beharrlichkeit des Monomanen deklamierte er seinen großen Monolog zu Ende. Er übertrieb das Elend des russischen Feldzuges, um so seine eigene Tüchtigkeit noch mehr übertreiben zu können; er lobte sein Volk und beleidigte es gleichzeitig durch die Behauptung, daß nur er allein es regieren könne. So machte er sein Schicksal zu dem von Millionen Menschen, und aus der Vervielfachung wuchs ihm die Kraft zu pathetischer Prahlerei:

„Ich habe die Verluste des vergangenen Jahres ausgeglichen, sehen sie doch meine Armee nach den Schlachten, die ich jetzt gewonnen habe, einmal an! Ich werde vor ihnen Heerschau halten!"

Diese Schwärmerei verfing bei Metternich, der auf dem zwar diplomatisch glatten, aber doch tatsächlichen Boden bleiben wollte, nicht: „Gerade die Armee ist es, welche den Frieden verlangt!"

Napoleon steigerte sich bis zur Exaltation: „Nicht die Armee — nein, meine Generale wollen den Frieden! Ich habe keine Generale mehr! Die Kälte von Moskau hat sie mir demoralisiert. Ich sah die Tapfersten weinen wie die Kinder. Sie waren körperlich und seelisch gebrochen. Ja — vor vierzehn Tagen konnte ich noch Frieden schließen, heute kann ich es nicht mehr. Ich habe zwei Schlachten gewonnen, ich kann nicht Frieden schließen!"

Damit hätte die Unterredung eigentlich beendet werden können. Aber im Wunsch, den anderen zu überzeugen, ließ Napoleon nicht locker:

„Wollen sie mich etwa durch eine Koalition zugrunde richten? — Wieviel seid ihr denn, ihr Alliierte? Euer vier, fünf, sechs, zwanzig? Je mehr ihr seid, desto besser für mich!"

Wie die Ausbrüche aller Besessenen ihren eigenen Widerspruch veranlassen, wenn der Rausch der Worte verfliegt, kam auch hier ein Vorschlag, der die Geduld zu rechtfertigen schien, mit der Metternich die Tiraden des kleinen Despoten angehört hatte:

„Erklären sie ihre Neutralität, und halten sie dieselbe, dann gehe ich auf Unterhandlungen in Prag ein. Wollen sie eine bewaffnete Neutralität? Es sei! Legen sie dreimal hunderttausend Mann nach Böhmen, das Wort des Kaisers genügt mir, daß er mir nicht den Krieg erklären wird, bevor die Unterhandlung zu Ende ist!"

„Der Kaiser hat den Mächten seine Vermittlung, nicht seine

Neutralität angeboten. Rußland und Preußen haben die Vermittlung angenommen, an ihnen ist es, sich heute noch zu erklären. Sie werden das annehmen, was ich ihnen anbiete, und wir werden einen Zeitraum für die Dauer der Unterhandlungen festsetzen. Oder sie werden es verweigern, und der Kaiser, mein Herr, wird sich als frei betrachten in seinen Entschlüssen und in seiner Haltung. Die Lage drängt, die Armee muß leben; bald sind zweihundertfünfzigtausend Mann in Böhmen, sie können dort einige Wochen, nicht aber Monate in Quartier stehen."

Den Ärger darüber, daß ihm, der bisher anderen ultimativ gedroht hat, nun ein Ultimatum gestellt wurde, konnte Napoleon kaum verbergen. Ihm drohen — ihm! Und doch wies er diesem aalglatten Diplomaten nicht einfach die Tür, sondern suchte ihn umzustimmen. Mit vielen Argumenten und mit noch mehr Worten drang er auf ihn ein, redete, redete: Daß unter Berücksichtigung des normalen Bevölkerungszustandes der Monarchie keine hunderttausend wirklich schlagkräftigen Soldaten in Böhmen sein könnten — schließlich wisse er doch um die österreichischen Verluste in den zwanzig Jahren fast ununterbrochenen Kriegszustandes, kenne die Methode der Truppenaushebung. Wozu hätte er denn seine vielen Spione eingesetzt? Er führte Metternich in eine kleine, nebenan gelegene Kammer, zeigte ihm Standeslisten der österreichischen Armee, las ihm Regiment um Regiment vor. Dann, im Arbeitszimmer, sprach er lange über seinen unglücklichen Feldzug in Rußland und über das beachtliche Truppenkontingent, daß er trotzdem wieder zur Verfügung hatte. Mehr und mehr steigerte er sich dabei erneut in die Überzeugung von seiner Unfehlbarkeit, und Metternich fand es an der Zeit, ihn wieder auf die wirklichen Verhältnisse aufmerksam zu machen:

„Ich habe ihre Soldaten gesehen, Sire. Es sind Kinder. Eure Majestät haben das Gefühl, daß sie der Nation absolut notwendig sind — brauchen aber nicht auch sie die Nation? Und wenn diese jugendliche Armee, die sie jetzt unter die Waffen gerufen haben, dahingerafft sein wird — was dann?"

Jetzt konnte sich der französische Kaiser nicht mehr halten. Sein Gesichtszüge wurden böse, mit keuchender, stockender Stimme pfauchte er Metternich an:

„Sie sind nicht Soldat und wissen nicht, was in der Seele eines Soldaten vorgeht. Ich bin im Felde aufgewachsen, und ein Mann wie ich scheißt auf das Leben einer Million Menschen!"

Zornig warf er den Hut auf den Boden; ein kleiner korsischer Lümmel, der sich nicht zu beherrschen verstand; ein Korporal, der im Feldlager das Schimpfen und Fluchen gelernt hat; ein Egoist, der nur an sich selbst dachte; ein Maßloser, dem nur der eigene Ehrgeiz etwas galt.

Graf Clemens Lothar Wenzel Metternich dachte nicht daran, den zornig hingeschmissenen Hut aufzuheben. Elegant lehnte er sich an eine Konsole, die zwischen den beiden Fenstern des Zimmers stand, und obwohl ihm vor dem, was er soeben hören mußte, graute, antwortete er ruhig und beherrscht:

„Warum haben sie mich gewählt, um mir zwischen vier Wänden das zu sagen, was sie eben aussprachen? Öffnen wir die Türen, damit ihre Worte von einem Ende Frankreichs bis zum anderen tönen können. Nicht die Sache, die ich vor ihnen vertrete, wird dabei verlieren."

Wenn auch der Imperator nun erkennen mußte, daß er sich demaskiert hatte, daß er zu weit gegangen war, und wenn er sich auch sofort wieder in der Gewalt hatte, konnte er es doch nicht unterlassen, den österreichischen Staatsminister bösartig anzuknurren: „Die Franzosen können sich nicht über mich beklagen; um sie zu schonen, habe ich die Deutschen und die Polen geopfert. Ich habe in dem Feldzug nach Moskau dreimal hunderttausend Mann verloren — aber es waren nicht mehr als dreißigtausend Franzosen darunter."

Nach diesem zynischen Bekenntnis begann er, im Zimmer auf und ab zu gehen. Metternich wußte — obwohl ihm klar war, daß diese Angaben nicht stimmen konnten — zunächst nur zu erwidern: „Sie vergessen, Sire, daß sie zu einem Deutschen sprechen!"

Dann trat er an die linke Seite des Imperators und begleitete ihn auf dem unruhigen Gang durch das Zimmer. Nach der zweiten Kehrtwendung bückte sich Napoleon und hob den Hut auf, den er im Zorn zu Boden geworden hatte. Mit einer leichten Geste tat er so, als putze er ein wenig Staub von seiner Kopfbedeckung; und diese kleine, intime Bewegung schien ihn daran erinnert zu haben, daß der österreichische Kaiser, dessen Staatsminister hier solche Schwierigkeiten machte, eigentlich sein Schwiegervater ist.

„So habe ich also einen recht dummen Streich gemacht, als ich eine Erzherzogin von Österreich geheiratet habe?"

„Nachdem Eure Majestät meine Meinung wissen wollen, will ich offen und frei sagen, daß diesen Fehler nur der Eroberer Napoleon begangen hat."

„Der Kaiser Franz will also seine Tochter entthronen?"

„Der Kaiser kennt nur seine Pflichten, und die wird er erfüllen. Was immer das Los seiner Tochter sein möge, Kaiser Franz ist vor allem Monarch, und das Interesse seiner Völker wird immer die erste Stelle in seinen Berechnungen einnehmen."

Napoleon ließ ihn kaum ausreden. „Ja, ja — was sie da sagen, befremdet mich nicht, alles bestätigt meine Ansicht, daß ich da einen unverzeihlichen Fehler begangen habe. Indem ich eine Erzherzogin heiratete, habe ich das Neue mit dem Alten verschmelzen wollen, die gotischen Vorurteile mit den Institutionen meines Jahrhunderts; ich habe mich getäuscht, und ich empfinde jetzt die ganze Größe meines Irrtums. Es kann mich den Thron kosten, aber ich werde die Welt unter seinen Trümmern begraben."

Also auch noch am bitteren Ende große Worte — dachte Graf Metternich. Kein Komödiant hätte den Cäsaromanen schlechter spielen können ...

Selbst an diesem Junitag war es jetzt dunkel geworden. Es mußte also schon nach acht Uhr abends sein. Und wenn der Staatsminister seine Vorschläge und Einwände abrechnete, hatte der große Monolog Napoleons mehr als sieben Stunden gedauert.

Metternich war enttäuscht. Nicht, weil er unbedingt erwartet hätte, den Kaiser von Frankreich zur Einsicht zu bringen. Nein — er war schon mit der Ahnung gekommen, daß der Stern Napoleons im Erlöschen sei; und jetzt, beim Gehen, war ihm das zur Gewißheit geworden.

Als Napoleon ihn bis zur Tür begeleitete, hinter der die Marschälle und Generäle wohl noch immer auf das Ergebnis dieser Unterredung warteten, war es schon so dunkel, daß keiner mehr die Gesichtszüge des anderen erkennen konnte. Alles war ausgelöscht, was den Worten eine andere Bedeutung geben würde. Und so klang die Frage seltsam bang, die der Kaiser der Franzosen aussprach, als er die Hand auf die Türklinke legte: „Wir sehen uns doch wieder?"

Und nur die Finger, die zum Abschied zitternd auf die Achsel des Diplomaten klopften, konnten in dieser verbergenden Dunkelheit die Worte widerlegen, die Napoleon mehr zu den lauernden Offizieren und Höflingen sprach (denen nun, da sie das Gesicht ihres Herren nicht sahen und seine zitternden Finger nicht fühlten, die Worte alles gelten mußten) als zu seinem Besucher:

„Wissen sie, was geschehen wird? Sie werden mir nicht den Krieg machen."

Der gute Kaiser Franz wartete in Gitschin.

Ihm war es recht so. Der keineswegs aufdringliche, manchmal sehr provinzielle barocke Prunk im Schloß des einstigen

Generalissimus Wallenstein war abwechslungsreich genug, um keine Langeweile aufkommen zu lassen; improvisierte Audienzen, persönliche Vorsprachen der sich nun durch die Nähe des Monarchen sehr wichtig nehmenden Honoratioren aus der Umgebung, lauernde Bittsteller, die sich demütig an die wenigen Hofbeamten, die der Kaiser mitgenommen hatte, herandrängten und alles unternahmen, um ihre kleinen Sorgen groß und bedeutend erscheinen zu lassen, die Durchsicht von Akten und der in solchen Zeiten immer lebhaften Korrespondenz verlangten außerdem nach einer emsigen Tätigkeit in jenen kleinen Belangen, die für den Kaiser so wesentlich waren. Auch an Sorgen fehlte es nicht, denn Marie Luise, die sich in Mainz aufhielt, hatte gleichzeitig mit Beruhigung über ihr persönliches Wohlergehen und mit Befürchtung über die allgemeine Lage geschrieben, und trotz des byzantinischen Gepränges, mit dem sie sich von Napoleon hatte umgeben lassen, war sie für ihren Vater doch immer noch die kleine Tochter geblieben, die er um des guten Friedens willen geopfert hatte.

Daß dieser Frieden nun in Gefahr war — nicht wegen der schrecklichen Niederlage, die dem Kaiser von Frankreich durch den russischen Winter bereitet worden war, sondern wegen der kuriosen politischen Konstellation, die nun gerade die österreichisch-ungarisch-böhmische Monarchie zum Schicksal für ganz Europa werden ließ —, konnte auch mit dem besten Willen nicht verhindert werden.

Aber der Waffenstillstand dauerte ja noch an, und Metternich war unermüdlich unterwegs. Es galt nicht nur, Österreich vielleicht doch noch aus den Kämpfen herauszuhalten, sondern nach Möglichkeit eine Übereinkunft zwischen den kriegführenden Mächten — Frankreich einerseits, Rußland, Preußen und Schweden anderseits — herbeizuführen; nicht umsonst natürlich, denn eine solche Vermittlung mußte dem österreichischen Kaiser von beiden Seiten honoriert werden.

Es stand also sehr viel auf dem Spiel, und als dem Monarchen die Ankunft des Grafen Metternich gemeldet wurde, ließ er seinen Staatsminister sofort zu sich kommen.

Der Diplomat trat ein — untadelig gekleidet, elegant und frisch, als hätte er nicht eben erst nach einer anstrengenden Fahrt den Wagen verlassen — und verneigte sich lächelnd vor seinem Kaiser, der wiederum nicht so aussah, als hätte er einige verhältnismäßig ruhige Tage im Schloß Wallensteins zugebracht, sondern der eher wie ein biederer Beamter wirkte, der gerade die Deckel über einer umfangreichen, verstaubten Akte geschlossen hatte.

„Napoleon ist also einverstanden, Metternich? Das ist gut — aber setzen sie sich doch, sie werden müd' sein von der langen Fahrt! —, das ist wirklich gut, und sie haben sich nicht vergeblich neun lange Stunden mit meinem kaiserlichen Schwiegersohn herumärgern müssen!"

„Wie ich Eurer Majestät bereits mitteilen konnte, hat der Minister des Kaisers von Frankreich — Maret, der Herzog von Bassano — nach dieser langen Unterredung mit mir einen förmlichen Vertrag abgeschlossen, daß sich Frankreich am 5. Juli an einem Friedenskongreß in Prag beteiligen wolle und mit einer Verlängerung des gegenwärtigen Waffenstillstandes bis 10. August einverstanden ist!"

„Und das, obwohl sich der Napoleon ihnen gegenüber so aufg'spielt hat!"

„Majestät, wenn ein Imperator sich demaskiert, muß er treue Diener haben, die ihm die Maske wieder aufsetzen!"

„G'scheit, Metternich, g'scheit! Aber geh'n s' jetzt und restauriern s' sich! Ich will inzwischen an den Kaiser der Franzosen schreiben, daß ich mich sehr freuen würd', wenn durch meine Vermittlung der Frieden zustande käm'. Das kann ich ihm doch schreiben, net?"

„Wenn Majestät die Vereinbarung von Reichenbach darin aber nicht erwähnen würden ..."

„Wo denken s' denn hin! Das is mir alles viel zu diplomatisch. Dafür sind sie zuständig, Metternich! Wozu hab' ich sie denn? Hauptsach', daß wieder alles in Ordnung kommt und die arme Marie Luis' net mehr soviel Angst haben muß!"

Lächelnd, wie er eingetreten war, verabschiedete sich Metternich von seinem Herren. Dieser ging mit ihm bis an die Tür und reichte ihm dort die Hand:

„Rasten sie sich aus, Metternich. Ich schreib' derweil den Brief. Und in zwei Stunden kommen s' dann wieder. Sie müssen mir dann noch viel über ihre Unterredung mit dem Napoleon erzählen. Und auch, wie sich der Zar und der König von Preußen in Reichenbach mit der ganzen G'schicht abfinden werden!"

Ja, wenn es nach dem guten Kaiser Franz ginge, wäre die geplante Prager Friedenskonferenz nichts anderes als eine Vereinbarung unter Geschäftsfreunden und Verwandten! Selbst in dieser entscheidenden Situation war ihm die große Politik mehr ein aufwendiges Schauspiel, in dem Diplomaten und Marschälle, umständlich beglaubigte Botschafter und goldbetreßte Repräsentanten jener drei oder vier großen Monarchen agieren, die diese ganze G'schicht besser unter sich ausmachen sollten. Und in diesem Sinn schrieb er auch an seinen Schwiegersohn nach Dresden:

„Graf Metternich hat mir von den Unterhandlungen Bericht erstattet, die Eure Kaiserliche Majestät ihm zu bewilligen geruhte. Ich empfinde sehr lebhaft den Vertrauensbeweis, den Eure Majestät mir durch Annahme meiner Vermittlung gibt. Eure Majestät kann keinen dem Friedensgedanken Ergebeneren finden als mich, dem auch die Interessen Frankreichs außerordentlich am Herzen liegen.

Alle meine Wünsche werden erfüllt sein, wenn ein freundschaftlicher Vergleich sofort den gegenwärtigen unglückseligen Krieg beenden kann und verhindern wird, daß die mit ihm unvermeidlichen Schrecknisse sich in einer Weise ausdehnen, die man im voraus schwierig ermessen kann.

Empfangen Sie die Versicherung der wahrhaftigen Zuneigung und Wertschätzung, mit der ich bin, mein Herr Bruder und vielgeliebter Schwiegersohn, Eurer kaiserlichen Majestät guter Bruder und Schwiegervater Franz."

Und dann das Datum:

„Gitschin, den 3. Juli 1813."

Der Kurier war mit diesem Schreiben bereits nach Dresden abgeritten, als sich Graf Clemens Lothar Wenzel Metternich wieder beim Kaiser von Österreich melden ließ.

Ganz nahe und vertraulich — fast so wie damals, als sie in der engen Kutsche über den Jablunkapaß gefahren waren — saßen sie sich gegenüber: Der eine, der glaubte, daß er Österreichs Schicksal sei, und der andere, der wußte, daß er Österreichs Schicksal lenkte. Und solange der andere dem einen über Napoleon erzählte, über die Heftigkeit, mit der dieser energische kleine Korse seinen Hut zu Boden geschleudert hatte, über die Standeslisten der österreichischen Armee, die der Kaiser von Frankreich in einem kleinen Zimmer seines Dresdener Quartiers wie einen Kronschatz hütete; solange dann noch von der Ängstlichkeit die Rede war, mit der Napoleons Minister Maret (der seine revolutionäre Vergangenheit dem Titel eines Herzogs von Bassano geopfert hatte) darauf bedacht war, den Friedenskongreß in Prag zu sichern — solange blieb die Zuversicht des Kaisers für eine familiäre Beendigung der europäischen Streitereien ungetrübt.

Erst, als Metternich auf Einzelheiten seiner Mission in Reichenbach — über die er den Kaiser bisher nur kurz und allgemein informiert hatte — hinwies, wurde das Gespräch plötzlich ernst und stockend.

„Metternich — da haben s' uns ja ganz an Rußland und Preußen gebunden?"

„Wenn Napoleon die Friedensbedingungen nicht akzeptiert — ja!"

„War denn das notwendig? Jetzt, wo wir so schön zwischen

den Mächten hätten vermitteln können! Mit allen gut und mit keinem bös' — das haben sie doch auch immer wollen, Metternich!"

„Gewiß! Solange es noch Macht auf beiden Seiten gab."

Und dann sagte er, ganz gegen seine sonstige Art, kurz und mit merklicher innerer Anteilnahme das schwerwiegende Urteil:

„Mit Napoleon ist es aus."

Der Kaiser starrte ihn an. Das war doch alles nicht zu glauben — auch jetzt noch nicht, nach der Katastrophe in Rußland! Die Siege Napoleons über die Preußen und Russen hatten doch bewiesen, daß Europa vor ihm noch immer so zu zittern hatte wie in den letzten eineinhalb Jahrzehnten!

Wieder so unbeteiligt, als hätte er nicht gerade den Sturz eines Titanen, den Umbruch der Weltordnung, das Erlöschen eines Kometen prophezeit, berichtete der österreichische Staatsminister weiter:

„Wie Eure Majestät wissen, haben wir uns in der geheimen Konvention von Reichenbach verpflichtet, mit der ganzen Kriegsmacht auf der Seite Rußlands und Preußens ins Feld zu ziehen, wenn Napoleon nicht einwilligt, das Herzogtum Warschau aufzulösen, die Festungen in Preußen und Polen zu räumen, die illyrischen Provinzen an Österreich zurückzugeben, wenn er nicht einer Vergrößerung Preußens und der Wiederherstellung der Hansestädte zustimmt . . ."

„Schon, schon, Metternich! Aber daß alles gleich so ernst wird — nein, nein, daran hätt' ich nicht gedacht! So ist der Krieg wohl nicht mehr zu vermeiden?"

„Majestät, ich habe mich bemüht, die Interessen Frankreichs soweit als möglich zu vertreten. Der Zar hat mich deshalb — wie mir zugetragen wurde — einen Lakaien Napoleons genannt. Aber wenn es nun nicht zum Friedensschluß kommt, wird Eurer Majestät wohl keine andere Wahl bleiben, als sich auf die Seite des Stärkeren zu schlagen."

„Mein Gott, Metternich — dann müssen wir doch den Napoleon soweit bringen, daß er in die Friedensbedingungen einwilligt! Ich muß ihm sofort noch einmal schreiben — nein, bleiben s' da, Metternich! Der Brief ist so wichtig, daß sie ihn kennen müssen!"

Und so schrieb der Kaiser von Österreich an diesem Tag noch ein zweitesmal an den Kaiser von Frankreich. Aber jetzt war der Ton ernster, drängender — es ging nicht mehr um eine Auseinandersetzung innerhalb familiärer Umgangsformen — es ging um ganz Europa, mehr noch: um die ganze Welt!

„Mein Staatsminister und Minister des Äußeren, Graf Metternich, hat mir die Konvention vorgelegt, die am letzten 30. Juni sowohl von ihm als auch von dem französischen Minister der Äußeren in Dresden unterzeichnet wurde, und die sich auf meine Annahme der Vermittlung für die Wiederherstellung des Friedens bezieht. Nachdem ich von der erwähnten Konvention Kenntnis genommen habe, erkläre ich, den Inhalt zu billigen, zu welchem Zweck ich das gegenwärtige Schreiben an Eure Majestät richte. Gleichzeitig füge ich die Versicherung bei — als Antwort auf die Zusicherung Eurer Majestät im 4. Artikel, nicht vor dem 10. August den am 4. Juni zu Pläswitz abgeschlossenen Waffenstillstand aufzukündigen —, daß ich denselben künftigen August für mich als einen bindenden Zeitpunkt der Unterhandlungen betrachte.

In der Voraussetzung, daß sich die Kanzleien nicht zu weit entfernt befinden, können die Ratifikationen in den gebräuchlichen Formen zeitig genug ausgetauscht werden, damit ihrer Auswechslung gemäß des im 5. Artikel festgesetzten Zeitpunktes nichts im Wege steht . . ."

Das war freilich nicht mehr der freundliche, vertrauliche Brief, den ein kaiserlicher Schwiegervater seinem kaiserlichen Schwiegersohn schreibt! Zwischen beiden Briefen, die Franz an diesem Tag an Napoleon abschickte, lagen nicht nur wenige Stunden, sondern lag auch die ganze Unsicherheit der Lage, dieses dauernde Hin und Her der Diplomaten; und lag vor allem das erschütternde Urteil Metternichs über den Kaiser von Frankreich.

Vielleicht glaubte auch der gute Kaiser Franz nicht mehr ganz an die Versicherungen, die er im zweiten Brief seinem Schwiegersohn mitgeteilt hatte. Aber ganz sicher glaubte der Staatsminister Graf Clemens Lothar Wenzel Metternich nicht mehr daran ...

„Majestät, es ist notwendig, daß sie dieses Manifest unterfertigen! — Ich selbst habe inzwischen dem Botschafter Narbonne die Pässe zustellen lassen!“

„Metternich — das ist der Krieg!“

„Gewiß, Majestät! — Wir haben bei den Verhandlungen in Prag alles versucht, um den Frieden zu retten. Aber obwohl den Unterhändlern Napoleons entsprechende Vollmachten versprochen worden waren, sind diese Vollmachten nicht eingetroffen.“

„Haben s' denn diesen formalen Fragen net zuviel Wert beigemessen, Metternich?“

„In dieser Situation konnte überhaupt keiner Frage zuviel Wert beigemessen werden, Majestät! — Deshalb sind in dem vorliegenden Manifest, dessen endgültige Formulierung ich dem Freiherrn von Gentz anvertraut habe, die wichtigsten Punkte der leider erfolglosen Prager Verhandlungen im einzelnen angeführt worden. Gestatten Eure Majetsät, daß ich die betreffenden Passagen daraus vorlese?“

Ohne auf das ohnedies nur angedeutete Nicken des Kaisers zu achten, begann Metternich zu lesen. Deutlich, die entscheidenden Stellen besonders betonend und durch kleine Pausen vorher und nachher noch unmißverständlicher absetzend, las er mit der Mühelosigkeit eines gewandten Causeurs Sätze, die weit schwerer wogen, als es der überlegene und ein wenig selbstgefällige Vortrag hätte erwarten lassen:

„Die Unterhandlungen, wenn sie nicht frühzeitig eine Wendung nahmen, die ein erwünschtes Resultat mit Zuversicht voraussehen ließ, konnten nicht über den 10. August hinaus fortdauern. Bis zu diesem Termine war durch Österreichs Vermittlung der Waffenstillstand verlängert ..."

„Durch ihre Vermittlung, Metternich! Sie haben das sehr eigenmächtig getan!" unterbrach der Kaiser, dem dieser bestimmte, auf keinen Widerspruch berechnete Vortrag seines Ministers unangenehm wurde.

„Ich durfte mit der Zustimmung Eurer Majestät rechnen!" entgegnete der geschickte Diplomat mit einem feinen Lächeln.

„Na schön! — Also, lesen s' weiter!"

„... der Waffenstillstand verlängert; die politische und militärische Lage der Mächte, die Stellungen und Bedürfnisse der Armeen, der Zustand der Länder, welche sie besetzt hatten, der sehnliche Wunsch der verbündeten Souveräne, einer quälenden Ungewißheit ein Ende zu machen, gestatteten keine weitere Verlängerung. Der Kaiser Napoleon war mit allen diesen Umständen bekannt. Er wußte, daß die Dauer der Unterhandlungen durch die des Waffenstillstandes notwendig bestimmt war. Überdies konnte der Kaiser Napoleon sich nicht leicht verbergen, wie sehr eine glückliche Abkürzung und ein froher Ausgang des bevorstehenden Geschäfts von seinen Entschließungen abhingen. Mit wahrem Kummer mußte daher Seine Majestät der Kaiser bald inne werden, daß von französischer Seite nicht nur kein ernsthafter Schritt zur Beschleunigung des großen Werkes geschah, sondern vielmehr ganz so verfahren wurde, als hätte man die Verzögerung der Unterhandlungen und die Vereitlung eines günstigen Erfolges bestimmt zur Absicht gehabt."

Der Kaiser stand mit einem Ruck auf und ging zum Fenster. Mit dem Rücken zu seinem Minister sprach er — so nahe an den Scheiben, daß sein Hauch sich auf dem Glas niederschlug:

„Napoleon war vom 25. Juli bis zum 4. August in Mainz. Er wollte ein paar Tage bei meiner Tochter sein.“

Metternich wartete einige Augenblicke, ob sein Monarch dieser Bemerkung noch eine Folgerung anschließen würde. Als es aber nicht dazu kam, fuhr er mit seiner Vorlesung fort:

„Ein französischer Minister befand sich zwar am Ort des Kongresses, doch ohne Auftrag, irgend etwas zu unternehmen, bis der erste Bevollmächtigte erschienen sein würde. — Ich darf ein paar Zeilen übergehen, Majestät, die keine entscheidenden Vorfälle behandeln, und mit dem Wesentlichen fortfahren: — Gleich in den ersten Tagen nach der Ankunft diese Ministers blieb über das Schicksal des Kongresses kaum ein Zweifel mehr übrig. Die Form, in welcher die Vollmachten übergeben und die wechselseitigen Erklärungen eingeleitet werden sollten, ein Punkt, der früher bereits von allen Seiten zur Sprache gekommen war, wurde der Gegenstand einer Diskussion, an welcher alle Bemühungen des vermittelnden Ministers scheiterten. Die offenbare Unzulänglichkeit der den französischen Bevollmächtigten erteilten Instruktionen führte einen Stillstand von mehreren Tagen herbei. Nicht eher als am 6. August überreichten diese Bevollmächtigten eine neue Erklärung, durch welche die obwaltende Schwierigkeit in Rücksicht der Form nicht gehoben, die Unterhandlung ihrem wesentlichen Zwecke um keinen Schritt näher gebracht wurde. Unter einem fruchtlosen Notenwechsel über jene vorläufigen Fragen gelangte man an den 10. August. Die russischen und preußischen Bevollmächtigten konnten diesen Termin nicht überschreiten; der Kongreß war beendigt; und der Entschluß, den Österreich zu fassen hatte, war durch den Gang dieses Kongresses, durch die jetzt ganz vollendete Überzeugung von der Unmöglichkeit des Friedens, durch den längst nicht mehr zweifelhaften Standpunkt, aus welchem Seine Majestät die große Streitfrage betrachtete, durch die Grundsätze und Absichten der Alliierten, in welchen der Kaiser die seinigen erkannte, endlich durch die bestimmtesten früheren Erklärungen, die keinem Mißverständnis Raum ließen ..."

Der Kaiser drehte jäh sich um: „Durch die Reichenbacher Konvention, Metternich!"

Dieser nickte und lächelte verbindlich. Dann las er den Satz zu Ende:

„... zum Voraus entschieden. Nicht ohne tiefe Betrübnis, und allein durch das Bewußtsein getröstet, daß alle Mittel, die Erneuerung des Kampfes zu vermeiden, erschöpft worden sind, sieht der Kaiser sich zu diesem Schritte gezwungen. Seine Majestät haben drei Jahre lang mit unermüdeter Beharrlichkeit darnach gestrebt, die Grundlage der Möglichkeit eines wahren und dauerhaften Friedens für Österreich und für Europa auf milden und versöhnenden Wegen zu gewinnen. Diese Bemühungen sind vereitelt; kein Hilfsmittel, keine Zuflucht mehr, als bei den Waffen. Der Kaiser ergreift sie, ohne persönliche Erbitterung, aus schmerzhafter Notwendigkeit, aus unwiderstehlich-gebietender Pflicht, aus Gründen, welche jeder treue Bürger Seines Staates, welche die Welt, welche der Kaiser Napoleon selbst in einer Stunde der Ruhe und Gerechtigkeit erkennen und billigen wird. Die Rechtfertigung dieses Krieges ist in dem Herzen jedes Österreichers, jedes Europäers, unter wessen Herrschaft er auch lebe, mit so großen und leserlichen Zügen geschrieben, daß keine Kunst zu Hilfe genommen werden darf, um sie geltend zu machen. Die Nation und die Armee werden das Ihrige tun. Ein durch gemeinschaftliche Not und gemeinschaftliches Interesse gestifteter Bund mit allen für ihre Unabhängigkeit bewaffneten Mächten wird unseren Anstrengungen ihr volles Gewicht geben. Der Ausgang wird unter dem Beistande des Himmels die gerechten

Erwartungen aller Freunde der Ordnung und des Friedens erfüllen."

Metternich legte das Dokument auf den Tisch des Kaisers. Dieser ging langsam zu seinem Sessel, setzte sich, nahm die engbeschriebenen Papierseiten und wog sie prüfend in seiner Hand.

„Der Gentz hat das alles recht g'scheit g'schrieben, Metternich. Und darum muß es wohl auch stimmen, net wahr?"

Dann legte er sich die letzte Seite zurecht, tauchte die Feder in das Tintenfaß und schrieb seinen Namen unter das Manifest.

Schneller, als der gute Kaiser Franz —

Brich der Bosheit Macht; enthülle
Jeden Schelm- und Bubenstreich! —

die komplizierten Schlingen und Schnörkel ziehen konnte, hüpften die Flammen der vorbereiteten Signalfeuer bis weit an die schlesische Grenze: Die Truppen der Verbündeten durften durch Böhmen marschieren.

Und die Truppen Österreichs würden zu ihnen stoßen. Frische, ausgeruhte Soldaten.

Der Krieg war entschieden.

Aber auch dem Sieger wird es nicht immer leicht gemacht.

Während sich der schwedische Kronprinz Karl Johann — der noch vor wenigen Jahren als Marschall Bernadotte einer der tüchtigsten Heerführer Napoleons war und seit seinem politischen Taktieren mit England und Rußland vom Kaiser der Franzosen mit wütendem Haß verfolgt wurde — rühmen durfte, im großen und ganzen einen gemeinsamen Operationsplan gegen Napoleon aufgestellt zu haben, dem die drei mächtigen Heersäulen, die gegen das in Sachsen konzentrierte französische Heer zielten, wenigstens einigermaßen koordiniert folgten, hatte Zar Alexander erst nach und nach von seinem ehrgeizigen Wunsch abgebracht werden können, als Oberbefehlshaber der Alliierten anerkannt zu werden.

Metternich hatte sein ganzes Geschick aufbieten müssen, um den dickleibigen und stiernackigen Feldmarschall Fürst Karl Schwarzenberg als obersten Kommandierenden (und damit seinem Kaiser Franz auch eine entsprechende Stellung unter den verbündeten Monarchen) zu sichern.

Diesmal aber hatte der Staatsminister bei seinem Kaiser — der sich seiner überragenden Bedeutung in dieser Koalition gegen Napoleon nun gänzlich bewußt geworden war und in dem die Erinnerung an militärische Instruktionen, die er als vorgesehener Thronfolger noch unter seinem Onkel Kaiser Joseph erhalten hatte, aber wohl auch der Stolz an seine Beteiligung am Feldzug gegen die Türken anno 1788 lebhaftes Interesse für die militärischen Fragen erweckt hatten — tatkräftige Unterstützung gefunden. Von Feldmarschall Schwarzenberg und dessen Generalstabschef, dem agilen und klugen, von den Soldaten vergötterten Feldmarschalleutnant Graf Josef Radetzky von Radetz begleitet, inspizierte der Monarch immer wieder seine Truppen; ja, er hatte sich sogar angewöhnt, jetzt immer nur den weißen, mit Orden geschmückten Waffenrock zu tragen und so zu beweisen, daß ihm alle Niederlagen, die er in zwei langen Jahrzehnten durch Napoleon hinnehmen mußte, nicht die Zuversicht und Entschlossenheit rauben konnten, in einem neuen großen Waffengang die endgültige Entscheidung zu suchen.

Mit der Gründlichkeit, die seine allgemeinen Audienzen in der Hofburg ausgezeichnet hatte, forschte er nun nach den Wünschen und Sorgen seiner Soldaten, immer wieder verwickelte er da einen Kavalleristen, dort einen Infanteristen in ein längeres Gespräch, drückte Hände, klopfte auf Achseln, lobte, tadelte, kostete von der Menage, tröstete Erkrankte und ließ den Verwundeten, die in die Etappe gebracht worden waren, kleine Geldgeschenke zukommen.

Stundenlang war er mit Schwarzenberg und Radetzky über Landkarten und Schlachtplänen gesessen, hatte zwischendurch den Generalstabschef aufgefordert, ihm Einzelheiten aus dem Operationsplan zu erklären oder sich von Schwarzenberg die grundsätzlichen Überlegungen für dieses gewaltige strategische Konzept vortragen lassen:

„Napoleon muß nach der Lage der Dinge wünschen, eine Hauptschlacht zu liefern, und zwar sobald als möglich; denn seine Kraft nimmt mit jedem Tag in dem Verhältnis ab, als unsere wächst. Wir, jetzt schwer zu vereinigen, dürfen zu dieser Schlacht nicht Gelegenheit geben, bis alle Wahrscheinlichkeit dafür ist, daß wir sie gewinnen. Um uns diese Wahrscheinlichkeit zu verschaffen, muß die französische Heeresmacht durch Teilgefechte und Anstrengungen zuvor um vieles geschwächt und gemindert werden. Hierzu dient die Aufstellung in drei Massen, in Böhmen, Schlesien und in der Mark, ganz vorzüglich, aber nur dann, wenn als unverbrüchliches Gesetz angenommen wird, daß jede derselben, gegen welche Napoleon immer sich wendet, zurückgeht, die beiden übrigen ihm schnell in Seite und Rücken marschieren und dadurch von jener abziehen. Dieses fortwährende Vorrücken und Zurückgehen muß ihn, der allen Dreien zu genügen hat, mehr ermüden als sie und muß ihnen die Gelegenheit geben, die einstweilen gegen sie gelassenen feindlichen Abteilungen aufzureiben. Hat die Summe von diesen Verlusten den Feind hinlänglich herabgebracht, dann wird man ihn langsam von der Elbe ab und gegen die Saale drücken und hier vielleicht in der Umgegend von Leipzig mit vereinten Kräften die Schlacht geben. Der Ausgang derselben wird alles Weitere bestimmen."

Aber trotzdem wurde es dem Sieger nicht immer leicht gemacht.

Gegen die nicht ganz zweihunderfünfzigtausend Mann, die Napoleon kreuz und quer durch Sachsen dirigierte, rückten zwar aus dem Norden neunzigtausend Schweden, Preußen und Russen unter Bernadotte heran, aus Schlesien achtzigtausend Preußen und Russen unter dem ehrgeizigen General Blücher, aus Böhmen Schwarzenbergs Hauptarmee mit hundertzwanzigtausend gut ausgeruhten und gut gerüsteten, allerdings zum Teil wenig kampferfahrenen Österreichern sowie achtzigtausend Russen und Preußen — doch einzelne Wünsche der verbündeten Monarchen oder ihrer Generale standen einer völligen Übereinstimmung der strategischen Operationen ebenso entgegen, wie Napoleon durch seine unbestrittene Stellung als Kaiser und Feldherr diese Übereinstimmung unter seinen Truppen fördern konnte.

Ja, nach dem verunglückten Versuch, Dresden einzunehmen — wozu Schwarzenberg vor allem durch Zar Alexander gedrängt worden war — und der anschließenden verlorenen Schlacht gegen Napoleon hatte Schwarzenberg sogar schon den Wunsch geäußert, sein Kommando niederzulegen, weil er unter solchen Umständen die Verantwortung für das Schicksal der alliierten Armeen nicht übernehmen könne. Nur den drastischen Vorstellungen Metternichs und vor allem den auf Grund des gemeinsamen Operationsplanes aus der Niederlage von Dresden resultierenden Siegen bei Großbeeren und am Katzbach innerhalb einer einzigen Woche war es zuzuschreiben, daß der Oberkommandierende nicht resignierte.

Was folgte, wirkte auf den Landkarten des Grafen Radetzky wie ein buntes Spiel: Mehr oder weniger dicke, gewundene farbige Linien deuteten die Marschrouten einzelner Heeresgruppen oder Armeekorps an, kleinere Kreuze bezeichneten Gefechte, größere Schlachten. Immer enger wurden die Bewegungen der starken Linie, die Napoleons Hauptarmee darstellen sollte, immer näher rückten andere dicke Pfeile aus dem Norden, Osten und Süden einem großen ebenen Feld in der Nähe einer großen Stadt:

Leipzig.

Napoleons Marschall Vandamme wird bei Kulm vernichtet; Blücher steht bei Hochkirch; Bernadottes Nordarmee siegt bei Dennewitz entscheidend über den französischen Marschall Ney. Bald stehen Bernadotte und Blücher jenseits der Elbe, und eine dicke Linie auf den Karten Radetzkys deutet an, daß auch Schwarzenbergs böhmische Armee vordringt und bei Altenburg den Flügel Napoleons umfängt. Dieser wirft sich mit aller Macht auf Blücher — aber vor der dicken Linie, die seinen ungestümen Anmarsch markiert, kann Radetzky die dünnere, anders gefärbte Linie Blüchers hinter die Saale zurückziehen. Die dicke Linie hält nun in einem großen ebenen Feld in der Nähe einer großen Stadt:

Leipzig.

An einem einzigen Tag hätte Napoleon die Armee des Fürsten Karl Schwarzenberg besiegen müssen — dann hätte sich seine Hoffnung erfüllt, mit dem ununterbrochenen, suchenden Hin und Her der letzten Wochen und Tage, mit diesen kräfteraubenden Versuchen, doch noch eine der feindlichen Armeen vor deren endgültiger Vereinigung zu vernichten.

Denn am 16. Oktober hatte sich die aus Böhmen vorgerückte Hauptarmee der Alliierten bei Leipzig zur Schlacht gestellt.

Am trüben, regnerischen Vormittag brüllten von beiden Seiten die Geschütze in die graue, herbstliche Trostlosigkeit. Französische, russische, preußische, österreichische Soldatenstiefel kneteten den Schlamm der morastigen Wege, die Hufe aufgeregter, dampfender Rosse spritzten das schmutzige Wasser aus Pfützen, die sich in den Äckern und Wiesen gebildet hatten. Fluchend trieben Kutscher holpernde und rumpelnde Wagen über aufgeweichte Straßen, um die verbündeten Monarchen noch rechtzeitig an den Ort der Entscheidung zu bringen: Zar Alexander den Ersten von Rußland, König Friedrich Wilhelm den Dritten von Preußen und Franz den Ersten, Kaiser von Österreich.

Als sie sich getroffen hatten und Fürst Karl Schwarzenberg zu ihnen geeilt war, um über die Lage auf dem Kampffeld zu berichten, konnten seine Ausführungen die Zuversicht der Herrscher auf einen glücklichen Ausgang der Schlacht nicht stärken: Bernadotte kam mit seiner Nordarmee langsamer voran, als ursprünglich berechnet worden war, und würde nicht vor dem morgigen Tag in den Kampf eingreifen können; Blücher schlug sich im Norden, bei Möckern, wohl recht erfolgreich mit Marmont und Ney, aber mit seiner schnellen Unterstützung war ebenfalls nicht zu rechnen. Im Zentrum der Schlacht hatte Napoleon in den Mittagsstunden, unmittelbar vor der Ankunft der drei Monarchen, unter dem Feuerschutz von mehr als dreihundert Kanonen einen wuchtigen Gegenangriff unternommen und die Truppen Schwarzenbergs zurückgedrängt.

Schweigend hörten Kaiser Franz und König Friedrich Wilhelm diesen wenig ermutigenden Lagebericht an. Zar Alexander jedoch ließ den Feldherrn nicht ausreden, unterbrach ihn immer wieder mit heftigen Vorwürfen und Beschuldigungen, daß er im Gegensatz zu den vereinbarten Bestimmungen des gemeinsamen Operationsplanes die Schlacht angenommen habe, obwohl die Voraussetzungen für einen Sieg nicht unbedingt gegeben waren.

Schwarzenberg, den seine Tätigkeit als Gesandter am Pariser Hof des Kaisers Napoleon genügend Erfahrung im Umgang mit zornigen Monarchen hatte gewinnen lassen, antwortete auf die Anklagen des Zaren überhaupt nicht. Er winkte seinen Generalstabschef Radetzky heran, besprach sich mit ihm kurz, und als der kleingewachsene böhmische Feldmarschalleutnant wieder zu den kämpfenden Truppen zurückkehrte, hatte er sich auf seinem Pferd nur vor dem Kaiser Franz respektvoll aufgerichtet und den Degen vor ihm gesenkt, um unmißverständlich anzudeuten, wen er hier für das eigentliche Oberhaupt und damit für den vornehmsten Fürsten Europas hielte.

Bald sollte sich herausstellen, daß Radetzky die Order Schwarzenbergs, eine aus zwei Infanteriedivisionen und einer Kavallerietruppendivision bestehende Schlachtreserve unter dem Prinzen Homburg gegen das Zentrum zu dirigieren (der Oberkommandierende hatte diesen Plan den Monarchen noch mitteilen können, ehe er sich selbst wieder näher an das Kampfgeschehen begab), rechtzeitig weitergeleitet hatte. Ordonnanzen und Kuriere, die unentwegt zwischen den drei Herrschern und den kämpfenden Truppen hin- und hereilten, um die wegen der Ausdehung des Schlachtfeldes, des fast ebenen Geländes, des Rauches und Pulverdampfes fast unübersichtliche Situation wenigstens einigermaßen zu erklären, mußten gegen zwei Uhr nachmittags melden, daß etwa zwölftausend französische Reiter, von Napoleon in zwei Gruppen geteilt, links und rechts von Wachau gegen das Zentrum der Alliierten anstürmten, um so doch noch an diesem Tag eine Entscheidung herbeizuführen. Den Zaren machte diese Meldung sehr unruhig, er fragte immer wieder, ob wohl ein Pferd für ihn bereitgehalten würde; auch der König von Preußen ging rasch von einem seiner Begleiter zum anderen, redete heftig auf seine Offiziere ein, die ihre Hälse lang machten und versuchten, aus Rauch und Lärm der großen Schlacht deren Verlauf zu erkennen. Nur der Kaiser von Österreich war ruhig geblieben — aber es war nicht die Apathie, mit der er die Niederlage von Wagram über sich ergehen lassen hatte; es war die beruhigende Zuversicht, nach so vielen, vielen Mißerfolgen nun auch einmal Napoleon einen solchen Mißerfolg zu bereiten.

„Feldmarschall Fürst Schwarzenberg wirft die Leibgarde-Kosaken vom Don und preußische Reiter der französischen Kavallerie entgegen!“ keuchte ein erschöpfter österreichischer Kurier seinem Kaiser entgegen, um dann rasch wieder das Pferd zu wenden und neue Nachrichten einzuholen.

„Die Kürassiere des Grafen Nostitz greifen in den Kampf ein!" meldete ein Reiter, dem sich eine frische Wunde über die Wange zog und dessen Pferd nach Pulver, Blut und dem entsetzlichen Rauch der Schlacht roch.

Dann war wieder ein Oberst des Generalstabes da: „Die französische Kavallerie wankt, Majestät!"

Kaiser Franz hatte sich den Plan und die Ordnung der Schlacht bereits angeeignet. „Das sind doch unsere Kanonen?" fragte er, als neuer Artilleriedonner laut und drohend aufklang. Der Oberst bestätigte militärisch: „Zu Befehl, Majestät! Die Artillerie des Feldmarschalleutnants Bianchi wurde zum Zentrum beordert. Sie ist rechtzeitig eingetroffen!"

Da wandte sich der Monarch den beiden anderen Herrschern zu, die von ihren Kurieren ähnliche günstige Nachrichten erhalten hatten:

„Meine Brüder — die Schlacht ist wieder hergestellt!"

Alle wußten, daß es an solchen trüben Herbsttagen sehr früh Abend wird. Schon waren es nicht mehr die Schwaden aus Rauch und Pulverdampf allein, die Dunkelheit über das weite Feld legten; schon leuchteten die Feuerstöße aus den Mündungen der Kanonen grell und blitzend auf, erhellten ganz kurz und gefährlich das Land und den Horizont; schon wurden da und dort die ersten Feuer entzündet, an denen Soldaten ihre schmerzenden Wunden wärmten. Trompeten, die während der furchtbaren Schlacht kaum zu unterscheiden waren, klangen jetzt überall deutlich und befehlend auf.

Kaiser Franz der Erste von Österreich, Zar Alexander der Erste von Rußland und König Friedrich Wilhelm der Dritte von Preußen trennten sich, um, jeder von seinem Gefolge begleitet, das Quartier aufzusuchen, das inzwischen für sie bereitgestellt worden war.

Napoleon hatte an diesem ersten Tag die Schlacht nicht gewonnen.

„Majestät, der Kaiser der Franzosen ist bereit, alle Vorschläge, die für den Friedenskongreß in Prag ausgearbeitet worden sind, anzunehmen!"

„Das glaub' ich schon, Graf Meerveldt. Aber meine Verbündeten denken gar nicht mehr daran, ihn so glimpflich davonkommen zu lassen.— So ist es doch, Metternich?"

Und der Staatsminister nickte.

„Kaiser Napoleon erwartet heute noch eine endgültige Antwort, Majestät!" drängte der Feldzeugmeister Graf Meerveldt, den die Franzosen während eines Rekognoszierungsrittes gefangengenommen hatten und der von Napoleon als Unterhändler zu seinem kaiserlichen Schwiegervater geschickt worden war.

„Die Antwort ist endgültig, Graf Meerveldt! Wir haben uns gegenseitig verpflichtet — die anderen Monarchen und ich —, mit dem Kaiser der Franzosen nicht zu unterhandeln, solange auch nur ein einziger Soldat seiner Armee auf deutschem Boden steht. Das können s' ihm sagen, wenn er es noch nicht wissen sollte!"

Wie bitter mußte es für Napoleon gewesen sein, den gefangenen österreichischen General als Vermittler zum Kaiser von Österreich zu schicken, statt nach dem unbefriedigenden ersten Tag der Schlacht mit allen verfügbaren Truppen wie ein Unwetter über die verbündeten Monarchen herzufallen. Aber es mangelte ihm bereits an allem: An frischen, ausgerasteten Truppen, an Pferden, an Munition, an Nahrungsmitteln. Die wenigen Einheiten, die ihm die abhängigen deutschen Souveräne zur Verfügung gestellt haben, waren unzuverlässig. Er konnte sich eigentlich nur noch auf seine Franzosen verlassen, und auch unter diesen unbedingt nur auf seine Garde. So konnte er nach dem mörderischen 16. Oktober nicht sofort wieder einen gleich verlustreichen, ungewissen Kampftag riskieren.

Seine Feinde erhielten aber Stunde für Stunde neue Verstärkungen. Der König von Bayern war von Napoleon abgefallen und hatte sich mit seinen Soldaten den Alliierten angeschlossen; Bernadotte war mit der Nordarmee endlich eingetroffen und hatte so die Streitmacht Schwarzenbergs um fast einhunderttausend Mann erhöht; Colloredo, Bubna und Bennigsen führten weitere Reserven heran.

„Sonst hat ihnen der Napoleon nix mehr aufgetragen?" fragte Kaiser Franz seinen als Parlamentär eingesetzten General.

„Doch, Majestät. Er sagte mir, ich solle Eure Majestät daran erinnern, daß nun die Kaiserin von Frankreich und der König von Rom in größter Gefahr wären!"

Das war es also; und der gute Kaiser Franz —

Brich der Bosheit Macht! enthülle
Jeden Schelm- und Bubenstreich —

hatte auch damit gerechnet: Der Kaiser der Franzosen berief sich auf eine Verbindung, mit der sich vor dreieinhalb Jahren der Kaiser von Österreich Ruhe und Frieden sichern wollte. Deutlicher konnte nicht mehr gezeigt werden, wie sich das Blatt inzwischen gewendet hat. Nachdenklich beugte sich Franz über die große Landkarte auf seinem Tisch, in die ihm der tüchtige Graf Radetzky alle Stellungen und die Truppenstärken dieser Schlacht eingezeichnet hatte. Die Kreuze, Striche, Linien, Punkte liefen ineinander, durcheinander, auseinander, verwirrten sich, entwirrten sich und starrten ihn plötzlich mit Augen an, die er kannte, flehten mit Lippen, die er kannte, weil es die Augen und die Lippen seiner Marie Luise waren — aber nicht die einer prunkliebenden, mit allem byzantinischem Zeremoniell umgebenen Kaiserin von Frankreich, sondern einer liebenswürdigen, patschigen, kurzsichtigen Erzherzogin von Österreich; und andere Linien zeigten ein hilfloses Kindergesicht, das der Kaiser von Österreich wohl tausendmal auf den Porträts studiert hatte, die ihm zugeschickt worden waren, und das ihm deshalb vertraut war, obwohl er es noch nie wirklich vor sich gesehen hatte, so, wie ein Großvater das Gesicht des Enkels vor sich sehen möchte . . .

„Majestät . . .“ warnte Metternich leise.

Da wurden die Linien wieder zu Regimentern, die Striche zu Schwadronen, die Punkte zu Geschützen, die Kreuze zu rasch aufgeworfenen Verschanzungen. Es gab keine Gesichter mehr; nur noch Zahlen und Chiffren auf einer Landkarte. Und morgen schon würden alle diese Linien und Striche, diese Kreuze und Punkte, die Zahlen und Chiffren wo anders stehen. Dort, wo jetzt noch die Stellungen Napoleons eingezeichnet waren.

Kaiser Franz richtete sich auf. Er blickte seinen Feldzeugmeister Graf Meerveldt an:

„Melden s' dem Kaiser Napoleon, daß ihm meine Truppen die Antwort geben werden!“

Und sie marschierten durch den grauen Tag, über ein morastiges Feld, in irgendeine Richtung, die zur Stadt Leipzig führen sollte. Dem Kaiser Napoleon würde es jetzt endgültig an den Kragen gehen, hatten die Offiziere gesagt, die vom Rücken ihrer Pferde weiter über das flache Land schauen konnten als die müden Gemeinen, denen der gestrige Ruhetag nicht genügend Kraft gab, um die Köpfe jetzt wieder hoch und die Rücken gerade zu halten, um die verkrustete Erde aus den Uniformen zu putzen und den Lehm von den Stiefeln, um Bart und Haare zu bürsten, den Rauch aus den Augen zu waschen und den Staub von den Händen zu schwemmen.

Kaum einer sprach ein Wort zu seinem Nebenmann, der ebenso stumpf dahintrottete, Napoleon nach, den Franzosen nach, die sich gestern, am Tag der Ruhe, zurückgezogen hatten und die jetzt, nach dem Willen des Kaisers und seiner Generale, noch einmal gestellt werden sollten.

Zu den Soldaten der nebenan marschierenden Kolonne, die

seltsame, fremde Uniformen trugen, verirrte sich überhaupt nie ein Ruf. Wozu auch? Die Kommandos der Offiziere, denen die anderen gehorchen mußten, klangen in einer ausländischen Sprache, die ein ordentlicher Soldat des guten Kaisers Franz —

> Brich der Bosheit Macht; enthülle
> Jeden Schlem- und Bubenstreich! —

überhaupt nicht verstehen konnte, und die nach solchen Kommandos links oder rechts ausschwärmenden, plötzlich anhaltenden oder im Laufschritt vorrückenden Kameraden aus der benachbarten Einheit hätten bestimmt keines der Worte verstanden, die man ihnen hätte zurufen wollen, weil sie genauso müde und verdreckt, verrußt und voll Lehm waren und trotzdem den Kaiser Napoleon und seine Franzosen bekriegen mußten. Waren es Russen? Schweden? Vielleicht Preußen, die wohl ebenso deutsch redeten, aber doch eben anders und fremd? Oder waren es einmal Russen und einmal Schweden und einmal Preußen? Keiner hatte Lust darauf zu achten, ob nicht plötzlich andere neben ihnen durch den Morast stampften, als vor einer oder zwei Stunden gestampft waren.

Und wenn vorne feindliche Kanonen aufbrüllten oder französische Kürassiere überraschend von der Seite heransprengten und mit ihren Säbeln zugeschlagen hatten, ehe man sie noch richtig vor das eigene Gewehr bekommen konnte, jammerten Schreie von der Kolonne nebenan herüber, die vielleicht der Mutter gelten mochten oder dem lieben Gott, der diese fremdartige Anrufung genauso gut verstand wie eine in der eigenen Sprache, die auch immer wieder zu hören war, weil die feindlichen Granaten ja nicht nur in die Kolonne nebenan einschlugen und weil die französischen Kürassiere auch in die Flanken der eigenen Einheit stießen.

Es wurde schon dunkel — und keiner wußte, wo unter dem

Kanonendonner, dem Schießen und Dreinhauen, dem Marschieren, den verzweifelten Schreien nach der Mutter oder dem lieben Gott, den Litaneien, die mancher leise und monoton vor sich hinbetete, wenn ihm die Strategie der Generale und die Taktik der eigenen Offiziere Zeit dafür ließ, die hellen Stunden dieses 18. Oktobers geblieben waren —, als es nicht mehr bei einzelnen Schüssen und Schreien blieb, weil sich Freund und Feind ineinander verbissen hatten wie wütende wilde Tiere, weil nach jedem Schuß erst ein paar ruhige Augenblicke abgewartet werden mußten, ehe das Gewehr wieder geladen werden konnte, und inzwischen mit dem Bajonett und dem Kolben, mit Fäusten und Fußtritten weitergerauft wurde, da die blanke Waffe in eine heisergebrüllte Gurgel zu stoßen, dort der Gewehrkolben auf einen französischen Schädel zu schmettern war, die verschmierte linke Hand schnell über die Stirn fuhr, um das Blut aus dem roten, brennenden Riß zu wischen, den eine feindliche Gewehrkugel in die Haut gezogen hatte.

Jetzt brüllten alle ununterbrochen: die Trommeln, die Trompeten, die Offiziere, die Gemeinen; brüllten in lauter verschiedenen Sprachen und meist nicht einmal mehr in Sprachen, sondern nur noch in lärmenden Stößen und Schlägen, aber jeder verstand den anderen genau, verstand die Trommeln und Trompeten, das aufgeregte Wiehern der Pferde, das Grölen der Kanonen und das Knattern der Gewehre, verstand den Schrei nach der Mutter oder nach dem lieben Gott, ob ihn nun der gute Kamerad ausstieß, der tagelang auf endlosen Straßen so nahe marschiert war, daß sich manchmal die Ärmel berührt hatten, oder der Russe oder Schwede oder Preuße aus der Kolonne, die erst vor Stunden oder Minuten nebenan aufgetaucht war, oder gar der Franzose, dem sich das Bajonett grausam in die Eingeweide bohrte.

Bald mußte jeder genau auf Trommeln, Trompeten und Schreie achten, weil er sich auf seine Augen nicht mehr verlassen konnte, weil der dunkle Koloß, der in der Dämmerung vor ihm auftauchte, genauso gut sein Freund wie sein Feind sein konnte. Da hieß es, sich dicht an den Nebenmann zu halten, der aber gar nicht mehr der gute Kamerad war, an dessen rauhem Uniformärmel sich der eigene Uniformärmel auf tagelangen Märschen gescheuert hatte, sondern ganz ein anderer, der ebenfalls seinen richtigen Nebenmann verloren hatte an die vielen, vielen verstümmelten und ausgebluteten Soldaten auf dem zertrampelten morastigen Feld, das weit hinten in der Finsternis versank; da galt es, auf die heisere Stimme eines fremden Offiziers zu hören, weil die vertraute Stimme des eigenen Kommandanten nicht mehr zu hören war, seit sie die Wucht des stürzenden Pferdes zu einem letzten, wilden Ächzen verstümmelt hatte; da mußte angehalten werden — an einem kleinen, armseligen Feuer, dessen Rauch in die Augen biß, weil die Russen oder Schweden oder Preußen, die es mit den tausend Kunststücken hungernder und frierender, erfinderischer Soldaten zum Glimmen gebracht hatten, nichts anderes auftreiben konnten als ein paar nasse Stauden und einen Bund verwelkter Halme.

Den Rest der Nacht verschliefen die meisten im Sitzen, mit den Rücken gegeneinander gelehnt und die Arme um die hochgestellten Knie geschlungen, und nur wenige wälzten sich erschöpft auf dem feuchten, kalten Erdboden, weil sie sogar zum Sitzen schon zu müde waren.

Nach dem Lärm des Tages wirkte diese Nacht unheimlich still. Die Schritte der diensthabenden Offiziere waren schon von weitem zu hören, die Rufe der Wachtposten klangen wie Posaunenstöße über die Ebene, das Stöhnen der Verwundeten heulte grauenhaft durch die Nacht, und wenn eine Gruppe trauriger Soldaten zu singen anfing — Russen mußten es sein, denn nur sie hatten so wehmütige, fremdartige Lieder —, schien es, als sänge die lehmige, blutige, zerstampfte und aufgewühlte Erde des flachen Feldes.

Es war nichts mehr zu finden, um die spärlichen Feuer zu füttern. Die leeren Augen der Wachenden starrten in die langsam verlöschende Glut, während die Kälte des drohenden Morgens die Schlafenden plagte. Flüche über dieses elende Nachtquartier wurden laut, ab und zu tastete sich einer durch die Dunkelheit zu den jammernden Verwundeten, um ihnen Trost anzubieten statt der Schmerzlosigkeit, die sie erflehten.

Als die ersten Schüsse aufbellten, wußte noch keiner, wie dieser neue Tag enden würde. Aber die Posten der vordersten Linien konnten schon die Türme der Stadt Leipzig sehen und feststellen, daß es in der Stadt seltsam ruhig sein mußte. Eine jener Nachrichten, die niemand formuliert und die kein Kurier weitergetragen hatte, verbreitete sich rasch unter den müden, schlaftrunkenen, gähnenden, verärgerten, durchfrorenen Soldaten, und jeder verstand sie, auch wenn sie in einer ganz fremden Sprache an ihn herangetragen wurde, und er konnte sie sofort seinem Nebenmann mitteilen, obwohl dieser in einer ganz anderen Sprache redete wie er:

Napoleon hat Leipzig geräumt. Napoleon hat sich zurückgezogen. Napoleon hat die Schlacht verloren. Napoleon ist erledigt.

Kurze Sätze, für die müde Soldaten aber noch kürzere Formeln zu finden wußten, Chiffren, die allen sofort alles verrieten:

„Napoleon kaputt! — Napoleon kapores! — Napoleon ex! — Napoleon hin!“

Und wo es mit Worten überhaupt nicht gehen wollte, half man sich mit Zeichen, die man an den gefürchteten Namen anfügte:

„Napoleon . . .“ und ein großes, endgültiges, mit der flachen Hand in die Luft gezeichnetes Kreuz. Oder: „Napoleon . . .“ und ein grausamer, schneller Strich mit der flachen Hand über die eigene Gurgel.

So verschafften sich die Soldaten nach der Ungewißheit

des vergangenen Tages mit seinen unübersichtlichen Märschen und Plänkeleien und Schreien und Schüssen, aber auch nach der Ungewißheit einer durchfrorenen Nacht sehr bald die ersehnte Gewißheit.

Die anderen aber, die gestern schon genügend Übersicht hatten und für die selbst in diesem Chaos noch Betten in warmen Stuben aufgetrieben werden konnten, trafen sich im Morgengrauen auf einem lächerlich flachen und winzigen Hügel, der dennoch die Aussicht auf die leblose Stadt Leipzig, auf die Pulverschwaden der einzelnen kleineren Gefechte und auf die finsteren Rauchwolken über der Ebene ermöglichte: der Kaiser von Österreich und der Zar von Rußland, der König von Preußen, Herzoge, Fürsten, Generale. In sauberen Uniformen, mit glänzenden Orden und wehenden bunten Helmbüschen warteten sie auf den Oberbefehlshaber Schwarzenberg, der mit den Offizieren seines Stabes herangaloppierte und sich auf seinem Pferd aufrichtete, so gut es sein kurzer, untersetzter Leib zuließ.

Grüßend senkte er mit der Rechten seinen Degen vor den drei verbündeten Monarchen und meldete dann den Sieg in der goßen Schlacht bei Leipzig.

Aus respektvoller Entfernung konnten die Soldaten der nächsten Einheiten das große Schauspiel beobachten, das dieser Siegesbotschaft folgte: Mit wohlgesetzten Worten verlieh der gute Kaiser Franz seinem Feldmarschall Schwarzenberg das Großkreuz des Leopoldordens; dieser aber nestelte das Band mit dem Kommandeurkreuz des Maria-Theresien-Ordens von seinem Hals und überreichte die Auszeichnung feierlich seinem Generalstabschef Radetzky: „Dieses Kreuz hat der große Laudon getragen — ich kann es an keinen Würdigeren abtreten."

Nur zögernd riefen Trommeln und Trompeten zum Sammeln der müden, abgekämpften Soldaten. Nur zögernd setzten diese ihre Tschakos und Mützen und Helme auf, nur zögernd ordneten sie sich in Reih und Glied, nur zögernd riefen die Offiziere ihre Befehle. Mürrisch und unwillig setzten sich die Kolonnen in Bewegung, um hinter den fliehenden Franzosen herzumarschieren. Einen Tag, noch einen Tag, noch einen Tag, noch einen Tag . . . wenn auch die Läuse durch die ungepflegten Haare krabbelten und die rauhen Uniformen auf der verschwitzten, verkrusteten Haut juckten und die dreckigen Stiefel fast im Morast versanken. So trotteten die vermeintlichen Sieger nach Westen.

Die wirklichen Sieger aber feierten schon am Tag nach der Schlacht ein Fest in strahlenden Sälen, verteilten ganze Wolken von Orden und lange Listen von Titeln.

Der gute Kaiser Franz, der sich als Mittelpunkt fühlte, erhob den Staatsminister Graf Clemens Lothar Wenzel Metternich für seine der Monarchie geleisteten Dienste in den erblichen Fürstenstand.

Und der Kaiser von Österreich, dessen Soldaten sich stumpf und mühsam in langen Kolonnen über lehmige Wege und aufgeweichte Straßen quälten, lud den Zaren von Rußland, dessen Soldaten sich stumpf und mühsam in langen Kolonnen über lehmige Wege und aufgeweichte Straßen quälten, und den König von Preußen, dessen Soldaten sich stumpf und mühsam über lehmige Wege und aufgeweichte Straßen quälten, während dieses Festes zu einem noch glänzenderen und strahlenderen und prunkvolleren Fest nach Wien ein, wenn dieser herrliche, triumphale, glorreiche Krieg einmal sein Ende gefunden haben sollte.

„Im Frühling ist Dijon eine schöne Stadt. Und nach einem solchen Winter ganz besonders!"

Der Fürst Metternich wollte seinen Kaiser immer wieder abhalten, über die Situation in Frankreich zu grübeln — also, wie bei seiner Natur nicht anders zu erwarten, über das Schicksal der Kaiserin Marie Luise und ihres Sohnes, des

Königs von Rom. Über solchen Gedanken vergaß der Monarch darauf, daß nun der russische Zar eine immer größere Bedeutung unter den Verbündeten erringen konnte, daß Alexanders Verbindung mit Preußen und die rücksichtslose Kriegführung der russischen und vor allem preußischen Truppen den vorsichtigen Feldmarschall Schwarzenberg mehr als einmal in Schwierigkeiten gebracht hatten, daß Napoleon mit eilig ausgehobenen, zwar nicht sehr geschulten, dafür aber um so begeisterteren Truppen verzweifelt und meist auch erfolgreich versuchte, die getrennt marschierenden Armeen der Verbündeten einzeln zu schlagen und daß die Niederlage Schwarzenbergs bei Arcis-sur-Aube sogar das Hauptquartier des Kaisers Franz in Chatillon gefährdet hatte.

„Sie müssen gut achtgeben, Fürst Metternich, daß sie jetzt dann in Paris dem Zaren oder dem Talleyrand net hineinfallen. Die wollen nix anderes, als Frankreich den Bourbonen ausliefern, und denken überhaupt nicht an meine Tochter und an mein Enkelkind!"

„Majestät, sie hätten ebenso wie Zar Alexander oder König Friedrich Wilhelm am 31. März in Paris einziehen sollen. Schließlich war doch Schwarzenberg mit den österreichischen Truppen hervorragend an der Einnahme der französischen Hauptstadt beteiligt!"

„An allem waren sie beteiligt, Fürst Metternich! Den ganzen langen Herbst und den Winter hindurch. Durch Deutschland sind s' marschiert — langsam, weil auf die Souveräne Rücksicht genommen werden mußte —, durch die Schweiz sind s' vorgedrungen, da bei den wetterwendischen Franzosen haben s' den Winter verbringen müssen. Aber sowas ist kein Krieg mehr, Metternich. Das ist nix als ein Hin und Her, bei dem keiner recht weiß, was er will!"

„Der Zar glaubt es zu wissen, Majestät. Und der König von Preußen jetzt wohl auch. Und ganz bestimmt Talleyrand ..."

„Hören s' mit dem auf, Metternich! Das ist nix als Intrige! Zuerst den Bourbonen dienen, dann den Revolutionären, dann dem Kaiser Napoleon, jetzt wieder den Bourbonen. Sowas paßt mir ganz einfach net!"

„Ich werde in den nächsten Tagen Gelegenheit haben, seine Intrigen zu entschärfen, Majestät!"

„Hoffentlich können s' das! Schließlich hat er die Pariser soweit gebracht, daß sie den Zaren von Rußland und den König von Preußen jubelnd in ihrer Stadt empfangen haben! Und jetzt wohnt der Zar sogar in einem Palais. Da werden s' noch Schwierigkeiten genug haben, Metternich! Wirklich — ich laß' sie gar net gern fort!"

„Es wäre ja noch die Möglichkeit, daß sie mitkommen, Majestät! Der Zar wünscht den Frieden so schnell wie möglich abzuschließen . . ."

„Aber einen Frieden, wie er ihn sich vorstellt! Auf mich und auf meine Wünsche will er gar keine Rücksicht nehmen. Ja — vor der Schlacht von Leipzig, da war den andern alles recht, was ich verlangt hab', und noch viel mehr hätten s' mir zug'standen. Damals hätt' ich für die Marie Luis' unbedingt den Thron von Frankreich sichern müssen!"

„Majestät, sie ist die Gattin Napoleons . . ."

„Aber auch meine Tochter, Metternich!"

„Wir haben immer wieder darauf hingewiesen, daß sich die Kaiserin von Frankreich, während sie für den ins Feld gezogenen Gemahl die Regentschaft führte, keine Feindseligkeiten gegen uns geplant und sich mit ihrer väterlichen Familie wieder ausgesöhnt hat. Die Bestimmungen, die in Fontainebleau mit Napoleon vereinbart wurden, sichern deshalb der Kaiserin und ihrem Sohn auch die Herzogtümer Parma, Piacenza und Guastalla zu — ein größeres Gebiet als die Insel Elba, die dem bisherigen Kaiser der Franzosen bleibt!"

„Ich glaub', ihm kommt's nur noch darauf an, daß er den Kaisertitel führen kann!"

„Eine verständliche Reaktion auf die Haltung des französischen Senats, Majestät, der ihn am 2. April ganz einfach als Kaiser von Frankreich abgesetzt hat!"

„Ein falsches, hinterlistiges Pack, wie es nur durch eine Revolution hochkommen kann. Lauter unzuverlässige Umstürzler!"

„Der Graf der Provence, der jetzt als achtzehnter Ludwig über Frankreich herrschen soll, hat diese Leute jedenfalls mehr zu fürchten als wir, Majestät!"

„Trotzdem bin ich net glücklich, Metternich! Nach mehr als zwanzig Jahren, von denen gut die Hälfte nix als Krieg mit Napoleon gebracht haben — ob er nun General oder Konsul oder Kaiser war —, hätt' ich mir eigentlich einen anderen Frieden gewünscht. Schließlich war ich von allen Gegnern Napoleons der hartnäckigste!"

„Österreich wird alle Gebiete wieder zurückbekommen Tirol, die italienischen und die illyrischen Provinzen . . ."

„Nur die Vorlande sind für immer verloren, und auch die Krone des Heiligen Römischen Reiches! Dafür will Rußland ganz Polen schnappen und Preußen einen großen Teil von Sachsen und was weiß ich noch alles!"

„Wir müssen eben dafür sorgen, daß diese beiden Mächte nicht zuviel bekommen und das Gleichgewicht in Europa gewahrt bleibt! Nur dieses Gleichgewicht sichert einen dauerhaften Frieden, Majestät — während jede Übermacht, und selbst die unsere, dazu verleiten würde, Eroberungen auf Kosten der anderen anzustreben."

„Der Zar von Rußland und der König von Preußen streben ja schon, Metternich. Wer kann denn das verhindern?"

„Wir, Majestät. Mit der Hilfe Englands — und sogar der Frankreichs, wenn es sein muß!"

„Dann wünsch' ich ihnen viel Glück, Metternich, wenn sie morgen nach Paris reisen, um an der Neuordnung Europas zu arbeiten!"

Mit diesen Worten drehte der Kaiser seinem Staatsminister — den er sonst nie so brüsk behandelte — den Rücken zu. Fürst Clemens Lothar Wenzel Metternich lächelte hinter seinem Monarchen her:

„An der Neuordnung Europas wird bestimmt nicht in Paris gearbeitet werden, Majestät!"

Franz der Erste, Kaiser von Österreich, drehte sich überrascht um: „Wo denn dann?"

„In Wien natürlich."

Froh erleb' Er Seiner Lande, Seiner Völker höchsten Flor!

oder

Wer tanzt auf dem Kongreß mit wem?

Die Neuordnung Europas sollte in wenigen Wochen oder Monaten das alles wiederherstellen, was fünfundzwanzig furchtbare Jahre vernichtet hatten: Das richtige Verhältnis der Staaten zueinander, das richtige Verhältnis zwischen den Herrschern und ihren Untertanen, das richtige Verhältnis der Stände zueinander.

Es ging bei diesem Kongreß in Wien nicht — wie beim Pariser Friedensgespräch — bloß darum, Frankreich in seine alten Grenzen zu verweisen und die von Napoleon besetzten Gebiete wieder nach Recht und Tradition aufzuteilen; es ging um das Gleichgewicht, das Metternich zwischen den großen Mächten sichern wollte, und um die Existenz der kleinen Souveräne — vor allem der vielen, die sich nun zum Deutschen Bund zusammenschließen und die geographische Mitte Europas recht bunt gestalten sollten; auf Eigenständigkeit bedacht und doch wieder abhängig von den beiden schlagkräftigen Staaten Österreich und Preußen.

Was von Kaiser Franz nach der Schlacht bei Leipzig als Einladung an die verbündeten Monarchen ausgesprochen worden und im vorletzten Artikel des Pariser Friedens festgehalten war, leuchtete im September 1814 als Abglanz eines ganzen Erdteiles in der Residenzstadt an der Donau auf. Denn alle, alle waren gekommen:

Der Zar von Rußland mit seiner Gemahlin und seinen Schwestern, der König Friedrich Wilhelm der Dritte von Preußen mit zwei Prinzen, König Friedrich von Dänemark, der König und die Königin von Bayern, der dicke König Friedrich von Württemberg mit seinem Sohn, Karl von Baden, der Herzog Karl August von Sachsen-Weimar (dessen Geheimer Rat Johann Wolfgang von Goethe zum Leidwesen der Gebildeten unter den Wienern leider nicht mitgereist war), die kleineren deutschen Fürsten, denen es gelungen war, nicht nur ihren umständlichen und ehrwürdigen Titel, sondern auch noch etwas Land aus den Wirren der beiden letzten Jahrzehnte zu retten, und die nach Möglichkeit ebenso prunkvoll auftretenden ehemaligen Souveräne, die ihr Gebiet nach dem Beschluß Napoleons an mächtigere Nachbarn hatten abgeben müssen und statt dieser mediatisierten Herrlichkeit nur noch einen ellenlangen Titel aufweisen konnten — und sie alle waren nicht allein, sondern hatten Räte und Minister, Kanzleien und ganze Kabinette mitgebracht. Und wenn ein größerer oder kleinerer Farbfleck auf dem bunten Mosaik Europas nicht durch den Herrscher oder die höchste Obrigkeit in Wien vertreten sein konnte, war von diesen eine Gesandtschaft oder zumindest ein Bevollmächtigter entsandt worden: Vom König Georg von England, König Ludwig dem Achtzehnten von Frankreich und vom Papst waren Minister gekommen; vom König Murat von Neapel (dem Schwager Napoleons) und seinem Gegner, dem Bourbonen Karl von Sizilien, aber auch von Viktor Emanuel dem Ersten von Sardinien, Wilhelm von Holland, den Königen von Spanien, Portugal und Schweden, ebenso von den Kantonen der Schweiz, den souveränen Ritterorden, den Hansestädten, von italienischen Kleinstaaten, von der Reichsfestung Mainz und der Reichsstadt Frankfurt am Main hatten sich offizielle Botschafter in Wien eingefunden.

Nicht nur Staaten, auch Interessengruppen hatten Vertretungen entsandt: Der deutsche Buchhandel, der Freiheit von der Zensur und wirksame Bestimmungen gegen unerlaubte Nachdrucke erreichen wollte; die Judenschaft von

Hamburg, Bremen, Lübeck und Frankfurt, die bürgerliche Rechte beanspruchte oder verlorene Rechte wiedergewinnen wollte; und ein besonderer Anwalt versuchte, den ehemaligen Marschällen Napoleons wenigstens etwas von den Renten zu retten, die ihnen der Imperator einst in fremden Ländern zugewiesen hatte. Dazu kamen mehr oder weniger berühmte Leute, die für ihre Erfindungen, Werke oder Ideen in einer so glänzenden und einflußreichen Gesellschaft wirksame Förderung zu finden hofften — wie der Karlsruher Mechaniker Drais, der im Prater seine Laufmaschine vorführte, der Bildhauer Dannecker oder der Dichter Zacharias Werner, der mit seinen Predigten besonders die hochgestellten Sünder bekehren wollte. Und auch die anderen fehlten nicht: Neugierige und Glücksritter; liebenswürdige fürstliche Damen, denen ihre Liebschaften mit den Mächtigen dieser Welt zu einem gesellschaftlichen Spiel und die für Mächtige sehr oft zu politischen Spielfiguren wurden; herausgeputzte Schönheiten aus der näheren und weiteren Umgebung, die bald lernten, ihre Herausforderungen in einem Dutzend Sprachen auszudrücken und dann den Lohn in einem Dutzend Währungen zu kassieren.

Mit der ihnen eigenen Begabung sorgten dann auch noch die Wiener dafür, daß dieses Durcheinander aus Uniformen und kostbaren, teuren Roben der vornehmen Damen, aus protzigen Tressen auf den Livreen der Bedienten und aufdringlichen Schleifen und Maschen und Bändern auf den Kleidern bereitwilliger Dämchen, aus Wucherern, Marschällen, Taschendieben, Diplomaten, Spionen und Musikanten zu einer richtigen Hetz' wurde. Der Tratsch in den noblen Häusern, die mit ihrem Glanz hinter dem Glanz Europas möglichst wenig zurückstehen wollten, und die aus dubiosen Quellen den Lokalzeitungen zufließenden und trotz der, durch geschickte Umschreibungen getäuschten, Zensur immer wieder veröffentlichten Nachrichten über pikante und galante Vorfälle bei Maskenfesten oder Praterpartien, bei Theatervorstellungen und bei Jagdausflügen sorgten dafür, daß nicht die politischen Besprechungen, die ja der Grund für alle diese Festlichkeiten sein sollten, sondern die Festlichkeiten, durch die politische Besprechungen verschoben oder verzögert wurden, das Bild dieses Wiener Kongresses bestimmten.

Verträge und Vereinbarungen, Bedingungen und Beschlüsse für die Ordnung eines ganzen Erdteiles wurden mit weit weniger Interesse verfolgt als geistreiche Bemerkungen der Solisten und Primgeiger dieses europäischen Konzertes, das der Staatsminister Fürst Metternich so souverän dirigierte, und mehr noch die kleinen Bosheiten der vielen Streicher und Bläser, die ansonsten nur tutti mitspielen konnten, wenn sie überhaupt wahrgenommen werden wollten.

So wurden in diesen Tagen und Wochen und Monaten in Wien vor allem der Witz und die Polizei strapaziert.

Der Witz, damit den unverschämten privaten Kabalen und Liebschaften, den ausgiebig geschwungenen Tanzbeinen und den verkaterten Schädeln wenigstens etwas gefährlich werden konnte.

Und die Polizei, weil dafür gesorgt werden mußte, daß dieser Witz dann doch nicht allzu gefährlich wurde.

„Der russische Kaiser versammelt öfters seine in Wien anwesenden Minister und hält Rat mit denselben; ebenso der König von Dänemark, am fleißigsten aber der König von Württemberg. Vorgestern auf der Jagd bei Graf Almássy war der russische Kaiser besonders lustig und vergnügt. Sämtliche Damen Almássy und Zichy wohnten bei. Der russische Kaiser hielt sich meist bei den Damen im Zimmer auf. Die Damen sagen, der russische Kaiser accompagnierte sie pfeifend. Sie sagen, er hat ein besonderes Talent im Pfeifen ..."

Fast schien es, als würde Kaiser Franz an dieser Stelle durch eine spöttische Bemerkung oder vielleicht auch nur durch ein

Clemens Lothar Wenzel Fürst von Metternich

Die verbündeten Monarchen und ihre Bevollmächtigten beim Wiener Kongreß

Karl Joseph Fürst von Ligne

kurzes Lachen den Vortrag unterbrechen, zu dem der Leiter seiner Polizeihofstelle pflichtschuldig wie immer erschienen war. Baron Franz Hager, als Beamter äußerst korrekt und für sein oft recht peinliches Amt eigentlich viel zu gutartig, wartete deshalb auch ein paar Augenblicke, ehe er — da sein Monarch sich nun doch nicht zum kuriosen Talent des Zaren Alexander äußern wollte — weiter aus dem Bericht eines Konfidenten vorlas:

„Bei Baron Puffendorf wurde gesagt, man hat wegen der Reise des russischen Kaisers nach Ungarn einige Apprehension gehabt, weil meist die Griechen, die in Ungarn so zahlreich sind, an dem russischen Kaiser hängen. Aber er hat in Ungarn sich auf eine Art benommen, daß wahrlich nichts Bedenkliches daraus entstehen kann. Kaiser Alexander hat nur mit den hübschen Frauenzimmern sich abgegeben; die Männer, vorzüglich die alten, hat er gar nicht angeschaut; diese sind gar nicht gut zu sprechen auf Seine russische Majestät und schimpfen auf sie.

Graf Rechberg — weil Kardinal Consalvi dort Besuch abgestattet — sagte: ‚Der künftige Papst ist bei mir gewesen, denn Consalvi wird doch Papst bei der nächsten Erledigung des heiligen Stuhles zu Rom.' Acerenza-Pignatelli sagte bei Baron Bühler: ‚Meine Erzherzogin Beatrix hat auch eine schlechte Idee von dem Ministerial-Talente des Fürsten Metternich.' Bei Eskeles wurde gesagt: ‚Vom preußischen Büro erscheint niemand bei Metternich auf dem Bal masqué.' Überhaupt werden die meisten abgehalten, von den Einladungen Gebrauch zu machen, wegen der großen Dépense, womit der weiße Domino und die Maskeraden verbunden sind. Bei Gräfin Zichy wurde gesagt: ‚Auf dem letzten Kammerfest hat doch der russische Kaiser lange und, so viel es geschienen, gnädig mit unserem Fürsten Metternich gesprochen.' Gegenüber den vielen Stimmen, die Fürst Metternich auszischen oder aushöhnen, stehen einige Häuser, zum Beispiel Eszterházy,

Karl Liechtenstein und andere, die ihn hautement verteidigen. Sie sagen: ‚Er tut nichts weiter als seine Schuldigkeit, wenn er nicht zugibt, daß der russische Kaiser zugleich König in Polen wird.‘ Hätte die Polizei die Bagration und die saubere Kurländerin bereits im August abgeschafft, die ganze Brouillerie wäre nicht entstanden. Das wäre wirklich gar zu auffällig, wenn zweien ausländischen fürstlichen Hu . . .“

Baron Hager blickte verzweifelt auf, als wäre er an dem schrecklichen Wort schuld, das sein Konfident hier — noch dazu schriftlich — in die Konversation des österreichischen Adels gemengt hat. Aber Kaiser Franz hielt vom skandalösen Treiben der schönen Fürstin Bagration (deren schlanker Leib zu mindestens ebensolchen politischen Verwicklungen führen konnte wie die ungeklärten Besitzverhältnisse in einem runden, ertragreichen Herzogtum) oder von der diplomatischen Aktivität der Herzogin von Sagan (die ihre stadtbekannte Beziehung zum Fürsten Metternich ganz bestimmt nicht nur aus leidenschaftlicher Liebe eingeleitet hatte) wahrscheinlich das gleiche wie der so unverblümt argumentierende Konfident, dessen Bericht der Leiter der Polizeihofstelle, durch die offensichtliche Zustimmung seines Herren wieder beruhigt, nun zu Ende las:

„. . . es gelingen sollte, durch ihre Intrigen in Wien, im österreichischen Ministerium, eine Veränderung hervorzubringen.“

Baron Hager klappte seine Mappe zu. Das war also für diesmal alles — und war im Grunde genommen nichts anderes als bei den vorangegangenen Vorträgen vor dem obersten Landesherren: Eskapaden des Zaren, dem die geheime Polizei ihre besondere Aufmerksamkeit zu widmen hatte, widersprechende Meinungen über den österreichischen Staatsminister Metternich, von dem man nicht wußte, ob er den Wiener Kongreß aus diplomatischer Klugheit oder persönlicher Vergnügungssucht in einer so unklaren, verwirrenden Weise leiten wollte, von den Konfidenten aufgeschnappte Bemerkungen ausländischer Diplomaten oder einheimischer Adeliger — Bemerkungen, die möglichst wörtlich wiedergegeben wurden, um einerseits die Aufmerksamkeit und Zuverlässigkeit des Berichterstatters zu beweisen und anderseits aus bestimmten Formulierungen Folgerungen und Schlüsse zu ermöglichen, die eine Kontrolle der beobachteten Persönlichkeiten fördern konnten.

„Brav, Baron Hager. Und sorgen s' dafür, daß durch die Fremden net am End' diese unguten Ideen von Menschenfreundlichkeit, Gleichheit, Freiheit und was es von dem revolutionären Zeug noch alles gibt, in Wien eing'schleppt werden. Und was sonst noch passiert — bei der Bagration, der Herzogin von Sagan und so — darf mir net unter die Leut' kommen, versteh'n s'? Es soll sich keiner ein schlechtes Beispiel nehmen an dem, was unter diesen vornehmen Herrschaften getrieben wird!"

Mit den vorgeschriebenen Schritten nach rückwärts zog sich der Leiter der Polizeihofstelle zurück. Er war ganz der Meinung seines Monarchen — mochten irgendwelche Wirrköpfe den Kaiser auch reaktionär nennen oder gar despotisch (in der Polizeihofstelle lag bereits eine lange Liste von Subjekten, die sich durch solche Bemerkungen verdächtig gemacht hatten): Ruhe und Ordnung waren wichtiger als alle diese philanthropischen Phantastereien von allgemeiner Freiheit und Brüderlichkeit, die ohnedies zu nichts anderem führen konnten als zu blutigen Revolutionen und ehrgeizigen Tyrannen, wie sich im vergangenen Vierteljahrhundert in Frankreich ja gezeigt hat.

Die Flügeltüren hatten sich hinter Baron Hager noch nicht geschlossen, als der gute Kaiser Franz —

Froh erleb' er Seiner Lande,
Seiner Völker höchsten Flor! —

schon wieder nach der obersten Akte auf dem hohen Stoß griff, der sich am Rand seines Schreibtisches türmte wie die unerledigten Eingaben auf den Tischen seiner Beamten. Und während durch die Gänge der Hofburg fremde Diplomaten, Kanzlisten und Diener eilten (der Kaiser von Rußland, die Könige von Preußen, Bayern und Württemberg wohnten hier), während in den Kanzleien der vielen in Wien versammelten Souveräne und Gesandtschaften intrigiert und interveniert wurde, um die Neuordnung Europas möglichst zu komplizieren, während Könige und Minister gebratene Rebhühner und erledigte Provinzen zerteilten, während sich adelige Damen in ihren Salons die Köpfe zerbrachen, wie sie möglichst die gesamte große Welt morgen zu sich einladen und so ihre Konkurrentinnen ausstechen könnten, während alle das Unmögliche möglich und das Mögliche unmöglich machen wollten, las der Kaiser von Österreich Jammerbriefe seiner Untertanen, Bitten um rettende Geldzuweisungen, deren Höhe sich geradezu lächerlich ausnahm neben den Summen, die hier in Wien für die Bestechung eines einzigen kleinen Sekretärs oder eines Lakaien geboten wurden.

Aber in den Tagen des Wiener Kongresses — den er seinen Untertanen als gefährliches und kostspieliges Spektakel vorführen ließ — erledigte Kaiser Franz die vor ihm gehäuften Eingaben und Vorschläge noch langsamer und umständlicher als sonst. Immer wieder wurden seine Gedanken für Überlegungen beansprucht, ob Metternich die entscheidenden Verhandlungen nicht doch beschleunigen sollte, ob der Gegensatz zwischen dem österreichischen Minister und dem Zaren von Rußland in der polnischen Frage wirklich so gravierend sein müsse, ob Preußen seine Ansprüche auf sächsisches Gebiet möglicherweise berechtigt stellte, ob der englische Gesandte Lord Castlereagh, über dessen kuriosen Aufzug in Stiefeln, roten Reithosen und goldbetreßter Mütze vor einem Jahr in Basel so viel geschmunzelt worden war, als Bundesgenosse einflußreich genug sein würde, um die maßlosen Forderungen Rußlands und Preußens auf ein erträgliches Maß zu reduzieren.

Die umständliche Petition eines Gastwirtes aus der Kagraner Vorstadt, der gerade jetzt, wenn der Glanz Europas Tag für Tag und Nacht für Nacht über der kaiserlichen Residenzstadt Wien strahlte, den fehlenden Glanz einer öffentlichen Straßenbeleuchtung vor seinem frequentierten Wirtshaus bemängelte, brachte den Kaiser auf den Gedanken, daß die politischen Ambitionen seiner Untertanen noch auffallend wenig entwickelt waren.

Und er freute sich darüber sehr.

Aber die Politik, für die sich die Wiener interessierten, war eben eine andere als die, für die sich die in Wien versammelten Monarchen, Minister, Gesandten und Bevollmächtigten interessieren sollten, wenn ihnen die Fülle der Redouten und Jagden, der Paraden und anderer Belustigungen mehr Zeit dafür ließe. Selbst der Kaiser und seine hohen Gäste — vor allem der leutselige König von Bayern — überzeugten sich beim „Staberl“ im Leopoldstädter Theater ab und zu davon, welch komischen Schatten große Ereignisse zu werfen vermochten.

Der kleine, etwas verwachsene Schauspieler Ignaz Schuster, dem Adolf Bäuerle die Rolle des Parapluiemachers Staberl auf den Leib geschrieben hatte, fuchtelte dort auf der Bühne mit den traurigen Resten eines Regenschirms vor der Nase des Bindermeisters Redlich:

„Da war ich grad’ drüben bei der Kässtecherin, die hat ihrem Zimmerherrn ihr Paraplui geliehen und der hat ihr dafür einen ordentlichen Riß hinein gemacht; schauen Sie nur her! Weil halt ein so junger Mensch nicht achtgibt, und daß ich kurz bin — lang bin ich so nicht — so hat sie mir’s mitgeben zum Flicken. — Da steht ein galanter Herr, der redt von kuriosen Sachen. — Sie werden den Herrn wahrscheinlich kennen, die Kässtecherin versichert mich, er hätt' zwar nicht das Pulver, aber den Haarpuder erfunden! Ich bleib' bescheiden rückwärts stehen und hör', wie der galante Herr sagt: daß Warschau und Potsdam durch den Neustädter Kanal miteinander verbunden, Konstantinopel mit der Pforte vereinigt und Moskau nach Rußland verlegt werden soll. — Ich verschlinge diese Neuigkeiten als ein echter Patriot und rühr' mich nicht. Nun erzählt er, daß die Algerier endlich die Seeräuber geschlagen haben und das Mittelländische Meer abermals die Dardanellen passiert hätte."

Brüllendes Gelächter der Zuschauer, die das alles natürlich besser wußten und unbedingt zeigen wollten, daß sie es wußten, ließ den komischen Schauspieler minutenlang nicht weiterreden. Dabei wurde es erst dann so richtig hochpolitisch:

„Ich laß' nur einen kurzen Atem von mir. Der galante Herr bemerkt mich, schaut sich um. Aber Musjö Redlich, jetzt war es aus mit der Geschichte; wer schnell abgebrochen hatte, war mein galanter Herr, nur noch verblümt hat er sich hören lassen . . ."

Und grotesk imitierte der kleine Parapluiemacher den galanten Herrn, als er dessen verdächtige politische Äußerungen zitierte:

„Ja, ja — fangt er an — so ist es, liebe Frau Kässtecherin, auf das, was ich ihnen gesagt habe, hat sich nichts weiter ereignet, als daß meine Wäscherin schon in der dritten Woche mir hat meine zwei linken Fußsäckel ausgelassen und hat mir zwei rechte dafür gebracht und daß dieser Umstand der letzte sein wird, der die gegenwärtigen Begebenheiten leitet. — Versteh's, hab ich mir g'denkt, der Staberl ist doch kein Stock, nun wart', galanter Herr, du sollst mich gleich venerieren. Ich tret' geschwind vor uns sag: Sie reden meinetwegn verblümt? Nehmen plötzlich in den Kriegsaffären von den Seeräubern ihre Zuflucht zu einer Wäscherin und zwei Fußsäckeln?

Auch diesen Absprung kenn' ich gut; Sie haben von Moskau gesprochen, haben Warschau und Potsdam berührt, Sie haben auf den Neustädter Kanal gestichelt und die Algerier tuschiert — ich weiß nun gut, was sie sagen wollen. Ich soll den Ausgang der Begebenheiten nicht verstehen? Aber Staberl weiß alles! Ihre Strumpfsäckel, die ihnen schon zweimal ausgelassen wurden, sind nichts als zwei unterschlagene Depeschen; die Wäscherin stellt die Kriegserklärung vor — die Feinde werden gewaschen, das Linke wird mit dem Rechten verwechselt und das Fazit ist da ..."

Nach solchen Vorstellungen von Bäuerles Lustspiel „Die Bürger von Wien" trafen sich die Bürger von Wien meist noch an ihrem Stammtisch. Einzeln traten sie ein, ähnlich den Figuren, über die sie gelacht hatten, wenn sie den Parapluiemacher Staberl oder den Bindermeister Redlich oder den strengen Schwertfeger Toloysky auf der Bühne sahen, und vorsichtig blickten sie nach dem Wirt, von dem sie wußten, daß er ebenso wie alle anderen Inhaber und Inhaberinnen von Schenken und Herbergen der geheimen Polizei verpflichtet war. Daß am Stammtisch, bescheiden in der Ecke zwar, aber dennoch störend genug, ein junger Fremder Platz genommen hatte, war vom Wirt aber trotzdem nicht verhindert worden, und auch das unwillige „Ist's gestattet?", mit dem die Staberl und Redlich und Toloysky den Eindringling weniger fragen als vertreiben wollten, blieb ohne Wirkung.

Auf ihr politisches Gespräch wollten die Stammgäste aber trotzdem nicht verzichten — obwohl sie zu jenen gehörten, denen Heinrich der Vierundsechzigste von Reuß, weil er eine goldgeschmückte Uniform trug, wichtiger schien als der unscheinbare, hinkende Talleyrand, der sich mit seiner französischen Mission in einem Haus in der Johannesgasse wie eine lauernde Spinne im Netz hielt und überzeugt war, daß er es den dummen Deutschen, Russen und Engländern schon noch zeigen werde.

Jeder wollte sich informiert zeigen — wenn auch das, was er wußte, neben allem, was er nicht wußte, so bedeutungslos war wie die Vermutung Staberls, daß ein paar ausgelassener Fußsäckel unterschlagene Depeschen andeuten sollten (was angesichts der vielen geöffneten Briefe und entschlüsselten Chiffren, von denen jetzt überall gemunkelt wurde, nicht einmal so abwegig schien).

„Die gewesene Kaiserin von Frankreich soll jetzt ganz zurückgezogen in einem Flügel der Hofburg wohnen."

„So? Zurückgezogen heißt das?" Und nach einem schnellen Blick auf den Fremden, der unbeteiligt auf sein halb geleertes Weinglas blickte: „Ist denn net ihr Oberststallmeister Graf Neipperg bei ihr?"

Bedeutungsvolle Blicke wurden gewechselt — aber weil dem Unbekannten in der Ecke nicht zu trauen war, lenkte einer von ihnen schnell ab:

„Wißt's was? Morgen abends geh' ich in das Josefstädter Theater! Dort spielen s' ein Stückel, in dem unser guter Kaiser Franz als gnädiger Feenkönig gezeigt werden soll!"

„Was? Richtig und mit vollem Namen?"

„Na, na — schon ein wenig verklausuliert. Aber alle, die in der Aufführung waren, haben g'sagt, daß man ihn leicht erkennen kann!"

Jetzt stand der Fremde plötzlich auf. Er griff nach seinem Hut und nach seinem Mantel, während er ganz beiläufig sagte:

„Natürlich wird er zu erkennen sein! Er ist ja nichts anderes als ein guter Feenkönig, der einem alten Märchen nachträumt, während rund um ihn eine neue Wirklichkeit gebieterisch nach ihrem Recht verlangt!"

Dann war er weg. Und die Männer am Stammtisch steckten die Köpfe zusammen und begannen zu rätseln, welcher Delegation er wohl angehörte, weil er gar so gescheit und schön nach der Schrift gesprochen hatte.

„Ob er ein Preuß' ist?"

„Oder ein geheimer Jakobiner aus der Schweiz?"

„Vielleicht ein Polak, weil er soviel von der neuen Wirklichkeit gehalten hat?"

„Irgend so ein Revoluzzer ist er sicher!"

Natürlich hätte man gleich den Wirt verständigen sollen, und der Wirt hätte die Polizei verständigen sollen. Aber niemand dachte daran. Sie rätselten lieber herum, konnten sich nicht einigen, blieben länger als vorgesehen und tranken ein paar Gläser mehr als geplant.

Denn sie hatten wieder ein politisches Thema. Und Politik mußte eben sein. In dieser Zeit und in Wien ganz besonders.

Nur im Festsaal, beim Ball, im Salon, im Bankett mußte die Politik nicht sein — dort, wo sie eher hingehört hätte als an die Stammtische der neugierigen Wiener.

„Der Kongreß tanzt, aber er kommt nicht voran!" spottete Karl Joseph Fürst von Ligne — und war trotz seiner achtzig Jahre selber der gesuchteste Tanzmeister dieses europäischen Tanzes.

„Le congrés danse, mais ne marche pas." Natürlich hatte er in französischer Sprache gespottet, in der er seinerzeit bei den Unterhaltungen der großen Zarin Katharina oder bei den prunkvollen Festen von Versailles Bosheiten und Galanterien versprühte.

Es sollte sich auch nicht viel ändern gegen damals — ganz so, als würde es nie einen Robespierre, einen Napoleon gegeben haben. Der Frieden sollte bald endgültig sein, damit auch ein Achtzigjähriger leben könne, und an diesem Kongreß wollte er zeigen, wie schön das Leben sein müsse.

Darum traf er sich immer wieder mit dem gebildeten Herzog Karl August von Sachsen-Weimar, der die kostbare Ambraser Liederhandschrift in der Hofbibliothek so sehr bewunderte, traf sich mit dem französischen Minister Talleyrand, der erlesene Speisen und Sitten, pointierte Bemerkungen und die vorrevolutionäre, feudale Eleganz ebenso zu schätzen wußte wie er.

Nur im vertrauten Kreis weniger, aber geistreicher Gäste, die sich der Fürst de Ligne fast an jedem Abend, den er nicht selbst bei einer Koterie, einem Fest, einem Ball verbringen mußte, in seine Stadtwohnung einlud, sprach er manchmal besorgt über die Folgen dieses gigantischen Wiener Faschings, der schon Anfang November begonnen hatte und noch lange nicht enden wollte:

„Schon jetzt weiß kaum noch jemand, wo das Geld für die hundert Wagen aufzutreiben ist, die stets bespannt und fahrbereit gehalten werden, und für die fünfundfünfzig Tafeln, die — außer denen der Herrscher — täglich gedeckt werden müssen. Das sind hunderttausend Gulden am Tag für eine Anhäufung von Gästen, die das allermeiste umsonst erhalten müssen. Dabei ist der Wert des Papiergeldes um die Hälfte gesunken, und selbst die vornehmsten und begütertsten Adelsgeschlechter wissen nicht, wie sie dem prunkvollen Auftreten der Bankiers — der Arnstein, Eskeles, Geymüller und so weiter — auch nur annähernd Gleichwertiges entgegenstellen können."

Der Graf de La Garde — ohne die Sorge, daß ihn etwa Tradition oder Reichtum zu einer solchen Konkurrenz verpflichten könnten — lächelte seinem Gastgeber zu:

„Die Russen, die Preußen und das Geld diktieren in Wien!"

„Und ihr Hauptquartier ist in den Häusern von Arnstein und Eskeles", ergänzte der greise Fürst. „Das Geld dieser Bankiers hat ihnen Frauen aus Preußen angelockt, diese Frauen locken die preußischen Kongreßteilnehmer an, und die Preußen locken den Zaren Alexander an, der mit ihnen gemeinsame Sache gegen unseren Metternich machen will!"

„Es geht eben nichts über die Einigkeit unter Verbündeten, solange man weiß, wer mit wem verbündet ist!"

„Wissen wir denn das, lieber Graf?" Karl Joseph Fürst von

Ligne, Kommandeur des Maria-Theresien-Ordens, Kammerherr, Feldmarschall, Oberstinhaber eines Infanterieregimentes, Kapitän der Trabantenleibgarde, Doyen des Ordens vom Goldenen Vlies, winkte einem alten Diener — dem einzigen, den er in seiner bescheidenen Wohnung beschäftigte, in der doch viel mehr von der großen Welt wahrzunehmen war als bei den prächtigen Festen der Arnstein, Eskeles und Geymüller —, bestellte eine Flasche Wein, eine einzige Flasche nur für die drei anwesenden Personen, aber dafür eine köstliche Sorte und auch davon wieder einen besonders köstlichen Jahrgang, kostete langsam und bedächtig, als gelte es, eine schwerwiegende Entscheidung zu treffen, und füllte selbst das Glas seiner betagten Freundin Caroline von Murray und das des Grafen de La Garde. Mit einer resignierten Bewegung, in der noch immer die Grandezza des vergangenen Jahrhunderts mitschwang, führte er dann sein Glas noch einmal genießerisch unter der welken Nase vorüber, hielt es gegen das Licht:

„Aus der Lavaux, dem Nordufer des Genfer Sees. Der Wein muß jetzt von dort zu uns kommen, da es kaum noch Österreicher geben dürfte, die ihr entwertetes Papiergeld bis zum Wein in dieser wundervollen Gegend führen kann."

Das Fräulein von Murray, wie immer bel esprit, wußte daraufhin sofort eine Begebenheit, die sich beim Ball des Grafen Franz Pálffy zugetragen hat: Zar Alexander fragte die junge, schöne Gräfin Széchény-Guilford, ob ihr Gemahl wirklich nach Italien reise und sie als Strohwitwe zurücklasse. Sie mußte bejahen und zugeben, daß ihr Vermögen nicht mehr ausreichen würde, ihnen beiden zusammen eine solche Reise zu erlauben — ganz so, wie der Fürst de Ligne soeben diese Malaise angedeutet hat. Daraufhin erklärte der Zar, daß es ihm ein Vergnügen sein würde, während der Abwesenheit des Gatten provisorisch dessen Platz einzunehmen; aber schlagfertig habe sich die Gräfin Széchény mit der Frage aus der

Affaire gezogen, ob sie der Zar denn für eine verlassene Provinz halte, die man ohne weiteres einnehmen könne.

Mit der Liebenswürdigkeit einer alten, weisen Dame war diese Anekdote erzählt worden, und natürlich in französischer Sprache. Die Frage der jungen Gräfin „Est-ce que Votre Majesté me prend pour une province?" hing noch im Raum wie Spinnweb aus einer längst vergangenen Zeit; zitternde, unwahrscheinlich sanfte Fäden, auf die sich nach und nach Staub legen wird, weil bald niemand mehr ein so kunstvolles Gespinst benötigt, das die Abwehr eines frivolen Antrages mit dem Vorwurf verbindet, der Antragsteller sei auch in politischen Belangen anmaßend und gierig.

Der Fürst de Ligne nickte nachdenklich seiner alten Frendin zu. Er wollte jetzt nicht sprechen, und auch der Graf de La Garde schwieg, weil er wußte, daß jedes Wort dieses kostbare Netz zerreißen würde wie rauher Herbstwind die goldenen Fäden des Altweibersommers.

Der Fürst Hardenberg hatte auch auf diesem vergnüglichen Wiener Kongreß keine Zeit, auf die einst vergoldeten und jetzt verstaubten Spinnwebfäden einer vergangenen Epoche sentimentale Rücksichten zu nehmen. Noch in Paris, nach dem Abschluß des Friedens, hatte der preußische Staatskanzler einen umfassenden Plan für die Neuordnung Europas ausgearbeitet, anschließend im Sommer einen Verfassungsentwurf für den vorgesehenen Bund deutscher Staaten zusammengestellt und auch gleich mit dem noch im Dienst des Zaren stehenden Freiherrn Karl von Stein und dem Reichsgrafen Solms-Laubach in Frankfurt durchgesprochen.

Eine solche Aktivität machte den guten Kaiser Franz ebenso mißtrauisch wie die Forderung Hardenbergs, daß Preußen außer Sachsen auch noch ein umfangreiches Gebiet mit über einer Million Einwohnern von Warschau erhalten sollte. Deshalb war der österreichische Monarch sofort damit einverstanden, daß Baron Hager die Polizeihofstelle anwies, die Tätigkeit des preußischen Kanzlers beim Wiener Kongreß besonders genau zu überwachen. Die tüchtigsten der Konfidenten, die als Kanzleidiener, Lakaien, Kutscher, Heizer, Stubenmädchen bei den ausländischen Missionen untergebracht werden sollten, waren für die preußische Gesandtschaft bestimmt, und auch die „Vertrauten höheren Standes" wurden angehalten, bei den Festlichkeiten, die Fürst Hardenberg besuchte — vor allem Bälle und Koterien im Haus des Bankiers Arnstein —, aufmerksam auf die Gespräche des preußischen Kanzlers zu achten und, wenn möglich, hinterher auch noch seine Gesprächspartner geschickt auszuhorchen.

So konnte jetzt der Kaiser Franz eine dicke Mappe aus einer Lade seines Schreibtisches ziehen, in der er — gewissenhaft wie immer — Abschriften der Berichte von Hagers Konfidenten und auch Interzepte, Kopien der auf den Postämtern heimlich geöffneten Briefe, gesammelt hatte, die ihn über die Absichten und betriebsamen Aktionen des Fürsten Hardenberg informieren konnten.

Das Wetter war an diesem späten Novembertag trüb und regnerisch; grau und unfreundlich fiel das Licht durch die hohen, schmalen Fenster in den Raum; mürrisch hockte der Kaiser in seinem abgewetzten blauen Rock über den geheimen und vertraulichen Berichten, sah mit seinen siebenundvierzig Jahren viel älter aus, als er hätte aussehen müssen. Er hatte befohlen, ihn in den nächsten Stunden nicht zu stören und niemanden vorzulassen; in den Vorzimmern wurde streng darauf geachtet, daß keiner ein lautes Wort sprach, das den arbeitenden Monarchen hätte stören können; durch die kunstvoll dicht in die Fensterrahmen eingepaßten Glasscheiben drang der Lärm des Hofes vor dem Schweizertrakt auch dann nicht bis in das Arbeitszimmer des Kaisers, wenn unten vor den Toren der Hofburg die Wagen hielten und die ausländischen Herrscher abholten oder zurückbrachten, wenn sich die

Wachen respektvoll postierten, wenn Fußgänger und Reiter und Wagen in ganzen Scharen über den Hof zogen.

Die Stille und die Einsamkeit um den Kaiser waren beängstigend — aber der hagere, müde Leser hinter seinem Arbeitstisch merkte nichts davon. Immer wieder blätterte er in den Papieren, suchte, verglich, notierte eine Bemerkung an den Rand.

Nachdenklich studierte er einen Bericht, den der Polizeirat Goehausen schon am 2. Oktober vorgelegt hatte:

„Die preußische Mission ist hier die zahlreichste und nach allem, was die Beobachtung über Fürst Hardenberg betrifft, wohl auch die tätigste. Während nur Baron Frank, Hofrat Rademacher und Regierungsrat Baron Spiegel und nur gutächtlich für Fürst Metternich arbeiten, verwendet Preußen alle seine geistigen Kräfte, um den ersten Einfluß zu erlangen. Dazu ist das preußische Gefolge, so wie überall, auch hier in hohem Grad beschäftigt, sich und ihre Anordnungen, ihren König und ihre Regierung über alles zu erheben und Vergleiche mit anderen anzustellen, um sich den Vorrang in Weisheit, Tapferkeit und Ordnung zusprechen zu lassen. Sie sprechen nur von ihrem König, rühmen an ihm die besondere Klugheit, seine Minister zu wählen, welche imstande waren, nach einem so kurzen Zeitraume des Friedens seinen so hart mitgenommenen Staaten aufzuhelfen. Sie bemerken, daß die Pensionisten und Beamten, die auf die Hälfte gesetzt worden waren, ihre vorigen Besoldungen wieder erhalten, welcher Umstand auch bei mehreren Zahlungen des Staates der Fall sei. Solche Bemerkungen, die an öffentlichen Orten bei dem höheren wie gemeineren Publikum angebracht werden, hört man auch von dem letzteren wiederholen. Man wundert sich, wie es möglich gewesen, daß das preußische Papiergeld, welches einen schlechteren Kredit als das österreichische hatte, nun schon wieder so emporgekommen, daß es bald dem Konventions-Geld gleich sei. Dagegen sei man hier, wo doch der

Staat zehnmal mächtiger als der preußische sei, viel übler dran; das Geld habe keinen Wert, und ein wucherischer Geist, von dem man in Preußen gar nichts wisse, greife täglich mehr um sich."

Ja, ja — so ist das halt: Vor elf Jahren die erbliche Kaiserwürde für Österreich geschaffen, vor neun Jahren die Kaiserkrone des Heiligen Römischen Reiches niedergelegt (nicht zuletzt wegen der Mißachtung, die Preußen dieser würdigsten Krone des Abendlandes entgegengebracht hatte) — und jetzt ist von diesem Reich nichts mehr geblieben als romantische Vorstellungen, der papierene Entwurf für einen Bund souveräner Staaten, denen Österreich präsidieren soll, und eine ehrgeizige Macht, die ein solches Präsidium wohl nicht lange unangetastet lassen wird. Dieser Wiener Kongreß soll die alte Ordnung, die früheren sozialen Verhältnisse in Europa wieder herstellen — aber wird er auch die verlorengegangenen Grundlagen dafür wieder finden können? Die einen suchen sie bei Tänzen und Festen, die anderen bei Koterien und Intrigen — obwohl sie doch bei einer schrecklichen jakobinischen Revolution und ihren noch schrecklicheren Folgen abhanden gekommen sind. Und jetzt geht es eben nicht mehr um gotische Vorurteile — wie der böse Schwiegersohn Napoleon einmal g'sagt hat —, um Heiraten zwischen den mächtigen Dynastien, die ihre Reiche vererben konnten wie andere Leut' ihre Häuser und Äcker; die Reiche sind zu Staaten geworden und die Untertanen zu Nationen; die Respektlosigkeit breitet sich mehr und mehr aus und macht auch nicht Halt vor der Arbeit, die jetzt nicht mehr für das Wohl einzelner Untertanen geleistet werden muß, sondern für die anonymen Interessen der Nation.

„Samstag, den 8. Oktober, arbeitete der Fürst Hartenberg von früh 9 Uhr bis gegen 2 Mittags, während welcher Zeit der General Knesebeck, Fürst Witgenstein, Fürst Hohenzoller und der General Schoeller zugegen waren, aber niemand vorgelassen wurde; nur der Hofrat Gens wurde eingelassen, welcher gegen 12 Uhr Mittags kam. Um 2 Uhr begab sich der Fürst zum Minister Fürst Metternich, wo große Konferenz war und wobei sich Nesselrode, Castlereagh und Humboldt befanden. Diese Konferenz dauerte bis nach 4 Uhr, dann fuhr der Fürst zum Speisen nach Hause, wo folgende Gäste geladen waren: als der Fürst Ratzewille, Baron Martens, der Minister Jacobi-Kleist, Baron Arnstein, Baron Humboldt und sein Sekretär, der Domdechant von Münster und der Graf Hartenberg. Nach dem Speisen kamen folgende Visiten: Graf Stephan Zichy, Fürst Hohenzoller, Baron Binder, Fürst Czartorinski, welcher mit dem Fürst Ratziwille nach Ende aller Visiten mit dem Fürsten gegen eine Stunde allein sprach. Nachdem alle Visiten weg waren, verbrannte der geheime Rat Jordan mehrere Papiere. Um 1/2 9 Uhr abends begab sich der Fürst zum Minister Metternich, wo ebenfalls bis 11 Uhr Konferenz war und wo sich der schwedische und spanische Minister, der Herzog von Benevent, Lord Castlereagh, Graf Nesselrode und Baron Humboldt einfanden."

Brav, brav, kleiner Konfident! Vielleicht hat das ein wenig gebildeter Bedienter geschrieben und ein ebenso ungebildeter Beamter der Polizeihofstelle kopiert, weil die meisten Namen falsch geschrieben waren: das harte t im Namen Hardenberg, das fehlende n beim Fürsten Hohenzollern, das s statt dem tz am Schluß des Namens Gentz (der Herr Hofrat und engste Vertraute des Ministers Metternich würde sich darüber wahrscheinlich sehr ärgern!) und die kuriose Schreibung des Fürsten Anton Radziwill; aber ganz bestimmt ist sehr viel geschehen an diesem Tag, der die einflußreichsten Diplomaten des Wiener Kongresses zusammengeführt hatte — sogar Talleyrand, der Herzog von Benevent, war dabei und der russische Außenminister Nesselrode —, aber an das Heilige Römische Reich hat keiner mehr gedacht. Das ist untergegangen und mit ihm der Anspruch Österreichs auf die Vorherrschaft in diesem

Reich. Ein „Vertrauter höheren Standes“, dessen Namen nicht einmal der Kaiser Franz kannte und der seine Berichte stets nur mit zwei Sternchen signierte, hatte das am 16. November schon ganz deutlich festgestellt:

„Der König von Preußen und dessen Ministerium haben auch nicht gewonnen an Zutrauen, an Konsideration, an der Opinion seit der Anwesenheit der auswärtigen Souveräne und seit Anfang des Kongresses in Wien. Der König hat sich verächtlich gemacht, herabgewürdigt, daß er gar zu sehr den Lakaien macht des russischen Kaisers. Daß der König so viele persönliche Freundschaft zeigt für die Fürstin Taxis, wird eher demselben gut genommen. Übrigens heißt es auch, der König hat keinen Charakter, dependiert von seinen Umgebungen und von seinem Ministerium. Der russische Minister Baron Stein, der mit La Harpe einverständlich arbeitet, der im Mai vorigen Jahres in Paris die verunglückte Konstitution bewirkt hat, der in Polen ein repräsentatives Gouvernement zu bewirken beschäftigt ist, der in den deutschen Bundesstaaten die landständische Verfassung zu organisieren beschäftigt ist, hat vielleicht mehr Einfluß im preußischen Kabinett als Hardenberg, Jacobi, Humboldt, Stägemann, Jordan etc. In meiner Gegenwart hat Graf Solms sich mehrmalen darüber lustig gemacht, daß Fürst Hardenberg ein so beschränkter Kopf ist. Sie zitieren von Baron Stein ältere gedruckte Proklamationen, wo er allen kleinen Fürsten das Leben abspricht, die verschiedenen deutschen Stämme und Völkerschaften in eine Nation, in eine deutsche Monarchie zusammenfassen will.“

Der Kaiser Franz —

Froh erleb' er Seiner Lande,
Seiner Völker höchsten Flor! —

stand nachdenklich auf und ging mit schleppenden Schritten durch das trostlos verlassene Zimmer. In einer solchen deutschen Monarchie würde Österreich nichts mehr zu suchen haben — mit seiner bedrohten Währung, mit seiner mühsamen Wirtschaft, mit seiner unüberwindlichen Tradition, mit der Beliebtheit des Untüchtigen. Die unbeliebten Tüchtigen würden in dieser neuen, nationalen deutschen Monarchie bestimmen, die emsigen, unermüdlichen Arbeiter, denen als Dank ein beschränkter Kopf nachgesagt wird.

Langsam ging der gewesene letzte Kaiser des Römischen Reiches zu seinem Tisch zurück, klappte die Mappe mit den Berichten über die rastlose Tätigkeit des preußischen Kanzlers zu und verschloß sie unwillig in der Lade.

Vielleicht wird es bei diesem Wiener Kongreß doch noch gelingen, Europa neu zu ordnen, und vielleicht wird diese Ordnung sogar Jahrzehnte bestehen bleiben.

Ganz bestimmt aber wird hier bestätigt werden, was unter dem Zwang der Erfolge Napoleons und der Politik notwendig geworden war: Die Erblichkeit einer österreichischen Kaiserwürde und die Erledigung der mythischen Krone des Heiligen Reiches — damit also die Trennung Österreichs von den übrigen deutschen Staaten. Und diese Trennung wird endgültig sein ...

„Ich glaubte nicht, daß ich soviel Umstände machen würde, um zu sterben. Wenn man die Unsicherheit und die Kürze unseres Daseins bedenkt, so lohnt es wirklich nicht, lange auf den Tod zu warten. — Nach uraltem Brauch muß ich der Trabantenleibgarde, die unter meinem Befehl steht, ein Legat hinterlassen ..."

Und wirklich flankierte die Kompagnie der kaiserlichen Trabanten den Leichenwagen, in dem der Fürst de Ligne, der so selbstverständlich über seinen Tod hatte sprechen können, die letzte Reise nach einem reisereichen Leben unternahm.

Kaiser Franz der Erste von Österreich, Zar Alexander von Rußland und König Friedrich Wilhelm von Preußen nahmen auf der Bastei, an der nach der Messe in der Schottenkirche diese Reise zur Grabstätte auf dem Kahlenberg vorüberführte, Abschied vom Grandseigneur einer vergangenen Epoche.

In der Stadt, in der jetzt alles ein ununterbrochenes Fest war, mußte auch dieses Begräbnis zu einem Fest werden — weniger für die Wiener, denen der noble Einzelgänger in seiner Stadtwohnung oder in seinem Haus auf dem Kahlenberg nicht besonders aufgefallen war und die seine witzigen Bemerkungen über den großen Kongreß nachplapperten, ohne deren Urheber zu kennen oder zu nennen, aber ein Fest für das vornehme und das einflußreiche, das traditionelle und das zukunftträchtige Europa, das sich hier versammelt hatte und dessen Repräsentanten gemeinsam mit den dafür kommandierten österreichischen Offizieren und Soldaten einen Kondukt von barockem Ausmaß bildeten; eine groteske Phantasmagorie am Rand einer neuen, sachlichen Welt der nationalökonomischen Planung und der Finanzspekulationen, des Papiergeldes und des praktischen Dezimalsystems:

Achttausend Mann Infanterie zwangen ihre Beine zum langsamen Gleichschritt des Trauermarsches, die Kavalleristen mehrerer Eskadronen und die Bereiter von vier bespannten Batterien zügelten ihre Rosse zu feierlicher Gangart, würdig schritt die kaiserliche Trabantengarde neben dem Sarg ihres verstorbenen Kapitäns, mit gesenktem Degen folgte ein Ritter in schwarzer Rüstung, hinter ihm kam ein schwarz verschleiertes Schlachtroß. Wenigen trauernden Verwandte zogen um so mehr Teilnehmer dieses grandiosen Wiener Festes nach, das jetzt, im Advent, statt beschwingter Bälle und turbulenter Maskeraden eben ein pompöses Leichenbegängnis zu bieten hatte. Eugen Beauharnais, der Stiefsohn Napoleons und gewesene Vizekönig von Italien, ging in den vorderen Reihen, auch Philipp von Hessen-Homburg, Fürst Ypsilanti, der Herzog von Lothringen, der Herzog von Richelieu; ein seitenlanger Adelskalender vor den Ministern und Diplomaten, die in Wien paktierten, konferierten, intrigierten, und vor Marschällen, Admirälen, Generälen in prunkvollen Uniformen aus allen Ländern Europas und sogar aus Staaten, die nach den Wirren der letzten beiden Jahrzehnte überhaupt nicht mehr existierten.

Die drei Monarchen standen auf der Bastei noch so, wie sie vor über einem Jahr auf einem flachen Hügel bei Leipzig die Siegesmeldung des Fürsten Schwarzenberg entgegengenommen hatten. Aber wenn auch jetzt, an diesem Dezembertag in Wien, die Sonne hell leuchtete, die sich am trüben Oktobertag in Leipzig hinter Wolken und Rauch und Pulverschwaden versteckt gehalten hatte, war doch die Zuversicht und Einigkeit der Herrscher verlorengegangen.

Nervös trat König Friedrich Wilhelm von Preußen von einem Bein auf das andere, nestelte seine Finger ineinander, kaute mit seinen Zähnen an den fest in den Mund gesaugten Lippen.

Teilnahmslos starrte Zar Alexander von Rußland auf den Leichenwagen des Mannes, dessen Wort vom „tanzenden Kongreß“ wohl in erster Linie auf den russischen Herrscher bezogen werden mußte.

Schweigend und unbeweglich ließ Kaiser Franz der Erste von Österreich den langen Kondukt an sich vorüberziehen, wenn ihn auch in seinem unbehaglichen Uniformrock fröstelte. Und während er die langen Reihen der Vertreter einzelner europäischer Nationen betrachtete, die dem toten Fürsten de Ligne das letzte Geleit gaben, fiel ihm plötzlich ein, daß dieser Fürst, weil er ein Österreicher war, noch ein wirklicher, von nationalen Belangen nicht angekränkelter Europäer sein konnte:

Weil die Niederlande damals noch zu Österreich gehörten, war er in Brüssel geboren worden — sonst hätte sich sein Vater eben einen anderen Ort in den habsburgischen Ländern als Geburtsstätte für seinen Sohn ausgesucht, so, wie auch der

Kaiser Franz nur deshalb in Florenz zur Welt kam, weil sein habsburgischer Vater als Großherzog über die Toskana herrschte. Aber Karl Joseph Lamoral Fürst von Ligne hatte sich später unter den Bauern und den kleinen Obstbäumen Syrmiens, in den Maisäckern, Weizenfeldern und Weingärten dieses pannonischen Landes zwischen der unteren Save und der Donau ebenso daheim und zugehörig gefühlt wie auf dem väterlichen Schloß Beloeil bei Brüssel, er war in Wien, Petersburg, Berlin und Paris heimisch geworden, geschätzt von der mütterlichen Kaiserin Maria Theresia und ihrem reformfreudigen Sohn Joseph, aber auch vom militärischen Preußenkönig Friedrich dem Zweiten und der großen Zarin Katharina, von Voltaire und Rousseau und sogar vom skandalumwitterten Lebenskünstler Casanova — Europäer unter Europäern und doch immer er selbst, weil er sich nicht in nationale Schablonen pressen ließ, weil er nur im Dienst von Herren selber Herr sein konnte und nicht im Dienst anonymer Vertreter von Nationen.

Als der Kondukt an der Bastei vorbeigezogen war, drehte sich Kaiser Franz als erster um, blickte gar nicht auf den Zaren und den König neben ihm, die wahrscheinlich nicht verstehen würden, daß er nicht über den Tod dieses Untertanen bekümmert sein konnte, sondern über die Gewißheit, daß in der Monarchie wohl nie mehr einer geboren würde, der so wenig Untertan ist wie der Fürst de Ligne. Denn das übernationale Österreich war klein geworden; von Syrmien reichte es nicht mehr bis Brüssel, sondern nur bis Bregenz; und nicht an der auch bei diesem Wiener Kongreß abgeschriebenen Universität im breisgauischen Freiburg, sondern nur noch den dürftigen höheren Lehranstalten im kroatischen Agram und im slowakischen Kaschau können die Vorposten österreichischer Geistigkeit dafür eintreten, daß ein übernationales kleines Europa ebenso lebenswert sei wie die immer mächtiger werdenden Nationalitäten, deren gekrönte Häupter dem guten Kaiser Franz —

Froh erleb' er Seiner Lande,
Seiner Völker höchsten Flor! —

auch dieses kleine Europa noch streitig machen, obwohl sie sich jetzt so einträchtig zu ihm auf die Bastei gestellt hatten.

Aber noch immer ist etwas stärker als alle Differenzen, nationalen Eifersüchteleien und das politische Mißtrauen:

Die Furcht.

Nach einer fast endlosen Sitzung mit den Vertretern Rußlands, Preußens, Englands und Frankreichs hatte sich Seiner Majestät Staats-, Konferenz- und der auswärtigen Angelegenheiten dirigierender Minister, Fürst Clemens Lothar Wenzel Metternich, am 7. März 1815 erst um drei Uhr morgens zum Schlafen niederlegen können. Aber der Schlaf war noch gar nicht richtig gekommen, die Eindrücke der mühsamen Besprechung geisterten noch als wilde, zerfahrene Schemen hinter den krampfhaft geschlossenen Augenlidern und störten die ersehnte Wohltat des Eindämmerns — da stürzte ein Diener aufgeregt an das Bett des Ministers und riß ihn wieder mitten hinein in das anstrengende Wachsein:

Ein Kurier wäre eingetroffen. Mit einer wichtigen Depesche. Es dürfe keine Zeit verloren werden ...

Also herein mit ihm!

Er brachte ein Billett des kaiserlich-königlichen Generalkonsulates in Genua:

„Der englische Kommissar Campbell ist soeben im Hafen gelandet, um sich zu erkundigen, ob man nicht Napoleon in Genua gesehen habe, da er offensichtlich von der Insel Elba verschwunden sei! Da die Antwort negativ ausfiel, hat die englische Fregatte ohne Zögern wieder abgelegt."

Wie spät ist es denn?

Das erste fahle Licht des Morgens wagt sich schüchtern durch die schweren Vorhänge an den Fenstern. Wenige Stunden können also erst vergangen sein, seit sich die vier Diplomaten von Metternich trennten, und für den Schlaf waren gar nur Minuten geblieben. Aber die Meldung aus Genua hat den Fürsten sofort hellwach gemacht.

Er, der sonst seine Kleider so sorgsam auswählte, bei jedem Stück überlegte, ob es wohl richtig zur Geltung kommen könnte, reißt nun an sich, was er gerade erwischen kann: Hemd, Hose, Wams, Strümpfe, Rock ... der Diener findet kaum Zeit, dem ungeduldigen Minister Schleifen zu binden oder Knöpfe zu schließen:

Napoleon ist aus Elba verschwunden!

Kamm, Bürste, Puder ... Metternich, der es sonst damit so genau nahm, der jede Strähne seines Haares effektvoll legen ließ, der die Puderquaste so geschickt wie eine vornehme Dame benützte, denkt jetzt gar nicht an diese früher für ihn so notwendigen Hilfsmittel:

Napoleon ist aus Elba verschwunden!

Spiegel von vorn, Spiegel von hinten ... die kritische Prüfung der äußeren Eleganz, für schöne Frauen ebenso berechnet wie für einflußreiche Diplomaten, nahm immer geraume Zeit in Anspruch, ehe sich der Staatsminister Fürst Metternich zufriedengab. Aber in der Hast dieses Morgens bleibt dafür nicht einmal ein einziger Augenblick:

Napoleon ist aus Elba verschwunden!

Zum Kaiser, rasch! Und der Kutscher jagt den Wagen durch die erwachende Stadt. Vorbei an Bauern, die Milch und Eier liefern, an Hausbesorgern, die den Gehsteig säubern, an Frühaufstehern, die ihre Hunde auf die Gasse führen müssen, an verschlafenen Nachtwächtern, die das Licht in den Laternen gelöscht haben und mit ihrer unförmigen Waffe auf den Schultern träge nach Hause schleichen.

Nicht über die breite Säulenstiege, sondern über die Botschafterstiege und dann, vom ersten Stock weg, über die schmale Seitenstiege eilt Metternich zu seinem Kaiser. Er will sich nicht durch die Diener und Sekretäre in den Antichambres aufhalten lassen, es ist fast acht Uhr morgens, da sind solche übereifrigen Leute immer schon versammelt, er will gleich zum Monarchen, ohne Aufenthalt, denn Napoleon ist aus Elba verschwunden, und diese gefährliche Neuigkeit muß der Kaiser von Österreich sofort erfahren — auch, wenn er noch im Bett liegt.

Und er liegt noch im Bett.

Ungläubig hört er, was sein Minister hastig und aufgeregt hervorstößt. Dann greift er nach der Glocke, die neben seinem Bett bereitliegt. Läutet, läutet, läutet. Es muß etwas geschehen, es muß etwas geschehen ...

Metternich hört noch, wie der Kaiser einem verwirrt herbeigeeilten Sekretär einen Marschbefehl an die Armee zu diktieren beginnt. Dann kann der Minister nicht länger warten. Er muß zum Zaren von Rußland.

Der Weg dorthin ist nicht weit, denn auch Alexander der Erste wohnt in der Hofburg. Es ist aber ein unangenehmer Weg, denn die Gegensätze in der polnischen und auch sächsischen Frage haben die frühere Einigkeit der Alliierten auf diesem Wiener Kongreß schon sehr gefährdet. Österreich, England und das bourbonische Frankreich haben Stellung gegen Rußland und Preußen bezogen. Metternich bestimmt auf der einen Seite, Zar Alexander auf der anderen.

Deshalb wundern sich die Lakaien des russischen Herrschers, daß der österreichische Staatsminister so früh am Morgen eine Unterredung mit ihrem Herren verlangt. Sie wollen um Geduld bitten, der Zar sei noch nicht in der Lage ..., aber Metternich unterbricht sie energisch. Er muß vorgelassen werden. Auch, wenn der Kaiser von Rußland noch im Bett liegt.

Und er liegt noch im Bett.

Halb im Schlaf und verärgert über den plötzlichen Eindringling vergißt er, den Gruß des Fürsten zu beantworten —

aber dann ist er sofort hellwach. Er faßt nach der Hand Metternichs, hält sie fest, während dieser von der bestürzenden Nachricht aus Genua berichtet. Dann brüllt er seine Lakaien herbei, verlangt nach Nesselrode, nach dem Baron Stein, nach allen, allen, die ihn hier bei diesem Kongreß vertreten sollen, während er tanzt und sich vergnügt. Metternich drängt — er will noch zum König von Preußen. Da zieht ihn der Zar ganz nahe zu sich ans Bett:

„Wir haben noch eine persönliche Differenz auszugleichen. Wir sind Christen, unsere heilige Religion gebietet uns, Kränkungen zu vergeben. Umarmen sie mich — lassen wir alles vergessen sein!"

Auf dem Weg zum dritten Monarchen, den er an diesem Morgen hier in der Hofburg mit der Schreckensnachricht erschüttern muß, kann Metternich sein Staunen über diesen Umschwung in der Stimmung des Zaren nicht ganz überwinden. Es sind ja nur wenige Schritte, und die Zeiger der Sackuhr, auf die er schnell noch schaut, stehen auf halb vor neun, als er sich bei Friedrich Wilhelm dem Dritten melden läßt — dringend, auch wenn der König von Preußen noch im Bett liegt.

Und er liegt noch im Bett.

Es fällt dem österreichischen Minister, dessen Hiobsbotschaft auch den König Friedrich Wilhelm in Bestürzung versetzt hat, nicht schwer, das Mißtrauen des Preußen, dem seine Räte von der allerdings hoffnungslosen Absicht kleiner deutscher Souveräne erzählt hatten, Franz von Österreich wiederum zum deutschen Kaiser zu wählen, in Aktivität gegen Napoleon umzuwandeln. Aus einem dritten Bett der Wiener Hofburg ruft ein europäischer Monarch an diesem Morgen nach seinen Staatsmännern und Sekretären, um den Truppen neue Marschbefehle zukommen zu lassen.

Dann geht alles so rasch, wie man es nach dem bisherigen Verlauf des Wiener Kongresses wohl nicht erwarten konnte.

Schon um acht Uhr vierzig unterzeichnen der Kaiser von Österreich, der Zar von Rußland und der König von Preußen — noch in ihren Betten — Befehle an die Armeen, nach Frankreich zu marschieren.

Die Minister dieser drei Mächte und der englische Bevollmächtigte Wellington, der Napoleon jahrelang in Spanien zu schaffen gemacht hatte, treffen sich bei Metternich und beraten die nächsten unbedingt notwendigen Schritte.

Charles Maurice Talleyrand-Périgord, Herzog von Benevent, von dem die Wiener eine sechsköpfige Karikatur zirkulieren ließen, auf der jeder der sechs Münder Vive! rief — aber der eine Vive le Roy, der zweite Vive la Révolution, der dritte Vive la République, der vierte Vive l'Egalité, der fünfte Vive l'Empereur und der sechste wiederum Vive le Roy — schrieb eilig an seinen derzeitigen Herren Ludwig den Achtzehnten nach Paris: „Ich muß annehmen, daß Eure Majestät bereits davon unterrichtet ist, daß Napoleon die Insel Elba verlassen hat. Jedes Unternehmen, das er in Frankreich planen könnte, wäre das eines Banditen. Entsprechend müßte er auch behandelt und jede gegen Straßenräuber erlaubte Maßnahme sollte gegen ihn angewandt werden."

Der gute Kaiser Franz aber —

Froh erleb' er Seiner Lande,
Seiner Völker höchsten Flor! —

rüstete sich für die Reise nach Heidelberg, wo er sein Hauptquartier einrichten wollte. Wenn ihn auch Zar Alexander, dessen bisheriger Ehrgeiz einem hemmungslosen Mystizismus gewichen war, nicht unbedingt davon überzeugen konnte, daß nur eine „heilige Allianz" das Heil die Welt sichern würde, eine gottbegnadete Verbindung zwischen den drei christlichen Monarchen, die bei der Völkerschlacht von Leipzig so brüderlich und beim Begräbnis des Fürsten de Ligne so wenig herzlich nebeneinander gestanden waren und von denen der eine katholisch, der zweite protestantisch und der dritte orthodox an den Erlöser glaubte — eines wußte der Kaiser von Österreich ganz genau:

Daß er, der bei den komplizierten und langwierigen Verhandlungen dieses prächtigen europäischen Kongresses in seiner Residenzstadt — obwohl er doch dessen großzügiger Gastgeber ist — manchmal überflüssig schien und sich noch öfter selbst überflüssig vorgekommen war, seinen Truppen nun wieder notwendig sein wird wie eine Fahne, eine Trommel, eine Trompete; als Signal, das sie aufrufen konnte, und als Zeichen, dem sie folgen mußten.

Denn er, dem von einstiger imperialer Herrlichkeit nach diesen Jahrzehnten der Not und des Schreckens nicht viel mehr geblieben sind als die kaiserlichen Insignien, ist wohl selbst nichts anderes als ein Signum:

Der Kaiser.

Gott erhalte Franz den Kaiser, Unsern guten Kaiser Franz!

oder

Lear unter dem Doppeladler

„Habt's schon g'hört? Der Kaiser soll wieder in Wien sein!"

Die Nachricht, die der kleine Franzl (der selbstverständlich nach dem guten Monarchen getauft worden war) in das behagliche Wohnzimmer schmetterte, reichte nicht aus, um die Mutter von ihrer Handarbeit und den Vater von seiner Zeitung abzulenken.

„So?" brummte das wohlgenährte Familienoberhaupt bloß, ohne aufzublicken, und seine zumindest ebenso runde eheliche Hälfte stichelte weiter geduldig mit ihrer Nadel kleine Muster in das Leinen.

„Aber es heißt doch, daß er den großen Krieg gewonnen hat — unser Kaiser!"

Mit der ganzen Hartnäckigkeit seiner zehn — vielleicht auch schon elf oder zwölf — Jahre wollte der Franzl seiner Neuigkeit mehr Gewicht und Bedeutung geben.

„Der Wellington hat ihn g'wonnen. Und der Blücher!" knurrte der Vater seine den Zeitungsblättern entnommene Wohlinformiertheit hinter dem raschelnden Papier hervor.

Das war aber jetzt der Mutter ganz und gar nicht recht: „Red' doch nicht so dumm daher vor dem Buben. Der sagt's bestimmt weiter, dann hört's die geheime Polizei, und dann weißt eh!"

„Die Wahrheit wird unsereiner wohl noch sagen dürfen!" wehrte der Vater diese unbestimmt-bestimmte Drohung ab. „Schon gar, weil es ja unsere Verbündeten waren, die bei Waterloo gesiegt haben!"

„Ist es weit bis nach Waterloo, Vater?“

Jetzt mußte die Wißbegierde des Sohnes unbedingt durch eine sachkundige Auskunft befriedigt werden. Sorgfältig wurde die Zeitung zusammengefaltet, und das war ein Zeichen, auch die Handarbeit vorsichtig auf die Tischplatte zu legen.

„Sehr weit, Bub. Es ist viel näher bei Frankreich und bei England als bei uns, weißt? Da ist dann der französische Kaiser Napoleon, der früher auf der Insel Elba verbannt war, mit vielen, vielen Soldaten hinmarschiert. Die Franzosen waren nämlich plötzlich wieder fast alle für den Napoleon, als der aus Elba zurückgekommen ist. Ja, und da ist dann der englische General Wellington mit seinen Soldaten auch nach Waterloo marschiert, und der preußische Marschall Blücher hat seine Armee auch noch rechtzeitig dort hinführen können — na, das war eben dann das Ende der hundert Tage, die Napoleon noch einmal in Frankreich regiert hat.“

„Ist der Napoleon jetzt tot?“

„Das nicht. Aber sie bringen ihn auf die Insel Sankt Helena — weit, weit fort über das große Meer, weil er von dort nicht mehr zurückkommen kann wie von der Insel Elba.“

„Und dem General Wellington und dem Marschall Blücher machen s' jetzt auch so einen schönen Empfang wie im vorigen Jahr unserem guten Kaiser Franz?“

„So ungefähr halt. Aber ganz so schön wird's wohl nicht werden in England und in Preußen. Ein richtiges Fest feiern können halt doch nur wir in Wien!“

Jetzt lebte auch die Mutter auf, die den Erinnerungen an diese Feierlichkeiten nur zu gerne nachgeben wollte:

„Das war einfach wunderbar, wie damals unser Kaiser als Sieger wieder in Wien eingezogen ist! Wenn ich an die prunkhafte Vorstellung denk', die sie aus diesem Anlaß im Kärntnertor-Theater gegeben haben! So ein Andrang! Wenn meine Tant' nicht die Quartierfrau vom Theaterkassier wär' — meiner Seel: Wir hätten nicht eine einzige Karte 'kriegt!"

Der Vater wußte natürlich wieder alles ganz genau:

„Natürlich nicht! Wo doch der Herr Hoftheatersekretär Sonnleithner das Stück eigens geschrieben hat, dreihundertachtzig Wachskerzen im Theater zusätzlich entzündet worden sind und sieben Chöre mit Pauken und Trompeten zum Empfang des Kaisers auf'gstellt waren!"

„Ja", erinnerte sich die Frau, „aber es war auch außerhalb des Theaters alles prachtvoll g'schmückt, was? Die ganze Wiedner Hauptstraße, durch die sie den Kaiser g'führt haben, ist mit Blumen und Gräsern bestreut gewesen, und gar erst der überlebensgroße Kaiser hoch zu Roß auf dem großen hölzernen Bogen ..."

„Das war kein Bogen, das war eine Triumphpforte!" berichtigte der gut informierte Gemahl sofort. „In klassischem Stil, verstehst? Ganz so wie bei den alten Griechen und Römern — weil das jetzt wieder sehr in der Mode ist! Und entworfen vom Hofarchitekten Hohenberg, meine Liebe! Die beiden symbolischen Figuren, die ganz oben das Pferd des Kaisers gehalten haben, waren die Bürgertreue und Austria. Kannst du dich auch noch an den schönen Vers über dem Tor erinnern?

Er kehrt aus fernem Land,
Des Friedens goldnen Zweig
In segensreicher Hand."

„Ja, ja", seufzte die immer stärker von Erinnerungen bedrängte Hausfrau. „Und die vielen lieben, weißgekleideten Kinder von dieser Triumphpforte bis zum Kärntnertor! Das waren bestimmt ein paar Hundert!"

„Fünfhundertsiebenundvierzig genau. Der ehrenwerte Bürger und Schneidermeister Kugler hat das arrangiert, und wenn unser Franzl nicht so patschert g'wesen wär', hätt' er sich bestimmt auch dort aufstellen dürfen in einem weißen Atlasg'wand und mit roten Quasten an den Achseln!"

„Wirklich schad' war das!" bestätigte die Mutter und war noch immer ein wenig traurig, daß es nicht dazu gekommen ist. „Überhaupt, weil wir dann so wenig g'sehen haben vom kaiserlichen Umzug, gelt, Franzl? Überall die vielen Leut', in der Kärntnerstraße, in der Singerstraße, in der Riemerstraße, in der Wollzeil' — wo immer wir hing'laufen sind, waren schon dichte Reihen am Straßenrand, und zum Schluß, wie die Prozession über den Graben zum Stephansdom g'führt hat, haben wir uns gar nicht mehr durchdrängen können durch die Neugierigen, die schon Hoch! g'schrien hab'n, wenn der Kaiser noch gar nicht zu sehen war!"

Jetzt war der Franzl ganz aufgeregt. Schließlich hat er das alles ja selber mitg'macht im vergangenen Juni. So etwas vergißt er halt nicht so rasch:

„Hat denn damals unser Kaiser den Napoleon ganz allein besiegt, weil so ein Jubel war, wie er wieder nach Wien 'kommen ist?"

So etwas mußte den Vater natürlich ärgern, der anno 1809 ganz baff war über die großartige Truppenschau, die der Kaiser der Franzosen den Wienern vorgeführt hat.

„Wo denkst denn hin? Den Kaiser Napoleon hat überhaupt nie einer allein besiegen können. Grad einmal ein bisserl unser Erzherzog Karl bei Aspern, aber der hat dann bei Wagram wieder dafür büßen müssen! Nein, nein — gegen den Napoleon haben immer mehrere gemeinsam sein müssen, auch im Vorjahr. Da waren die Russen mit unserem Kaiser, und die Preußen, und die Engländer . . ."

„Ganz so wie heuer?" fragte der Bub.

„Ja, genau so!"

„Und warum gibt's dann jetzt kein Fest, wenn der Kaiser wieder in Wien ist?"

Da schaute die Mutter den Vater an, und der Vater die Mutter. Sie nahm ihre Handarbeit wieder auf, er griff nach der Zeitung und lehnte sich tief in seinen Stuhl zurück, nicht, ohne vorher noch mißmutig gebrummt zu haben:

„Dummer Bub', dummer. Man g'wöhnt sich halt langsam an alles, net?“

Ob das Gesicht des Beamten, das unbeteiligt und rätselhaft aus dem hohen, goldbetreßten Kragen wuchs, während die Finger der rechten Hand eine kratzende Schreibfeder über das Blatt Papier führten, auf dem die Namen und die Dignitäten jedes einzelnen aus der gemischten Gesellschaft vermerkt werden mußten, die an diesem hellen Sommermorgen darauf wartete, von ihrem Monarchen empfangen zu werden, dasselbe Gesicht war wie vor Jahren und Jahrzehnten, oder ob es diesem früheren Gesicht nur so glich wie eben ein Beamtengesicht dem anderen, war belanglos. Die Projektanten und Bittsteller, die sich so wie immer zur Audienz bei ihrem allergnädigsten Landesherren drängten —

Gott erhalte Franz den Kaiser,
Unsern guten Kaiser Franz! —

und ihm bis in den späten Nachmittag hinein ihre Sorgen und Wünsche anvertrauen wollten, hatten sich eben an das Gesicht gewöhnt, an die Hand, die bedächtig eine vorbildlich gespitzte Schreibfeder über das Papier führte, an das Papier selbst, auf das die Liste mit ihren Namen kalligraphiert wurde, an den runden, glatten Kachelofen in der Ecke mit dem knospenhaft gestalteten Knauf auf der Abdeckung, an die parkettierten Gevierte des Fußbodens, an die großen Gobelins mit komplizierten mythologischen Szenen und Darstellungen von Schlachten, deren jüngste wohl schon unter der gepriesenen Kaiserin Maria Theresia geschlagen wurde, obwohl es doch in den letzten Jahren — weiß Gott! — ganz andere Kämpfe gegeben hat als diese mariatheresianischen Exerzierspiele.

Es war eben alles da, woran sie sich gewöhnt hatten, und der Europa erschütternde Imperator Napoleon hatte ebensowenig daran ändern können wie der kostspielige Kongreß, der jetzt hier in Wien weiter tanzte, feierte, intrigierte.

Auch die Wartenden, deren Namen auf der Liste des Beamten standen, sind die gleichen geblieben: Nicht nur Wiener, für die der Weg hierher nicht schwierig war, sondern höchstens unbequem wegen der frühen Stunde, sondern Bewohner aus allen Teilen der Monarchie, aus den siebenbürgischen Städten an der Grenze der Walachei ebenso wie aus den böhmischen Garnisonen oder aus den dalmatinischen Häfen, die wie das seinen ehemaligen Glanz konservierende Venedig inzwischen jahrelang dem Napoleon gehört hatten. An einigen klebte noch der Knoblauchduft verlauster Balkandörfer, an anderen die harzige Luft steirischer Wälder; Tiroler Bauern waren unter ihnen, die ihre schönste Joppe aus der Truhe hervorgekramt hatten, alte Soldaten in verblichenen Uniformen und mit blechernen Orden als Erklärung dafür, wo das Bein, der Arm geblieben waren, die ihnen zu einem kompletten Menschen fehlten, und warum die eine Augenhöhle so leer oder eine Wange von einer großen, brennenden Narbe durchflammt war; hoffnungsvolle junge Beamte warteten, mit unscheinbareren Kragen als dem, den der ältere Kollege, der ihre Namen aufgeschrieben hatte, um den Hals trug; schwarzgekleidete Witwen, die sich bemühten, das kleinste von den drei, vier Kindern, die sie mitgebracht hatten, in die vorderste Reihe zu schieben; ungarische Viehzüchter in braunen Samtröcken, die vorne mit gedrehten Schnüren kunstvoll verziert waren, und in Stiefeln aus weichem, schmiegsamen Leder; Waisen, die auf die Verdienste ihres verstorbenen Vaters um das Allerhöchste Erzhaus hinweisen wollten, damit ihnen gnädigst eine standesgemäße Aussteuer bewilligt werde.

Nur die Untertanen deutscher Souveräne fehlten jetzt, die früher doch ab und zu gekommen waren, weil der Kaiser über dem ganzen Heiligen Reich stand, halbwegs zwischen den vielen deutschen Königen und Herzögen, Fürsten, Reichsgrafen, Senaten der freien Reichsstädte einerseits und dem lieben Gott anderseits; nun, da dieses Heilige Reich erledigt war, mußten sie sich eben nur noch mit ihren Landesherren abfinden, denn eine Interpellation beim geplanten Bundestag in Frankfurt würde keineswegs eine Audienz bei einem wirklichen Kaiser ersetzen können.

Ja, und die ehemals habsburgischen Untertanen aus den Vorlanden fehlten ebenfalls; denn wenn sie auch gar nicht daran dachten, den doppelköpfigen Adler wegzumeißeln, der als steinernes Hauszeichen über vielen Amtsgebäuden im Breisgau wachte — falls sie etwas erbitten oder vorschlagen wollten, mußten sie sich jetzt doch an den Großherzog von Baden wenden, dem sie trotz ihrer habsburgischen Tradition zugefallen waren.

Und noch etwas war anders geworden:

Sie standen nicht mehr, wie vor einem Jahrzehnt noch, bunt durcheinander — der Ungar neben dem galizischen Juden, der Kroate neben dem Böhmen, der Vorarlberger neben dem Italiener aus Venetien; nein, sie hatten sich zu kleinen Gruppen geordnet, in denen sie sich auf ihre Weise und in ihrer Sprache unterhielten, mißtrauisch darauf bedacht, daß nicht etwa einer aus einer anderen Gruppe vom aufnehmenden Beamten freundlicher und zuvorkommender behandelt werde. Denn im kleinen Europa, auf dessen Landesvater sie alle hier warteten —

Gott erhalte Franz den Kaiser,
Unsern guten Kaiser Franz! —

war nicht mehr jeder überall zuhause wie der selige Fürst de Ligne oder wie einige höhere Beamte, gebildete Offiziere und Gelehrte. Als sie der Kaiser anno neun so dringend gebraucht hatte, weil er es ganz allein mit dem mächtigen Napoleon aufnehmen wollte, war ihnen ihre eigene Bedeutung bewußt geworden — die kroatische, böhmische, slowenische, galizische Bedeutung —, und von der wollten sie sich nichts mehr nehmen lassen, auf gar keinen Fall ...

Der Kaiser!

Na also — endlich war er da. Denn das Warten auf ihn war jetzt auch nicht mehr so wie früher. Sie wußten, daß er nicht auf einer Wolke hereinschweben würde, durch den Stuckplafond des Zimmers, um auf halber Höhe anzuhalten, und daß er auch nicht durch die Wand schreiten kann, durch die Gobelins mit den Schlachtenszenen oder den mythologischen Darstellungen, und daß er auch nicht aus dem Boden wächst. Verlorene Schlachten, Hunger, Geldentwertung hatten sie dazu gebracht, von ihrem Kaiser keine Wunder zu erwarten. Schließlich konnte er den Schwindel mit den Bankozetteln nicht verhindern und kann jetzt den Verlauf des großen Kongresses in Wien nicht beschleunigen, muß die Ordnung im Staat mehr und mehr der Polizei anvertraut werden statt der Überzeugung von seiner göttlichen Sendung.

Die Verbeugung vor ihm war so tief, wie vorgeschrieben; nur den alten Witwen klopfte das Herz viel lauter als sonst, und nur die ganz kleinen Kinder hatten glänzende Augen wie zu Weihnachten.

Alle anderen ärgerten sich ein wenig über die zeremonielle Bedächtigkeit, mit der die uniformierten Diener sich an den Türflügeln zu schaffen machten, ganz so, als gäbe es für sie nichts wichtigeres, als diesem dürren, trockenen, langschädeligen Kaiser die Tür zu öffnen oder sie hinter ihm wieder zu schließen; und sie ärgerten sich auch, weil die nachlässig herabhängende Unterlippe des Monarchen verriet, daß er diesmal wieder sehr uninteressiert und umständlich mit ihren wichtigen und dringenden Anliegen verfahren werde; und sie verglichen seinen schlichten Aufzug mit der wirkungsvollen Theateruniform, die Prinz Heinrich der Vierundsechzigste von Reuß jetzt durch die Straßen von Wien spazierentrug; und sie wußten, daß diese so langweilig erwartete Audienz beim guten Kaiser Franz letzten Endes nicht mehr bedeutete als einen Trumpf, der bei den unvermeidlichen, mühsamen Verhandlungen mit selbstgefälligen Beamten und labyrinthischen Behörden ausgespielt werden konnte, wenn das eigene Anliegen über Gebühr verschleppt oder gar mißgünstig behandelt werden sollte: Seine Majestät haben gnädigst geruht, den vorliegenden Fall zur Kenntnis zu nehmen, und wie aus diesem Schreiben der Hofkanzlei hervorgeht, wird an Allerhöchster Stelle mit einer raschen und aufrechten Erledigung gerechnet ...

Denn es war immerhin der Kaiser, hinter dem sich jetzt die Tür zum Nebenzimmer schloß, es war der Kaiser, der nach einem kurzen Blick auf die Versammelten die Liste mit den Namen mitgenommen hatte, es war der Kaiser, zu dem nun ein eifriger Sekretär einen der Wartenden nach dem anderen in das Nebenzimmer rief.

Zuerst zwei schwarzgekleidete Waisen, die Töchter eines Offiziers, der bei den letzten Kämpfen in Frankreich getötet worden war.

Dann einen braungebrannten Grenzer von der Militärgrenze gegen die Türken, der dort seit den Tagen Kaiser Josephs des Zweiten vergessen worden war, weil während der Aufregungen in den letzten Jahren niemand mehr daran gedacht hatte, daß ein paar hundert Meter vor seinem Posten das Abendland zu Ende ging.

Dann ein finsterer Tiroler, der es noch immer nicht verwinden konnte, daß sie den tapferen Andreas Hofer im Neunerjahr so schmählich im Stich gelassen hatten.

Dann ein verknöcherter Beamter aus Graz, dem es sehr gegen den Strich ging, daß in der Steiermark unter Erzherzog

Johann so entscheidende Neuerungen eingeführt werden sollten.

Und dann noch die und dann noch jene, geschickte Wiener und unbeholfene Provinzler, aber auch geschickte Provinzler und unbeholfene Wiener, ein getreues Abbild des kleinen Europa, dem der Monarch im Nebenzimmer nach Titel und Würde, Krone, Zepter, Goldenem Vlies und allen anderen Insignien der Macht noch vorstand, obwohl diese Macht längst schon von anderen ausgeübt wurde.

Der Kaiser war froh, daß er nach dieser allgemeinen Audienz nicht auch noch im Audienzkabinett die meist hochpolitischen, aber für ihn gerade deshalb auch immer langweiligen Vorträge und Pläne seiner Minister und Räte, aber auch die persönlichen Sorgen einiger unbedeutender Mitglieder des Erzhauses anhören mußte. Metternich nahm ihm alle diese Plagen genauso ab wie die Sorgen um den Wiener Kongreß, der nach den Monaten turbulenter Festlichkeiten und hundert Tagen neuerlicher Bedrohung durch Napoleon einem zwar friedlichen, aber dennoch nicht befriedigenden Ende entgegenschlich — bestimmt durch die mystischen Vorstellungen des russischen Zaren von einer „Heiligen Allianz" der christlichen Monarchen und durch den von England unterstützten Plan eines europäischen Gleichgewichtes, den Metternich immer geschickter und überzeugender durchzusetzen vermochte.

Die Berichte der Polizeihofstelle waren langweilig geworden, weil auch die Bälle und Maskeraden, die Koterien und die lebenden Bilder, die Praterpartien und die Jagdausflüge immer langweiliger wurden, weil die leichtsinnigen Schönheiten aller dieser Feste und Salons nun schon alle Männer bekommen hatten, die sie bekommen wollten, und weil die Männer inzwischen eingesehen hatten, daß sie die weniger leichtsinnigen Schönheiten, die sie noch gerne bekommen möchten, ohnedies nie bekommen werden.

So hatte der Kaiser nun wieder mehr Zeit, sich seinen Büchern zu widmen. Es waren oft viele Stunden, die er zwischen Audienzen und Regierungsgeschäften, zwischen offiziellen Anlässen und privaten Verpflichtungen bei seinen Büchern verbrachte. Immer wieder studierte er botanische Werke, verlangte sogar von seinem Bibliotheksvorsteher Peter Thomas Young, daß dieser von wichtigen Abschnitten daraus übersichtliche Auszüge anfertigen lasse; oder er nahm die kostbaren alten Pergamentbände mit den Tierdarstellungen, die Georg Hoefnagel vor zweieinviertel Jahrhunderten für Kaiser Rudolf den Anderen gemalt hatte, vorsichtig aus dem Regal und blätterte liebevoll darin; dann wieder ließ er sich von Young eine Stelle aus dem „Theuerdank" vorlesen, bewunderte die Holzschnitte, die Hans Leonhard Schäufelein zu diesem literarischen Denkmal, das sich Kaiser Maximilian, der „letzte Ritter", selbst gesetzt hatte, vor fast vierhundert Jahren beisteuerte; oder er unterhielt sich mit Young über ein Buch, das dieser gerade las und über das der gebildete Bücherfreund treffend zu urteilen verstand.

Auch diesmal fand der Kaiser, der nach der allgemeinen Audienz sofort zu seinen Büchern gegangen war, den Bibliothekar tief in Gedanken über einem Band, den er aufgeschlagen vor sich liegen hatte und der ihn offenbar so fesselte, daß er gar nicht bemerkte, wie der Herr über diese Tausende gedruckter und gebundener Herrlichkeiten eintrat. Erst als der Monarch —

Gott erhalte Franz den Kaiser,
Unsern guten Kaiser Franz! —

ganz dicht hinter ihm stand und der Schatten auf die Buchstaben, Wörter und Sätze fiel, sprang Young erschrocken auf.

„Ist schon gut!" sagte der Kaiser. „Was lesen s' denn da?"

„Ein ... englisches Buch!" Verlegen wollte er es wegräumen, aber er wußte nicht, wie er das am besten anstellen sollte.

„Stimmt! Ihr Vater war ja aus Schottland! — Sagen s', lieber Young, warum wollen s' mir denn das Buch net zeigen?"

„Es ist . . . in englischer Sprache geschrieben, Majestät!"

„Na und? Sie können das doch übersetzen, net? Worum geht's denn?"

„Eine Tragödie, Majestät. Von einem legendären König, der . . ." Nur das jetzt nicht sagen müssen, gerade ihm, der doch genau so . . .

„Was denn? So reden s' doch endlich!"

„Schon in der ersten Szene sagt er:

> Since now we will divest us, both of rule,
> Interest of territory, cares of state —"

„Und das heißt?"

„Daß er es aufgeben wolle, zu beherrschen, sich um die Ländereien zu kümmern und um den Staat zu sorgen!"

Der Kaiser starrte ihn an. Er hat es verstanden, wußte Young sofort; er mußte es wohl verstehen, denn wer die Bücher so liebt wie er, wird hellhörig und wach in solchen Dingen.

„Und weiter?"

„Er übergab Herrschaft und Reich, wollte sich damit begnügen, bloß König zu heißen, die Insignien der Macht zu haben statt die Macht selbst. Nur die Tochter, die ihn wirklich liebte, ging leer aus. Er verheiratete sie an den Herrscher von Frankreich . . ."

„Von Frankreich?!" Ganz leise wurde es gesagt — und war doch wie ein Schrei.

„Eure Majestät sagen es!"

Der Kaiser trat zurück, lehnte sich schwer an ein Regal mit Büchern, als suchte er dort Halt und Stütze. Dann fragte er, tonlos fast, und ohne die Lippen zu bewegen: „Mußte er sein Kind so verlieren?"

„Er wollte es, Majestät." Und Young blätterte im Buch, suchte die Stelle, an der dieser unglückliche Tragödienkönig seine Tochter fortgibt, las den Text vor:

"Thou hast her, France: let her be thine; for we
Have no such daughter, nor shall ever see
That face of hers again . . ."

Er wartete gar nicht ab, bis der Kaiser die Übersetzung verlangte, sondern begann, bestürzt über die Ähnlichkeit des Schicksals, leise zu rezitieren:

„Du hast sie, Frankreich: Laß sie dein sein; wir
Hab'n diese Tochter nicht, und woll'n nicht sehen
noch einmal dies Gesicht . . ."

Da lief der Kaiser in den hohen Raum hinein, wirr und planlos, kehrte um, rannte von einer Wand zur anderen, als gelte es, eine weite, furchtbare Welt zu durchmessen. Schlank und flink war Thomas Peter Young schon nach der zweiten Umkehr an seiner Seite, ging mit ihm, vor ihm, hinter ihm. Wußte er, daß jetzt ein kaiserlicher Vater an ein byzantinisches Fest in Dresden dachte, bei dem er neben seiner Tochter saß und doch weit, weit weg von ihr war, weil er sie verloren hatte und sie so nicht mehr haben wollte?

„Der König irrte, von allen verlassen, verzweifelt über eine wilde Heide, Majestät! Nur ein Narr war mit ihm — aber ein kluger Narr . . ."

Muß diese Heide in England sein? Ist sie denn nicht überall — auch hier, zwei Stockwerke hoch im Schweizertrakt der Wiener Hofburg? Mit ihrer Verlassenheit, dem peitschenden Sturm, dem uralten Weidengeflecht der Bücherregale, die nun ihre bedruckten Blätter ausstreuen könnten über den unruhigen Herrscher, der Macht und Tochter verloren hat, und über den eiligen klugen Narren, der sich bemüht, mit ihm Schritt zu halten bei diesem verzweifelten, wirren Gang durch den Raum — nein, über die Heide, die wilde, einsame, trostlose, das letzte, was blieb von der geheiligten Macht über ein uraltes Reich, von der Liebe zu einem schüchternen, unbeholfenen, kurzsichtigen Kind: Leere, Müdigkeit, drohendes Geflecht der Regale, nutzlose Blätter — bedruckte, gezeichnete, geäderte, herbstliche Blätter in Tausenden und Tausenden von Büchern, Narrenweisheit wie die des eilfertigen, lauernden Begleiters.

„Wie hat dieser König g'heißen?"

„Er hieß Lear, Majestät!"

„Und der Narr?"

„Der hatte keinen Namen."

Und weiter die eiligen Schritte, denn die Heide dehnt sich über alles aus, über die Dächer und Türme von Wien, über alle Provinzen, über Wälder und Almen und Teiche und Flüsse — dürr, grau, mit wenigen dürftigen Blumen, die aussehen, als hätte der Himmel sie achtlos weggeworfen.

„Hat es in dieser Ödnis keinen Trost gegeben?"

Young blätterte im Buch. Das war bei diesem eiligen Wandern schwierig. Die Blätter waren kaum zu ordnen. Blies der Wind in sie hinein? Der feuchte, graue Wind der Heide?

"The art of our necessities is strange,
That can make vile things precious . . .

Das sagt der König, Majestät!"

„Und was meint er damit?"

„Daß die Kunst der Not sehr wirksam ist und auch das Schlechte köstlich machen kann!"

Auch den Gang über die einsame Heide. Nur mit dem Narren an der Seite ...

Die dürren, vom Wind zerrissenen Weidenäste formen sich zu hoch und sicher aufgetürmten Regalen, die wirren Blätter zu Büchern — von Deckel zu Deckel gefüllt mit Schicksalen und Erkenntnissen. Und der Narr wird zum Hofrat und geheimen Kabinettsekretär Peter Thomas Young, der über diese Schätze und Herrlichkeiten genau Bescheid weiß.

„Aber irgendwann muß doch alles wieder in Ordnung kommen — was, Young?"

Wer über zwanzig Jahre gegen Napoleon standgehalten hat, wer seine liebste Tochter opfern mußte, um überhaupt noch standhalten zu können, hat wohl ein Recht, so zu fragen.

Aber die Antwort zeigte, daß dieses Maß immer noch nicht voll war. Young zögerte etwas, ehe er zu erzählen begann:

„Der König fand wohl seine Tochter wieder — aber er hätte ebenso jedes andere Kind finden können. Er war nämlich nicht mehr frei, Majestät. Er war gefangen. Weil er auf die Macht verzichtet hatte und glaubte, die Insignien der Macht würden schon genügen, konnte er die Macht nie mehr gewinnen. Was ihm blieb, war nur noch ein königliches Dasein im Dulden:

> No, no, no, no! Come, let 's away to prison;
> We two alone will sing like birds i' the cage.

So sagte er zu seinem Kind: Komm, laß uns fort ins Gefängnis; wir zwei allein werden singen wie Vögel im Käfig."

Daß der König in der Tragödie schon weit im letzten Akt war, als er so sprach, und daß es daher mit ihm nicht mehr lange dauern konnte, verschwieg der Hofrat Young seinem Monarchen. Der mußte das auch nicht wissen; das Leid war ausgeschöpft, Stunden, Tage, Wochen, Monate, Jahre zählten jetzt gleich viel oder gleich wenig.

Der unruhige Wanderer durch die hohen Räume seiner Bibliothek (und nicht mehr durch eine öde, sturmgeplagte Heide) —

Gott erhalte Franz den Kaiser,
Unsern guten Kaiser Franz! —

war stehengeblieben.

„Es ist halt nicht leicht, ein König zu sein, Young. Nicht einmal auf dem Theater."

Er hatte den Erzherzog Ferdinand rufen lassen, um ihn mit nach Laxenburg zu nehmen. Mit seinem viel zu großen Schädel, mit Augen, die immer aussahen, als hätte er sie hinter einem Vorhang verborgen, saß der Thronfolger nun neben dem Kaiser in der Kutsche.

Erst, als sie Wien schon hinter sich hatten, fiel das erste Wort:

„Nandl — weißt was? In Laxenburg werd' ich jetzt einen Vogelkäfig bauen, so groß, daß ein Kaiser und sein Kind darin Platz haben und ungestört singen können."

Der Sohn schaute den Vater so verständnislos an, daß dieser sofort berichtigen mußte:

„Nein, nein. Das wird eh net gehen. Der alte Schloißnigg hat mir ja nimmer zeigen können, wie man einen so großen Käfig macht!"

Warum Schloißnigg ihm das nicht mehr erklären konnte, verschwieg der gute Kaiser Franz. Ferdinand hatte sich nie für die Regierung interessiert, und deshalb war es ihm auch jetzt einerlei, daß mit dem gewissenhaften Mentor Colloredo auch der geschickte Rechtslehrer anno achtzehnhundertfünf der großen Verzweiflung nach der Schlacht von Austerlitz zum Opfer gefallen ist.

Eigentlich schad', denn gerade jetzt wäre ein großer, großer Vogelkäfig nötig, der den armen Nandl schützen könnt', während der Metternich für ihn die Monarchie regiert. Der Bub' — und trotz seiner zweiundzwanzig Jahre war er das noch — würde ja nie ein richtiger Herrscher werden (und ein viel besserer als der Vater wär' jetzt so dringend nötig), die böse hinfallende Krankheit macht ihm ja so arg zu schaffen, und außer für die Musik und für technische Spielereien hat er überhaupt keine Interessen. Grad jetzt im Juli ist er vom Einzug der alliierten Truppen in Paris heimgekommen, als wär' gar nix g'wesen; nur die schönen alten Städte in Frankreich haben ihm gefallen und auf der Heimfahrt die hohen Berge in der Schweiz — und das ist nicht viel für einen künftigen Kaiser.

Denn Kaiser mußte der Nandl einmal werden — so hilflos und armselig er jetzt auch neben ihm in der Kutsche saß, die dem schönen, friedlichen Laxenburg entgegenholperte, wo der Kaiser von Österreich, König von Ungarn und Böhmen etcetera etcetera noch an diesem Abend beginnen würde, einen schönen Vogelbauer zu basteln — ja, ja, heut' noch, weil ihn die G'schicht von dem armen Theaterkönig so arg her-g'nommen hat, dem schließlich nix anderes 'blieben ist, als mit seinem Kind wie ein Vogel im Käfig zu singen.

„Du darfst net glaub'n, Nandl, daß so eine Vogelsteig'n nur gebaut wird, damit man die Viecherln einfangen und drinnen einsperren kann. Vor zehn Jahren hab' ich das auch noch gedacht und feste Vogelkäfige wollen für die bösen Jakobiner, die unsere arme Tant' Marie Antoinette umgebracht haben. Alle schlechten Leut' hätt' ich damals gern in Käfige g'sperrt, damit endlich Ruh' wird in der Welt. — Jetzt weiß ich aber, daß dafür kein Käfig groß genug sein kann, und daß meine ganzen Wälder net ausreichen, um Stäbe für Käfige zu machen, in denen die ganze Schlechtigkeit der Welt Platz haben könnt'."

Offensichtlich verstand ihn der Erzherzog nicht. Der starrte nur verstört seinen Vater an, den er noch nie so reden gehört hatte, nicht in Laxenburg, an keinem der gemeinsamen Abende in der Hofburg in Wien, auch nicht im Hauptquartier in Heidelberg, wohin er als Thronfolger mitgenommen worden war, weil ein Herrscher auch mit seinen Truppen vertraut sein mußte, mit den ehrgeizigen Plänen der Offiziere, mit den Ziffern der Verpflegungsstellen.

Und Kaiser mußte der Nandl werden, auch wenn der Erzherzog Karl abgeraten hatte — und einige Zeit auch der Staatsminister Fürst Metternich, der sich's aber inzwischen anders überlegt hat, weil auch in der Nachfolge die gepriesene Ordnung herrschen müsse und der Erstgeborene nach dem Kaiser zu kommen habe — auch, wenn er Epileptiker ist und einen viel zu großen Schädel auf den schmalen Schultern trägt und seine Augen dauernd hinter Vorhängen verborgen zu sein scheinen. Die Ordnung will es so — und dieser Ordnung wegen sind Tausende braver Soldaten gegen die Jakobiner und dann gegen die Armeen des unrechtmäßigen Kaisers Napoleon marschiert, sind Arme und Beine weggerissen und Augen ausgestochen worden, ist die Monarchie mehrmals am Rand des völligen Ruins gestanden, haben die Bewohner in allen Provinzen und in der Residenzstadt Wien trotz drückender Not und Entbehrungen geschuftet und das Zerstörte wieder aufgebaut; dieser Ordnung wegen hat der Kaiser von Österreich mehr als zwei Jahrzehnte den Franzosen Widerstand geleistet, solange, bis er seine eigene geliebte Tochter hergeben mußte und die anderen die Zeit nützen konnten, die er damit gewann; dieser Ordnung wegen öffnen die Vertrauten der geheimen Polizeihofstelle Briefe und belauschen alle Verdächtigen, die unruhigen Elemente unter den Studenten Wiens oder die nationalen Phantasten unter den Völkern der Monarchie ebenso wie die hochvermögenden Damen und Herren, die jetzt noch immer in Wien über diese Ordnung beraten, weil sie von Dauer sein soll und nicht wieder gefährdet durch Revolutionäre oder sonstige philanthropische Querköpfe, die sich hinter allen möglichen Vereinen und Gesellschaften verstecken können; dieser Ordnung wegen dürfen sich auch die christlichen Griechen nicht erheben gegen die Schikanen, die ihnen von ihren türkischen Oberherren auferlegt werden; und dieser Ordnung wegen kann kein anderer als der arme Ferdinand Kaiser von Österreich, König von Ungarn, König von Böhmen etcetera etcetera werden. Wenn aber kein Käfig groß genug ist und alle Käfige zusammen nicht zahlreich genug sind, um die Jakobiner und Republikaner, Revolutionäre und Philanthropen, Freischärler und Nationalisten, die Umstürzler, Besserwisser, Aufwiegler, Geheimbündler dieser Welt aufzunehmen, alle diese Bösewichter eingesperrt und von den ordentlichen, legitimen, loyalen, kaisertreuen Landeskindern entfernt zu halten, müssen eben Käfige für die Ordnungsliebenden, Braven geschaffen werden, Käfige, in denen die Eingesperrten nicht gefangengehalten, sondern vor der bösen Welt draußen geschützt werden. So einen Käfig sollte man bauen können, groß genug für den jetzigen und für den künftigen Kaiser!

„Ich versteh' net, Nandl, daß sich alle davor fürchten, in einem Käfig leben zu müssen! Viel Luft und Licht, und keiner kann dir was tun. Aber du kannst trotzdem überall dabei sein, bei jeder Denkmalenthüllung, bei jeder wichtigen Grundsteinlegung, bei jeder Eröffnung eines großen Kongresses, bei jeder Ordensverleihung, bei jeder Beratung des Kabinetts. Sie tragen dich nämlich samt deinem Käfig hin, glaub mir's, weil s' dich brauchen. Sie singen dir lange Hymnen vor und rezitieren Festgedichte, die kein End' nehmen wollen, die kleinen Kinder bringen Blumen und die Honoratioren belästigen dich mit dem grauslichen Schweiß ihrer Aufregung. Aber es kann dir ja nix geschehen! Du bist in deinem Käfig, und keiner kann herein, keiner — verstehst? Denn die Ordnung ist zwischen dir und ihnen — die Ordnung der Stäbe, die alle im gleichen Abstand und in der gleichen Richtung vom Boden des Käfigs bis zu seiner Abdeckung laufen, durch

Querstreben schön im rechten Winkel miteinander verbunden, wie es von alters her war und wie es auch immer bleiben sollt', Nandl."

Aber der wußte noch immer nicht, wovon sein Vater sprach. Nur soviel hatte er entnehmen können, daß es um einen Vogelkäfig ging — wahrscheinlich um einen schönen, neuen, den der Kaiser schon im Kopf geplant hatte und den er jetzt in seiner Werkstatt im Schloß Laxenburg zusammenbasteln will, obwohl er doch schon jahrelang keinen mehr gebaut hat.

Als der Kutscher durch das Parktor zum Laxenburger Schloß fuhr — dienstwillige Hände hatten die Flügel weit aufgerissen und schlossen sie nun hinter dem Kaiser und dem Thronfolger wie die Tür eines Käfigs —, schaute der Vater mitleidig den Sohn an:

„Verstehst es halt noch net, Bub'. Weil du das nicht mitgemacht hast, was ich hab' mitmachen müssen. Und du sollst's auch nicht verstehen, schon gar nicht um den Preis, den dein Vater dafür gezahlt hat oder der alte König Lear. Drum bleib' immer schön ruhig im Käfig, Nandl, damit alles immer seine Ordnung hat!"

Ferdiand, der gar nicht darüber nachdachte, welcher der Könige, die ihm begegnet sind, wohl den sonderbaren Namen Lear getragen haben mag, wurde von seinem Vater, der ihm ein kleines Europa möglichst geordnet übergeben wollte —

Gott erhalte Franz den Kaiser,
Unsern guten Kaiser Franz! —

noch belehrt, als ein livrierter Diener schon den Wagenschlag öffnete und ein anderer mit einem vielflammigen Leuchter in der Dämmerung vor Schloß Laxenburg wartete:

„Die Stäbe müssen glatt und rund sein. Und das Türl braucht einen festen Verschluß. Dann ist so ein Käfig gut zu verwenden ..."

Abbildungen

Nach Seite 312:

Clemens Lothar Wenzel Fürst von Metternich
Die verbündeten Monarchen und ihre Bevollmächtigten beim Wiener Kongreß
Karl Joseph Fürst von Ligne

Vorlagen für sämtliche Illustrationen aus dem Bildarchiv der Österreichischen Nationalbibliothek, Wien.

Inhalt

Seite 91

Laß von Seiner Fahnen Spitzen
Strahlen Sieg und Fruchtbarkeit

oder: Drei Kaiser gegen einen

Die Koalition mit Zar Alexander von Rußland — Wieder Krieg mit Napoleon — Die Kapitulation von Ulm — Napoleon besetzt zum erstenmal Wien — Die Schlacht von Austerlitz — Der Friedensschluß von Preßburg und seine Folgen

geschehen 1805/1806

Seite 141

Laß in Seinem Rate sitzen
Weisheit, Klugheit, Redlichkeit

oder: Kaiser über Klein-Europa

Kaiser Franz verzichtet auf die deutsche Kaiserkrone — Napoleon besiegt Preußen — Die Kaiserin Maria Theresia stirbt — Reformen der Erzherzoge und des Ministers Stadion — Der Kaiser von Österreich heiratet Ludovika — Die Gründung der Landwehr — Der Fürstentag zu Erfurt — Andreas Hofer in Wien — Neue Kriegsvorbereitungen

geschehen 1806/1807/1808

Seite 189

Und mit Seiner Hoheit Blitzen
Schalten nur Gerechtigkeit!

oder: Napoleon muß nicht nach Temesvár

Rückzug der Österreicher aus Bayern — Napoleon wieder in Wien — Erzherzog Karls Sieg bei Aspern — Die Schlacht von Wagram — Waffenstillstand — Der Kaiser reist mit Metternich

geschehen im Jahr 1809

Seite 223

Ströme Deiner Gaben Fülle
Über Ihn, Sein Haus und Reich!

oder: Eine Tochter für Frankreich

Der Schönbrunner Friede — Napoleon heiratet Marie Luise — Finanzprobleme und Geldentwertung in Österreich — Familientreffen in Dresden — Napoleon marschiert nach Rußland

geschehen 1809/1810/1811/1812

Seite 269

Brich der Bosheit Macht, enthülle
Jeden Schelm- und Bubenstreich!

oder: Demaskierung eines Imperators

Metternichs langes Gespräch mit Napoleon — Der Kaiser schließt sich Preußen, Rußland und Schweden an — Die Schlacht von Leipzig — Die Verbündeten in Frankreich — Napoleon muß sich auf die Insel Elba zurückziehen

geschehen 1813/1814

Seite 309

Froh erleb' Er Seiner Lande,
Seiner Völker höchsten Flor!

oder: Wer tanzt auf dem Kongreß mit wem?

Die Neuordnung Europas auf dem Wiener Kongreß — Spitzel und Denunzianten — Auch das ist Politik in Wien — Aktivität der Preußen und Spannungen mit dem Zaren von Rußland — Der Tod des Fürsten von Ligne — Napoleons Rückkehr aus Elba

geschehen 1814/1815

Seite 341

Gott erhalte Franz den Kaiser,
Unseren guten Kaiser Franz!

oder: Lear unter dem Doppeladler

Die Heimkehr nach der Schlacht von Waterloo — Napoleon auf die Insel St. Helena verbannt — Und wieder Audienz beim guten Kaiser Franz — Erkenntnis in der Bibliothek — Mit dem Kronprinzen nach Laxenburg

geschehen im Jahr 1815